Marie Louise Fischer
Eine Frau in den besten Jahren
Kinderärztin Dr. Katja Holm

Marie Louise Fischer

Eine Frau in den besten Jahren
Kinderärztin Dr. Katja Holm

2 Romane in einem Band

Marie Louise Fischer:
Eine Frau in den besten Jahren / Kinderärztin Dr. Katja Holm
Lizenzausgabe für die Naumann & Göbel Verlagsgesellschaft mbH
in der VEMAG Verlags- und Medien Aktiengesellschaft, Köln

Gesamtherstellung: Naumann & Göbel Verlagsgesellschaft mbH

ISBN 3-625-20937-3

Eine Frau in den besten Jahren

Roman

1

Sylvia Holl erwachte jäh. Aber noch in der Sekunde des Zusichkommens sah sie den Traum der vergangenen Nacht klar vor sich - dann schlug sie die Augen auf, und alles verschwand.

Die Sonne schien warm und hell durch die goldfarbenen Seidenvorhänge.

Aus dem Bad, das ihren Schlafraum mit dem ihres Mannes verband, ertönte das Brausen der Dusche, das sie, wie jeden Morgen, geweckt hatte. Sylvia Holl brauchte nur die Augen zu schließen, um Georg Holl vor sich zu sehen, wie er Bäche heißen und eiskalten Wassers auf seinen massigen weißen Körper herabprasseln ließ, das nasse Haar im Gesicht, prustend wie ein Seehund. Dann wurden die Hähne zugedreht, sie hörte das Tappen nasser Füße auf den Fliesen und dann - nichts mehr. Georg Holl hatte sich in sein Ankleidezimmer zurückgezogen.

Sylvia wußte, daß sie jetzt und in diesem Moment aufstehen mußte, wenn sie mit ihrem Mann frühstücken wollte. Sie tat es nicht. Schon seit langem nicht mehr.

Sie hörte, wie Valentin, ihr Sohn, sein Auto aus der Garage fuhr. Er ließ, sinnlos und völlig überflüssig, den Motor aufheulen - wahrscheinlich nur, um seiner Freude Ausdruck zu geben. Vielleicht aber war dieses Aufheulen auch Zorn? Protest?

Sylvia wußte es nicht. Es hatte gar keinen Zweck, darüber nachzugrübeln, sie würde es nie ergründen. Valentin und seine Schwester waren ihr entglitten - trotz aller Liebe, die sie für die beiden empfand. Sie hatten sich von ihr gelöst, unmerklich, aber unaufhaltsam. Sie waren im vorigen Monat achtzehn Jahre alt geworden, erwachsener, als sie es selber in diesem Alter gewesen war, obwohl sie damals schon mit Georg Holl verheiratet gewesen war. Barbara und Valentin, so grundverschieden, und doch in einem einig - sie brauchten die Mutter nicht mehr.

Den Vater vielleicht. Denn er war es schließlich, der sie mit Geld versorgte, in dessen Macht es stand, ihnen ihre Wünsche zu erfüllen oder zu versagen - aber sie, Sylvia, die Mutter - was hatte sie ihnen denn wirklich zu geben?

Sie konnte sich ja selber nicht helfen.

Sie war seit neunzehn Jahren verheiratet, glücklich verheiratet, und dennoch glaubte sie manchmal und in letzter Zeit immer häufiger, daß sie sich losreißen müsse, davonlaufen, gleichgültig wohin, nur weit, weit weg, wenn sie nicht ersticken wollte.

Gleichzeitig aber begriff sie, daß es unmöglich war - nicht, weil Georg sie liebte, weil sei ihn und die Kinder nicht im Stich lassen durfte, sondern einfach deswegen, weil sie nicht mehr die Kraft dazu aufbringen würde. Sie fühlte sich so schwach, erschöpft, ausgelaugt, daß sie manchmal sogar am hellen Tag der Wunsch befiel, sich in eine dunkle Ecke zurückzuziehen und zu weinen - einfach zu weinen, ohne Grund.

Das Gefühl, daß das Leben ihr unter den Händen zerronnen war, erfüllte sie mit Bitterkeit und Trauer.

Auch jetzt, während sie in ihren seidenen Kissen lag, die Augen zum Schutz gegen den andrängenden Tag wieder fest geschlossen, grübelte sie darüber nach, was sie falsch gemacht hatte. Und wieder gelang es ihr nicht, den Fehler zu finden. Vielleicht hatte damals alles angefangen, als sie Georg Holl geheiratet hatte - aber sie hatte ihn doch geliebt. Er war wie eine Offenbarung in ihr Leben getreten, und in all den Jahren ihrer Ehe hatte es nie jemanden gegeben, der ihr auch nur annähernd soviel hätte bedeuten können wie Georg.

Ja, sie liebte ihn auch heute noch!

Sie hatte keinen Grund, irgend etwas zu bereuen. Georg hatte sie nie vernachlässigt, nie betrogen - jedenfalls hatte sie nie etwas davon erfahren. Sie selber hatte nie in ihrer Liebe zu ihm geschwankt. Sie hatte versucht, ihm eine gute Frau zu sein, den Kindern eine gute Mutter. Sie hatte alles getan, was in ihren Kräften stand - und was war daraus geworden?

Sie wollte sich gerade aufrichten, um nach dem Mädchen zu klingeln und den Tag zu beginnen, als sie hörte, wie die Schlafzimmertür sachte geöffnet wurde. Sie wußte sofort, daß es nur ihr Mann sein konnte, und ehe sie sich noch Rechenschaft ablegen konnte über das, was sie tat, hatte sie sich schon entspannt, lag ganz ruhig, die Augen geschlossen.

Sie spürte mehr, als daß sie es hörte, wie er näher kam, denn der dicke Teppich schluckte seine Schritte. Eine kribbelnde Nervosität durchschauerte ihren Körper, von den Zehen bis zu den Haarspitzen. Sie erwartete jeden Augenblick, daß er sich über sie beugen würde, wußte, daß sie dann ihre Rolle aufgeben müßte.

Aber nichts dergleichen geschah. Beinahe hätte sie erleichtert aufgeatmet, als sie begriff, was er jetzt tat - er hatte ihren kleinen Terminkalender von ihrem Nachttisch genommen und trug etwas ein. Sie hörte das Geräusch, das der weiche Bleistift auf dem Papier machte, hörte, wie er den ledergebundenen Kalender wieder zurücklegte - dann eine ganze Weile Stille, bis die Tür fast unhörbar ins Schloß gezogen wurde.

Sylvia war wieder allein.

Dennoch dauerte es eine ganze Weile, bis sie die Augen aufzuschlagen wagte. Sie griff zu dem Notizblock auf ihrem Nachttisch, sah, daß er eingetragen hatte: ›9 Uhr 30 - Frau Hensel anrufen!‹ - ›5 Uhr Gartenarbeit‹ war durchgestrichen, statt dessen stand dort jetzt: ›Verabredung mit Frau Hensel im Carlton!‹

Ganz unten auf die Seite hatte Georg Holl mit seiner kräftigen eckigen Handschrift gekritzelt: ›Valentin kommt heute mittag später nach Hause. Habe ihn in die Bank bestellt. Muß mit ihm reden. - Mach dir einen schönen Tag Georg.‹

Sie lächelte, während ihr die Tränen in die Augen schossen. So war das also! Georg hatte gar nicht mit ihr sprechen, er hatte ihr nur seine Anordnungen erteilen wollen - dies hast du zu tun und dies zu lassen. Eine Antwort von ihr war gänzlich überflüssig. Eine Sekunde schoß ihr der verwegene Plan durch den Kopf, Frau Hensel, die ihr im übrigen nicht das geringste bedeutete, nicht anzurufen, und nicht mit ihr im Carlton Tee zu trinken - dann vielleicht würde Georg auf sie aufmerksam werden, dann würde er begreifen müssen, daß sie keine Puppe war, sondern ein lebender Mensch mit eigenen Wünschen und eigenem Denken.

Es dunkelte bereits, als Georg Holl am Abend seinen Besitz am Herzogpark betrat. Hubert Berger, der Fahrer, hatte die rückwärtige Tür der schwarzen Limousine geöffnet, Betty, das Stubenmädchen, kam aus der Haustür, nahm ihm Hut, Mantel, Regenschirm und Aktentasche ab.

»Danke«, sagte Georg Holl, »das Köfferchen trage ich selber.« Es war ein kleiner, eckiger Koffer von beträchtlichem Gewicht. »Wo ist die gnädige Frau?«

»Auf der Terrasse.«

Ein gepflasterter Weg führte um das Haus herum. Er hatte Sehnsucht nach Sylvia. Mit wenigen Schritten hätte er bei ihr sein können, aber er versagte es sich.

Er trat ins Haus, schritt die stählerne Treppe hinauf, die lichtdurchlässig und formschön, ein kleines zweckbedingtes Kunstwerk, mitten in der Halle stand. Oben, in seinem Badezimmer, wusch er sich unter fließendem Wasser gründlich die Hände, bürstete sich vor dem Spiegel das immer noch volle, eisengraue Haar, trat in das Ankleidezimmer und wechselte sein dunkles Jackett gegen eine helle Jacke aus Homespun. Dann stieg er die Treppe wieder hinunter, trat in den Raum hinter der Halle, deren gläserne Wand zum Garten jetzt an dem warmen Sommerabend noch versenkt war.

Er sah Sylvia, deren schlanke Silhouette im weißen Kleid sich hell gegen das nächtliche Dunkel des Gartens abhob. Das Feuer, das im offenen Kamin aus unpoliertem Marmor brannte, zauberte rötliche Lichter in ihr nußbraunes Haar.

Sie hatte ihn kommen gehört, schwang sich mit jener anmutigen Damenhaftigkeit, die er so sehr an ihr liebte, aus dem korbgeflochtenen Schaukelstuhl, kam auf ihn zu, nahm seinen Kuß entgegen.

»Du kommst spät«, sagte sie ohne Vorwurf, »sicher hast du schon gegessen.«

»Ja. Mit Bowery. In den ›Vier Jahreszeiten‹. Hätte dich gerne dabei gehabt, aber ich weiß, daß du auf dergleichen halbgeschäftliche Angelegenheiten sehr wenig Wert legst.«

»Wenn du es gewünscht hättest.«

»Ich weiß. Es sollte auch kein Vorwurf sein.« Er streckte sich auf eine der weich gepolsterten Liegen aus. »Was hast du heute erlebt?«

Sie hatte diese Frage erwartet und begann sofort zu berichten: Friseur, Eröffnung der Picasso-Ausstellung, Sonnenbad, Golf, eine Stunde im Carlton Tea Room mit Frau Hensel.

»Ich hoffe, du warst nett zu ihr«, sagte Georg Holl. »Ihr Mann ist sehr wichtig für mich, du solltest diese Beziehungen pflegen. Wo sind die Kinder jetzt?«

»Beide auf ihren Zimmern. Barbara hat für die Schule zu arbeiten, und Valentin war ganz zerschmettert. Er ist heute überhaupt nicht aus dem Haus gegangen.«

»Ich weiß, es war ein harter Schlag für ihn, daß ich ihm den Führerschein abnehmen mußte. Ich hoffe, es wird ihm eine Lehre sein.« Georg Holl wechselte das Thema. »Hast du übrigens schon über den zehnten August nachgedacht?«

»Nein«, sagte sie erstaunt, »oder doch ... am zehnten August hat die Bank Jubiläum.«

»Dreißig Jahre ... eine lange Zeit. Ich denke, da müßte man etwas starten. Am Jubiläumstag selber wird natürlich allerlei los sein, offizielle Ehrungen und dergleichen. Ich rechne übrigens mit dem Bundesverdienstkreuz. Aber Fräulein Angermann hat für mich im Kalender nachgesehen, am Zwölften ist ein Samstag. Das wäre genau der richtige Tag für eine Party. Nicht hier in der Stadt, das wäre zu langweilig, aber draußen auf dem Sonnenhof. Natürlich nicht zuviel Gäste ... sagen wir fünfzig, nicht viel mehr. Ich überlasse die Auswahl dir. Du wirst ja langsam gelernt haben, welche Leute wichtig sind. Ich habe übrigens schon heute bei der Agentur Berber zwanzig gute Leute zur Bedienung bestellt. Natürlich brauchen wir auch Detektive. Zwei wird wahrscheinlich die Stadt hinbeordern. Mindestens zwei werden wir selber engagieren müssen.

Was das Essen betrifft, so habe ich ebenfalls bereits alles geregelt.«

Er steckte einen Apfelschnitz in den Mund, sagte kauend: »Ich stelle mir das großartig vor. Der alte Park vom Sonnenhof festlich illuminiert. An einem Feuer im Freien, du weißt schon, in der windgeschützten Ecke im Hofe, wird ein ganzer Ochse ... vielmehr leicht übertrieben ... sagen wir, wird ein Kalb gebraten.«

Er nahm einen Schluck Milch, sah sie an. »Sag mal, Sylvia, was machst du denn für ein Gesicht? Gefällt dir meine Idee etwa nicht?«

»Du stellst mich wieder einmal vor ein Fait accompli.«

»Sicher tu' ich das. Was ist denn dabei? Es muß etwas geschehen, das weiß ich genau. Ist es ein Verbrechen, wenn ich dir die Entscheidung und die nötigen Vorbereitungen abnehme?«

»Sicher nicht«, sagte sie hilflos und ohne Hoffnung, ihm ihre Gefühle verständlich zu machen, »nur ... «

»Keine Angst, Sylvia, du brauchst dich mit der ganzen Geschichte überhaupt nicht zu befassen. Du hast nur eine Aufgabe: dazusein und schön zu sein.«

Am letzten Schultag kam Barbara mittags sehr aufgekratzt nach Hause. »Mama«, rief sie, kaum daß sie den Fuß auf die Schwelle des Wohnraums gesetzt hatte, »kann ich heute nachmittag deinen Wagen haben?«

»Natürlich, Liebling.«

»Warum seufzt du so schwer?«

Sylvia zündete sich ihre Zigarette an, nahm einen tiefen Zug, bevor sie sprach. »Ich habe dir etwas nicht sehr Angenehmes zu sagen, Liebling. Und ich fürchte mich vor deinen ... nun eben ... ziemlich heftigen Reaktionen.«

»Etwas Unangenehmes?«

»Na, gar so schlimm ist es auch nicht.« Sylvia ließ sich auf ihren Lieblingsplatz, den Schaukelstuhl, sinken. »Vater hat deinen Graf Schwarzenbach von der Gästeliste gestrichen.«

»Pit? Was hat er denn gegen ihn?«

»Ich weiß es nicht.«

»Aber irgendeine Erklärung muß er dir doch gegeben haben.«

Sylvia lehnte sich zurück und betrachtete ihre aufgeregte Tochter mit liebevoller Nachsicht. »Nein, er muß nicht, und er hat nicht. Seit wann wäre Vater verpflichtet, uns Erklärungen für seine Entscheidungen abzugeben? Das letzte Wort in diesem Hause hat doch immer er. Sprich mit ihm, wenn du glaubst, daß du im Recht bist.«

»Du wirst lachen«, sagte Barbara aufgebracht, »ja, das werde ich auch tun, und zwar sofort. Ich verzichte auf das Mittagessen, mir ist der Appetit vergangen!«

Barbara trat hoch erhobenen Kopfes, ohne die Spur eines verbindlichen Lächelns, in den Arbeitsraum des Bankiers und sagte statt jeder Begrüßung: »Was hast du gegen Pit Schwarzenbach, Vater? Ich will es wissen!«

»Hast du deiner Mutter zugesetzt, ihn auf die Gästeliste zu setzen?«

»Ja.«

»Das ändert die Dinge erheblich ... nicht zum Guten, Barbara.«

Das junge Mädchen, dessen Augen so grau waren wie die ihres Vaters, dachte nicht daran, den Blick zu senken. »Möchtest du so freundlich sein, mir das zu erklären?«

»Ich hätte es getan, auch ohne daß du mich darum bittest.« Georg Holl nahm im Sessel hinter seinem Schreibtisch Platz, ohne seine Tochter aufzufordern, sich ebenfalls zu setzen. »Ich habe Erkundigungen über diesen Grafen eingezogen. Sie sind nicht günstig ausgefallen.«

»Was du schon günstig nennst!« Sie errötete unter seinem Blick, sagte plötzlich kleinlaut: »Entschuldige, bitte, Papa.«

»Seit wann kennst du ihn?«

»Och, eigentlich schon immer.«

»Ich möchte eine exakte Antwort haben.«

»Er war im Tennisklub, schon bevor Valentin und ich eintraten. Aber wir haben nie besonders auf ihn geachtet. Erst jetzt im Frühjahr haben wir uns ein bißchen angefreundet. Er hat einen fabelhaften Aufschlag, Vater. Und dann, er hat Rennen gefahren, richtige große Rennen. Er ist ungeheuer interessant, du solltest ihn bloß kennenlernen. Und er sieht gut aus.«

»Ich weiß. Dennoch erwarte ich von dir, daß du den Verkehr mit ihm abbrichst. Das gleiche gilt auch für Valentin, aber dem werde ich es noch persönlich sagen.«

»Abbrichst! Wie stellst du dir das vor? Sollen wir etwa aus dem Klub austreten?!«

»Versuch nicht, mir das Wort im Munde umzudrehen. Ich habe nichts dagegen, wenn du ihn höflich begrüßt. Auch nicht, wenn du hie und da eine Partie mit ihm spielst, aber mehr auch nicht. Dieser Bursche ist kein Umgang für dich, Barbara. Er hat einen denkbar schlechten Ruf!«

»Nun sag mir bloß um Himmels willen, was du unter einem schlechten Ruf verstehst?«

»Es gab da eine reiche Amerikanerin ... «

Barbara lachte. »Shirley Hamond? Wegen der regst du dich auf? Aber das war doch eine ganz harmlose Geschichte. Pit hat sie mir haarklein erzählt. Sie war vernarrt in ihn. Kannst du ihm das etwa zum Vorwurf machen?«

»Nein. Aber er hat Geschenke von ihr angenommen, er hat ein ganzes Jahr auf ihre Kosten gelebt. Um ganz offen zu sprechen ... er hat sich aushalten lassen. Bitte, frag mich jetzt nicht nach Einzelheiten, ich rede nicht gerne mit einem, wie ich hoffe, gut erzogenen jungen Mädchen über solche Dinge.«

Barbaras graue Augen hatten sich verdunkelt. »Das habe ich nicht gewußt«, sagte sie leise.

»Ich glaube dir. Du weißt sicher einiges nicht. Die Geschichte passierte vor drei Jahren, als du noch ... nun, andere Interessen hattest. Dieser Graf ist damals als Playboy durch die ganze Presse gezogen worden. Der ständige Begleiter Shirley Hamonds - eine peinliche Geschichte. Und das war nicht das letzte Mal, daß die Schreiber der Klatschspalten sich für ihn interessierten. Er ist seitdem noch sehr häufig erwähnt worden. Und immer im Zusammenhang mit einer anderen mehr oder weniger anrüchigen Dame.« Georg Holl erhob sich, trat auf Barbara zu, packte sie bei den Schultern. »Bist du heute mit ihm verabredet?«

»Ja, Vater.«

»Du wirst nicht hingehen, ich will es nicht. Du fliegst morgen und bleibst ein paar Wochen fort. Das ist sehr gut so.«

»Aber - warum soll ich denn nicht wenigstens noch einmal mit ihm reden?«

»Weil du ihm nicht gewachsen bist. Glaub mir, Barbara, es ist für einen Mann sehr leicht, einem Mädchen etwas vorzumachen. Gefühle, die nicht echt sind, Versprechungen, die nicht ernst gemeint sind. Man muß nur skrupellos genug dazu sein. Und das ist dieser junge Herr. Nun weine nicht, Kleines, du wirst diesen Hallodri im Handumdrehen vergessen haben.« Er legte ihr die Hand unters Kinn, sah sie besorgt an. »Es ist doch nichts Ernstes?«

Sie schüttelte stumm den Kopf.

»Na also. Ich will nicht, daß mein kleines Mädchen unglücklich wird. Es wäre schrecklich für mich, in den Klatschspalten zu lesen: anwesend waren Barbara Holl, einzige Tochter und so weiter mit ihrem ständigen Begleiter. Verstehst du, daß ich das nicht will?«

»Ja, Vater.«

»Dann ist es ja gut. Ich werde jetzt Mutter anrufen, damit sie dich abholt. Ich gebe euch einen hübschen runden Scheck, damit ihr Einkäufe machen könnt. Es fehlt dir doch sicher noch allerhand für Genf, nicht wahr? Siehst du, das habe ich mir gedacht. Wenn ihr mich nicht hättet.«

2

Der 10. August wurde zu einem Tag voller offizieller und inoffizieller Ehrungen für den Bankier Georg Holl.

Die Cour der Gratulanten dauerte, obwohl er mit jedem nicht mehr als einen kurzen Händedruck wechseln konnte, volle zwei Stunden. Glückwunschadressen trafen aus aller Welt ein. Das erwartete Große Bundesverdienstkreuz wurde ihm vom Regierungspräsidenten persönlich überreicht. Es war ein Tag unerhörten Glanzes, Triumph eines kühnen und schaffensreichen Lebens. Georg Holl hatte den Gipfel des Erfolges erreicht.

Georg Holl war klug, aber nicht ohne Eitelkeit. Er freute sich über die Ehrungen, die ihm zuteil wurden, empfing sie mit einer gewissen Genugtuung.

Dennoch spürte Sylvia, die den langen ermüdenden Tag, schöner denn je, an seiner Seite durchstand, daß er sich nicht ganz wohl fühlte. »Was ist mit dir?« fragte sie. »Du bist blaß.«

Er zwang sich zu einem Lächeln. »Hat nichts zu bedeuten. Zuviel des Vergnügens bekommt mir anscheinend nicht.«

Tatsächlich war er beunruhigt. Sein linker Oberarm schmerzte ihn, und er hatte einmal in einer medizinischen Zeitschrift gelesen, daß dies eine Ausstrahlung vom Herzen her sei, ein bedenkliches Zeichen und eine Warnung.

Er versuchte, sich seine Sorgen auszureden, und rief Professor Bertram an, der ihn vor einem halben Jahr auf Herz und Nieren untersucht hatte, machte einen Termin mit ihm für den Vormittag des Vierzehnten aus. Er befürchtete, daß der Professor ihm strenge Maßnahmen vorschreiben würde, und er wollte sich, trotz aller uneingestandener Ängste, das Fest auf Gut Sonnenhof nicht verderben lassen. Er schob einen Teil seiner Beschwerden auf den Föhn, der seit nahezu sechs Wochen ununterbrochen über dem Alpenvorland herrschte.

Georg Holl und seine Frau empfingen ihre Gäste mitten auf dem grünen Rasen. Sylvia, in einem sehr raffiniert geschnittenen Kleid aus weißem Brokat, das ihre schmalen Fesseln freigab, sah atemberaubend aus. Um ihren Hals, in ihren Ohren, an ihrer Hand funkelten Rubine und Brillanten.

Die Band intonierte, bevor das Zeichen zum Tanz gegeben war, einen angenehm gemäßigten Jazz. Barbara, sehr reizend in einem jugendlichen hellblauen Kleid mit ganz weitem Rock, und Valentin, in weißer Smokingjacke, zogen sich mit den anderen jungen Leuten in einen Winkel zurück, um ungestört von der älteren Generation nach Herzenslust plaudern und albern zu können.

Dann, als die Auffahrt der Wagen ihr Ende genommen hatte, schlug Georg Holl höchstpersönlich auf einen hell klingenden Gong - unter allgemeiner Anteilnahme schlug er den Spund in das Bierfaß.

Als er sich wieder aufrichtete, war er hochrot im Gesicht, aber er nahm lächelnd den Beifall entgegen, den seine Gäste ihm spendeten. In den nächsten zehn Minuten waren die Diener nur noch damit beschäftigt, Krüge voll Bier einzuschenken und zu verteilen.

Dann hob Georg Holl sein Glas und sagte mit lauter, kraftvoller Stimme: »Freunde! Zum ... «

Seine Stimme brach ab, er fuhr mit der Hand zum Herzen, seine Augen verdrehten sich, er stürzte rückwärts zu Boden, sein Körper schlug mit einem dumpfen Aufprall auf den Rasen.

Sylvia kniete sich an seine Seite, ohne darauf zu achten, daß ihr weißes Kleid in eine Lache von verschüttetem Bier geriet. »Georg«, sagte sie, atemlos vor Entsetzen, »Georg, bitte ... «

Irgend jemand hatte die Band darauf aufmerksam gemacht, daß etwas Furchtbares geschehen war. Die Musik brach ab. Es wurde sehr still.

Professor Bertram, der einige Schritte entfernt gestanden hatte, trat auf den am Boden Liegenden zu, beugte sich über ihn. Ein Blick in die starren, immer noch offenen Augen sagte ihm genug. Er richtete sich auf, sagte, ohne seine Stimme zu erheben, in das Schweigen hinein: »Meine Damen und Herren, ich fürchte, wir werden diese Geselligkeit abbrechen müssen. Ein plötzliches Unwohlsein unseres Gastgebers. Bitte, ersparen Sie mir alle näheren Erklärungen.«

Sylvia richtete sich auf: »Aber, Professor«, sagte sie, und in ihrer Stimme klang ein gefährlich hysterischer Unterton, »warum tun Sie denn nichts. Untersuchen Sie ihn ... geben Sie ihm eine Spritze! Irgend etwas ... Sie sind doch sein Arzt!«

Der Professor nahm Sylvias Hände mit festem, fast schmerzhaftem Druck, sagte eindringlich: »Gnädige Frau, Sie müssen jetzt sehr tapfer sein ... Georg Holl ist tot.«

3

Roman Miller, erster Prokurist von Holl & Co., besaß eine Eigentumswohnung in einem modernen Appartementshochhaus in München-Bogenhausen - übrigens in demselben Haus, in dem auch Barbaras Graf wohnte. Aber er kam nicht allzuoft dazu, die Vorteile dieser feudalen Junggesellenwohnung zu genießen; er ging fast jeden Abend aus, und über das Wochenende war er meist verreist.

Diesmal aber war es anders.

Ein nicht mehr ganz junges Mädchen mit schräg stehenden, sehr untermalten Augen und einer feuerrot gefärbten Mähne hockte auf der überbreiten Couch und beobachtete unzufrieden, wie Roman Miller sich vor dem Spiegel eine schwarze Krawatte band. Sie hatte sich einen rotseidenen Morgenmantel von ihrem Gastgeber ausgeliehen, dessen Ärmel sie hatte hochkrempeln müssen, weil er ihr viel zu groß war.

Regen schlug gegen die große Fensterscheibe, lief in breiten Bächen das Glas hinab.

»Das paßt mir aber gar nicht, daß du mich jetzt einfach sitzenlassen willst«, sagte das rothaarige Mädchen unzufrieden, »gerade heute! Du hast seit Wochen gewußt, daß ich heute abend frei haben würde, du hättest es dir wirklich einrichten können.«

»Eben nicht«, sagte er und riß ungeduldig an seiner Krawatte, »woher konnte ich ahnen, daß Georg Holl tot umfallen würde?«

»Na«, sagte das Mädchen ungerührt und schlug die schlanken Beine übereinander, »gewünscht hast du es ihm ja schon lange.«

Er packte sie bei den Schultern. »Bitte, Tamara, nun sei doch nicht so ... bitte nicht! Du weißt, wieviel jetzt für mich auf dem Spiel steht ... «

»Nein«, sagte sie, »gerade das begreife ich eben nicht. Es gibt doch nur zwei Möglichkeiten: Entweder der alte Holl hat dir einen Anteil an der Firma vermacht ... «

»Das hat er bestimmt!«

» ... oder er hat dich hereingelegt«, fuhr sie ungerührt fort. »Wie auch immer ... ändern kannst du jetzt ganz bestimmt nichts mehr. Es gibt also keinen Grund, verrückt zu spielen.«

»Ich habe Verpflichtungen ... «

»Georg Holl gegenüber? Daß ich nicht lache! Hast du vergessen, daß du mir so und so oft erzählt hast, wie er dich aufs Kreuz gelegt hat?«

»Ich habe mir selber gegenüber Verpflichtungen, Tamara, mir, meiner Stellung und der Bank gegenüber. Holl & Co., das bin von nun an ich!«

Sie sah ihn mit einem rätselhaften Blick ihrer schräg geschnittenen Augen an. »Ich fürchte, du bist auf dem besten Weg, größenwahnsinnig zu werden.«

Er ließ sie los, wandte sich ärgerlich ab. »Ach, mit dir kann man ja nicht reden. Nicht mehr Hirn als eine Maus.« Er ging ins Bad, prüfte seine Rasur vor dem Spiegel. Dann strich er sich ein wenig Fixativ auf die Handflächen, rieb es in sein dunkles Haar, das er gleich darauf mit zwei Bürsten zu bearbeiten begann.

Das Telefon klingelte.

Tamara wartete ab, ob Roman Miller es hörte. Erst beim zweiten Zeichen ging sie ohne Eile zum Badezimmer: »Telefon, Sweety!«

Eine Sekunde war er verdutzt, dann sagte er: »Ach, das wird der Notar sein. Ich konnte ihn heute früh nicht erreichen und habe gebeten ... « Er stürmte mit großen Schritten zu seinem Schreibtisch.

Es hatte bereits das vierte Mal geklingelt, als er den Hörer abnahm und sich meldete: »Roman Miller! Jawohl, Herr Doktor, ich habe Ihren Anruf erwartet. Ja, es ist wirklich furchtbar. So völlig unerwartet. Nein, die Beerdigung ist erst Dienstag. Über Sonntag war ja keine Verständigung möglich. Dienstag zehn Uhr in Lauterwies.« Er zog sich einen Sessel heran, setzte sich. »Ich rechne mit einer großen Beteiligung. Warum erst Mittwoch? Nein, meines Erachtens könnte die Testamentseröffnung doch sehr gut Dienstag nachmittag ... natürlich, Frau Holl ist sehr angegriffen. Also gut, dann doch Mittwoch. Wann sollen wir also bei Ihnen ... «

Roman Miller brach ab, und Tamara sah, wie alles Blut aus seinem Gesicht wich, während er den Worten des Notars lauschte.

»Ich verstehe«, sagte er dann mit gepreßter Stimme. »Ja, ich verstehe vollkommen. Im Trauerhaus oder ... Ich werde darüber noch mit Frau Holl sprechen. Ich gebe Ihnen morgen Bescheid.«

Er hielt den Hörer immer noch in der Hand, sah mit stumpfen Augen vor sich hin, während der Notar längst eingehängt hatte.

Tamara ließ sich neben ihm in die Knie sinken, sah ihn besorgt an. »Was ist, Sweety? Mach doch nicht so ein Gesicht. Bitte, was ist? Sprich doch!«

Ganz langsam legte er den Hörer auf. »Nichts, was dich überraschen könnte«, sagte er tonlos.

»Ich verstehe nicht ... «

»Er hat mich reingelegt. Er hat mich wieder einmal und noch zum Schluß hereingelegt! Georg Holl, der ehrenwerte Mann ... pfui Teufel!«

»Hat er dir ... nichts vermacht?«

»Wer spricht denn von vermachen! Nicht einmal erwähnt bin ich in seinem Testament. Nicht mit einer Silbe!« Der wilde Zorn, der ihn gepackt hatte, ließ die blaue Ader an seiner Schläfe gefährlich anschwellen.

»Bitte, reg dich doch nicht auf«, sagte Tamara rasch, »es kann doch alles ein Irrtum sein. Das Testament ist ja noch nicht einmal eröffnet!«

»Aber ich bin nicht dabei!« Seine Stimme schlug über. »Ich werde nicht einmal dabei sein. Nur die Familie! Und ich Narr habe mich von dem alten Gauner hinhalten lassen, ich habe an dieses verfluchte Testament geglaubt. Und er?« Roman Miller sprang auf und schüttelte Tamara von sich wie ein lästiges Insekt. »Aber das wird er mir büßen. Die ganze Sippe wird es mir büßen! Diese verfluchten Holls!«

Die Bestattung des Bankiers Georg Holl fand mit großem Pomp statt. Es war ein grauer Tag, aber es regnete nicht mehr.

Die Trauergemeinde war so zahlreich, daß der Dorffriedhof nicht allen Raum bot; große Gruppen blieben während der ganzen Feier jenseits der Mauern, flüsterten einander ihre Eindrücke zu und waren wieder still, wenn sie glaubten, Fetzen der Grabreden erhaschen zu können.

Zahlreiche Vertreter des öffentlichen Lebens, aus Industrie, Handwerk und Regierung waren erschienen oder hatten zumindest Kränze geschickt. Die Blumengrüße - riesige Räder aus Lorbeer, Rosen, Lilien und Nelken, mit breiten bunten Schärpen, auf die die Namen der Spender mit prächtigen goldenen Buchstaben geprägt waren - stapelten sich in der Kapelle. Roman Miller sprach amoffenen Grab, Oberregierungsrat Schnitzler in Vertretung des Herrn Regierungspräsidenten, und zum Schluß der Pfarrer von Lauterwies, und alle priesen sie den Verstorbenen als einen Ehrenmann.

Sylvia sah und hörte von alldem nichts.

Sie stand, sehr schmal in einem schwarzen Schneiderkostüm, am Grabe, rechts und links gestützt von ihren Kindern, eine trauernde Witwe, deren Gesicht völlig von einem dichten schwarzen Schleier bedeckt war. Sie stand unbeweglich und schluchzte nicht einmal auf, als der schwere eichene Sarg unter den Klängen eines Trauermarsches in die Tiefe gesenkt wurde.

Erst als ihr der Mesner die kleine Schaufel mit der dunklen Erde in die Hand gab und Barbara ihr zuflüsterte: »Komm, Mama, du mußt es ihm jetzt nachwerfen!« - schien sie zu begreifen. Sie schwankte, ihr Körper wurde geschüttelt, die Erde rieselte zu Boden, und der Mesner mußte ihr die Schaufel noch einmal füllen. Der dumpfe Klang, mit dem die schwere Erde auf das Holz des Sarges traf, hatte etwas Endgültiges.

Nachher reichte sie ihre schmale Hand in dem schwarzen feinen Lederhandschuh jedem, der sie nehmen wollte - und es waren Hunderte, die an dem offenen Grab vorbeidefilierten und ihr Worte des Beileides sagten; Worte, die oft gut gemeint und doch ganz und gar sinnlos waren.

Sie hatte das Gefühl, daß diese Qual nie ein Ende nehmen würde, als der junge Markus Ebinger sich von hinten zwischen sie und ihre Tochter drängte. »Ich bringe dich nach Hause, Sylvia«, flüsterte er, »es ist genug. Jetzt können die Kinder dich vertreten.« Er schob seinen Arm unter ihren Ellbogen, umschloß ihr Handgelenk mit festem Griff und brachte sie zum Friedhofstor.

Er hatte Hubert schon vorher Bescheid gesagt, und dem Chauffeur war es gelungen, den Rover aus der endlosen Reihe parkender Wagen herauszumanövrieren und zu wenden. Er stieg aus, öffnete Frau Sylvia die hintere Tür. Markus Ebinger half ihr in das Auto. Sie beugte sich noch einmal vor, sagte warm: »Danke, Markus ... danke! Du bist ein guter Freund.« Dann fiel die Tür hinter ihr ins Schloß.

Markus Ebinger stand und sah dem langsam davonfahrenden Wagen nach. Auf seinem Gesicht spiegelten sich die widerstrebendsten Gefühle.

Am nächsten Vormittag fuhr Hubert die Familie zum Notar. Frau Sylvia war es so lieber gewesen, als den Testamentsvollstrecker in den Privaträumen ihres Hauses am Herzogpark oder in der Bank zu empfangen.

Dr. Schrupp war ein hagerer, weißhaariger Herr, der wie ein guter Sechziger aussah, obwohl er tatsächlich gleichaltrig mit Georg gewesen war.

Er kam Sylvia bis zur Tür seines Büros entgegen, drückte ihr und den Kindern die Hand, führte sie dann zu den drei Sesseln, die seine Sekretärin vor seinen Schreibtisch geschoben hatte. Barbara und Valentin nahmen neben ihrer Mutter Platz.

Der Notar öffnete den dicken amtlich versiegelten Umschlag, nahm den gestempelten Bogen heraus und begann sehr rasch vorzulesen: »Am achtzehnten Oktober neunzehnhundertsechsundfünfzig erschien vor mir, Doktor Leo Schrupp, Notar in München, in meiner Geschäftsstelle München, Maximilianstraße, Herr Georg Wilhelm Holl, Bankier, wohnhaft in München-Bogenhausen, Herzogpark, geboren am achten Juli neunzehnhundertundvierzehn, mir persönlich bekannt. Er erklärte, ein Testament durch mündliche Erklärung errichten zu wollen. Die Zuziehung von Zeugen zu dieser Verhandlung wurde nicht gewünscht und auch nicht veranlaßt. Herr Georg Holl ist nach meiner Überzeugung voll testierfähig. Er erklärte seinen Willen vor mir mündlich und deutlich wie folgt:« Dr. Schrupp warf einen Blick über seine Brille, als wenn er sagen wollte: Jetzt kommt's.

Frau Sylvia fühlte, wie eine eisige, gänzlich unerklärliche Angst ihr das Herz zusammenkrampfte. Unwillkürlich suchte sie die Hand ihrer Tochter. Aber Barbara merkte es nicht, sie saß ganz starr, alle ihre Sinne waren auf das Testament gerichtet.

Mit klarer, gelassener Stimme las der Notar: »Ich, Georg Holl, setze hiermit zum alleinigen und ausschließlichen Erben meine Ehefrau ein, Sylvia Holl, geborene Sollnhofen, geboren am achtzehnten Januar neunzehnhundertvierundzwanzig ... «

Es war Valentin, der den Vortrag unterbrach. »Sagen Sie das noch mal!« platzte er heraus. »Ich höre wohl nicht recht! Alles für Mama? Und wir? Was wird aus uns?«

»Bitte, Valentin ... «, murmelte Sylvia, selber ganz verwirrt.

Der Notar sah den jungen Mann ausdruckslos über seine Brille hinweg an. »Einen Augenblick, Herr Holl. Sie werden es gleich hören. Sie und Ihre Schwester ... Ihre genauen Daten und so weiter sind natürlich angeführt, es besteht kein Zweifel ... sollen nach dem Tod Ihrer Mutter zu gleichen Teilen erben.«

»Und jetzt?« rief Valentin. »Jetzt bekommen wir also gar nichts? Keinen Pfennig?«

»Halt den Mund!« sagte Barbara kalt. »Bitte, lesen Sie weiter, Herr Notar.«

»An die Stelle eines verstorbenen Kindes treten dessen eheliche Abkömmlinge als Ersatzerben, im übrigen sind die eingesetzten Miterben gegenseitig Ersatzerben.« Wieder hob der Notar den Kopf. »Soll ich das vielleicht mal erklären?«

»Danke, Herr Doktor. Später vielleicht.« Sylvia wunderte sich, daß ihre Stimme ihr gehorchte. »Wie ich bis jetzt verstanden habe, erbe ich allein und die Kinder erst nach meinem Tode zu gleichen Teilen. Ist das richtig?«

»Vollkommen. Natürlich könnte der junge Herr Holl oder seine Schwester auf einen Pflichtteil klagen. Aber das wäre wohl nicht sehr zweckmäßig, weil es in keinem Vergleich zu der tatsächlich ausstehenden Erbschaft stehen würde.«

Valentin Holls bräunliches Gesicht war vor Erregung rot angelaufen. »Das ist ja ... Betrug!« preßte er heraus. »Wir ... Barbara und ich ... sind betrogen. Wer sagt uns denn, ob wir je etwas kriegen? Mutter kann ja alles verschleudern, verschenken.«

»Ja, das kann sie«, sagte der Notar ruhig, »aber Ihr verstorbener Herr Vater hat anscheinend genügend Vertrauen in die gnädige Frau gesetzt, daß das nicht geschehen wird. Allerdings ... « Er sah wieder auf das Testament, » ... eine Einschränkung hat er gemacht. Ich lese: Sollte sich meine Ehefrau nach meinem Ableben noch einmal verheiraten oder nach mehr als zehn Monaten nach meinem Tode Mutter werden, dann geht das gesamte Erbe sofort zu gleichen Teilen auf meine Kinder Barbara und Valentin über. Meiner Ehefrau verbleibt dann nur Gut Sonnenhof und seine Einkünfte.«

Barbara holte tief Atem. »Wenn Mutter heiratet, dann ... dann erben wir also doch?«

»Ja. Sobald Ihre Frau Mutter stirbt oder heiratet ... «

Sylvia stand auf. »Sie haben das sehr deutlich ausgedrückt, Herr Notar«, sagte sie mit bebender Stimme, »aber Sie haben einen Punkt vergessen: Sobald ich ein Baby bekomme!« Sie wandte sich ihren Kindern zu, sagte mit flammenden Augen: »Ihr seht also, ihr habt keinen Grund, euch zu beschweren. Ihr seid genügend abgesichert. Das Vertrauen eures Vaters zu mir hat entschieden seine Grenzen.« Sie schlug die Hände vors Gesicht. »Starrt mich nicht so an! Ich will euch doch nichts wegnehmen! Begreift ihr denn nicht, was ich verloren habe? Glaubt ihr denn, daß mir an dem verfluchten Geld und der verfluchten Bank und alledem wirklich etwas läge?«

4

Als Sylvia Holl nach Hause kam, öffnete Valentin ihr die Tür. Noch nie hatte sie das Heimkommen so angenehm empfunden wie nach diesem langen Vormittag, an dem sie sich in der Bank, die jetzt ihr gehörte, mit Vertragsklauseln und unverständlichen Berechnungen hatte abplagen müssen. Am liebsten hätte sie Valentin in die Arme genommen und herzlich geküßt, so wohl tat es ihr, sein klares Jungengesicht zu sehen.

Sie tat es nicht.

»Habe ich mich verspätet?« fragte sie nur lächelnd. »Du hast so einen hungrigen Blick.«

Er half ihr aus dem schwarzen Seidenmantel, blieb abwartend im hellgetäfelten Garderobenraum hinter ihr stehen, während sie sich vor dem in das bunte Mosaik eingelassenen Spiegel das schwarze Chiffontuch abnahm und die Haare ordnete.

»Nein, Mama«, sagte er und trat nervös von einem Fuß auf den anderen.

»Dann finde ich es besonders nett, daß du mich erwartet hast.«

»Ich muß mit dir sprechen.« Valentins Mund war schmal vor Entschlossenheit.

Sie spürte neue Schwierigkeiten auf sich zukommen, Schwierigkeiten, denen sie sich nicht gewachsen fühlte, sagte rasch: »Doch nicht jetzt.« Sie legte ihre schmale Hand auf seinen Arm, fügte beschwörend hinzu: »Ich habe einen sehr anstrengenden Vormittag hinter mir.«

»Es ist wichtig, Mama.«

Sie ahnte nicht, von was er sprechen wollte, aber ihr Herz zog sich in unbestimmter Furcht zusammen. »Etwas ... Unangenehmes?« fragte sie und schämte sich über sich selber, daß sie vor einer Aussprache mit ihrem noch nicht erwachsenen Sohn zurückschreckte.

»Nein, gar nicht.« Valentins Stimme klang rauh vor Anspannung. »Es ist nur ... ich will für den Rest der Ferien nicht nach London zurück.«

»Ach so. Wenn das alles ist.« Sylvias Erleichterung war ehrlich. »Niemand zwingt dich dazu.« Sie trat an die kleine Hausbar, begann sich ein Glas Wermuth Soda on the rocks zu mixen.

» ... und ich will meinen Führerschein wieder haben!« platzte er heraus.

Sylvia schwieg, einfach, weil sie außerstande war, sogleich auf diese Forderung zu reagieren. Sie schüttelte das Glas leicht, so daß das Eis klirrte, nahm einen kleinen Schluck.

»Mama!« rief er zornig. »Warum sagst du denn nichts? Ich habe dich etwas gefragt!«

Sie sah ihn an, und selbst in diesem Augenblick, als er zornglühend, ungebärdig vor ihr stand, spürte sie, wie sehr sie ihn liebte, ihren jungen Sohn.

»Es ist mir nicht aufgefallen, daß du mich etwas gefragt hättest«, sagte sie und mußte sich zur Ruhe zwingen, »du hast gefordert, und da ist denn doch wohl ein gewaltiger Unterschied.« Sie nahm in dem kleinen Gobelinsessel Platz, stellte ihr Glas auf das Tischchen, öffnete ihre Handtasche.

Sie wollte nicht nachgeben, denn sie spürte deutlich, daß diese

Stunde entscheidend war, entscheidend für sie und für ihren Sohn. »Valentin«, sagte sie mit Nachdruck, »Vater hat bestimmt gewußt, warum er dir den Führerschein abgenommen hat. Ich denke nicht daran, diese Maßnahme, kaum daß er unter der Erde ist, rückgängig zu machen.«

»Dann«, sagte Valentin, und seine Augen funkelten, »fahre ich eben ohne Führerschein! Was kann mir schon passieren! Du hast ihn ja! Wenn die Polizei mich wirklich erwischt, wirst du ihn schon herausrücken.«

Sylvia spürte, wie ein nie gekannter, glühender Zorn in ihr hochstieg. Sie drückte schweigend ihre Zigarette aus, nahm einen Schluck Wermuth Soda, kämpfte um ihre Beherrschung.

»Mach doch nicht so ein Gesicht, als wenn ich etwas Ungeheuerliches gesagt hätte!« rief Valentin. »Ich habe recht, Mama, gib es doch zu!«

Sie stand auf. »Nein«, sagte sie, »du bist im Unrecht, Valentin. In mehr als einer Beziehung. Ich habe keine Ahnung, wo dein Führerschein steckt.«

»Aber ... « Der Junge starrte seine Mutter mit weit aufgerissenen Augen an.

»Ich weiß es nicht«, wiederholte Sylvia, und ihre eigene Stimme klang fremd in ihren Ohren, »unter Vaters privaten Papieren war er jedenfalls nicht. Außerdem würde er dir auch nichts nützen, denn du hast ja kein Auto mehr.«

»Aber wieso denn nicht? Mein Wägelchen steht doch in der Garage.«

»Es gehört nicht mehr dir, Vater hat es dir entzogen, und ich habe mich entschlossen ... «, sie machte eine kleine Pause, nahm alle Kraft zusammen, » ... ihn Markus Ebinger zu schenken. Er ist im Testament zu kurz gekommen, und es wäre wirklich nur eine kleine Geste der Freundschaft.«

»Ausgerechnet Markus Ebinger! Ja, sag einmal, Mutter, bist du denn total verrückt geworden? Diesem Duckmäuser willst du ... «

»Nimm dich zusammen, Valentin! Schlag augenblicklich einen anderen Ton an, sonst ... «

Er war zu aufgeregt, um den gefährlichen Unterton in ihrer Stimme zu bemerken, brüllte zurück. »Was denn ... sonst? Womit willst du mir denn drohen? Bildest du dir ein, ich habe Angst vor dir?«

Ihre Hand klatschte auf seine Wange.

Sie begriff es selber erst, nachdem es geschehen war.

Er starrte sie ganz verdutzt an. »Du ... du hast mich geschlagen?!«

Sie war den Tränen nahe, Tränen über ihr Schicksal, ihren Sohn, ihre eigene Unfähigkeit. »Komm ... bitte«, sagte sie und packte seinen Arm. »So geht es doch nicht. Laß uns doch noch einmal versuchen, alles in Ruhe zu besprechen. Mach erst einmal dein Abitur, wie Vater es gewünscht hat, und dann ... natürlich bekommst du nach dem Abitur einen neuen Wagen von mir, ein ganz neues todschickes Modell.«

Er riß sich los. »Nein«, sagte er, »nein. Ich will nicht. Ich lasse mich zu nichts zwingen. Von dir schon gar nicht. Gut, du kannst mir meinen Führerschein vorenthalten, daran kann ich nichts ändern, du kannst auch mein Auto verschenken oder verkaufen oder sonst was damit anstellen. Aber du kannst mich nicht daran hindern, zu fahren. Immer wieder und sooft mir ein Auto unter die Finger kommt.«

»Valentin!«

»Und du kannst mich auch nicht zwingen, zu lernen. Ich habe genug ... genug von dieser öden Penne, der ewigen Bevormundung, den idiotischen Vorträgen. Daß du es nur weißt: Ich werde nicht mehr auf die Schule zurückgehen. Keine zehn Pferde können mich dazu zwingen. Ich tu's einfach nicht.«

Sylvia spürte, wie alles Blut zu ihrem Herzen strömte, ihr Gesicht wurde sehr blaß unter der bräunlichen Haut. »Das«, sagte sie mit einer Stimme, die ihr kaum noch gehorchte, »das ist doch nicht dein Ernst?« Sie trat näher auf ihn zu, packte ihn bei den Rockaufschlägen. »Das hast du doch alles nur aus Wut gesagt, nicht wahr? Du willst mich erschrecken.«

»Nein«, sagte er, »ich wollte es schon immer. Die Schule interessiert mich überhaupt nicht mehr. Schon lange nicht. Es ist bloß vergeudete Zeit, die ich dort verbringe. Ich habe die Nase voll.«

»Aber, Valentin«, sagte sie außer sich vor Verzweiflung, »du mußt doch auf die Schule gehen. Was willst du denn sonst anfangen?«

»Rennfahrer werden. Der Graf hat gesagt ... «

»Welcher Graf? Wovon redest du?«

»Barbaras Graf natürlich. Er sagt, ich hätte eine ausgesprochene Begabung dafür, und er versteht was von der Sache, worauf du dich verlassen kannst. Er sagt, wenn ich die nötige Energie hätte ... und die habe ich, Mama, du wirst dich wundern. Ich lasse mich nicht länger unterjochen, ich will etwas tun, was mir liegt, was mir Spaß macht. Große Rennen fahren, ganz an der Spitze liegen ... «

»Kein, Valentin«, sagte Sylvia, »schlag dir das aus dem Kopf. Das werde ich dir nie erlauben.«

»Ich pfeife auf deine Erlaubnis! Wie willst du mich denn hindern? Willst du mich etwa prügeln, ja? Versuch's nur. Du wirst ja schon sehen, was dann geschieht!« -

Barbara erschien kurz nachdem Betty angefragt hatte, ob sie das Essen servieren dürfte. Erhitzt, zerzaust, mit strahlenden Augen stürmte sie in das Zimmer. Sie hatte das schwarze Kostüm der letzten Tage gegen ein leichtes Sommerkleid aus hellblauer Shantungseide eingetauscht.

Sylvia Holl sah es mit Unbehagen. Aber die Auseinandersetzung mit Valentin hatte sie so mitgenommen, daß sie es nicht wagte, eine Bemerkung über diesen allzu fröhlichen Aufzug zu machen.

Barbara küßte die Mutter flüchtig auf die Stirn, bevor sie sich zu Tisch setzte, fragte, während sie sich ihre Serviette auf den Schoß legte: »Wo ist Valentin?«

»Er weiß, daß wir essen.«

»Aha. Krach gegeben?«

Sylvia wartete, bis Betty die Kaltschalen serviert hatte und in die Anrichte gegangen war, sagte dann: »Ich hatte eine sehr ärgerliche Unterredung mit ihm.«

»Tut mir leid, Mami«, sagte Barbara und löffelte ungeniert ihre Suppe.

»Er will nicht mehr zur Schule.«

»Ich weiß.«

Sylvia beugte sich vor. Sie traute ihren Ohren nicht. »Du weißt das ... und du hast mir nie ein Wort davon gesagt?«

»Warum sollte ich? Ist ja schließlich sein Bier.«

Sylvia war so erschüttert, daß sie sogar darauf verzichtete, die saloppe Ausdrucksweise ihrer Tochter zu rügen. »Weißt du etwa auch von seinen Rennfahrerplänen?«

»Schon lange.« Barbara lächelte ihrer Mutter zu. »Aber reg dich bloß nicht auf, Mama, nichts wird so heiß gegessen, wie es gekocht wird. Ich halte es für ausgeschlossen, daß er es schafft. Pit sagt auch ... « Sie stockte.

»Sprich nur weiter«, sagte Sylvia mit erzwungener Ruhe, »ich nehme an, du sprichst von ›deinem Grafen‹, wie Valentin ihn nennt ... «

»Ach, hör doch nicht auf den Jungen«, sagte Barbara tödlich verlegen.

Betty kam wieder herein, wechselte die Teller, trug eine große Schüssel Geflügelsalat, garniert mit Oliven, Pfeffergurken, hartgekochten Eiern, auf.

»Danke, Betty«, sagte Sylvia, »wir bedienen uns selber.« Als sie wieder mit ihrer Tochter allein war, fragte sie: »Handelt es sich etwa um den gleichen Grafen ... ich habe den Namen leider vergessen ... mit dem zu verkehren Vater dir strikte untersagt hatte?«

Barbara hob den Kopf und sagte mit aufflammendem Trotz: »Peter Graf Schwarzenbach ... ja, um den handelt es sich.«

»Vater hat mit dir darüber gesprochen«, sagte Sylvia und tat sich ein wenig Salat auf den Teller. »Er hat mich gebeten, darauf zu achten, daß du mit diesem jungen Mann möglichst wenig zusammentriffst. Er sagte mir, daß er einen denkbar schlechten Ruf hätte, durchaus nicht geeignet für den Umgang mit jungen Mädchen wäre ... «

»Vater hat sich eben ein falsches Bild gemacht«, sagte Barbara heftig.

»Das kann ich mir nicht vorstellen. Vater besaß eine überragende Menschenkenntnis.«

»Aber er hat ihn doch gar nicht gekannt, Mama. Er hat ihn in seinem ganzen Leben nicht einmal von weitem gesehen. Er hat sich etwas zutragen lassen. Das ist alles.«

»Wie alt ist er?« fragte Sylvia.

»Keine Ahnung.«

»Älter als du?«

»Natürlich. Was denkst du denn, Mama? Meinst du denn, ich interessiere mich für Valentins Garnitur?«

»Für ihn interessierst du dich also?«

»Was soll das, Mama?« Barbara stieß ihren Stuhl zurück und stand auf. »Das artet ja geradezu in ein Verhör aus. Was habe ich denn getan? Bloß weil Valentin blöde Bemerkungen gemacht hat ... «

»Bitte, Barbara, nimm sofort wieder Platz!« Sylvia war zu erschöpft, um ihre Stimme zu erheben. »Du weißt, es gehört sich nicht, vom Tisch aufzuspringen. Das tun nur die ganz kleinen Kinder«, sagte sie müde. »Und um deine Frage zu beantworten: Nein, du hast nichts getan. Ich hoffe jedenfalls, daß du nichts getan hast. Trotzdem kann es dich nicht wundern, daß ich beunruhigt bin. Du verkehrst heimlich mit einem Mann, gegen den dein Vater stärkste Einwände hatte.« Mit einer Handbewegung hieß sie Barbara schweigen. »Ob zu recht oder zu unrecht, darum handelt es sich jetzt gar nicht. Daß du heimlich mit diesem Mann zusammenkommst, das gefällt mir nicht. Alles, was heimlich geschieht, ist gefährlich. Und ganz besonders für ein junges Mädchen.«

»Pit ist für mich absolut ungefährlich.«

»Er ist dir also gleichgültig?«

Barbara schwieg, spießte ein Stückchen Geflügelfleisch auf ihre Gabel, steckte es in den Mund, ließ sich Zeit, bis sie wieder sprechen konnte.

Dann sagte sie: »Ehrlich gestanden ... nein. Aber er ist ein Gentleman.«

Das Gefühl von Unwirklichkeit, das Sylvia schon seit einer ganzen Weile empfunden hatte, wurde stärker und stärker, nahm ihr jede Kraft. »Es tut mir sehr leid, Barbara, aber das kann ich beim besten Willen nicht glauben. Ein Gentleman trifft sich nicht heimlich mit einem jungen Mädchen. Ein wirklicher Gentleman bringt eine Frau niemals in eine solche Situation.« Sylvia spürte, daß alles, was sie sagte, ganz falsch klang, an den Tatsachen vorbeiging. Sie wunderte sich, daß Barbara überhaupt darauf antwortete.

»Aber er liebt mich doch, Mama.«

»Bist du ganz sicher?«

»Ja. Vollkommen.« Barbara schob das Kinn vor und erinnerte in diesem Augenblick sehr an ihren Vater. »Er liebt mich, und er will mich heiraten.« Sie sah ihre Mutter herausfordernd und erwartungsvoll an, sagte nach einer kleinen Pause, als Sylvia sich nicht rührte: »Und ich will auch nicht mehr in die Schule gehen, daß du es nur weißt. Valentin und ich sind uns ganz einig. Ich hätte es dir bloß jetzt noch nicht sagen wollen, so kurz nach Vaters Tod.«

Sie legte ihre Gabel aus der Hand.

»Aber jetzt ist's eben heraus, und vielleicht ist es gut so.«

5

Der Golfklub, dem Frau Sylvia Holl nun schon seit vielen Jahren als Mitglied angehörte, war nicht nur teuer, sondern auch in gewisser Weise exklusiv. Es bedurfte der Protektion zweier Mitglieder, um aufgenommen zu werden, und auch dann noch blieb dem selbstgewählten Aufsichtsrat die Entscheidung über das Für und Wider einer Bewerbung vorbehalten.

Sylvia hatte schon am Tag zuvor, wie es Vorschrift war, dem Klubmanager, einem Herrn von Werner, mitgeteilt, daß sie Graf Schwarzenbach zu Gast haben würde, und hatte bei dieser Gelegenheit auch um die Möglichkeit einer hoffentlich ungestörten Unterredung gebeten.

Der Donnerstag war wieder sehr heiß - gegen Mittag hatte es ausgesehen, als wenn es ein Gewitter geben würde, aber die Wolken hatten sich unmerklich wieder verzogen.

Sylvia fuhr im offenen Wagen die 30 Kilometer bis nach Tuttlach, kam wenige Minuten vor fünf Uhr, ein wenig vom Wind zerzaust, aber auf merkwürdige Art erfrischt an und parkte ihr Auto nahe der Auffahrt. Ohne Grund fühlte sie sich wohler als all die Tage nach Georg Holls Tod.

Sie nahm sich nicht die Mühe, das Verdeck zu schließen, ging geradeswegs in das Büro, um den Klubmanager zu sprechen. Er empfing sie mit Zuvorkommenheit, und doch war irgend etwas fremd und befremdlich in seinem Ton. Sylvia schien es jedenfalls so, oder spielten ihr die überreizten Nerven einen Streich?

Sie erinnerte sich dunkel, unter den Blumen und Kränzen zu Georg Holls Beerdigung eine breite Schleife in den Klubfarben gesehen zu haben, und auch jetzt drückte ihr der Klubmanager noch einmal sehr formell sein Beileid aus. Aber niemals - so schien es Sylvia jedenfalls - hätte er zu Lebzeiten ihres Mannes gewagt, ohne daß sie ihm einen Anlaß dazu gegeben hätte, sozusagen aus heiterem Himmel nach ihren Plänen für die Zukunft zu fragen.

»Ich habe mich noch nicht entschieden«, erwiderte sie kühl und ein wenig irritiert.

»Noch nicht? Nun, es kam alles sehr plötzlich ... selbstverständlich, ich verstehe durchaus. Aber wenn ich mir einen Rat erlauben dürfte, gnädige Frau ... ich würde eine längere Reise durchaus für angemessen halten.«

»Das klingt ja gerade, als ob Sie mich forthaben wollten«, sagte Sylvia mit dem Versuch, ihre wachsende Betroffenheit zu überspielen.

»Oh, durchaus nicht«, sagte Herr von Werner rasch, aber es kam nicht so überzeugend, wie Sylvia es erhofft hatte. »Sie wissen sehr wohl, gnädige Frau, wie sehr die anderen Mitglieder und auch ... wenn ich mir die Bemerkung erlauben darf ... ich persönlich Sie und Ihren sehr verehrten Herrn Gemahl immer geschätzt haben ... «

Sylvia hatte ein sehr gutes Ohr für Nuancen; sie war sich jetzt ganz sicher, daß sie sich nicht geirrt hatte.

»Ich bin auch immer sehr gerne hier gewesen«, sagte sie leichthin, «aber es sieht so aus, als wenn ich in nächster Zukunft nicht mehr allzuoft zum Spielen kommen würde.« Sie zog den Schlüssel zu ihrem Schrank im Umkleideraum aus der Tasche, reichte ihn Herrn von Werner. »Bitte, seien Sie so nett und veranlassen Sie, daß meine Sachen ausgeräumt und zu meinem Wagen gebracht werden. Er ist offen, der Junge braucht nur alles auf den Rücksitz zu legen.«

Jetzt war der Manager doch betroffen. »Gnädige Frau, Sie werden doch nicht ... «, stammelte er, »ich meine, ich würde es ungemein bedauern, wenn Sie ... «

Sylvia winkte ab. »Schon gut. Sie wissen, wen ich erwarte. Lassen Sie mir bitte ein Kännchen Tee servieren.«

Sie ließ den Manager mit einem leichten, hochmütigen Kopfnicken stehen und ging über den breiten Flur mit dem niedrigen Fenster in das sogenannte Lesezimmer hinüber, einen dunkel getäfelten Raum mit mächtigen Ledersesseln, einer Sammlung von englischen Kriminalromanen nicht mehr ganz jungen Datums hinter gläsernen Türen und ganzen Stößen von Zeitungen und Zeitschriften aller möglichen Sprachen, die täglich aussortiert und ergänzt wurden, obwohl kaum jemals ein Mitglied des Klubs hierherfand. Selbst bei schlechtem Wetter hielt man sich lieber in der Bar oder in den Gesellschaftsräumen auf, und das war auch der Grund, warum Sylvia gerade dieses Zimmer für ihre Begegnung mit Graf Schwarzenbach gewählt hatte; hier konnte sie hoffen, ungestört zu sein. Aber in diesem Moment, als sie sich an einem der runden Tische nahe dem Fenster niederließ, war es ihr unmöglich, sich auf die vor ihr liegende Unterredung zu konzentrieren, ihre Gedanken waren sehr weit von den Problemen ihrer Kinder entfernt. Ein Gefühl hatte sich ihrer bemächtigt, das sie tatsächlich seit vielen Jahren nicht mehr gekannt hatte - sie war wütend.

Sylvia Holl war so in ihren Zorn vertieft, daß sie zusammenzuckte, als sie angesprochen wurde.

»Gnädige Frau ... «

Sie blickte auf und sah in zwei leicht zusammengekniffene blaue Augen, die vor Spottlust zu funkeln schienen.

Der junge Mann - er schien sehr jung in einer Kammgarnjacke, verbeugte sich, sagte ernsthaft:

»Schwarzenbach ... ich glaube, Sie erwarten mich, gnädige Frau!«

Sylvia Holl fand von weit her zurück. »Ja, natürlich«, sagte sie. Sie wollte ihn auffordern, Platz zu nehmen, aber da hatte er sich schon gesetzt, mit einer Selbstverständlichkeit, die ans Unverschämte grenzte.

Der Klubdiener kam, servierte den Tee mit feierlicher Miene in hauchdünnem chinesischem Porzellan.

Graf Schwarzenbach schnupperte, sah auf seine Armbanduhr, sagte: »Es ist fünf vorbei ... also ... bringen Sie mir bitte einen Whisky, Herr Ober!«

Der Klubdiener blieb stehen, sah Sylvia fragend an.

»Na, was ist?« fragte der Graf ungeduldig. »Worauf warten Sie noch?«

»Bringen Sie dem Herrn, was er sich bestellt hat«, sagte Sylvia, sie fügte, als der Klubdiener verschwand, erklärend hinzu: »Hier können nur Klubmitglieder Bestellungen aufgeben. Bezahlt wird nicht sofort, sondern erst am Ende des Monats, alles insgesamt.«

»Sehr praktisch«, sagte er ohne die geringste Verlegenheit, »besonders für Leute, die Mitte des Monats pleite sind.«

»Ich glaube nicht, daß solche Leute hier Zugang finden«, sagte Sylvia steif.

Er lachte unbekümmert. »Hätte ich mir denken können. Riecht alles ein bißchen muffelig. Ganz ehrlich, gnädige Frau, fühlen Sie sich wohl hier?«

Sie war es nicht gewohnt, in so direkter Art gefragt zu werden, und sagte zu ihrer eigenen Überraschung: »Nein. Nein, wirklich nicht. Ich mag keine Snobs, sie sind so herzlos.« Es war ihr peinlich, zu einem wildfremden Menschen so offen gewesen zu sein, und sie fügte erklärend hinzu: »Tatsächlich hat es mir jahrelang ganz gut gefallen, bloß jetzt ... ich meine, seit mein Mann tot ist ... sieht alles so anders aus.«

Er sagte gar nichts, sah sie nur an, mit einem hellen, scharfen, durchdringenden Blick, der sie beunruhigte.

Ganz plötzlich fiel ihr ein, daß sie, seit sie von zu Hause weggefahren war, nicht mehr in den Spiegel gesehen hatte – sie hatte es über ihrem Ärger mit dem Klubmanager ganz vergessen. Ihre Hand zuckte zu ihrer Handtasche, aber sie öffnete sie nicht. Sie konnte unmöglich in Gegenwart eines Mannes, noch dazu eines Fremden, ihr Aussehen prüfen.

»Sie sehen bezaubernd aus«, sagte er, als wenn er ihre Gedanken hätte lesen können, »ich möchte nicht übertreiben, aber ich bin sicher, daß wenigstens momentan keine auch nur annähernd so schöne Frau wie Sie in München und näherer Umgebung herumläuft.« Wie er es sagte, klang durchaus nicht bewundernd oder überschwänglich, sondern einfach wie eine ganz nüchterne Feststellung.

Sylvia Holl drückte ihre Zigarette aus. Sie begriff plötzlich, daß Barbara sehr wenig Chancen gehabt hatte, sich in diesen merkwürdigen Mann nicht zu verlieben. »Wollten Sie mir nicht etwas sagen, Graf?« fragte sie.

«Mir scheint, ich habe Ihnen schon eine Menge gesagt!«

»Nun, ich dachte, Sie hätten mich aus einem ganz bestimmten Grund sprechen wollen.«

Der Klubdiener kam, brachte den Whisky. Graf Schwarzenbach klopfte seine Taschen ab, bis sie merkte, daß er Zigaretten suchte und ihm ihre Packung über den Tisch zuschob. »Danke«, sagte er und zündete sich seine Zigarette mit ihrem kleinen goldenen Feuerzeug an, das sie auf dem Tisch hatte stehen lassen.

Sie beobachtete, ohne es zu wollen, seine kräftigen Hände mit den langen, geschmeidigen, sehr sensitiven Fingern, die schlanken, beweglichen Handgelenke. Sie registrierte, daß er zu der sehr saloppen Jacke, den zerknautschten, ein wenig zu kurzen Flanellhosen ein tadellos sauberes, schneeweißes Hemd mit Krawatte trug.

Als sie bemerkte, daß wieder jener amüsierte Funken in seinen hellen Augen aufzublitzen begann, schaute sie rasch beiseite.

»Sie wollten mir etwas sagen«, wiederholte sie.

Er strich sehr behutsam die Asche seiner Zigarette ab. »Ich habe es mir anders überlegt.«

»Was?« Sie riß die Augen auf. »Sie wollen ... also ich meine ... es liegt Ihnen auf einmal nichts mehr an meiner Tochter?!«

»Diese Schlußfolgerung liegt natürlich nahe«, sagte er, »sie ist aber nicht ganz treffend. Es ist mir einfach klar geworden, daß es nicht sehr sinnvoll ist, etwas zu verlangen, wenn man von vornherein weiß, daß man es nicht bekommt.«

»Sie sprechen ziemlich verschlungen«, sagte sie irritiert und griff nach ihren Zigaretten.

Er beugte sich vor, gab ihr Feuer, und eine Sekunde lang trafen sich ihre Augen über der winzigen Flamme.

»Ich liebe sie«, sagte er.

»Barbara erzählte es mir. Sie ... ich bin sicher, sie hat Sie auch sehr gerne. Aber sie ist ja noch viel zu jung, um überhaupt beurteilen zu können.«

Er unterbrach sic. »Wenn ich mich nicht irre, hat Barbara mir er zählt, daß Sie selber, gnädige Frau, in diesem Alter schon verheiratet waren. Sagen Sie jetzt bitte nicht, das wäre etwas ganz anderes.«

»Nein. Aber gerade weil es bei mir so war, möchte ich, daß Barbara es anders macht. Daß sie sich erst in der Welt umschaut, ihre Jugend genießt, ihre Freiheit auskosten kann ... « Sie stockte, fügte fast erschrocken hinzu: »Nicht, daß ich es selber je bereut hätte, so jung geheiratet zu haben.« Sie nahm einen Zug aus ihrer Zigarette, zwang sich, ihm gerade in die Augen zu sehen. »Sie wissen, Graf, daß mein Mann es Barbara verboten hatte, Sie auch nur wiederzusehen.«

Er zuckte mit keiner Wimper. »Ja, ich weiß, er hatte was gegen mich. Aber da Ihr verehrter Herr Gemahl mich nicht einmal gekannt hat, dürfte sein Urteil kaum als maßgeblich anzusehen sein.«

»Ich habe nicht vor, mit Ihnen über das Urteilsvermögen meines verstorbenen Mannes zu diskutieren«, sagte sie und fühlte eine wachsende Gereiztheit in sich aufsteigen. »Es gibt tausend gute Gründe, warum eine Verbindung zwischen Barbara und Ihnen als verfehlt angesehen werden muß. Wenn ich es könnte, würde ich Barbara den Umgang mit Ihnen ganz einfach verbieten. Aber leider weiß ich, daß Barbara dieses Verbot nicht achten würde. Also bleibt mir nur eines übrig, Sie zu bitten! Bitte, Graf, lassen Sie Barbara in Ruhe!«

Er sah sie mit einem unverschämten Lächeln an. »Warum sollte ich das?«

»Nun, natürlich ... « Sie war tödlich verlegen, nestelte an ihrer Handtasche, »ich verlange nicht, daß Sie es umsonst tun. Ich wäre natürlich bereit. Sie ... nun, ich weiß nicht, wie ich das ausdrücken soll ... zu entschädigen.« Sie machte eine kleine Pause, aber da er sie nur unentwegt ansah, fügte sie mit gesenkten Lidern hinzu: »Mein Mann hat mich gelehrt, daß sich die meisten Dinge mit Geld arrangieren lassen.«

Sie schwieg, wagte nicht, ihn anzusehen und hatte das peinigende Gefühl, ihn tödlich beleidigt zu haben. Aber als er nach einer ganzen Weile endlich sprach, klang seine Stimme vollkommen ruhig.

»Sie haben mich durchschaut«, sagte er, und es schien ihr, als wenn er sich über sie lustig machte, »ich bin kein einwandfreier Charakter, und Geld brauche ich tatsächlich immer. Dennoch ... ich bin auch ein Spieler oder, um es anders auszudrücken: Mir ist die Taube auf dem Dach immer noch lieber als der Spatz in der Hand. Das heißt, solange natürlich, als ich noch hoffen kann, die Taube zu fangen.«

»Das wird Ihnen nicht glücken«, sagte sie, «ich werde Ihnen Barbara nicht ausliefern ... niemals!«

Er hob die Augenbrauen, sagte unschuldsvoll: »Was haben Sie eigentlich gegen mich?«

»Nichts“, sagte sie, »nichts gegen Sie persönlich, meine ich. Aber ich will nicht, daß Barbara das Opfer ihrer ersten Verliebtheit wird.«

»Aha. Ich verstehe. Drum prüfe, wer sich ewig bindet und so weiter und so fort. Gut. Einverstanden. Setzen wir also eine Prüfzeit fest. Ich verspreche Ihnen, daß ich Barbara nicht verführe. Das ist es doch, was Sie ängstigt, nicht wahr? Und Sie erklären sich einverstanden, daß ich Barbara zu Sport und Spiel abhole, als ein guter Freund in Ihrem Hause verkehre, und daß wir nach einem Jahr ... falls unsere Gefühle bis dahin noch unverändert sind ... uns offiziell verloben, nach Ablauf eines weiteren Jahres heiraten dürfen.« Er leerte sein Glas. »Zufrieden?«

Sie war verwirrt. Sie hatte sich das Gespräch mit diesem jungen Mann ganz anders vorgestellt, irgendwie hatte sie das ungute Gefühl, überrollt worden zu sein. Dennoch schien sein Vorschlag ganz passabel, zumindest gewährte er einen entscheidenden Aufschub. Ein Jahr war lang. In einem Jahr konnten sich Barbaras Gefühle für den Grafen abgekühlt haben, zumindest würde sie bis dahin mit der Schule fertig sein.

»Und Valentin?« fragte sie. »Sie wissen, daß Sie ihn auf diese absurde Idee gebracht haben, Rennfahrer zu werden.«

Er lachte. »Barbara hat mir davon erzählt. Ein komischer Knabe, so wörtlich habe ich das gar nicht gemeint. Aber ich kann ja mal mit ihm sprechen und ihm den Kopf zurechtsetzen.«

»Hoffentlich gelingt es Ihnen.«

»Machen Sie sich nur nicht zuviel Sorgen, gnädige Frau. Betrachten Sie mich in Zukunft als Ihren Ritter. Anruf genügt, Pit erledigt alles. Es gibt nichts, was ich für Sie nicht auszuführen imstande wäre.«

Sie winkte dem Klubdiener, der in der Tür erschienen war, unterschrieb die Rechnung, die er ihr vorlegte.

Dann, als sie aufstand, Handtasche und Handschuhe vom Fensterbrett nahm, sagte sie, ohne die Hand zu reichen: »Also, leben Sie wohl!«

Er hatte sich ebenfalls erhoben. »Wann sehen wir uns wieder?«

»Wir? Uns?«

»Nun, es war doch abgemacht, daß ich in Ihrem Hause verkehren darf und ... «

»Ja, und dabei bleibt es auch. Aber die Termine für Ihre Verabredungen treffen Sie doch wohl besser mit Barbara selber. Und was Valentin betrifft, halten Sie es nicht selber für günstiger, an irgendeinem neutralen Ort mit ihm zu sprechen?«

»Sie haben recht, wie immer«, sagte er mit einem spöttischen kleinen Lächeln in den Augenwinkeln, und ehe sie es verhindern konnte, hatte er seinen schmalen blonden Kopf über ihre Hand gebeugt.

Fast erschrocken riß sie die Hand zurück, drehte sich um und ging aus dem Zimmer.

»Mich können Sie nicht dumm machen!« Valentin Holl stand, die Hände in den Hosentaschen, in dem großen Wohnraum von Graf Schwarzenbachs Appartement, den Rücken zum Zimmer gewandt, und starrte durch die Ritzen der Sonnenjalousie auf das Panorama von München.

Es war wenige Tage, nachdem das entscheidende Gespräch zwischen dem Grafen und Frau Sylvia stattgefunden hatte.

»Sie haben sich von Mutter einwickeln lassen. Seien Sie wenigstens ehrlich.«

»Stimmt.« Der Graf drückte seine Zigarette aus. »Es hat was mit Ihrer Mutter zu tun. Wissen Sie, Valentin, ganz ehrlich, ich bin ein Aufschneider. Ich habe Ihnen gegenüber - und natürlich nicht nur Ihnen gegenüber - eine Menge aufgeschnitten. Von meiner Karriere als Rennfahrer und all dem Quatsch. Man gewöhnt sich so was so leicht an. Es ist mir zum Beispiel sehr dienlich beim Autoverkaufen. Nicht nur den Damen gegenüber. Ich habe also so dahergeredet, ohne mir viel dabei zu denken, und habe ja auch gar nicht geahnt, daß Sie das so ernst nehmen würden, Valentin. Aber als ich dann Ihre Mutter sprach, da wurde mir plötzlich klar, daß ich etwas Unverantwortliches angerichtet habe, verstehen Sie?«

»Kein Wort.«

»Valentin«, sagte er und nahm den Jungen bei den Schultern, »so sperren Sie doch die Ohren auf! Ich habe gelogen, das ist doch leicht zu verstehen!«

»Sie waren also gar kein Rennfahrer?«

»Doch. Natürlich.« Der Graf ließ ihn los. »Ich war einer. Ich habe auch Erfolge gehabt. Wenn du nachher mal mit mir auf den Speicher gehen willst, da steht eine ganze Kiste mit Trophäen, Urnen und Schalen und Bronzeteller und Silberbecher und Goldmedaillen, die natürlich in Wirklichkeit gar nicht von Gold sind. Kurzum, lauter scheußliches Zeug. Aber mir hat es einmal viel bedeutet.«

»Warum haben Sie dann Schluß gemacht?«

»Weil ich draufkam ... « Der Graf unterbrach sich, sagte gequält: »Wenn Sie ahnten, wie ungern ich darüber spreche!« Er ging zum Tisch, nahm sich eine Zigarette, zündete sie sich an und warf dann das Päckchen Valentin zu.

»Ich könnte Ihnen jetzt von meinen Stürzen und Knochenbrüchen erzählen«, sagte er nervös, »aber das würde Sie wohl kaum beeindrucken. Also die Wahrheit ... « Er trat auf Valentin zu, der sich ebenfalls eine Zigarette angezündet hatte. »Ich habe aufgehört, weil ich einen Menschen getötet habe. Ein Kind. Einen kleinen Jungen von acht Jahren. Es war bei einer Testfahrt mit einem Rennwagen der Mittelklasse, also nicht einmal einer sehr schweren Maschine. Ich hatte zweihundertundzwanzig drauf und war mit mir und dem Motor sehr zufrieden. Da passierte es. In einer Kurve wurde ich aus der Bahn geworfen. Ich habe nicht versagt, sondern es lag am Wagen, wie später einwandfrei festgestellt werden konnte. Ich raste in eine Gruppe von Zuschauern hinein, Werkmeistern, Mechanikern und eben jenem Jungen. Ein paar passierte gar nichts, zwei bekamen sehr schwere Verletzungen ab, ein Mann wurde leicht verletzt, und das Kind ... eben das Kind war tot.« Der Graf schwieg.

»Es war nicht Ihre Schuld«, sagte Valentin hilflos.

»Sind Sie sicher? Ich nicht. Jedenfalls habe ich seit damals diesen Beruf aufgesteckt. Sie können mir jetzt sagen, so was könnte überall passieren und passiert auch ... auf jeder Großstadtstraße. Aber es ist nicht dasselbe. Der normale Mensch fährt, um ein Ziel zu erreichen. Das Auto ist ihm also Mittel zum Zweck. Der Rennfahrer fährt um des Fahrens, um der Geschwindigkeit willen. Man nennt das Sport. Ich habe nichts gegen einen gefährlichen Sport, solange der Sportler nur sich selber und seine Kameraden gefährdet. Aber bei Autorennen ist es anders.«

»Ja, natürlich«, sagte Valentin, »aber schließlich ... der Junge hatte ja gar nichts an der Teststrecke zu suchen.«

Das Antlitz des Grafen verwandelte sich in eine zornige Maske. »Sagen Sie, sind Sie so borniert, oder stellen Sie sich nur so?« sagte er mit einer Stimme, die er gerade noch beherrschte.

»Entschuldigen Sie«, sagte Valentin, »nur ... mir leuchtet es immer noch nicht ganz ein. Schließlich gibt es ja immer noch Rennfahrer und Leute, die Spaß daran haben, zuzusehen.«

»Sollen sie«, sagte der Graf, und sein Gesicht entspannte sich, »ich habe ja nichts dagegen. Nur ... es ist eben kein Beruf für mich und meine Freunde. Das war alles, was ich klarstellen wollte. Im übrigen müssen Sie sich natürlich ganz allein entscheiden.«

Valentins Jungengesicht zeigte Betroffenheit.

Der Graf stieß nach. »Außerdem, so was geht ja nicht von heute auf morgen. Sie müßten natürlich erst Automechaniker werden, Valentin, ein sehr schöner und nützlicher Beruf. Die Ausbildung bis zum Gesellen dauert drei Jahre, und dann müßten Sie versuchen,

Verbindung mit einem guten Werk zu bekommen. Sie müßten sich testen und wieder testen lassen, und selbst wenn alles gut geht, müßten Sie noch von Glück sagen, wenn man Sie ans Steuer ließe. Also, na ja, überlegen Sie sich die Sache. Natürlich können Sie immer noch in einer Autoreparaturwerkstätte arbeiten oder Verkäufer werden wie ich. Das bleibt Ihnen in jedem Fall noch offen.«

Valentin nagte an seiner Unterlippe. »Aber ich mag nicht mehr auf die Schule gehen«, sagte er.

»Wenn ich Sie wäre ... «, sagte der Graf. »Aber das interessiert Sie wohl nicht.«

Valentin hob den Kopf. »Doch. Sehr sogar.«

»Ich würde versuchen, in die Bank zu kommen. Geld ist Macht. Menschenskind, wenn ich je so eine Chance gehabt hätte. Das Bankgeschäft, das ist es, was Sie lernen sollten, denn eines Tages gehört die Bank Ihnen, Ihnen und Ihrer Schwester.«

»Nicht die Bohne. Sie gehört Mutter. Bis wir dran sind, sind wir alt und grau geworden.«

»Na, wenn schon! Aber Sie könnten das Unternehmen verwalten und leiten. Bis dahin, meine ich. Ihre Mutter wäre bestimmt nur froh, wenn es in der Familie bliebe.«

»Hat sie Ihnen diesen Floh ins Ohr gesetzt?«

»Bestimmt nicht. Bei allem, was mir heilig ist. Wir haben das Wort ›Bank‹ nicht einmal erwähnt.«

Valentin Holl drückte seine Zigarette sehr sorgfältig im Aschenbecher auf dem Couchtisch aus. Dann ging er mit einem unsicheren Lächeln an Graf Schwarzenbach vorbei zur Etagentür. »So long«, sagte er, »und Dank für alles!«

Der Graf hütete sich, noch eine Frage zu stellen. Er begriff, daß Valentin Zeit brauchte, mit seinen Problemen fertig zu werden. »So long«, sagte er nur, »und grüßen Sie Barbara!«

Sylvia Holl trocknete gerade ihren schlanken braunen Körper mit dem dicken rauhen Badetuch ab, als das Telefon klingelte.

Sie ging ins Schlafzimmer hinüber, nahm den Hörer ab. Als sie sich meldete, war sie ganz darauf gefaßt, die dunkle, immer ein wenig heisere Stimme des Grafen zu hören.

Aber es war Valentin, der sie anrief.

»Du?« sagte sie überrascht. »Von woher sprichst du denn?«

»Von unten. Aus der Diele. Ich wollte bloß fragen, ob du bald runterkommst.«

Sylvia sah auf ihre kleine, brillantbesetzte Armbanduhr, die sie vor dem Baden auf den Nachttisch gelegt hatte. »Aber es ist doch noch Zeit bis zum Dinner«, sagte sie.

»Ich möchte dich unbedingt noch vorher sprechen. Ich habe dir etwas Wichtiges zu erzählen.«

»Was?« fragte Sylvia. »Etwas Unangenehmes?«

»Ach wo. Im Gegenteil. Du wirst dich freuen.«

Ehe sie noch eine weitere Frage stellen konnte, hatte er schon aufgehängt.

Unwillkürlich beeilte Sylvia sich, nach unten zu kommen, obwohl sie eher beunruhigt, als freudig gespannt war. Sie konnte sich nur schwer vorstellen, daß Valentin wirklich eine gute Nachricht für sie haben würde.

In dem großen Wohnraum fand sie beide - Valentin und seine Zwillingsschwester Barbara. Valentin hatte sich rittlings auf einen der seidenbespannten zierlichen Stühle gesetzt, Barbara lag auf dem Récamier-Sofa, die Arme unter dem Kopf verschränkt, die Beine auf der Lehne. Beide lauschten hingegeben einem Dixieland, dessen scharfer Rhythmus aus allen Ecken des großen Zimmers widerzuhallen schien. Sie hatten die Stereo-Lautsprechanlage eingeschaltet, die ihr Vater noch ein halbes Jahr vor seinem Tod hatte einbauen lassen.

Das Getöse war so groß, daß sie Sylvias Eintritt gar nicht bemerkten. Sie fuhren erst auf, als sie die Apparatur mit einem Fingerdruck abstellte.

»Aber, Mama, warum ... «, schrie Valentin empört.

»Ich dachte, du wolltest mit mir sprechen.« Wieder einmal wurde es Sylvia bewußt, wie jung diese beiden waren - jung genug, um alle ihre Sorgen und Probleme wenigstens für den Moment über einer neuen Tonaufnahme zu vergessen.

»Ach ja, natürlich.« Valentin stand auf, schwang sein eines Bein über die Lehne des Stuhls, sagte, wie um einen unausgesprochenen Vorwurf zu entkräften: »Ich setze mich schon anständig hin,

Mama.« Auch Barbara nahm ihre Füße von der Lehne des Sofas, stellte sie auf den Boden und richtete sich auf.

Sylvia hatte sich in einigem Abstand zu Barbara auf dem Récamier-Sofa niedergelassen; jetzt zündete sie sich eine Zigarette an. Valentin runzelte die braune Stirn, als wenn es schwierig wäre, die rechten Worte zu finden, dann platzte er heraus: »Ich war bei Roman Miller!«

Als er Verständnislosigkeit und Staunen in den Augen von Mutter und Schwester sah, fügte er nicht ohne Selbstgefälligkeit hinzu: »Das haut hin, wie?«

»Ich wäre dir dankbar, wenn du nicht so vulgär sein wolltest«, sagte Sylvia nervös.

Aber niemand verstand sie, weil Barbara im selben Moment, sehr hell und sehr energisch fragte: »Was wolltest du von dem alten Widerling?«

»Er ist gar nicht so übel.« Valentin grinste von einem Ohr bis zum anderen. »Voller Verständnis und so weiter und so fort. Er hat mir einen Lehrvertrag gegeben.« Verlegen und mit mühsam unterdrücktem Stolz zog er das Dokument aus der Tasche. »Du brauchst nur noch zu unterschreiben, Mama.«

Barbara lachte schallend. »Valentin als Banklehrling, das ist ein Witz! Ich sehe dich schon mit Bowler und Regenschirm.«

»Quatsch! Das ist doch bloß in London!«

»Bitte«, sagte Sylvia, »bitte. Ich finde diese ganze Angelegenheit durchaus nicht komisch. Hör bitte auf zu lachen, Barbara. Was ist dir nur dabei eingefallen, Valentin? Wolltest du nicht vor ein paar Tagen noch Rennfahrer werden?«

»Klar. Aber das hat Pit mir gründlich ausgeredet. Statt dessen hat er mir den Tip mit dem Bankgeschäft gegeben und deshalb ... «

»Also freu dich doch, Mama«, sagte Barbara. »Warum machst du bloß so ein Gesicht? Ich finde die Idee von Pit einfach fabelhaft.«

Sylvia stand auf und drückte ihre Zigarette aus. »Ja, natürlich freue ich mich«, sagte sie lahm. Tatsächlich fühlte sie sich einfach überrumpelt. Es kränkte sie, daß ihr Sohn sich nicht vorher mit ihr besprochen hatte, sie fand es merkwürdig, daß Roman Miller sich nicht sogleich mit ihr in Verbindung gesetzt hatte. »Warum hast du dich nicht mit mir beraten, Valentin? Du weißt doch, wie ich es hasse, vor vollendete Tatsachen gestellt zu werden.«

Die beiden sahen sich einen Augenblick verblüfft an, dann platzte sie laut los. »Entschuldige, Mama«, sagte Barbara prustend, »aber das ist wirklich zu komisch.«

Sylvia errötete. »Ich verstehe durchaus nicht, was es da zu lachen gibt«, sagte sie gereizt.

»Aber Mama, wirklich nicht? Daß du so etwas sagen kannst, ausgerechnet du. Wo Vater dich doch dein ganzes Leben lang vor vollendete Tatsachen gestellt hat.«

»Darüber«, sagte Sylvia, und ihre Augen funkelten vor Zorn, »steht euch kein Urteil zu. Ihr seid unreif und anmaßend. Ich dulde nicht, daß ihr so von der Ehe eurer Eltern sprecht.«

Barbara und Valentin schwiegen betroffen.

Dann sagte der Junge mit gerunzelten Augenbrauen: »Wirst du nun unterschreiben, Mutter, oder nicht?«

»Das muß ich mir noch überlegen«, sagte Sylvia hart, dann aber spürte sie selber, daß sie im Begriff stand, den Bogen zu überspannen und verbesserte sich mit einem gezwungenen kleinen Lachen: »Natürlich hast du meine Einwilligung.« Sie nahm das Gesicht ihres Sohnes zwischen beide Hände und gab ihm einen raschen Kuß auf die Nase. »Ich bin ja froh darüber. Im Grund genommen war es ein ganz vernünftiger Entschluß von dir. Nur in Zukunft bitte keine solche Überraschungen mehr.«

»Danke, Mama«, sagte Valentin aufatmend, und Barbara fügte lächelnd hinzu: »Na, Gott sei Dank, dann ist ja alles okay.«

6

Seit dem Tod ihres Mannes waren Sylvias Tage leer geworden. All die größeren und kleineren gesellschaftlichen Ereignisse, an denen sie früher teilgenommen hatte - Rennen in Daglfing, Eröffnungen von Ausstellungen, Tennis- und Golfturniere, Modeschauen, Theaterpremieren, Partys und Einladungen -, waren ihr von einem zum anderen Tage versagt. Im übrigen stand ihr auch durchaus nicht der Sinn danach. Sie spürte sehr deutlich, daß fast alle Dinge, die sie zu Lebzeiten ihres Mannes betrieben hatte, nur um seinetwillen geschehen waren. Er war es, der ihr Programm zusammengestellt, der immer darauf geachtet hatte, daß ihr kleiner Terminkalender keine leeren Stellen aufwies.

Jetzt auf einmal schien ihr alles, was sie früher mit Eifer und Pflichtbewußtsein getan hatte, als ganz belanglos. Selbst zum Besuch des Friseurs und der Kosmetikerin konnte sie sich nicht so regelmäßig wie früher aufraffen. Ihre Schönheit zu pflegen, schien ihr sinnlos geworden zu sein.

So kam es, daß die kleine Einladung, die sie auf Wunsch ihrer Kinder für den Grafen Schwarzenbach geben wollte, weit mehr Bedeutung für sie gewann, als es zu normalen Zeiten der Fall gewesen wäre. Er war der erste offizielle Gast, der nach dem Tode Georg Holls das Haus am Herzogpark betrat, vielleicht ihr künftiger Schwiegersohn. Sylvia war entschlossen, daß alles glatt und ohne Zwischenfall verlaufen sollte.

Sie hatte sich gegen den Wunsch der Kinder, den Freund abends bei sich zu sehen, entschieden gewehrt, und nach einigem Hin und Her hatten die beiden sich mit dem nächsten Sonntagmittag einverstanden erklärt.

Sie machte sich, nach langer Zeit zum erstenmal wieder, mit ganz besonderer Sorgfalt zurecht, brauchte lange für die Maniküre ihrer schmalen, bräunlichen Hände, wählte mit Bedacht Nagellack und Lippenstift, bürstete ihr goldbraunes Haar, bis es in weichen duftigen Wellen ihr Gesicht umschmiegte, massierte sanft und lange die feinen Fältchen, die sich in den Winkeln ihrer schönen Augen gebildet hatten.

Sie brauchte einige Zeit, bis sie sich entschieden hatte, was sie anziehen sollte.

»Bloß nichts Schwarzes«, hatte Barbara gesagt, »wir sind ja keine Trauergesellschaft.«

Schließlich wählte sie ein raffiniert geschnittenes dunkelbraunes Seidenkleid - ein Pariser Modell -, das ihr kleidsam und seriös genug für den bevorstehenden Anlaß schien.

Sylvia warf einen letzten Blick in den großen, dreiteiligen Spiegel, verließ das Zimmer und schritt die breite, luftig konstruierte Treppe hinunter.

Schon von weitem hörte sie Musik. Aber es war nicht Jazz, wie sie unwillkürlich erwartet hatte, sondern - sie verhielt ihren Schritt - Mozart. Das Klavierkonzert Nr. 5, G-Dur. Das Adagio. Die wunderbaren, fast überirdischen, heiteren Klänge trafen sie mitten ins Herz.

Wer mochte diese Platte aufgelegt haben? Barbara? Valentin? Um ihr eine Freude zu machen? - Sie bezweifelte es im gleichen Augenblick, in dem sie es dachte. Nein, das sah ihnen so gar nicht ähnlich. Es konnte nur der Gast gewesen sein.

Sie eilte, plötzlich beschwingt, die Treppe hinunter, trat in den großen Raum, der ganz von Musik erfüllt zu sein schien.

Graf Schwarzenbach stand auf, beugte sich über ihre Hand, reichte ihr drei wunderbare langstielige gelbe Rosen. Sie legte lächelnd den Finger auf den Mund, als er etwas sagen wollte, und er verstand und schwieg.

Aber da war Barbara schon aufgesprungen und hatte den Apparat ausgeschaltet. Es wurde plötzlich sehr still, nichts war zu hören als das gleichmäßige Rauschen des Regens draußen vor den Fenstern.

»Warum tust du das?« fragte der Graf mit einer Schärfe, die für alle, besonders für Barbara, überraschend kam.

Das junge Mädchen errötete, zuckte trotzig die Schultern. »Warum nicht? Das ist doch einfach blöd, herumzusitzen und kein Wort zu sprechen.«

Er sah sie an, ein seltsames Lächeln in den hellen Augen. »Ich vergaß«, sagte er, »du bist wohl noch zu jung, um Mozart lieben zu können.«

Sylvia spürte, wie verletzt ihre Tochter war und wechselte schnell das Thema. »Ich danke Ihnen für die herrlichen Rosen, Graf«, sagte sie. »Bitte, sei doch so gut, Barbara, und such eine passende Vase aus.« Sie setzte sich in einen hochlehnigen antiken Gobelinsessel und begann, wie sie es zu Lebzeiten ihres Mannes gewöhnt gewesen war, Konversation zu machen. »Die Kinder haben es sehr bedauert, daß es ausgerechnet heute regnet. Sie wollten ... «

»Wenn du uns damit meinst, Mama«, unterbrach Barbara sie hitzig, »so muß ich dich darauf aufmerksam machen, daß wir längst keine Kinder mehr sind - weder ich noch Valentin.«

»Du hast recht, mein Liebling«, sagte Sylvia gelassen, »aber für mich werdet ihr wohl immer Kinder bleiben, auch wenn wir in Wirklichkeit schon alle alte Leute geworden sind.«

Der Graf nahm das Stichwort auf und erzählte sehr witzig von seiner Urgroßmutter, einer neunzigjährigen und noch sehr munteren alten Dame, die in ihrem ältesten, jetzt immerhin auch schon siebzigjährigen Sohn immer noch ›den Jungen‹ sah und ihn wie einen unselbständigen Buben behandelte.

Barbara hatte die Rosen in einer hohen Kristallvase geordnet und sie auf den Erkertisch gestellt. Jetzt kam sie wieder zu den anderen zurück und sagte: »Na, bei einer senilen alten Dame mag das noch angehen. Aber du bist schließlich noch nicht alt genug, um schrullig sein zu dürfen, Mama.«

Sylvia begriff, daß ihre Tochter es darauf anlegte, sie zu verletzen, aber sie wußte nicht, wie sie diesen Angriff abwehren konnte, ohne die Dinge zu verschlimmern.

Der Graf tat es für sie. »Hast du dir schon einmal überlegt. Barbara«, sagte er mit gefährlicher Liebenswürdigkeit, »daß deine Mutter und ich etwa gleichaltrig sein dürften?«

»Aber du bist doch noch keine vierzig!« Barbara schrie es fast heraus.

In Valentin meldete sich der Kavalier. »Aber Mutter doch auch noch nicht«, sagte er, »das weißt du ganz genau.«

»Nun also, ich habe recht«, sagte der Graf und lächelte Sylvia hintergründig an, »wir gehören zur selben Generation.«

»Und warum erzählst du das? Warum gerade jetzt?« fragte Barbara böse.

»Denk einmal nach. Du warst ja immer schon ein kluges Kind. Pardon, eine intelligente junge Dame. Ich wette, du wirst ganz von selber darauf kommen.«

Sylvia versuchte abzulenken. »Bitte, Valentin«, sagte sie, »mach uns ein paar Cocktails zurecht. Was möchten Sie trinken, Graf?«

»Einen Sherry, bitte.«

»Sherry? Du bist aber heute sehr zahm, Pit!« sagte Barbara spöttisch.

»Fällt es auf?« fragte er ungerührt. »Ich versuche eben, mich von meiner besten Seite zu zeigen.«

»Mir gegenüber aber durchaus nicht.«

»Es sollte mir leid tun, wenn ich es dir gegenüber an Höflichkeit und Achtung hätte fehlen lassen«, lautete die ironische Antwort.

»Du bist unausstehlich!« Barbara ballte die Fäuste.

»Bitte«, sagte Sylvia, »bitte, muß das sein?«

»Mach dir nichts draus, Mama«, sagte Valentin tröstend, »die denken sich gar nichts dabei. Nimmst du auch einen Sherry?«

»Bitte, ja.«

Der Graf beugte sich vor, zog ein Zigarettenpäckchen aus seiner Jackentasche und bot Sylvia eine Zigarette an. »Ich habe, nach unserem Gespräch im Golfklub damals, noch sehr lange an Sie denken müssen, gnädige Frau.« Er steckte sich selber eine Zigarette zwischen die Lippen, nahm Sylvia das kleine goldene Feuerzeug aus der Hand und ließ es aufspringen. »Alles, was Sie mir sagten ... «

Sylvia unterbrach ihn erstaunt. »Ich erinnere mich durchaus nicht. Was sagte ich denn?«

»Sie machten sich Sorgen um Barbara und Valentin.« Er wollte das Zigarettenpäckchen wieder einstecken, sah Barbaras aufgebrachten Blick und sagte rasch: »Entschuldige, möchtest du auch eine?«

»Nein, danke«, sagte sie schneidend.

Er wandte sich wieder an Sylvia und fuhr gelassen fort: »Dabei besteht für eine derartige Sorge nicht der geringste Anlaß. Beide sind jung und gesund und auf eine geradezu erquickende Weise egoistisch. Der einzige Mensch, um den es sich wirklich nachzudenken lohnen würde, das sind Sie selber, gnädige Frau ... «

»Ich?« Sylvia zwang sich zu einem Lächeln. »Warum? Nein, Graf, da irren Sie sich ganz gewaltig. Wenn ich Barbara und Valentin auf dem richtigen Weg weiß, sind alle meine Probleme gelöst.«

»Sie machen einen Fehler, gnädige Frau, einen ganz schweren Fehler«, sagte er plötzlich sehr ernst, »Sie stehen im Begriff, sich aufzuopfern. Das sollte man nie tun. Es wirkt so demoralisierend.«

Sylvias Lächeln wurde freier. »Oscar Wilde?« sagte sie, »ich meine, hat er das nicht gesagt? Oder etwas Ähnliches?«

Er zeigte, nicht ein bißchen verlegen, seine Zähne, sehr weiße und sehr kräftige Zähne. »Man kann Ihnen nicht so leicht etwas vormachen«, sagte er, »Sie haben mich ertappt. Und dennoch habe ich in der Sache recht. Darf ich Sie etwas fragen? Etwas ziemlich Persönliches?«

»Wenn es nicht zu persönlich ist.«

»Ich hoffe nicht. Also, wir wollen mal resümieren: Valentin tritt ins Bankgeschäft. Barbara wird sich nach Ablauf einer gewissen Zeit mit mir verloben ... «

»Das ist noch gar nicht so sicher«, erklärte Barbara gereizt.

»Natürlich nicht. Es soll sich ja um eine Art Bedenkzeit handeln. Aber es geht mir jetzt einmal nicht um uns, sondern um deine Mutter. Was haben Sie für Zukunftspläne, gnädige Frau?«

Sylvia nahm das Glas Sherry entgegen, das Valentin ihr reichte. »Pläne«, sagte sie, »nein, eigentlich Pläne ... ich weiß nicht ... «

»Aber Sie sollten sich Pläne machen. Sie sind viel zu jung, um sich einfach treiben zu lassen. Zu jung und zu schön.«

Barbara stand brüskiert auf und schob ihren Stuhl zurück.

Er schien es gar nicht zu bemerken. »Sie haben noch sehr viel vom Leben zu erwarten«, sagte er, »tatsächlich stehen Sie erst am Anfang, und da ist es wichtig, sein Schicksal fest in die Hand zu nehmen, damit es nicht eine falsche Richtung bekommt. Ich glaube fast ... erlauben Sie mir, daß ich so offen spreche ... , Sie haben bisher nur für Ihren Gatten, Ihre Ehe, Ihre Kinder, Ihre gesellschaftlichen Verpflichtungen gelebt. Jetzt ist der Augenblick gekommen, wo Sie an sich selber denken können und denken müssen. Jetzt dürfen Sie endlich Ihr Leben, Ihr ureigenstes Leben ... «

»Ich verstehe«, sagte Sylvia, »ich verstehe Sie sehr gut. Aber dazu müßte ich erst einmal herausfinden, wie es sein sollte, mein ureigenstes Leben.«

»Sie würden mich glücklich machen, wenn ich Ihnen dabei helfen dürfte.«

Barbara drehte sich um und verließ das Zimmer. Kurz darauf hörten sie, wie die Haustür hinter ihr ins Schloß fiel.

Barbara hatte das Haus verlassen.

Sylvia wartete, solange es eben ging, aber ihre Tochter ließ sich nicht blicken. So blieb ihr endlich nichts anderes übrig, als ihren Gast und Valentin zu Tisch zu bitten.

Es wurde eine trübselige Mahlzeit.

Obwohl Graf Schwarzenbach sich so unbefangen wie nur möglich gab, obwohl Sylvia sich nach Kräften bemühte, die Situation zu überspielen - das leere Gedeck vor Barbaras Stuhl war nicht zu übersehen.

Valentin als einziger verlor keine Sekunde seinen Appetit oder seine gute Laune. Er redete munter drauflos, ohne zu beachten, daß der Graf immer einsilbiger wurde und seine Mutter endlich ganz verstummte. Sylvia hatte jenes leere konventionelle Lächeln aufgesetzt, hinter dem sie schon seit Jahren gelernt hatte, ihre Gefühle zu verbergen. Innerlich aber wartete sie mit angespannter Aufmerksamkeit darauf, die Haustür sich wieder öffnen zu hören. Jede Sekunde hoffte sie, Barbara eintreten zu sehen - aber Barbara erschien nicht wieder.

Der Graf verabschiedete sich gleich nach dem Mokka, und Sylvia machte keine Anstalten, ihn zurückzuhalten.

»Es tut mir sehr leid«, sagte er und hielt ihre Hand eine Sekunde länger, als es notwendig gewesen wäre, »ich fürchte, es ist meine Schuld. Ich weiß zwar nicht, was ich getan habe, aber anscheinend habe ich mich wie ein Elefant im Porzellanladen benommen.«

»Barbara ist sehr sensibel«, sagte Sylvia ohne rechte Überzeugung.

»Sie ist noch sehr jung«, sagte der Graf mit einem kleinen, schwer zu deutenden Lächeln. Er wandte sich an Valentin. »Ich fahr noch mal hinaus nach Daglfing. Kommen Sie mit?«

»Jetzt?« fragte Sylvia. »Aber es regnet doch so stark. Ich glaube nicht, daß ein Rennen stattfindet.«

»Wir bummeln nur so ein bißchen durch die Ställe«, erklärte Valentin, »unterhalten uns mit den Jockeys und Trainern ... «

»Ich pflege mein Taschengeld gelegentlich durch Rennwetten aufzufrischen«, fügte der Graf hinzu, »da muß man sich auf dem laufenden halten.«

»Tust du das etwa auch, Valentin?« fragte Sylvia entsetzt. »Auf Pferde wetten, meine ich?«

Valentin lachte. »Aber nein, Mama, wovon denn?«

»Nur keine Sorge, gnädige Frau«, sagte der Graf, »ich passe schon auf ihn auf.«

Sylvia blieb allein zurück - allein in dem großen, mit einem Male sehr leer gewordenen Haus.

7

Valentin Holl trat am 1. Oktober als Lehrling in das Bankhaus ›Holl & Co.‹ ein.

Vom ersten Augenblick an genoß er das Wohlwollen sämtlicher Vorgesetzten, Kollegen und Sekretärinnen. Markus Ebinger, dem es als einzigem um eine wirklich fachgerechte Ausbildung des jungen Mannes ging, konnte sich gegen die allgemeine Welle von Sympathie und Nachsicht nicht anstemmen.

Wenige Tage nach seinem Eintritt wurde Valentin zu Roman Miller, dem jetzigen Chef des Bankhauses bestellt. Valentin folgte dieser Aufforderung mit einem gewissen Unbehagen; er war sich durchaus bewußt, sich nicht immer ganz korrekt im Betrieb benommen zu haben. Er war zweimal zu spät gekommen, hatte die Kollegen durch Erzählen dramatischer Turf-Anekdoten von der Arbeit abgehalten und hatte eine einfache Aufstellung, die er auf der Rechenmaschine zusammenzählen sollte, vollkommen verkorkst.

Aber Roman Millers eitles, verschlagenes Gesicht strahlte das lauterste Wohlwollen aus, als sich der junge Mann seinem Schreibtisch näherte.

»Nun, mein Junge«, sagte er und rieb sich heiter die Hände, »ich habe Sie kommen lassen ... bitte, setzen Sie sich doch, machen Sie sich's bequem. Zigarre gefällig?« Er öffnete einen Kasten mit den teuren Importen, die für besonders hervorragende Besucher bestimmt waren. Sein Lächeln vertiefte sich, als er Valentins verständnisloses Gesicht sah. Er sagte: »Natürlich, ich verstehe, das ist noch nichts für Sie, wie? Aber Sie haben ganz recht. Ich rauche auch lieber Zigaretten.« Er schob ihm eine Zigarettendose hin, deren kunstvoll ziselierter Deckel die Initialen der Firma zeigte - ein Geschenk der Belegschaft zu irgendeinem Geburtstag des verstorbenen Georg Holl.

Roman Miller hatte den Blick des Jungen aufgefangen. »Ja, Ihr Vater, Valentin«, sagte er mit einem tiefen Seufzer, »er war ein großer Mann. Sein Genie fehlt uns an allen Ecken und Enden.« Er lächelte schon wieder. »Aber ich bin sehr froh, daß Sie sich entschlossen haben, in seine Fußstapfen zu treten.«

Jetzt zum ersten Male kam Valentin zu Wort. »Nun, Fußstapfen ist vielleicht doch übertrieben«, sagte er, »vorläufig ist mir das Bankgeschäft noch ein Buch mit sieben Siegeln.«

Roman Miller öffnete eine Schublade seines Schreibtisches, zog ein unscheinbares, graues Heftchen heraus, blätterte darin.

»Ihr Führerschein, Valentin. Ich habe ihn erst ganz vor kurzem unter der Hinterlassenschaft Ihres Vaters gefunden.«

Unwillkürlich streckte Valentin die Hand aus, als wenn er Roman Miller dieses Dokument, das für ihn so kostbar war, entreißen wollte.

Roman Miller beobachtete es amüsiert. »Bitte ... «, sagte er und reichte ihm mit einer großzügigen Geste den Führerschein hin. Valentin ergriff ihn hastig, schlug ihn auf, klappte ihn wieder zu, hielt ihn in verkrampften Fingern, unschlüssig, ob er ihn so ohne weiteres einstecken durfte oder ob an diese überraschende Rückgabe eine neue Bedingung geknüpft war. Er wagte seinem Glück nicht zu trauen.

»Ich weiß nicht, warum Ihr Vater Ihnen den Führerschein abgenommen hat«, sagte Roman Miller bedachtsam; er hob abwehrend die Hand, als Valentin zu einer Erklärung ansetzen wollte. »Ich will es auch gar nicht wissen. Ich begreife wohl, daß es zwischen Vater und Sohn zu Mißverständnissen kommen kann. Jedenfalls bin ich froh, daß ich diese Angelegenheit in Ordnung bringen konnte. Sie verdienen es, mein lieber Junge.« Roman Miller erhob sich andeutungsweise.

Valentin Holl begriff, daß er entlassen war. Verwirrt und freudig erregt stammelte er seinen Dank hervor und verließ den feudal eingerichteten Raum.

Im Vorraum traf er Markus Ebinger, den jungen Prokuristen, der darauf wartete, zu Roman Miller vorgelassen zu werden.

»Hallo, Valentin«, sagte er überrascht, »du machst ja ein Gesicht, als wenn du dem Weihnachtsmann begegnet wärst.«

»So ähnlich war es auch.« Valentin genoß seinen Triumph. »Hier, mein Führerschein! Ich habe ihn wieder. Roman Miller hat ihn mir zurückgegeben.«

»Herzlichen Glückwunsch!« sagte Markus Ebinger ohne Begeisterung.

Valentin steckte den Führerschein wieder ein, sagte spöttisch: »Trag's mit Fassung!«

»Weiß deine Mutter davon?«

»Nein. Und ich habe auch nicht die Absicht, es ihr zu sagen.« Er grinste unverschämt. »Aber das wäre eine feine Gelegenheit, dich mal wieder Liebkind bei ihr zu machen.« Er drehte sich um und verließ übermütig pfeifend das Zimmer.

Markus Ebinger blickte ihm sehr nachdenklich nach.

Barbara hatte jede Verbindung zu Graf Schwarzenbach abgebrochen.

Aber Sylvia war nicht so froh darüber, wie sie eigentlich hätte sein sollen. Barbaras Unglück zerriß ihr das Herz.

Das junge Mädchen zeigte nichts mehr von strahlender Jugend.

Sie war freudlos geworden, unruhig, begann sogar ihr Äußeres zu vernachlässigen. Weder mit guten noch mit bösen Worten war sie zu bewegen, nach den Ferien in ihre alte Klasse zurückzukehren. Sie aß wenig, ging nicht mehr zum Telefon, wenn Freunde oder Freundinnen sie anriefen, wurde täglich blasser, und ihr aschblondes Haar verlor jeden Glanz.

Barbara wirkte krank, aber Sylvia brauchte keinen Arzt, um die Diagnose stellen zu lassen. Barbara war verliebt - todunglücklich verliebt. Deshalb glaubte Sylvia, daß Ablenkung das beste wäre. Sie setzte diesen Gedanken auch gleich in die Tat um und bestellte noch am gleichen Tag zwei Plätze für einen Flug nach Rom im Stadtbüro der Lufthansa. Sie hatte recht mit ihrer Kalkulation.

Barbara freute sich sehr auf diese unverhoffte Reise, obwohl sie es nicht zugeben mochte. Aber sie war aufgeschlossener und umgänglicher als seit langem. Sie erbot sich freiwillig, der Mutter beim Packen zu helfen, und tatsächlich stellte diese Aufgabe Sylvia vor ein Problem, bei dem sie Rat und Hilfe sehr wohl brauchen konnte. Erst jetzt wurde ihr bewußt, daß sie in den langen Jahren ihrer Ehe nie, tatsächlich niemals mit kleinem Gepäck gereist war. Jetzt stand sie der Aufgabe, ihr Gepäck auf das Wesentliche und unbedingt Erforderliche zu beschränken, hilflos gegenüber.

Sie dachte darüber nach, als sie am Nachmittag auf Gut Sonnenhof hinauffuhr, um sich mit dem Verwalter zu besprechen und das Grab ihres verstorbenen Mannes zu besuchen.

Georg Holls Grabstätte war bereits eingeebnet und mit einem immergrünen Moos bepflanzt. Ein Rosenstrauch rankte sich neben der Stelle, wo später der Grabstein hinkommen sollte. Sylvia hatte aus München einen großen Strauß leuchtender Dahlien mitgebracht; den stellte sie jetzt in einen großen, mit Wasser gefüllten Tonkrug gegenüber dem verblühenden Strauch.

Mehr war nicht zu tun. Dennoch stand sie lange und tief in Gedanken versunken. Fast überfiel es sie hier, am Grab ihres verstorbenen Mannes, wie Gewissensbisse. Was hätte Georg gesagt, wenn er wüßte, daß sie, so kurz nach seinem Tode, verreisen wollte? Fort von Lauterwies, fort von München, nach Rom, in diese Stadt voll südlichen Lebens und voller Abenteuer? Er hätte es bestimmt nicht gutgeheißen. Oder doch? Sie unternahm diese Reise ja nicht aus Vergnügungssucht, sondern nur Barbaras wegen.

Sylvia machte sich bei dieser Entschuldigung vor sich selber tatsächlich nichts vor. Sie wäre liebend gern geblieben, zwar nicht in ihrem Haus am Herzogpark, sondern hier draußen, auf Gut Sonnenhof.

Sie stand lange am Dielenfenster des großen alten Hauses und sah zu, wie die flachen Wagen, mit Kartoffelsäcken beladen, in den Hof fuhren. Drüben vor der großen Scheune wurde Futtergetreide geschrotet. Tief atmete Sylvia die klare, herbe Luft – es roch nach

Tieren, nach Äpfeln, nach Kartoffelfeuern, ein warmer, süßer Geruch, der sie an die Herbstferien ihrer Kindheit erinnerte.

Der Verwalter, ein Herr Pröll, holte sie ab und ging mit ihr durch die Ställe, redete zu ihr über das Vieh, die Ernte, die Gewitterschäden. Sylvia hörte zu, stellte hier und da eine Frage, versuchte zu verstehen.

»Ich bin sehr zufrieden«, sagte sie endlich, »ich habe den Eindruck, daß Sie die Dinge wunderbar in der Hand haben, lieber Herr Pröll, besser könnte es mit Gut Sonnenhof gar nicht stehen.«

»O doch«, sagte Pröll, »leider doch. Ich habe wirklich versucht, herauszuholen, was herauszuholen ist; aber ohne Zuschuß werden wir auch dieses Jahr nicht auskommen. Trotz der guten Ernte nicht und trotz aller Subventionen. Die Löhne der Landarbeiter sind wieder gestiegen, und so gleicht es sich aus.«

Sylvia sah ihn aus großen Augen an. »Soll das heißen, das Gut ist nicht rentabel?«

Das Erstaunen des Verwalters war ganz echt. »Rentabel? Aber damit war doch nie zu rechnen. Das hat selbst Herr Holl niemals verlangt. Ich hatte ihm nur versprochen, mein Bestes zu tun, damit die Zuschüsse gestrichen werden könnten.«

»Ach so«, sagte Sylvia ganz verwirrt, «Gut Sonnenhof ist also ein Zuschußunternehmen?«

»So kann man es nennen. Sie wissen ja, als Herr Holl es vor fünfzehn Jahren erwarb, war es ganz herunter. Er hat eine Menge hineinstecken müssen, um es überhaupt in die Höhe zu bringen.«

»Aber eines Tages muß sich das Gut doch rentieren, ein so großer Betrieb. Ich verstehe ja leider nichts von diesen Dingen, aber ich denke doch ... es müßte sich wenigstens selbst erhalten.«

»Ausgeschlossen, gnädige Frau. Das habe ich Herrn Holl Jahr für Jahr erklären müssen. In der Landwirtschaft liegt heutzutage kein Verdienst mehr.«

Sylvia sah Herrn Pröll von der Seite an. Sie gingen über den sauber gepflasterten Hof auf das Haupthaus zu. Ganz überraschend wurde ihr bewußt, daß sie diesen großen, blonden allzu selbstsicheren Mann nicht mochte, nie gemocht hatte.

»Das ist schwer zu glauben«, sagte sie, und, als sich das Gesicht des Verwalters verfinsterte, fügte sie abschwächend hinzu: »Vielleicht müßte man andere Bedingungen schaffen.«

»Wie denn?«

»Das weiß ich nicht. Leider bin ich mit den Gegebenheiten ja zu wenig vertraut.«

»Wenn Sie Einblick in die Bücher wünschen, gnädige Frau ... bitte. Jederzeit! Sie werden einsehen, daß ich Ihr Mißtrauen nicht verdient habe. Wir brauchen das Geld wirklich, gerade jetzt, bevor die Ernte verkauft ist. Es besteht schon ein sehr beträchtliches Defizit.«

»Herr Pröll«, sagte Sylvia, »ich muß Sie etwas fragen, es geht mir jetzt nicht um die augenblickliche Situation. Ich hatte eigentlich vor, über kurz oder lang die Bank meinen Kindern zu überlassen und mich auf Gut Sonnenhof zurückzuziehen. Ich hatte gehofft, dann von den Einkünften des Gutes leben zu können.«

»Unmöglich.«

»Auch dann nicht, wenn man die Ausgaben einschränkte? Oder versuchen würde, neue Einnahmequellen zu erschließen.«

»Welche?« fragte der Verwalter trocken.

»Nun, zum Beispiel könnte man nicht Holz schlagen und verkaufen?«

»In zwanzig Jahren vielleicht. Das ganze Waldgebiet ist erst von Herrn Holl aufgeforstet worden.«

»Schade«, sagte Sylvia.

»Wenn wir genügend Wald hätten, wäre alles kein Problem«, erklärte Herr Pröll, »die meisten Bauern hier herum leben in erster Linie von ihren Wäldern.« Er blieb stehen, als sie am Gutshaus angekommen waren. „Ich möchte Ihnen wirklich gerne meine Bücher zeigen.«

»Jetzt nicht«, sagte Sylvia. »Ich fliege morgen mit meiner Tochter nach Rom. Vielleicht, wenn ich zurückkomme.«

»Aber ich brauche das Geld. Sie müssen mir glauben, gnädige Frau, ich belästige Sie nur sehr ungern damit. Vor dem Tode von

Herrn Holl wurde es mir immer durch die Bank überwiesen, aber seither ist es ausgeblieben.«

»Ich werde mit Herrn Miller darüber sprechen.«

»Ich bitte darum, gnädige Frau. Im übrigen steht der Gutsbetrieb jederzeit einer Inspektion zur Verfügung.«

Sehr nachdenklich fuhr Sylvia nach München zurück.

Bisher hatte sie geglaubt, daß ihr verstorbener Mann ihr mit der Erbschaft von Gut Sonnenhof eine beschränkte, aber doch immerhin sichere Existenz hatte überlassen wollen. Nun hatte es den Anschein, daß nicht einmal das der Fall war.

Selbst wenn der Verwalter aus begreiflichen Gründen die Lage allzu schwarz schilderte - fest stand, daß er von Georg Holl Jahr für Jahr beträchtliche Zuschüsse für das Gut bekommen hatte. Der Sonnenhof stellte also, wenn sie sich tarsächlich jemals zu einer zweiten Ehe und damit zu einem Verzicht auf das gesamte anderweitige Vermögen entschließen würde, eher eine Belastung als einen Gewinn dar. Und Georg Holl mußte das gewußt haben.

Warum hatte er ihr das angetan?

Nur um zu verhindern, daß sie noch einmal heiratete? Konnte er so eifersüchtig sein - so besitzgierig über den Tod hinaus?

Sylvia schauderte. Wie wenig hatte sie ihn gekannt, den Mann, mit dem sie Seite an Seite die letzten zwanzig Jahre ihres Lebens verbracht hatte.

Wenn er ihr wenigstens einmal erklärt hätte, warum er die Dinge so und nicht anders geordnet hatte.

Aber da gab es nichts zu erklären. Die Klauseln, die er sich ausgedacht hatte, waren niederträchtig und demütigend für sie. Nur gut, daß außer ihr selber und den Kindern niemand etwas von dem beschämenden Mißtrauen ihres Mannes je erfahren würde.

Es wurde Sylvia schwer, ihre Kinder beim Nachhausekommen nicht fühlen zu lassen, wie niedergedrückt sie war.

Barbara empfing sie in bester Stimmung. »Es kann losgehen. Mama«, sagte sie munter. »Die Pferde sind gesattelt, die Koffer sind gepackt. Valentin weiß auch schon Bescheid. Da staunst du, was? Ich kann tüchtig sein, wenn ich will.«

»Ich staune wirklich«, sagte Sylvia und zwang sich zu einem Lächeln. »Soll das heißen, daß du meine Sachen etwa auch schon eingepackt hast?«

»Du sagst es.«

»Aber du weißt doch gar nicht, was ich mitnehmen wollte.«

Barbara lachte. »Sei doch ehrlich, Mama, das wußtest du ja selber nicht. Ich habe mir alles genau überlegt, guck nicht so mißtrauisch ... übrigens habe ich mir natürlich von Betty helfen lassen.«

»Na, da fällt mir ein Stein vom Herzen.«

Barbara wurde plötzlich ernst. »Wie wenig Vertrauen du zu mir hast, Mama.«

»Vertrauen?« sagte Sylvia. »Doch, das habe ich. Nur ... «, sie brach ab. Sie hatte sagen wollen, daß sie sich tatsächlich schon darauf gefreut hatte, endlich einmal ihre Garderobe selber zusammenstellen zu dürfen. Aber wozu das aussprechen? Es hätte Barbara nur unnötig gekränkt.

Aber ihre Tochter war hellhörig. »Was ... nur? Ich hasse angefangene Sätze.«

»Du bist wie dein Vater«, sagte Sylvia, und sie wußte selber nicht, ob sie das freuen oder traurig stimmen sollte. »Wie hat Valentin es aufgenommen?«

»Ach, ich glaube, er ist ganz froh, uns los zu haben. Da kommt er. Du kannst ihn selber fragen.« Valentin kam die Treppe herunter, immer zwei Stufen auf einmal nehmend. »Hallo, Mama«, sagte er, »ist es wahr, oder hat Barbara mich angeschwindelt? Ihr wollt euch selbständig machen?«

»Ja, Valentin, aber natürlich nur für ein paar Wochen. Ich denke, so lange kannst du allein hier hausen. Betty und die Köchin bleiben da. Nur Hubert will ich Urlaub geben.«

»Fahrt ihr mit dem Wagen?«

»Nein, wir fliegen.« Plötzlich wußte sie, woran Valentin dachte. »Aber die Autos sind fort«, sagte sie rasch, »der große muß in die Bank, ich habe versprochen, ihn Roman Miller für offizielle Gelegenheiten zur Verfügung zu stellen, und meinen bringe ich morgen früh noch zur Inspektion.«

»Die dauert aber doch nicht Wochen.«

»Stimmt. Aber trotzdem möchte ich nicht, daß du mein Auto benutzt. Ich möchte überhaupt nicht, daß du selber fährst.«

»Bloß, weil Vater es mir verboten hatte?«

»Nein, weil ich mir keine Sorgen um dich machen will. Ich hätte keine ruhige Sekunde in Rom, wenn ich mir vorstellen müßte, daß du die Fahrbahnen als Rennpiste benutzt.«

»Aber die Zeiten sind doch längst vorüber.«

»Ich möchte es nicht, Valentin. Das ist mein Ernst. Versprich mir in die Hand, daß du nicht selber chauffierst, sonst könnte ich dich nicht mit gutem Gewissen allein lassen.«

»Als ob mir soviel daran läge«, sagte Valentin überraschend, »von mir aus ... großes Ehrenwort!«

»Danke, Valentin.«

Sylvia sah ihre Kinder an. Sie sahen sich wenig ähnlich, die blonde energische Barbara, und der braune, jungenhaft verspielte Valentin, und doch merkte man, daß sie aus demselben Holz geschnitzt waren - beide so unkompliziert, so selbstsicher, so gesund.

»Ich bin froh, daß ich euch habe«, sagte Sylvia.

Sie hatte plötzlich das Gefühl, daß alle Schwierigkeiten der vergangenen Jahre nicht von den Zwillingen, sondern nur von ihr selber verschuldet worden waren.

Die Bartänzerin Tamara Tess hatte täglich um Mitternacht ihren letzten Auftritt im ›Parisiana‹. Nachher war sie frei, denn ihr Vertrag schloß ausdrücklich Tischverpflichtungen aus, eine Tatsache, auf die sie sich viel zugute tat. Manchmal sah Roman Miller sich das Programm an, meist aber holte er sie in der Garderobe ab.

»Ich bin mal wieder ausgedörrt wie ein Schwamm«, sagte sie, als sie ihren Abendmantel - dunkelvioletter Brokat mit Weißfuchsbesatz - eng um sich raffend, zu ihm ins Auto stieg. »Wohin fahren wir, Sweety?«

»Zu mir nach Hause.«

»Jetzt sofort?« fragte sie enttäuscht. »Ich hatte gedacht, wir würden ... «

»Ich habe mit dir zu sprechen.«

Sie wurde sofort hellhörig. »Was Unangenehmes?« Sie beobachtete sein Profil gespannt unter den schwarzen, getuschten, überlangen Wimpern hervor.

»Nein«, sagte er, ganz damit beschäftigt, den Wagen rückwärts auf die Fahrbahn zu steuern.

Sie lehnte sich in die Polster zurück, schloß die Augen und sagte mit einem Lächeln: »Ein Talent hast du, das muß der Neid dir lassen, du verstehst es, es spannend zu machen. Du hättest Märchenerzähler werden sollen.«

Roman Miller wählte die Strecke durch den Englischen Garten. Die Fahrbahnen waren jetzt, gegen ein Uhr früh, fast ausgestorben. Sie kamen rasch und ohne Zwischenfall voran und erreichten in kaum mehr als fünf Minuten das Appartementhochhaus in München-Bogenhausen.

Er gab ihr Haustür- und Wohnungsschlüssel. »Fahr schon nach oben«, sagte er, »und mach's dir gemütlich. Ich bringe nur den Wagen in die Garage.«

Oben angekommen, zog sie in der Garderobe ihren Abendmantel aus. Die Wohnung wirkte sehr aufgeräumt, die Vorhänge waren zugezogen. Sie wäre gern in die Badewanne gestiegen, denn sie hatte, wie immer nach ihrer Arbeit, ein starkes Bedürfnis nach Sauberkeit. Aber die Andeutungen ihres Freundes hatten sie mißtrauisch gemacht. Sie ahnte nicht, was er im Schilde führte, aber sie wußte, daß es immer besser war, gerüstet zu sein. Ihr sehr elegantes kleines Cocktailkleid, das ihre schöne, ein wenig üppige Figur voll zur Geltung brachte, gab ihr Halt und Sicherheit. Sie prüfte ihr breitflächiges Gesicht mit den hochstehenden Backenknochen und den sehr schräg geschnittenen Augen vor dem Spiegel. Sie kämmte sich zwei-, dreimal achttos durch ihre rote Mähne, ging dann in die kleine Küche, öffnete den Eisschrank.

Sie stieß einen leisen Pfiff aus, als sie die Platte mit kleinen Salaten und Delikatessen entdeckte. Das war ungewohnt. Ihre Beziehungen zu Roman Miller waren längst auf dem Punkt angekommen, wo man glaubt, ohne lästige Formalitäten miteinander verkehren zu können.

Aber für diesen Abend hatte Roman Miller sich sichtlich angestrengt. Er hatte sogar eine Flasche Sekt eingekühlt. Tamara las das Etikett - eine französische Marke.

Sie stand mit gerunzelter Stirn und dachte nach. Nun denn, wenn er es feierlich haben will - soll er.

Sie fand im Wandschrank eine weiße, nie gebrauchte Tischdecke, breitete sie über den niedrigen Kacheltisch und machte sich geschäftig ans Werk.

Als Roman Miller zehn Minuten später nach oben kam, waren alle Leuchten bis auf die kleine rosa beschirmte Lampe am großen Fenster gelöscht. Kerzen flammten auf dem festlich gedeckten kleinen Tisch, und aus dem Radio erklang gedämpfte Tanzmusik. Er zog sie, noch im Mantel, in die Arme, küßte sie auf die nackte, helle Schulter. »Hatte ich nicht recht?« murmelte er. »Ist es hier nicht schöner als wieder und wieder in diesen dummen Nachtlokalen?«

Sie genoß die Berührung seiner Lippen, den festen Druck seiner warmen Hände, aber sie hielt sich ganz steif. »Du wolltest mir etwas mitteilen«, sagte sie, und ihre Stimme klang noch rauher als sonst.

»Ja, natürlich, sofort. Laß mich nur eben den Mantel ausziehen und die Flasche öffnen.«

Sie setzte sich auf die Couch, schlug die langen, schlanken Beine übereinander und sah ihm zu.

»Es ist wirklich ein Jammer«, sagte er, »daß eine Frau wie du sich Abend für Abend von einem Haufen Banausen anstarren lassen muß.« Mit einem dumpfen Knall schoß der Sektkork aus der Flasche, Roman Miller ließ die schäumende Flüssigkeit geschickt in die flachen Schalen fließen. »Weiß Gott, ich sehne den Tag herbei, wo ich dich aus all dem herausnehmen kann, mindestens so sehr wie du selber.«

Sie saß schweigend, ein kleines, gefrorenes Lächeln um den Mund.

»Warum sagst du nichts? Was ist mit dir los?« fragte er.

»Ich höre dir zu, Sweety«, sagte sie ruhig, nahm ihr Glas und hob es ihm entgegen; dann stürzte sie den Inhalt des vollen Glases wie eine Verdurstende hinunter, hielt es ihm wieder zum Einschenken hin.

»Du sagst das so ... glaubst du mir nicht?«

»O doch. Jedes Wort.«

Sie nahm sich zwei Löffel Hummermayonnaise auf den Teller, begann genüßlich zu essen.

»Mir fehlt es wahrhaftig nicht an gutem Willen«, sagte er mit Nachdruck.

Jetzt hob sie den Kopf und sah ihn an; ihre grünen Augen funkelten. »Woran denn?«

»Ich kann es mir einfach nicht leisten, und das weißt du ganz genau«, sagte er polternd, um seine Unsicherheit zu verbergen, »später ... «

»Wann ... später?«

»Wenn ich mein Ziel erreicht habe. Dann werde ich mehr für dich tun, als du dir heute träumen läßt.«

»Das heißt, wenn du die Familie Holl aus der Bank hinausgedrückt hast.«

»Tamara!« sagte er, von ihrer Unverblümtheit unangenehm berührt.

»Du bist ein seltsamer Mensch.« Sie biß mit gutem Appetit in ein Stück Toast. »Hegst die finstersten Pläne in deinem Busen und scheust wie ein junges Pferd, wenn man die Dinge beim Namen nennt. Warum eigentlich? Traust du dich doch nicht? Hast du ein schlechtes Gewissen?«

»Du weißt genau, daß es nicht so ist. Nach dem, was Georg Holl mir angetan hat.«

»Fang nicht wieder davon an. Das kann ich schon singen. Also, was willst du von mir?«

Er tat erstaunt. »Wie kommst du darauf, daß ich etwas von dir will?«

»Aber, aber! Ich mag ja ziemlich dumm sein, aber jedenfalls bin ich nicht unerfahren. Was sollte das alles, die festlichen Vorbereitungen, deine ausschweifenden Versprechungen, wenn du nichts von mir willst?« Er schwieg, und sie sagte: »Daß ich dir bei der Verwirklichung deiner Pläne helfe, wirst du wohl kaum von mir verlangen, für so etwas bin ich nämlich bestimmt nicht die richtige Person.«

»Vielleicht doch.«

»Aha«, sagte sie, schob den noch halb gefüllten Teller von sich, zündete sich eine Zigarette an einer der Kerzenflammen an, »jetzt wird es spannend.«

»Tamara«, sagte er, »das, um was ich dich bitten möchte, ist wirklich nicht die Welt. Es handelt sich einfach um folgendes: Sylvia Holl und ihre Tochter sind heute nach Rom geflogen.«

»Sieh einmal an! Die lustige Witwe!« spöttelte sie.

»Der Junge ist allein zu Hause geblieben. Du weißt, daß er seit dem Ersten bei uns in der Bank arbeitet, ich fühle mich also gewissermaßen für ihn verantwortlich.«

Sie unterbrach ihn wieder. »Sag einmal, für wen hast du diese Rede einstudiert? Doch sicher nicht für mich?«

»Laß mich doch bitte erst einmal ausreden. Es handelt sich einfach darum, daß ich das Gefühl habe, der Junge könnte sich einsam fühlen.«

»Und ich soll ihn ein wenig aufheitern? Zerstreuen?«

»Genau das.«

Sie lachte heiser auf. »Deutlicher gesagt, ich soll den Jungen ruinieren?«

»Übertreib doch nicht immer gleich so. Ruinieren! Wer denkt denn an so etwas. Ich möchte einfach, daß du dich ein wenig um ihn kümmerst. Herausbringst, was er so denkt, sagt und träumt. Weiter gar nichts.«

»Bestimmt nicht?«

»Soll ich es dir schriftlich geben? Dein Gerede von dem neuen Leben, das du dir aufbauen willst, scheint nicht sehr ernst gemeint zu sein. Opfer willst du jedenfalls keine dafür bringen.«

»Nicht auf anderer Leute Kosten.«

»Wer hat denn dich je geschont?«

Auf diese Frage wußte sie keine Antwort, und es entstand eine lange, beklemmende Pause.

»Na gut«, sagte sie endlich und drückte ihre Zigarette aus. »Ich werde mir den Knaben einmal ansehen. Wie heißt er?«

»Valentin.«

»Sehr romantisch. Ich werde ihn mir also anschauen und ihm ein bißchen auf den Zahn fühlen. Mehr kann ich dir vorerst nicht versprechen. Woher weißt du denn, ob ich sein Typ bin?«

»Ich weiß es«, sagte er ruhig und senkte die Lider, um den Triumph in seinen Augen nicht allzu deutlich werden zu lassen. »Wenn du nur willst, muß es klappen.«

»Aber wie soll ich ihn überhaupt kennenlernen? Ohne daß es auffällt, meine ich. Geht er in Nachtlokale? Willst du ihn etwa in das ›Parisiana‹ schleppen?«

»Ich glaube nicht, daß das das Richtige wäre«, sagte er nachdenklich, »wir müssen uns etwas Besseres ausdenken. Aber das hat Zeit. Hauptsache, wir sind uns grundsätzlich einig.« Er suchte mit dankbarem Lächeln ihren Blick. »Ich wußte ja, daß ich mich auf dich verlassen kann.«

8

Die ersten Tage in Rom wurden für Sylvia Holl und ihre Tochter ein Erlebnis.

Sie hatten bisher nie allzuviel Zeit füreinander gehabt, jetzt, zum ersten Male, lernten sie sich wirklich kennen. Sylvia erfuhr mehr über ihre Tochter, als in den vergangenen Jahren. Beide hatten das starke und berauschende Gefühl, daß das Glück auf ihrer Seite stand.

Sie hatten die Wohnung, von der Sylvia geträumt hatte, tatsächlich durch die Vermittlung der Gräfin Orsini bekommen - ein winziges, luxuriös eingerichtetes Haus, das in einem uralten gepflegten Park auf dem Grundstück eines Palazzos auf einem der sieben Hügel Roms stand. Die Hausmeisterin und ein junges Mädchen aus Neapel verrichteten den Haushalt. Das kleine Haus hatte einen geräumigen Wohnraum, drei Schlafzimmer und drei Bäder, eine hochmodern eingerichtete Küche im Erdgeschoß und eine Dachterrasse, von der aus sie einen herrlichen Blick über die ganze Stadt genießen konnten.

Meist frühstückten sie hier oben und machten Pläne für den kommenden Tag, freuten sich an dem seidig blauen Himmel und der milden warmen Luft, die in angenehmem Gegensatz zu der herbstlichen Kühle stand, vor der sie geflohen waren.

Sie plauderten über alles mögliche miteinander - nur über den Grafen sprachen sie nie. Sylvia wagte nicht, dieses Thema anzuschneiden. Sie wußte, erst wenn Barbara von sich aus darüber sprechen würde, war die schmerzhafte Wunde ganz verheilt.

Sie bummelte einen ganzen Tag lang mit Barbara über das Forum, nahm an einer Führung durch die Engelsburg teil, besuchte die Katakomben und das Vatikanmuseum, bestaunte das Kolosseum - alles Dinge, für die sie früher nie Zeit gehabt hatte.

Barbara lächelte etwas über den Eifer ihrer Mutter. »Du mit deinem späten Bildungshunger«, pflegte sie zu sagen, »tun dir denn noch nicht die Füße weh?«

Meist gab Sylvia dann nach, beugte sich der sanften Tyrannei ihrer Tochter. Aber der Verzicht fiel ihr nicht schwer, weil er, wie sie glaubte, ganz freiwillig war.

Wenige Tage später saßen sie gegen zehn Uhr auf der Dachterrasse bei einem späten Frühstück, als die kleine Neapolitanerin die Treppe hinaufgehüpft kam.

»Un Signore, prego!« meldete sie wichtig.

»Ein Herr?« sagte Sylvia erstaunt. »Was will er? Was für ein Herr?«

Die kleine Neapolitanerin reichte ihr strahlend eine Visitenkarte, die sie in ihrer Hand gehalten hatte.

»Vielleicht ein Vertreter?« sagte Barbara. »Ich hätte immer schon riesig gerne mal einen italienischen Vertreter genossen ... «

Sylvia sah ihre Tochter an. »Es ist kein Vertreter«, sagte sie langsam, »und es ist auch kein Italiener ... «

»Wer denn?«

»Weißt du es wirklich nicht?«

»Du sprichst in Rätseln.«

Sylvia reichte ihrer Tochter die Karte. »Peter Graf Schwarzenbach!«

Barbara sprang auf. »Pit?« rief sie, und es war schwer zu erkennen, ob sie entzückt oder entsetzt war.

»Wenn du ihm nicht geschrieben hast, muß Valentin ihm unsere Adresse verraten haben«, sagte Sylvia. »Jedenfalls ist es eine

Frechheit, uns hier mir nichts dir nichts zu überfallen.« Sie wandte sich an die Neapolitanerin, die immer noch abwartend und verlegen lächelnd dastand. »Bitte, Elena, sagen Sie ihm, daß wir nicht zu sprechen sind ... haben Sie mich verstanden? Die Damen sind nicht ... «

»Aber, Mama!« rief Barbara. »Du willst ihn doch nicht etwa fortschicken?«

»Was denn sonst?«

»Wo er die weite Reise gemacht hat, nur um mich zu sehen? Nein, Mama, bitte, tu's nicht. So grausam kannst du doch gar nicht sein.«

»Aber, Barbara«, sagte Sylvia sehr erstaunt, »ich verstehe gar nicht. Du warst es doch, die ihn nicht mehr sehen wollte. Wir sind doch nach Rom geflogen, um eine möglichst große Entfernung zwischen ihn und dich zu legen, und jetzt auf einmal ... «

»Aber, Mama, begreifst du denn nicht, daß jetzt alles anders geworden ist? Warum ist er denn gekommen? Doch nur, weil er mich liebt. Das ist der Beweis, auf den ich gewartet habe.« Sie wandte sich an das Mädchen. »Bitte, Elena, bringen Sie ihn herauf. Oder noch besser, zeigen Sie mir, wo er ist. Im Wohnzimmer? Oder haben Sie ihn noch gar nicht heraufgelassen? Ich laufe und hole ihn.«

Sylvia hatte das Gefühl, daß sie etwas sagen, dies verhindern müßte. Aber sie war wie gelähmt. Sie spürte ein merkwürdiges Ziehen im Herzen, eine Beklemmung, wie sie sie noch nie empfunden hatte - das Schlucken, ja, sogar das Atmen fiel ihr schwer. War es die Ahnung kommenden Unheils, die ihr das Herz abschnürte?

Es war vier Uhr nachmittags. Der Himmel über München war schwer von Wolken.

Die leitenden Herren des Bankhauses ›Holl & Co.‹ hatten sich im sogenannten ›großen Konferenzsaal‹ zu einer Besprechung versammelt. Noch waren die hochlehnigen mit grünem Leder bespannten Sessel um den langgestreckten Tisch leer. Die Herren standen, Akten und Ledertaschen unter dem Arm, in kleinen Gruppen beieinander und unterhielten sich gedämpft. Hin und wieder verriet ein kräftiges Auflachen, daß man nicht vorwiegend über geschäftliche Belange geplaudert hatte. Junge Damen eilten geschäftig hin und her, verteilten Statistiken, Notizblätter und Schreibgeräte an den einzelnen Plätzen, Aschenbecher, Zigarren- und Zigarettenschachteln, Wasserflaschen und Gläser.

Auch als Roman Miller eintrat, entstand nicht sogleich jene erwartungsvolle Stille, die zu Georg Holls Lebenszeiten selbstverständlich gewesen war. Der geschäftsführende Direktor mußte erst die kleine Glocke ertönen lassen; er tat es mit ärgerlich gerunzelter Stirn.

Dann erst zogen die Sekretärinnen sich eiligst zurück. Die Herren begaben sich auf ihre Plätze.

Roman Miller wartete, bis alle saßen. »Nun also, meine Herren«, sagte er dann nach einem kurzen Räuspern, »um gleich zum ersten Punkt unserer Tagesordnung zu kommen ... es ist erwogen worden, ein repräsentatives Bild des Gründers dieser Firma unten in der Halle oder an einem sonst gut sichtbaren Platz aufzuhängen. Ich möchte mich zu diesem Vorschlag erst einmal der Stimme enthalten und Sie, meine Herren, bitten ... «

Das Telefon zu Roman Millers Rechten klingelte.

Er unterbrach sich, nahm den Hörer ab, sagte ärgerlich: »Was fällt Ihnen ein, Fräulein Angermann. Sie wissen ganz genau ... « Dann, plötzlich änderte sich Ton und Gesichtsausdruck. »Wahrhaftig«, sagte er wesentlich milder, »das könnte stimmen, ja. Sie könnten recht haben, es ist meine Schuld. Ich habe vergessen, diese Verabredung notieren zu lassen. Nein, natürlich hat es keinen Zweck, die Dame warten zu lassen. Moment mal!«

Er hielt die Sprechmuschel zu, wandte sich an die Anwesenden. »Mir ist da etwas sehr Dummes passiert. Eine Dame ... keine Kundin des Hauses ... wollte mich persönlich wegen ihrer Wertpapiere um Rat fragen. Und ich habe den Termin vergessen. Jetzt wartet sie unten.«

Markus Ebinger erhob sich sofort. »Soll ich vielleicht?«

»Nein, nein, bleiben Sie hier. Ich brauche Sie noch. Aber wie wäre es ... natürlich, das ist das Einfachste!« Er gab die Sprechmuschel frei, sagte: »Bitte, Fräulein Angermann, bitten Sie Herrn Holl junior, die Sache zu übernehmen. Ja, das ist ein Auftrag! Halt, Fräulein

Angermann, noch eines. Von nun an möchte ich auf keinen Fall mehr gestört werden!«

Er wandte sich wieder an die Konferenzteilnehmer. »Also, wo waren wir stehengeblieben ... richtig! Was das Bild unseres allseits verehrten, allzu früh verstorbenen Chefs betrifft, bitte ich um Ihre Stellungnahme!«

Während die anderen redeten, zeichnete Markus Ebinger Kreise und Quadrate auf einen Notizblock. - Sonderbar, dachte er, irgendwas an dieser Geschichte ist sonderbar. Wenn ich nur wüßte, was. Sie war zu geschickt serviert, um echt zu sein. Roman Miller kann kein solcher Narr sein, einen Termin nicht notieren zu lassen. So etwas geht doch in Fleisch und Blut über. Und Valentin ist kein Fachmann für Geldanlagen ... einfach lächerlich. Aber es klang alles so natürlich. Trotzdem oder gerade deshalb ... irgend etwas ist faul.

Obwohl Valentin Holl über ein mehr als gewöhnliches Maß an Selbstbewußtsein verfügte, war ihm, als er sich auf den Weg zum kleinen Konferenzzimmer machte, doch etwas beklommen zumute. Die Aufforderung, eine Kundin zu beraten, hatte ihn wie ein Blitz aus heiterem Himmel getroffen. Zudem hatte das Wort ›Dame‹ sofort eine ziemlich unangenehme Assoziation in ihm geweckt - er stellte sich, er wußte selber nicht warum, unter dieser Bezeichnung ein ältliches weibliches Wesen mit spitzer Nase, dick bepudertem Gesicht und bläulich getöntem Haar vor.

Um so angenehmer war er überrascht, als er Tamara sah.

Sie hatte sich für diese Begegnung sorgfältig zurechtgemacht und nach langem Überlegen ein betont jugendliches marineblaues Kostüm mit großem weißem Kragen gewählt. Sie hatte die Wimpern ihrer schräg stehenden Augen nur ganz zart getuscht, den allzu üppigen Mund durch ein paar geschickte Striche mit dem Lippenstift verkleinert. Ihre lange, leuchtendrote Mähne hatte sie nach oben gebürstet und am Hinterkopf hochgesteckt.

Valentin war fasziniert.

Sie reichte ihm ihre weiße Hand mit den sehr lang gefeilten, mit einer irisierenden Lackmischung angemalten Nägeln. »Endlich, Herr Direktor«, sagte sie mit ihrer tiefen, ein wenig heiseren Stimme, »ich habe schon gedacht ... «

Er beugte sich tief über ihre Hand. »Gnädige Frau, ich bedaure unendlich. Hoffentlich sind Sie nicht zu enttäuscht. Aber ich bin nicht Direktor Miller.«

Tamara konnte nur mit Mühe ein Lächeln über seine Naivität unterdrücken. Sie tat sehr überrascht: »Nicht? Aber ich hatte doch extra gebeten ... es war ganz fest ausgemacht!«

»Ich bin Valentin Holl«, sagte der Junge mit Nachdruck, »vielleicht sagt Ihnen der Name etwas. Ich bin der Sohn des Firmengründers.«

Tamara hielt es für richtig, sich angenehm berührt zu zeigen. »Ach, wirklich?« fragte sie. »Da haben Sie die Börsengeschäfte ja wohl sozusagen mit der Muttermilch aufgesogen?«

Valentin zögerte eine Sekunde, dann sagte er: »Nein. Bei uns zu Hause wurde nie über Geld oder Geschäfte gesprochen.«

Das hat gesessen, dachte Tamara, arroganter Flegel! - Sie sagte: »Wahrscheinlich hat sich Ihre Frau Mutter nicht für diese Dinge interessiert?«

»Natürlich nicht. Warum sollte sie auch?«

»Stimmt«, sagte Tamara und nahm sich eine Zigarette aus der Teakholzdose, die Valentin ihr anbot. »Warum sollte sie?« Sie hielt die Spitze ihrer Zigarette in die Flamme des Tischfeuerzeuges, das er ihr bot. »Ihre Frau Mutter muß beneidenswert sein«, sagte sie.

»Keine Ahnung«, sagte er und zog eine kleine Grimasse, »ich verstehe nichts von der weiblichen Psyche.«

»Wirklich nicht?« Sie lächelte ihn aus grünen Augen durch den Rauch ihrer Zigarette an. »Das ist aber schade.«

Ihm wurde plötzlich heiß. Er hätte gerne ein Fenster aufgemacht, aber er wagte es nicht.

Sie beobachtete mit Genugtuung sein Erröten, sagte, indem sie ihre Wimpern senkte und auf die Asche ihrer Zigarette blickte: »Aber das kann man lernen.«

Valentin lachte verlegen auf. »Kein Interesse«, sagte er.

Sie änderte den Ton. »Nun ja, ich bin schließlich nicht gekommen, um Ihnen gute Ratschläge zu geben, Herr Holl, sondern um Ihren Rat zu erbitten. Ich habe eine Anzahl Papiere, noch von meinen Eltern ererbt. Sie liegen auf einer Berliner Bank. Vielleicht gleiche ich ein wenig Ihrer Frau Mutter, jedenfalls habe ich mich um diese Dinge nie gekümmert. Meine Papiere bringen mir Jahr um Jahr ein paar Prozente ein, und ich fand das immer ganz nett. Nun sagte mir ein Bekannter, daß das dumm wäre. Wenn man sich ein bißchen um die Dinge kümmerte, könnte man weit mehr herausholen, und da dachte ich ... Ich habe eine Aufstellung der Werte gleich mitgebracht!« Sie zog eine maschinengeschriebene Liste aus ihrer Handtasche, die Roman Miller ihr zusammengestellt hatte. »Ich weiß natürlich nicht, wieviel die Papiere beim Einkauf gekostet haben. Aber vielleicht können Sie das herausbringen?«

»Wann ungefähr wurden sie gekauft?«

»Kurz vor dem Krieg.«

»Und Sie möchten gerne wissen, wieviel sie damals gekostet haben?«

»Ja. Und wieviel sie heute wert sind.«

»Augenblick, bitte. Da muß ich mir erst einmal Unterlagen besorgen.«

Tamara blickte ihm amüsiert nach. Sie drückte die angefangene Zigarette aus - sie war schon ein wenig trocken gewesen, dazu nicht ihre Marke - und nahm sich eine aus ihrem eigenen Päckchen. Eigentlich eine ganz amüsante Aufgabe, dachte sie, ich hatte es mir erheblich anders, schlimmer, vorgestellt. Ein ziemlich dummer Junge - aber wenigstens ist er hübsch. Sehr hübsch sogar. Und er hat Charme. In ein paar Jahren wird er ein sehr attraktiver Mann sein.

Valentin kam zurück. Er hatte sich die Vergleichswerte besorgt und begann eifrig zu rechnen. Stolz zeigte er Tamara das Ergebnis, und sie gab sich auch entsprechend beeindruckt.

»Wahrhaftig, das grenzt ans Wunderbare«, sagte sie. »Ich bin wirklich froh, daß ich zu Ihnen gekommen bin. Da habe ich also, ohne selber eine Ahnung davon zu haben, in den letzten fünfundzwanzig Jahren ein kleines Vermögen verdient. Das heißt natürlich, nicht ich habe es verdient, denn ich war seinerzeit ja noch gar nicht geboren. Das ist wirklich eine angenehme Überraschung, von einer Stunde zur anderen zu erfahren, daß man gar kein so armes Mädchen ist, wie man immer geglaubt hat!«

»Und jetzt möchten Sie wahrscheinlich wissen, ob Sie vielleicht das eine oder das andere dieser Papiere abstoßen und dafür ein neues erwerben sollten?«

Tamara stand auf. »Nein, o nein! Das würde ich mich niemals trauen. Nachdem, was ich eben von Ihnen erfahren habe, lasse ich lieber alles beim alten.«

»Ich verstehe ... «

»Sie sind doch nicht etwa enttäuscht? Zu dumm, jetzt wird es mir erst klar, ich habe Sie ganz umsonst bemüht. Für nichts und wieder nichts sozusagen.«

»Das macht doch gar nichts, gnädige Frau ... «

»Und ob das etwas macht! Wie kann ich mich denn erkenntlich zeigen? Ah, ich weiß, ich habe eine Idee. Davon wird zwar nicht die Bank profitieren, aber Sie! Ich lade Sie ein. Wirklich, warum besuchen Sie mich nicht mal? Im ›Parisiana‹, ich arbeite dort als Tänzerin! Ich lasse Ihnen einen Tisch reservieren, und Sie sind den ganzen Abend mein Gast! Versprechen Sie es mir?«

»Ich weiß wirklich nicht ... «, sagte Valentin tödlich verlegen.

»Nicht? Oh!« Ihre Augen wurden dunkel. »Es liegt Ihnen nichts daran, mich wiederzusehen?«

»Das nicht, nur ... «

»Es liegt Ihnen also doch etwas daran? Ein ganz, ganz kleines bißchen! Geben Sie es doch zu. Ach, wie wunderbar! Also, Sie kommen? Heute abend, ja?«

»Vielleicht. Wenn ich es möglich machen kann.« Valentin zögerte. »Aber auf keinen Fall dürfen Sie mich einladen.«

Tamara lächelte strahlend. »Nun gut, dann bin ich Ihr Gast, Herr Holl, daran soll es nicht scheitern. Im Gegenteil«, fügte sie verheißungsvoll hinzu, »ich liebe großzügige Männer!«

Valentin hatte keineswegs wirklich vorgehabt, dieser Aufforderung zu einem Wiedersehen Folge zu leisten - jedenfalls sagte er sich das später zu seiner eigenen Entschuldigung. Daß er abends dann doch ins ›Parisiana‹ ging, geschah mehr aus Oppositionslust als aus dem Wunsch heraus, ein Abenteuer zu erleben.

Draußen nieselte es. Er verfluchte es wieder einmal, daß er keinen Wagen zur Verfügung hatte, schlug den Mantelkragen auf und ging zu Fuß Richtung Stachus.

Im Espresso in der Maxburg fand er, wie immer um diese Tageszeit, einige junge Leute aus seiner Clique, seine Schulkameraden von einst, Martin Meyers und Klaus Ritter. Für sie war er immer noch der große Mann. Zwar hatte sein Ruf eine Weile darunter gelitten, daß er kein Auto mehr hatte, aber die Tatsache, daß er nicht mehr die Schulbank zu drücken brauchte, hatte das wieder voll und ganz wettgemacht.

Er wurde mit Hallo begrüßt, man machte ihm Platz, begann die jüngsten Neuigkeiten auszukramen.

Valentin saß weit zurückgelehnt, auf den Hinterbeinen des kleinen, weißgestrichenen Stuhls balancierend, und hörte sich das Gerede der anderen blasiert und mit halb geschlossenen Augen an.

Es dauerte eine ganze Weile, bis endlich Martin Meyers sein Schweigen bemerkte. »Nanu?« sagte er. »Du bist so komisch, Valentin? Was ist los mit dir?«

»Oh, nichts ... gar nichts«, sagte Valentin geistesabwesend.

»Na, hör mal, mach uns doch nichts vor! Natürlich ist was mit dir. Seit wann spielst du die Auster?«

»Überhaupt nicht«, sagte Valentin und schlürfte einen Schluck seines heißen Kaffees, »oder ... wenn ihr es genau wissen wollt ... eure ewigen Schulgeschichten fangen langsam an, mir auf die Nerven zu gehen.«

»Hört! Hört!« rief Klaus Ritter und klatschte sich auf die Schenkel vor Vergnügen.

Martin Meyers war empfindlich. »Wenn wir dich so langweilen«, sagte er, »brauchst du ja nicht mehr mit uns zu verkehren, schließlich, wo du jetzt Bankier geworden bist.«

»Es dreht sich ja nicht um euch, ihr seid schon richtig«, sagte Valentin großmütig, »bloß euer blödes Gerede ödet mich an! Dem Lateinlehrer alberne Antworten geben, das soll schon was sein. Früher fand ich so was ja auch ganz nett, aber jetzt bin ich doch schon entschieden über dieses Stadium hinaus. Ihr habt ja keine Ahnung vom wirklichen Leben.«

»Aber du!« Martin Meyers schnaufte verächtlich durch die Nase.

»Sehr richtig. Ich ja. Wenn man erst einmal im Beruf steht. Ihr meint vielleicht, das wäre ziemlich öde, aber in unserer Bank kann man Sachen erleben ... « Um den Effekt zu erhöhen, sprach er den Satz nicht zu Ende und erreichte damit genau das, was er beabsichtigt hatte.

»Was für Sachen?« fragten seine beiden Freunde fast gleichzeitig.

»Na, heute zum Beispiel. Da kam eine tolle Frau in die Bank, irrsinnig toll, sage ich euch.« Valentin zündete sich eine Zigarette an, blies den Rauch durch die Nase. »Wollte ausdrücklich nur von mir beraten werden. Nachher hat sie mich aufgefordert, zu einem Rendezvous sozusagen. Sie ist Tänzerin im ›Parisiana‹.«

»Und?« fragte Klaus Ritter, dessen blaue Augen vor Aufregung leicht hervortraten. »Gehst du hin?«

»Weiß noch nicht. Keine Ahnung.«

»Menschenskind, das würde ich mir doch nicht entgehen lassen«, sagte Klaus beeindruckt. »Mich sollte mal eine Dame in ein Nachtlokal einladen. So was ließe ich mir nicht zweimal sagen.«

»Laß dir doch nichts vormachen, Klaus«, sagte Martin Meyers rachsüchtig. »Valentin gibt ja bloß an. Merkst du das denn nicht?«

»Denk, was du willst«, sagte Valentin hochmütig, »das interessiert mich gar nicht.« Aber da ihm tatsächlich sehr viel daran lag, seine Freunde zu beeindrucken, fügte er inkonsequent hinzu: »Ihr könnt ja mitkommen, wenn ihr wollt.«

»Ist das dein Ernst?« Martins helles, noch sehr kindliches Gesicht wurde dunkelrot vor Erregung.

»Und warum nicht? Ich nehme euch mit. Aber unter einer Bedingung. Ich brauche einen Wagen.«

»Für was?« fragte Martin.

»Zum Angeben natürlich«, sagte Klaus, »um der Dame zu imponieren, stimmt ja auch. Zu so was kann man nicht mit der Straßenbahn fahren!«

»Und Taxis sind was für alte Herren«, sagte Valentin, »also laßt euch was einfallen.«

»Warum nicht du?« fragte Martin, »ihr habt doch massenhaft Autos im Stall.«

»Im Moment nicht einen einzigen.«

»Dann holen wir uns eins beim Autoverleih.«

»Armer Ignorant«, sagte Valentin mit freundlicher Herablassung, »als wenn ich das nicht schon versucht hätte. Dazu braucht man die Unterschrift eines Elternteils.«

Klaus Ritter beugte sich vor. »Mein Vater«, sagte er und dämpfte unwillkürlich seine Stimme, »der kommt gewöhnlich zwischen sieben und acht Uhr nach Hause. Dann stellt er sein Auto in die Garage.«

»Was für 'ne Marke?« fragte Valentin.

»BMW.«

»Nicht schlecht.«

»Also, dann geht er ins Haus. Abendbrotessen. Und nachher Fernsehen. Jeden Abend dasselbe. Außer freitags, da hat er seinen Herrenabend. Und jeden zweiten Dienstag, da haben meine Eltern ihr Opernabonnement.«

»Heute ist Donnerstag«, sagte Martin Meyers träumerisch.

»Eben.«

Valentin runzelte die Stirn. »Und du glaubst wirklich, er merkt das nicht?«

»Wenn wir den Wagen hinausschieben? Das macht doch bestimmt keinen Krach.«

»Das nicht. Aber wie kommst du an die Schlüssel. So Sachen mit Draht mache ich nämlich keinesfalls.«

»Den Zündschlüssel legt er immer ins Handschuhfach. Damit er ihn bei der Hand hat. Wenn's mal brennt oder so ... «

»Ein sehr vorsorglicher alter Herr«, sagte Martin Meyers sanft, »fürwahr ein prächtiger alter Bursche ... «

»Also, machen wir's?« fragte Klaus.

»Wenn du dich traust«, sagte Valentin großspurig. »Ich immer.« Er ahnte nicht, daß er damit den Startschuß zu einem Unternehmen gab, das nicht nur ihn selber, sondern auch seine Mutter an den Rand des Abgrundes führen sollte.

Sylvia Holl erfuhr nicht, was ihr Sohn während ihrer Abwesenheit tatsächlich trieb.

Sie rief verschiedentlich zu Hause an, aber selbstverständlich erwähnte Valentin mit keiner Silbe seine nächtlichen Ausflüge mit heimlich entliehenen Wagen in Münchens Nachtlokale. Er versicherte nur immer wieder, daß alles in Ordnung wäre, daß Sylvia sich keine Sorgen zu machen brauche, daß er sich sehr gut allein zurechtfände.

Markus Ebinger entging die bedenkliche Entwicklung des jungen Mannes nicht, aber er verschwieg Sylvia seine Beobachtungen. Er hatte dafür zwei gute Gründe: erstens wollte er sich nicht zum Angeber machen, und zweitens wollte er Sylvia nicht beunruhigen, sie sollte ihre römischen Tage ungestört genießen.

So kam es, daß Sylvia, was Valentin betraf, ganz unbesorgt war. Sie hatte genug mit sich selber und dem Problem Barbara zu tun. Seit Graf Schwarzenbach unvermutet in Rom aufgetaucht war, hatte sich das Verhältnis zwischen Mutter und Tochter merklich getrübt. Barbaras glücklicher Überschwang hatte sich sehr schnell gelegt, sie gab sich ausgesprochen schwierig.

Sylvia begriff nicht, woran es lag. Sie überprüfte ihre eigene Haltung immer wieder, fand aber nichts, was sie sich hätte vorwerfen müssen. Zwar hatte das plötzliche Auftauchen des Grafen sie anfangs sehr irritiert, aber sehr schnell hatte sie sich damit abgefunden.

Eines Abends - sie saßen bei einbrechender Dunkelheit auf der Via veneto und tranken einen Aperitif - schlug der Graf einen längeren Trip in Richtung Neapel, Pompeji, Capri vor.

Barbara stimmte sofort begeistert zu, und Sylvia, die eigentlich gar keinen Anlaß sah, Rom auf Tage zu verlassen, wollte nicht mit ihren Bedenken die Vorfreude der anderen stören.

Aber später, als sie in ihr Haus auf dem Aventino zurückkehrten und Barbara sofort begann, die Koffer von den Schränken zu reißen und zu packen, konnte Sylvia nicht länger zurückhalten. »Eigentlich ist es schade«, sagte sie.

»Was?« Barbara drehte sich nicht einmal um; sie war voll und ganz damit beschäftigt, Schränke und Schubladen aufzureißen.

»Daß wir all das hier verlassen wollen«, sagte Sylvia. »Schöner treffen wir es sicher nirgends.«

»Du kannst ja bleiben!«

Sylvia war ans Fenster getreten und hatte in den Park hinuntergeschaut, durch dessen dunkles Laub die Lichter des Palazzos schimmerten.

Sie brauchte ein paar Sekunden, bis sie begriff, was Barbara mit ihrer Bemerkung wirklich meinte.

Sie drehte sich um, sehr langsam, um Zeit zum Nachdenken zu gewinnen. »Du möchtest alleine mit ihm fahren?« fragte sie.

»Was ist dabei so unnatürlich?«

»Nichts, Barbara, wirklich gar nichts.«

»Dann tu auch bitte nicht so, als wenn ich etwas Ungeheuerliches gesagt hätte! Ich war jetzt lange genug taktvoll, weiß Gott!« Barbara trat auf ihre Mutter zu, sagte fast flehend: »Begreifst du denn nicht, daß Pit und ich, nun eben, daß wir allein sein wollen? Ich sage dir das nicht gerne, wirklich nicht, Mama! Ich habe immer wieder gehofft, daß du es von selber merken würdest.«

»Ich habe euch also gestört?«

»Nicht so, Mama, sage es nicht so. Das klingt so, als wenn Pit und ich denkbar üble Egoisten wären, aber das sind wir nicht, ganz gewiß nicht. Unsere Beziehungen sind nur eben in ein Stadium getreten, wo einfach jeder Dritte stört.«

»Ich verstehe.«

»Und du bist uns nicht böse?«

»Nein.«

Barbara gab ihrer Mutter einen raschen Kuß auf die Wange. »Ich wußte ja, daß du vernünftig sein würdest«, sagte sie. »Du hast es richtig verstanden, nicht wahr? Wenn ich jetzt lieber mit Pit allein sein möchte, so heißt das nicht, daß ich dich weniger liebe als früher, ganz bestimmt nicht!« Sie wandte sich wieder ihren Koffern zu, sagte geschäftig: »Herrje, das ist mal wieder eine Arbeit! Wo ist mein Leinenkostüm? Stimmt ja, das hatte Elena zur Reinigung gebracht. Aber ich kann doch nicht ohne ... « Sie rannte zur Treppe, die ins Erdgeschoß und in die Küche führte, rief: »Elena! Elena!«

Sylvia wollte sich in ihr Zimmer zurückziehen, aber Barbara lief ihr nach. »Augenblick noch, Mama ... morgen früh könnte ich es am Ende vergessen. Ich brauche Geld!«

Sylvia drehte sich zu ihr um. »Wieviel?«

»Keine Ahnung. Aber jedenfalls möchte ich mich nicht von ihm einladen lassen, das gäbe ein falsches Bild. Sagen wir also fünfhunderttausend Lire.«

Sylvia sah ihre Tochter an. »Ist das nicht ziemlich üppig? Für die paar Tage?«

»Werd bloß nicht geizig, Mama! Schließlich handelt es sich ja nicht nur um den Capri-Trip. Wahrscheinlich komme ich gar nicht mehr nach Rom zurück, sondern fahre direkt mit Pit nach München!«

»Es ist reizend von dir, daß du mir diesen Entschluß wenigstens am Rande mitteilst«, sagte Sylvia mit einem Spott, der ihre Trauer nur schlecht verbarg.

»Sei nicht beleidigt, es ist mir ja selber eben erst eingefallen«, sagte Barbara unbekümmert, »also, du gibst mir das Geld, ja?«

Sylvia holte ihr Scheckbuch, das von der Bank ›Il spirito santo‹ ausgestellt worden war, aus der Handtasche, schlug es auf, füllte eines der kleinen Formulare aus. Sie zögerte den Bruchteil einer Sekunde, bevor sie die Summe, die Barbara gefordert hatte, einsetzte.

»Danke, Mama«, sagte Barbara und steckte den Scheck achtlos in ihre Jackentasche, »wirklich süß von dir!« Sie drehte sich um, packte die Neapolitanerin Elena, die mit neugierigen Augen gewartet hatte, beim Arm und zog sie in ihr Zimmer.

Die Einsamkeit, die sich wie ein gähnender schwarzer Abgrund vor Sylvia auftat, war so ungeheuerlich, daß sie nicht einmal Tränen fand. Sie spürte keine Kränkung, keinen Schmerz, keine Enttäuschung. Jedes Gefühl schien in ihr abgestorben.

Am nächsten Morgen fand sie nicht die Kraft, aufzustehen und wie sonst mit Barbara zusammen zu frühstücken. Sie blieb ganz still in ihrem Bett liegen, lauschte den Geräuschen des erwachenden Morgens, hörte Barbaras frische junge Stimme durch die Räume hallen, Türenschlagen, Abschiedsworte.

Für Barbara war in diesem Augenblick die Erinnerung an ihre Mutter, die sie allein zurückgelassen hatte, zu einem Nichts zusammengeschrumpft, völlig bedeutungslos geworden. Sie sah den weißen Thunderbird, der gegenüber dem Tor geparkt war, sah den Grafen, der ihr über den schattigen Vorplatz entgegenkam. »Pit!« rief sie strahlend und lief ihm ein paar Schritte entgegen.

Er umarmte sie auf jene zärtliche und unverbindliche Art, die er sich seit langem im Umgang mit ihr angewöhnt hatte, hielt sie dann auf Armeslänge von sich und sagte: »Gut siehst du aus, Kleines! Dieses Hellblau steht dir hervorragend. Wirklich!« Er musterte sie von Kopf bis Fuß, und sie errötete unter seinem Blick. »Gerade dieses Blau intensiviert den Ausdruck deiner Augen.«

»Es liegt, glaube ich, nicht an der Farbe, sondern ... «, begann sie.

Aber er hörte schon gar nicht mehr hin. Er hatte sie losgelassen und half jetzt Elena und der Köchin, das Gepäck im Kofferraum zu verstauen.

»Ist das alles?« fragte er und gab beiden ein großzügiges Trinkgeld.

Sie sagten: »Si, Signore ... « und: »Grazie, Signore!« und bedankten sich knicksend.

Barbara war neben ihn getreten. »Los, Pit, wir können«, sagte sie.

»Und deine Mutter?«

»Kommt nicht mit. Sie hat es sich anders überlegt.«

Er sah sie mit hochgezogenen Augenbrauen an, und sie fügte rasch hinzu: «Komm schon! Ich erklär's dir unterwegs!«

Er warf einen Blick zum Park zurück, sah, daß die Köchin und Elena neugierig stehengeblieben waren, um ihre Abfahrt mitzuerleben, setzte sich ans Steuer und ließ den Motor an.

Barbara schwang sich neben ihn. Ihre Wangen glühten. Sie saß mit zusammengepreßten Lippen, leicht vornübergebeugt und beobachtete jeden seiner Handgriffe. Erst als sie die Ausfahrt aus dem in sich abgeschlossenen kleinen Platz erreicht hatten und den Hügel hinunterfuhren, löste sich ihre Spannung, und sie lehnte sich bequem zurück.

»Bitte, fahr erst zur Bank ›Il spirito santo‹«, sagte sie. »Ich möchte einen Scheck einlösen.«

Er sagte nichts.

Sie warf ihm einen scheuen Blick von der Seite her zu. Sein männliches, sehr ausgeprägtes Profil unter dem Helm seines blonden Haares wirkte kalt und fremd.

»Warum sagst du nichts?« fragte sie eingeschüchtert.

»Du wolltest mir etwas erklären!«

»Ach, du meinst wegen Mama?« Einen Augenblick suchte sie nach einer Ausrede, dann warf sie den Kopf in den Nacken. »Ich habe es ihr gesagt. Ich mußte es ihr endlich einmal sagen, daß wir lieber allein sein wollen.«

Er schwieg, den Blick auf die Fahrbahn gerichtet.

»Du brauchst dich gar nicht aufzuregen«, fuhr sie fort. »Ich habe es ihr so taktvoll wie möglich beigebracht. Glaub nur nicht, ich hätte sie beleidigt. Sie hat es auch sofort eingesehen. Es gibt keinen Grund, weshalb ich es ihr nicht hätte sagen sollen.«

Jetzt, endlich, sprach er wieder. »Doch, es gibt einen!«

»Und der wäre?« fragte sie kampfeslustig. »Mama ist nicht so schonungsbedürftig, wie du dir einbildest. Sie kann die Wahrheit sehr wohl vertragen!«

Er lenkte den Wagen an den Bordstein, sah sie an, und in seinen hellen Augen stand ein Ausdruck, der Barbara erschauern ließ. »Es ist nicht die Wahrheit«, sagte er hart. -

Sylvia Holl verbrachte einen langen ruhelosen Tag. Die Sinnlosigkeit ihres Daseins drohte sie zu überwältigen. Das Schicksal hatte ihr alles, aber auch alles aus den Händen geschlagen. Sie hatte keine Aufgabe, kein Ziel, ihr Leben hatte nicht den geringsten Inhalt.

Gegen Abend kam ein Telegramm. Sie mußte es dreimal lesen, bis sie begriff, was es bedeutete, und auch dann noch stellte es sie vor ein Rätsel.

Es war von Barbara und kam aus Paris. - BIN SOEBEN EINGETROFFEN STOP MACH DIR KEINE SORGEN UM MICH STOP MUSS ALLEIN SEIN STOP BARBARA.

Barbara war also nicht mit dem Grafen zusammen, nicht in Capri, sie war nach Paris geflogen, um allein zu sein. Das konnte nur eines bedeuten - die beiden hatten sich wieder zerstritten.

Sylvia begriff schuldbewußt, daß diese Tatsache sie eigentlich mit Sorge hätte erfüllen müssen. In Wahrheit spürte sie nichts als eine grenzenlose Erleichterung, deren Ursache sie nicht erkannte.

Sie nahm zwei Schlaftabletten und hatte eine gute Nacht. Sie erwachte gegen neun, noch sehr schlaftrunken. Elena hatte das Frühstück schon auf der Dachterrasse serviert, und Sylvia bürstete sich nur das weiche braune Haar und putzte sich die Zähne, bevor sie in ihren weißen, seidenen Hausmantel schlüpfte und nach oben ging.

Sie trank eine Tasse starken Tee, löffelte eine Grapefruit und genoß den Blick über die wundervollen alten Bauwerke, die Brücken und den Tiber. Sie fühlte sich ganz mit sich selber in Harmonie und begriff nicht mehr, wie sie gestern so verzweifelt hatte sein können.

Gerade wollte Sylvia sich eine Zigarette anzünden, als sie Schritte auf der Treppe hörte. Sie hob nicht einmal den Kopf, sicher, daß es nur Elena sein konnte. Erst als ein großer Schatten über sie fiel, sah sie auf.

Peter Graf Schwarzenbach stand vor ihr. Und obwohl sein Mund ganz ernst blieb, lächelten seine hellen Augen so vielbedeutend und unverschämt auf sie nieder, daß es ihr unmöglich war, ein Wort hervorzubringen.

»Guten Morgen, gnädige Frau«, sagte er fröhlich.

Sie holte tief Atem, sagte mit einer Stimme, die ihr selber fremd in den Ohren klang: »Was wollen Sie?«

»Waren wir nicht zu einem Capri-Trip verabredet? Gestern sind Sie nicht gekommen, und da dachte ich mir ... «

Sylvia fühlte, während ein seltsam süßes Gefühl sie schwindeln machte, daß sie verloren war, wenn sie sich auch nur auf ein Gespräch mit ihm einließ. »Gehen Sie«, sagte sie heiser, »gehen Sie ... sofort!«

Er rührte sich nicht von der Stelle, hielt ihre Augen mit seinem Blick in Bann. »Sylvia«, sagte er, »warum machen Sie es sich denn so schwer? Was haben Sie denn zu verlieren? Was glauben Sie zu versäumen? Haben Sie immer noch nicht begriffen, daß es niemanden und nichts gibt, das Sie hält?«

9

Valentin Holls allnächtliche Ausflüge ins ›Parisiana‹ kamen ihn teuer zu stehen. Seine beiden Freunde, Klaus Ritter und Martin

Meyers, betrachteten sich selbstverständlich als seine Gäste, und die Tänzerin Tamara tat es nicht unter Sekt, noch dazu von einer sehr kostspieligen Marke.

Schon am zweiten Abend konnte Valentin die Rechnung nicht mehr bezahlen. Er klopfte seine Jackentasche ab, sagte, tödlich verlegen: »Verdammt, ich fürchte, ich habe meine Brieftasche vergessen.«

»Macht ja nichts«, sagte Tamara sofort und gab dem Kellner einen Wink, »schreiben Sie es bitte auf. Herr Holl zahlt ein andermal.«

Valentin fand das sehr praktisch. Er ärgerte sich, daß er nicht von sich aus darauf gekommen war. Schließlich, wenn er sein Gehalt und das Taschengeld von seiner Mutter bekommen hatte, würde er mit Leichtigkeit alles zusammen zahlen können.

Aber er hatte sich verrechnet. Als er sich endlich, vierzehn Tage nach seinem ersten Besuch im ›Parisiana‹ die Rechnung präsentieren ließ, betrug sie mehr als das Doppelte seiner Einnahmen.

Während er noch blitzschnell überlegte, was jetzt zu tun sei, sagte Martin Meyers drängend: »Komm, beeil dich, sonst entwischt uns Tamara! Wir wollten doch alle zusammen noch in den ›Ventilator‹!«

»Ich werde Ihnen einen Scheck geben«, sagte Valentin Holl mit einem vorsichtigen Blick auf den Oberkellner, und als dieser keine Miene verzog, zückte er sein Scheckbuch und schrieb einen Scheck über die gewünschte Summe aus, legte einen Zwanzigmarkschein dazu und sagte: »Das Kleingeld ist für Sie.«

Der Kellner verneigte sich dankend und zog sich zurück.

»Mensch, du hast's bärig«, sagte Martin Meyers neiderfüllt, »einfach so mit Scheck zahlen, während unsereiner jeden Groschen dreimal umdrehen muß. Bankier sollte man sein.«

»Wenn du Wert darauf legst«, erklärte Valentin ziemlich von oben herab, »ich kann dir jederzeit ein Konto bei uns einrichten ... «

»Du hast Nerven! Von was denn?«

Valentin zuckte nur die Achseln und erhob sich. Obwohl er ziemlich viel getrunken hatte, war ihm doch durchaus bewußt, etwas Strafbares oder zumindest Unerlaubtes getan zu haben. Der Scheck, den er eben ausgegeben hatte, war in keiner Weise gedeckt.

Aber diese Tatsache machte ihm nicht allzuviel zu schaffen. Er, der in seinem ganzen Leben kaum je Sorgen und niemals Geldschwierigkeiten gekannt hatte, war überzeugt, daß sich, wenn er erst einmal wieder ganz nüchtern war, ein Weg finden lassen würde, die Dinge in Ordnung zu bringen.

Sie fuhren im offenen Wagen die Küste entlang, Sylvia Holl und Graf Schwarzenbach, der Mann, den ihre Tochter liebte.

Sie hatte den Kopf in den Nacken gelegt. Durch die geschlossenen Lider hindurch spürte sie die herbstliche Sonnenglut. Der Fahrtwind strich durch ihre Locken, umspielte ihre Stirn. Sie atmete tief, füllte ihre Lungen bis zum Rande mit der herben Meeresluft, die nach Salz schmeckte, nach Tang, nach Freiheit.

Ganz plötzlich wurde ihr bewußt, daß sie glücklich war - und sie erschrak fast bei dieser Erkenntnis.

Wie war es möglich? Was war mit ihr geschehen?

War es die Gegenwart des Mannes am Steuer, die dieses beinahe vergessene Gefühl in ihr geweckt hatte? War es das Bewußtsein, begehrt zu werden? Oder die Tatsache, daß sie ausgebrochen war, etwas ganz und gar Unkonventionelles getan, ihre Verpflichtungen abgeschüttelt hatte?

Langsam öffnete sie die Augen und blickte Graf Schwarzenbach forschend unter den gesenkten Lidern an. Er fuhr im weißen offenen Hemd, dessen Ärmel bis zum Ellenbogen aufgekrempelt waren und die schlanken und doch kräftigen Unterarme freigaben. Sie sah seine schmalen Hände mit den langen, sehr sensitiven Fingern, hob den Blick zu dem klugen männlichen Profil mit dem weichen, ein wenig spöttischen Mund.

Graf Schwarzenbach spürte ihren Blick und wandte sichihr zu. »Es ist schön, daß Sie bei mir sind, Sylvia«, sagte er zärtlich.

Sie richtete sich auf. «Ich weiß nicht, ob es richtig war«, sagte sie zweifelnd.

Er widersprach nicht, noch stimmte er zu.

»Ich mache mir Sorgen«, sagte sie.

»Immer noch?«

»Ja. Barbara ist so jung ... «

»Das kommt nur Ihnen so vor, Sylvia. Sie müssen sich langsam daran gewöhnen, daß Ihre Kinder ... « Er betonte dieses Wort mit leichtem Hohn, »erwachsen geworden sind und ihre eigenen Wege gehen wollen.«

Sie hatte gar nicht richtig zugehört. »Wenn sie mich nun braucht, sie könnte mich nicht einmal erreichen. Niemand kann mich erreichen.«

»Ist das nicht wunderbar?« fragte er lächelnd.

Sie begriff, was er meinte, sagte: »Doch, natürlich.«

»Seien Sie ehrlich, Sylvia, Sie haben sich seit Jahren danach gesehnt, frei zu sein, Sie selber sein zu dürfen ... «

»Woher wissen Sie das?«

Er beantwortete ihre Frage nicht. »Und nun, wo es soweit ist«, sagte er, »haben Sie Angst, ganz erbärmliche, törichte Angst um Barbara und um Valentin, Angst um Ihre verdammte Bank, Angst um Ihren Ruf, der Ihnen, solange Sie seiner ganz sicher sein konnten, immer sehr unwichtig erschienen ist.«

Sie sah, daß seine Lippen schmal wurden, legte rasch ihre Hand auf seinen Arm, zuckte aber bei der ungewollten Berührung seiner heißen, gespannten Haut unwillkürlich zurück. »Sie haben recht, Graf.«

»Bitte, nennen Sie mich Pit, wie alle meine Freunde.«

»Also gut, Pit, Sie haben natürlich recht. Aber ich bin nun einmal nicht dazu erzogen, durch die Welt zu zigeunern. Ich kann nicht über meinen eigenen Schatten springen.« Ihre Stimme bekam einen kleinen Sprung. »Wenn Sie nur wüßten, wie sehr ich es möchte.«

»Quälen Sie sich nicht so, Sylvia, warum müssen Sie sich alles so schwer machen? Spannen Sie doch einfach einmal aus, genießen Sie die Stunde, lassen Sie Ihre Gedanken herumspazieren.«

»Aber das ist es ja gerade«, sagte sie kläglich, »sie kehren immer wieder zu dem einen Punkt zurück ... meine Gedanken, meine ich. Immer muß ich an sie denken ... an meine verstörte, verzweifelte, kleine Tochter.«

»Sie ist weder das eine noch das andere. Jedenfalls, als ich sie verließ, war sie es nicht.«

»Aber Sie hatten doch eine Auseinandersetzung mit ihr?«

»Ja«, sagte er kurz.

»Wollen Sie mir nicht wenigstens erzählen ... ?«

»Nein«, sagte er, »grade das möchte ich nicht ... noch nicht.«

Sie wartete darauf, daß er noch etwas sagen würde, sah ihn an. Aber da er schwieg, mit zusammengepreßten Lippen, eine steile, zornige, kleine Falte über der Nasenwurzel, gab sie es endlich auf. Sie ließ sich wieder in das Polster zurücksinken, schloß die Augen - aber das berauschende Gefühl von Ungebundenheit, das sie vorhin so stark empfunden hatte, war verflogen. Geblieben war Ernüchterung, Schuldbewußtsein, ein schweres Herz.

»Was würde Barbara denken, wenn sie wüßte, daß wir nun doch nach Capri fahren, allein, ohne sie? Sie würde ... «

Er unterbrach sie hart. »Barbara weiß es.«

Sie fuhr hoch. »Aber, wie sollte sie denn?«

»Ich habe es ihr gesagt.«

»Aber Sie wußten doch noch nicht ... Was haben Sie ihr gesagt?«

»Daß ich Sie liebe!«

Sylvia Holl starrte ihn an. Jetzt hatte er das ausgesprochen, was sie nicht hören durfte, was sie nicht wahrhaben wollte. Er hatte damit ihre schon an sich schwierige Situation ganz und gar unmöglich gemacht. Was sollte sie tun? Ihn bitten, anzuhalten? Umzukehren?

»Haben Sie schon vergessen, daß Sie Barbara heiraten wollten?« fragte sie und konnte eine aufsteigende Bitterkeit nicht unterdrücken.

»Ich wollte es nicht mehr, seit ich Sie gesehen hatte, Sylvia«, sagte er ernsthaft, »das müssen Sie mir glauben. Ich weiß, Sie werden mir jetzt vorhalten, daß ich hätte aussteigen müssen ... in dem Moment, als ich meinen großen Irrtum erkannt hatte. Aber dann hätte ich mit Barbara zugleich auch Sie aufgeben müssen. Barbara war der einzige Weg für mich, der zu Ihnen führte, Sylvia.«

»Ein kluges Spiel - auf Kosten meiner Tochter.«

»In jedem Spiel gibt es einen Verlierer«, sagte er ruhig, »so ist das Leben. Das wirkliche Leben, von dem Sie noch so wenig erfahren haben, Sylvia. Ich bin sicher, Georg Holl hätte mich besser verstanden.«

»Er hat Sie abgelehnt. Er hatte Barbara jeden Verkehr mit Ihnen verboten.«

»Weil er mich nicht kannte. Oder, ich will ehrlich sein, vielleicht hätte er es auch getan, wenn er mich gekannt hätte. Aber es geht doch jetzt nicht mehr um Barbara. Es geht um uns beide, Sylvia, nur um uns.«

Als sie schwieg, sagte er: »Wir können jetzt noch umkehren. Sie brauchen nur zu befehlen. Aber warum wollen Sie sich selber im Wege stehen? Ich liebe Sie. Ja, das ist wahr. Aber ich verlange nichts von Ihnen, gar nichts. Ich darf nichts von Ihnen verlangen, weil ich Ihnen nichts bieten kann.«

Sie mußte plötzlich lächeln. »Dieser Ausspruch«, sagte sie, »paßt sehr wenig zu Ihnen, lieber Graf. Sie haben bisher niemals einen übertrieben bescheidenen Eindruck auf mich gemacht.«

»Ich bin nicht bescheiden«, erklärte er ruhig, »ich bin nur ehrlich. Und ich war auch das nicht immer. Aber Ihnen gegenüber will ich mich bemühen, ehrlich zu sein.« Er stockte, sagte dann: »Ich bin ein Abenteurer. Georg Holl hatte recht, Ihre Tochter vor mir zu warnen. Ich bin alles andere als ein Garant des Glückes. Aber ich glaube, ich kann Ihnen grade das geben, was Sie brauchen ... eine ungetrübte Zeit, ein paar glückliche Tage, vielleicht auch ein paar Wochen. Wenn es hoch kommt ... Monate. Mehr nicht. Das Leben ist so kurz. Empfinden Sie das nicht auch manchmal? Man darf nicht zu große Forderungen stellen; aber man soll ruhig mit beiden Händen zugreifen, wenn sich das Glück einem bietet. Es wäre ein Verbrechen, es nicht zu tun, Sylvia. Ich weiß, daß ich mit Ihnen sehr glücklich sein könnte, vielleicht so glücklich wie nie zuvor.«

»Glück«, sagte sie und starrte auf die bizarren Felsen vor Capri, die sich im Schein der untergehenden Sonne rötlich zu färben begannen, »ich weiß gar nicht mehr, was das ist.«

»Ich werde es Sie lehren.«

Capri war ganz in rote Glut getaucht, die sich phantastisch von dem verdämmernden Himmel und den tintenblauen Farben des Meeres abhob, als Sylvia Holl und Graf Schwarzenbach das Fischerdorf auf der Halbinsel erreichten.

Der Graf stellte seinen schnellen Wagen in einer Garage unter, verhandelte mit einem kräftigen, glatzköpfigen Mann in Hemdsärmeln, der ihnen einen Jungen für das Gepäck mitgab. Als sie den kleinen, sehr lebhaften Fischerhafen erreichten, gingen drüben auf Capri die ersten Lichter an und machten das Bild noch märchenhafter.

Der Graf ging zielsicher auf eine bestimmte Stelle am Kai zu, wo ein schnittiges, mit Mahagoni verschaltes Motorboot vor Anker lag. Auch der Junge schien sich auszukennen; ohne eine besondere Aufforderung abzuwarten, schleppte er die Koffer in die Kabine, bedankte sich lebhaft für das großzügige Trinkgeld, das der Graf ihm gab, und verschwand in der Dämmerung.

Sylvia schauderte leicht. Die ganze Szenerie war unwirklich und überwältigend wie in einem Traum.

Sie sah zu, wie der Graf ins Boot sprang. Er reichte ihr den Arm, um ihr beim Einsteigen zu helfen - und bei der Berührung seiner kräftigen Hände begriff sie erst richtig, daß sie dies alles wirklich erlebte.

Den Bruchteil einer Sekunde hielt er sie ganz fest, und sie erwartete schon - halb erschrocken -, daß er sie jetzt küssen würde. Aber dann ließ er sie ganz plötzlich los, sagte - und sie hatte den fatalen Eindruck, daß er sich über sie lustig machte: »Sie frieren, Sylvia, ich werde Ihnen Ihren Pelz holen.« Er ging in die Kabine, kam mit ihrem silbergrauen, sehr leichten Sommerpelz zurück, legte ihn ihr über die Schultern.

»Danke«, sagte sie leise und wunderte sich selber, daß ihre Stimme keine Kraft mehr hatte.

»Sylvia«, sagte er, »Sie haben doch nicht etwa ... Angst?«

»Nein«, sagte sie kläglich, »wovor sollte ich denn?«

Sie sah im Dämmerlicht seine hellen Augen spöttisch aufblitzen. »Wenn Sie sich jetzt sehen könnten. Sie machen Augen wie ein kleines Reh, das sich im großen Wald verirrt hat, Sylvia. Wovor fürchten Sie sich?«

»Ich weiß, ich bin dumm«, sagte sie, »aber das sollte kein Grund für Sie sein, sich über mich lustig zu machen.«

»Sylvia«, sagte er zärtlich.

Rasche tapsende Schritte näherten sich über den steinernen Kai. Ein geschmeidiger, braunlockiger junger Mann sprang ins Boot, lächelte den Grafen mit blitzenden Zähnen an, ließ einen ganzen Schwall Worte los, die im Dialekt der Landschaft gesprochen wurden, und die Sylvia nicht verstand.

»Das ist Francesco«, stellte der Graf vor, »ein sehr tüchtiger und sogar einigermaßen zuverlässiger Bursche. Francesco, das ist die Herrin ... Signora Sylvia.«

Sylvia spürte, wie sie rot wurde, und sie war dankbar, daß man ihr Gesicht nicht sehen konnte.

Der Graf schien gar nichts von ihrer Verlegenheit zu bemerken. Er war jetzt ganz damit beschäftigt, die Vertäuung zu lösen. Das Aufheulen des Motors ging in ein gleichmäßiges Brummen über. Leise tuckernd verließ das Boot den Hafen, nahm Kurs auf die leuchtende Wunderwelt der Insel. Im Schein der Positionslampen schimmerte die Gischt in seinem Kielwasser bunt auf.

Hinter einem schroffen, sehr hohen Felsen, der einige Meter ins Meer hinaus ragte, verbarg sich eine natürliche Bucht, in die das Boot steuerte. Kaum war der Motor abgestellt, als Francesco sich schon auf eine kleine Plattform in der Felswand schwang, ein Tau zwischen den Zähnen. Der Graf griff zu einer langen Stange, und mit gemeinsamer Anstrengung gelang es den beiden Männern, das schwere Boot in den winzigen Hafen zu bugsieren und zu verankern.

Sylvia hatte alles staunend beobachtet. Sie begriff auch dann noch nichts, als der Graf lächelnd sagte: »Wir sind da, Sylvia.«

»Aber ... «, sagte sie verwirrt, »ich dachte, wir wollten nach Capri ... ich meine, nach Capri selber ... ins Dorf, in ein Hotel.«

Er schüttelte sachte den Kopf. »Ich glaube nicht, daß das für Sie das Richtige gewesen wäre, Sylvia, gewiß nicht. Und außerdem. Sie können morgen immer noch umziehen, wenn es Ihnen in der Villa Romulus nicht gefällt.«

»Von was für einer Villa sprechen Sie?« fragte sie, jetzt schon wirklich müde und leicht gereizt.

»Da! Schauen Sie mal hoch!«

Sie legte den Kopf in den Nacken und sah in nahezu fünfhundert Meter Höhe an einem Steilhang fast senkrecht über dem Meer gelegen flackernde Lichter.

»Aber da kommen wir doch nie hinauf«, sagte sie, eher erschrocken als beruhigt.

»Da dieses Kunststück einigen Leuten vor uns gelungen ist, werden wir es auch noch schaffen.« Er streckte ihr die Hand entgegen. »Kommen Sie, trauen Sie sich nur. Es ist gar nicht so arg. Eine sehr schöne Treppe mit einem Geländer führt hinauf.«

«Und unser Gepäck?«

»Das lassen Sie nur Francescos Sorge sein. Er hat noch einiges andere außer den Koffern hinaufzuschaffen.«

Tatsächlich war Francesco schon dabei, Kisten voller Flaschen mit einer ebenso einfachen wie sinnvollen Hebevorrichtung ans Ufer zu schaffen.

Zögernd reichte Syilvia dem Grafen die Hand. Mit einem kräftigen Schwung zog er sie ans Ufer. Der tastende runde Schein seiner Taschenlampe zeigte ihr die ersten Stufen der beschriebenen Treppe.

»Gehen Sie voraus«, sagte er, »ich werde Ihnen leuchten. Und wenn Sie stolpern sollten, fallen Sie höchstens in meine Arme. Klettern Sie langsam, wir haben viel Zeit. Aber wenn ich Ihnen einen Rat geben darf, schauen Sie sich nicht um. Man sollte sich niemals umschauen, wenn man einen abenteuerlichen Weg beschritten hat, das könnte lebensgefährlich werden.«

Gehorsam folgte sie seinem Rat, setzte Fuß vor Fuß, stieg höher und höher, ohne sich umzuschauen.

Ihre Beine zitterten, als sie die höchste Plattform erreicht hatten. Er spürte es, schob sanft seinen Arm unter ihren Ellenbogen, führte sie auf die Villa zu, die wie ein glatter weißer Steinwürfel im Schein der Windlichter zwischen Pinien, Zypressen und Nußbäumen lag. Eine Pergola in den Felsen hineingehauen, führte bis zum Hang über dem Meer.

Sylvia blieb einen Augenblick stehen - überwältigt von dem unverhofften Anblick, erschöpft von der überstandenen Anstrengung.

»Sie werden es nicht bereuen, Sylvia«, sagte er und drückte ihren Arm ein wenig fester, »es ist ein wunderbares Haus. Ganz einfach, aber wirklich schön.«

»Gehört es Ihnen?«

»Mir? Was glauben Sie denn?« Er ließ ihren Arm los. »Ich bin ein armer Mann. Die Villa gehört einem guten Freund von mir, einem Mailänder Industriellen. Er hat mir erlaubt, sie zu benutzen, wann ich mag.«

»Sie könnten also auf der Insel leben, für immer.«

»Nicht so, wie ich es mir wünsche ... bedürfnislos und unabhängig. Freundschaft ist eine noch stärkere Fessel als ... « Er stockte.

»Als Liebe«, versuchte sie den angefangenen Satz zu ergänzen.

»Als Mittellosigkeit«, sagte er, »als der scheußliche Zwang, sich sein Geld durch Katzbuckelei zu verdienen.«

Er stand einen halben Meter von ihr entfernt, aber sie spürte, daß er zitterte.

»Jetzt frieren Sie«, sagte sie und tat unwillkürlich einen Schritt zu ihm hin.

»Nein«, sagte er, »es ist nicht die Kälte.«

Plötzlich wurde ihr bewußt, was sie von Anfang an so zu ihm hingezogen hatte - eine Schwäche. Er war schwach und empfindsam wie sie selber, nicht stark und überlegen wie Georg Holl. Seine Ironie, sein funkelnder Spott waren nichts als Panzer, mit denen er sein wehrloses Herz umgeben hatte.

»Pit«, sagte sie, »bitte ... «

Er wandte sich zu ihr um, und sein Gesicht war in dem kalten Licht des aufgehenden Mondes wie eine Maske. »Sylvia«, sagte er und streckte beide Hände nach ihr aus, »Sylvia, ich brauche dich so sehr.«

Später wußte sie nicht mehr, wie sie in seine Arme gekommen war, ob er sie genommen, oder sie sich ihm an die Brust geworfen hatte - aber es war wunderbar, sich an ihn zu klammern und sich in seiner Schwäche stark zu fühlen.

»Sylvia«, flüsterte er sehr nahe an ihrem Ohr, »laß mich nie mehr allein, hörst du? Nie mehr!«

10

Valentin Holl saß zusammengekauert, den Mantelkragen hochgeschlagen, die Mütze tief in die Stirn gezogen, am Steuer des BMW, der nicht ihm gehörte.

Seine beiden Freunde hockten neben ihm. Die Nacht war herbstlich kalt, aber sie hatten das Verdeck des Cabriolets zurückgeschlagen, um sportlich zu sein.

Mitternacht war längst vorüber. Sie hatten in einer Wirtschaft am Ammersee ein paar Flaschen Bier geleert, die Musikbox in Betrieb gesetzt, sich vor den einheimischen Burschen aufgespielt - mit einigem Erfolg, denn ihr starker Wagen imponierte.

Jetzt rasten sie nach München zurück.

Die Bundesstraße 12 lag schwarz und glänzend und fast gänzlich ausgestorben vor ihnen. Nur selten begegnete ihnen ein anderes Fahrzeug, und nie wurden sie überholt.

Valentins Wangen glühten, er hielt den Blick starr geradeaus gerichtet, den Fuß fest und nachdrücklich auf dem Gaspedal.

»Mensch, ras nicht so durch die Pfützen!« brüllte ihm Klaus Ritter zu. »Wenn du den Wagen so verdreckst, riecht mein Vater Lunte!«

»Wundert mich, daß er's nicht schon längst gemerkt hat!« schrie Martin Meyers.

»Na, wenn schon!« trompetete Valentin zurück. Er fühlte sich im Rausch der Geschwindigkeit über sich hinausgehoben, unbesiegbar, der Held seiner eigenen Träume.

Kurz nach der Ausfahrt Inning bog aus einem Seitenweg ein Personenwagen von rechts auf die Bundesstraße ein. Er kam ihnen entgegen, nicht sehr schnell und ohne abzublenden.

Valentin gab ihm ein Zeichen - er blendete ab, auf, ab und wieder auf. Aber der andere reagierte nicht.

»Besoffenes Schwein!« brüllte Klaus Ritter.

Valentin knurrte nur. Er hielt das Lenkrad fest in beiden Händen, brauste weiter gradeaus, ohne den Fuß auch nur für eine Sekunde vom Gas zu nehmen.

Die Blendung war stärker, als er erwartet hatte. Für den Bruchteil einer Sekunde sah er nichts als das grelle weiße Licht der entgegenkommenden Scheinwerfer, er mußte sich zwingen, die Augen nicht zu schließen - da spürte er plötzlich, wie die Straße gleichsam unter ihm hinweggerissen wurde, die Räder fanden keinen Halt mehr, drehten sich im Leerlauf, der Wagen wurde in hohem Bogen in die Luft geschleudert.

Mehr wußte Valentin nicht. Alles um ihn her versank in tintenschwarze, samtdunkle Nacht.

Er hörte nicht den Schrei Klaus Ritters, nicht das knirschende, scheppernde, klirrende Geräusch von mißhandeltem Blech und zerspringendem Glas, das entstand, als das Auto gegen einen Baum prallte.

Er kam erst wieder zu sich, als Martin Meyers ihn bei den Schultern schüttelte, schlug die Augen auf, fühlte etwas Warmes, Nasses auf der Wange - aber es war kein Blut, sondern nur die Tränen des Freundes, der hysterisch und verzweifelt schluchzte.

»Was ist?« fragte Valentin verwirrt. »Was ist denn los?«

»Es hat uns aus der Kurve geschleudert«, schluchzte Martin verzweifelt, »der Wagen ist hin.«

»Und deshalb heulst du?« sagte Valentin mit klappernden Zähnen. »Sei froh, daß du noch alle Knochen beisammen hast.«

»Es ist deine Schuld«, stöhnte Martin. »Warum bist du auch wie ein Verrückter gefahren? Ich habe dich gewarnt ... ich habe ... «

Sehr langsam kam Valentin das Gedächtnis zurück. »Jetzt weiß ich wieder«, sagte er, »da war so ein Schwein, das nicht abgeblendet hat.« Er richtete sich ruckartig auf. »Wo ist Klaus?«

»Ich ... weiß es ... nicht.«

»Wir müssen ihn suchen. Sofort.« Mühsam kam Valentin auf die Beine. »Ich habe ein Gefühl«, sagte er, »als wenn mich jemand durch die Mangel gedreht hätte. Hör endlich auf zu heulen, du Idiot! Was soll denn das jetzt noch nutzen?«

Sie fanden Klaus Ritter nahe bei dem Unfallwagen. Er lag lang ausgestreckt im Licht der Scheinwerfer, die wie durch ein Wunder immer noch brannten. Ansonsten gab es nichts an diesem Auto, das noch gebrauchsfähig zu sein schien.

Valentin stöhnte, ohne es selber zu wissen. Er beugte sich über Klaus, erschrak vor der Leichenblässe seines Gesichts.

Martin Meyers hatte nach dem Puls gefaßt. »Er ... ist tot«, sagte er, stammelnd und entsetzt, dann noch einmal, mit überschnappender Stimme: »Klaus ist tot!«

»Schrei nicht so!« sagte Valentin verstört. »Muß das jeder hören? Außerdem ... vielleicht stimmt es nicht einmal.«

»Aber ... versuch's doch selber ... er hat keinen Puls mehr.«

»Verdammt!«

»Wenn wir uns jetzt verdrücken«, sagte Martin Meyers, »wenn wir jetzt ganz schnell abhauen, dann sind wir gerettet. Sie werden glauben, daß Klaus es allein gewesen ist, daß er selber am Steuer gesessen hat, als es passiert ist.«

Valentin runzelte die Stirn. »Du meinst, wir sollen ihm die Schuld zuschieben?«

»Aber ihm schadet es doch nicht mehr. Begreifst du denn nicht? Er ist ja tot.«

Es dauerte eine ganze Weile, bis Valentin antwortete: »Ich glaube es nicht«, sagte er dann langsam, »nein, ich glaube es nicht, es kann nicht sein.«

»Du willst es nicht wahrhaben.«

»Hör mal, Martin, nun nimm dich mal zusammen. Ich gebe zu, die Sache sieht übel aus, verflucht übel. Aber wenn wir uns jetzt einfach in die Büsche schlagen, machen wir es womöglich noch schlimmer.«

»Aber wieso denn?«

»Na, nimm doch mal an, Klaus lebt noch. Wovon ich persönlich fest überzeugt bin. Dann dürfen wir ihn doch keinesfalls allein lassen. Es kann Stunden dauern, bis sie ihn finden, wahrscheinlich erst morgen früh. Bis dahin könnte er sich doch eine Lungenentzündung oder so was geholt haben.«

»Aber wir ... wir wären gerettet.«

»Und wenn er nun aussagt?«

»Ach, Valentin, der doch nicht mehr.«

Valentin beugte sich nieder, legte den Handrücken gegen Klaus Ritters Wange, spürte kalten Schweiß.

»Augenblick mal«, sagte er und hielt Martin am Jackenärmel zurück, »du warst doch auch mit in dem Erste-Hilfe-Kurs voriges Jahr ... fällt dir da gar nichts auf? Denk doch mal nach, wir haben es doch dutzendmal von Anfang bis Ende durchgekaut. Leichenblässe, Puls nicht fühlbar, kalten Schweiß, was ist das?«

»Schock«, sagte Martin Meyers.

»Na, eben. Siehst du. Also komm, denk nicht mehr ans Weglaufen, hilf mir lieber. Legen wir ihn auf die Seite. Vorsicht, du weißt.«

In diesem Augenblick begann Klaus Ritter sich zu erbrechen.

Valentin kniete sich neben ihn, hielt ihm den Kopf, wartete geduldig, bis nichts mehr kam als grüne Galle.

»Mensch, Klaus«, sagte er. »Bin ich froh! Du hast uns ja einen Schrecken eingejagt. Komm, ich wasch dir den Mund ab, warte nur, gleich geht's dir besser.« Er schob ihn behutsam ein wenig beiseite. »Bleib ganz ruhig liegen, rühr dich nicht. Wir haben Zeit genug.« Er richtete sich auf, sagte zu Martin Meyers: »Paß du auf ihn auf. Ich klettere jetzt mal in den Wagen, zieh den Zündschlüssel ab und versuche, die Lichter auszukriegen. Menschenskind, Martin, was machst du denn für ein Gesicht? Begreifst du denn nicht, was für ein Riesenschwein wir gehabt haben?«

»Glück nennst du das? Und wer soll den Wagen bezahlen?« »Als wenn das in so einem Augenblick 'ne Rolle spielte. Was ist wohl mehr wert: Geld oder das Leben? Preisfrage!«

Roman Miller empfing Valentin mit jovialer Herzlichkeit.

»Mein lieber Junge«, sagte er, »bitte, nehmen Sie doch Platz.« Er wies auf den Sessel gegenüber seinem Schreibtisch, »Sie wissen, ich freue mich immer, Sie zu sehen. Besonders so früh am Morgen.«

Valentin konnte es nicht verhindern, daß er errötete. »Entschuldigen Sie bitte«, murmelte er, »ich weiß, daß ich mich in letzter Zeit manchmal ein bißchen verspätet habe.«

»Aber! Aber! Sie nehmen doch nicht etwa an, Valentin, mein Junge, daß ich Ihnen deswegen Vorhaltungen machen will?« Roman Miller lachte herzlich. »Nein, so kleinlich bin ich nun doch nicht. Vor allem nicht zu dem künftigen Leiter dieses Unternehmens.«

»Ich brauche Geld«, sagte Valentin.

»Einen Vorschuß auf Ihr Gehalt?«

»Nein. Mehr, viel mehr.«

Roman Miller gelang es, seine Genugtuung vollkommen zu verbergen. »Ach ... «, sagte er nur sehr gleichgültig und vermied es, den Jungen anzusehen.

»Mir ist nämlich etwas ganz Scheußliches passiert«, sagte Valentin ehrlich, »ich habe ein Auto zu Schrott gefahren. Noch dazu eines, das mir nicht gehört hat.«

»Hoffentlich wenigstens mit Erlaubnis des Besitzers?«

»Nein«, gestand Valentin zögernd.

»Also gestohlen?«

Valentin straffte die Schultern, sein junges Gesicht wurde hart. »Nein«, sagte er, »natürlich nicht. So was täte ich doch nicht. Der Wagen gehörte dem Vater eines Freundes. Wir haben ihn zusammen ausgeliehen.«

»Nun, dann nehme ich doch an ... ich verstehe nicht ganz ...„ der Wagen war doch wohl versichert?«

»Ja. Aber Herr Ritter sagt, die Versicherung wird nichts zahlen, weil er den Wagen nicht genügend gesichert hat. Er stand einfach so in der Garage, gar nicht abgeschlossen. Der Zündschlüssel lag im Handschuhfach. Jeder konnte an ihn heran.«

«Sehr schön. Dadurch werden Sie und Ihr Freund doch wesentlich entlastet.«

»Darum geht es ja gar nicht. Herr Ritter will, daß ich ihm den Wagen ersetze. Sonst will er Anzeige erstatten. Außerdem ... «, fügte er rasch hinzu, ehe Roman Miller noch etwas sagen konnte, «auch wenn er den Verlust der Versicherung meldet, sagt er, wird die Versicherung von mir Schadenersatz verlangen.«

»Nun, aber doch wohl genausogut von Ihrem Freund.«

»Klaus ist gar nicht gefahren. Nur ich. Und ich möchte nicht, daß er mit hineingezogen wird. Davon wird die Sache ja nicht besser.«

»Nun hören Sie mir mal gut zu, Valentin. Zigarette? Wenn alles sich so verhält, wie Sie mir erzählt haben, dann gibt es bei dieser Sache doch drei Schuldige: Sie, diesen Herrn Ritter und seinen Sohn. Es wäre also doch nicht mehr als recht und billig, wenn Sie drei sich den Schaden teilen würden.«

»Wovon soll Klaus denn bezahlen? Etwa von seinem Taschengeld? Er hat ja sonst keinen Pfennig. Und Herr Ritter hat das Auto ja noch nicht einmal ganz abbezahlt, da kann man doch nicht verlangen ... «

»Doch. Man kann. Grade, wenn es so ist, hätte er besser achtgeben sollen.«

»Na schön.« Valentin hatte sich seine Zigarette angezündet, versuchte, sich zu entspannen. »Was geben Sie mir also für einen Rat?«

»Tun Sie erst einmal gar nichts. Lassen Sie die Dinge auf sich zukommen.«

Valentins Augen wurden schmal. »Sie wollen also, daß ich vor Gericht gezerrt werde?«

Roman Miller erschrak ehrlich. »Aber Valentin. Was reden Sie sich denn da ein? Ich meine es doch ehrlich mit Ihnen. So weit, denke ich, würde es doch gar nicht kommen.«

»Doch. Es würde. Herr Ritter wartet ja nur darauf, mir eins auszuwischen. Er behauptet, daß ich Klaus zu diesen Autofahrten verführt habe, daß ich die Schuld daran habe, daß Klaus in letzter Zeit einige Arbeiten verhauen hat. Ich habe ihn ja nur mit Mühe und Not besänftigen können. Nur dadurch, daß ich versprochen habe, alles zu zahlen.«

»Warum haben Sie mir das nicht gleich gesagt, Valentin? Das habe ich natürlich nicht gewußt.«

»Jetzt wissen Sie's jedenfalls. Ich muß das Geld haben, sofort. Ich muß.«

»Um wieviel handelt es sich denn?«

»Es war ein BMW. Nicht mehr ganz neu. Mit vierzehntausend will sich der Alte zufriedengeben.«

Roman Miller schwieg, legte die Fingerspitzen gegeneinander.

»Kann ich das Geld haben«, fragte Valentin ungeduldig, »ja oder nein?«

»Nun, irgendeine Möglichkeit müßte es für Sie unbedingt geben«, sagte Roman Miller vorsichtig. »Sie könnten zum Beispiel Ihr Erbe beleihen.«

»Mein Erbe?« Valentin lachte böse. »Ich bekomme ja gar nichts. Alles gehört meiner Mutter.«

»Ja, natürlich, daß ich nicht gleich daran gedacht habe. Ihre Frau Mutter wird Ihnen doch sicher helfen.«

»Mama hat mir ausdrücklich gesagt, daß Sie, Herr Miller, für alle meine Angelegenheiten zuständig sind, solange sie selber verreist ist.«

»Das stimmt. So war es abgemacht. Aber Ihre Frau Mutter hat bestimmt nicht daran gedacht, daß Sie um solche Beträge in Verlegenheit geraten könnten.«

»Nun, jetzt ist es aber passiert. Ich brauche das Geld, und ich habe Ihnen auch gesagt, wozu ich es brauche.«

»Ja, natürlich.« Roman Miller stand auf und begann mit unruhigen Schritten in dem großen Raum auf und ab zu gehen. »Das Dumme ist nur, daß ich einfach keine Möglichkeit sehe, Ihnen zu helfen. Über das Privatkonto von Frau Holl habe ich natürlich keine Vollmachten. Und Firmengeld kann ich, das werden Sie verstehen, in diesem Fall beim besten Willen nicht vorschießen. Ich selber ... ja, es trifft sich wirklich alles außerordentlich ungünstig ... ich selber habe mein ganzes Kapital augenblicklich in eine kleine Spekulation gesteckt, die ... «

Valentin war aufgesprungen. »Soll das heißen, ich bekomme das Geld nicht?«

»Leider, mein lieber Junge, leider. Es steht ganz außerhalb meiner Macht, Ihnen da zu helfen.«

»Aber was soll ich denn jetzt tun?«

»Vielleicht versuchen Sie mal, sich mit Ihrer Mutter in Verbindung zu setzen.«

»Aber das habe ich doch schon. Heute nacht.«

»Und?«

»Sie ist nicht in Rom. Irgend so ein Mädchen erzählte mir etwas auf italienisch, ich konnte nur sehr schwer verstehen. Jedenfalls scheinen Mama und Barbara augenblicklich nicht in Rom zu sein. Sie sind, wie das Mädchen sagte, verreist.«

»Keine Adresse?«

»Nein.«

Roman Miller tat, als ob er angestrengt nachdachte, dabei beobachtete er das verzweifelte Gesicht des Jungen aus den Augenwinkeln. »Tja«, sagte er schließlich, »dann weiß ich auch beim besten Willen keinen Rat mehr. Höchstens, Sie können ja nochmals telefonieren.«

»Aber Herr Ritter sagt, er will das Geld in spätestens drei Tagen haben, sonst ... «

»Es tut mir so leid, Valentin«, sagte Roman Miller.

Der Junge hörte gar nicht hin. »Wenn ich nun gleich nach Rom flöge«, sagte er dann, »vielleicht ... «

»Davon verspreche ich mir aber wirklich nicht viel.«

»Ich könnte es doch wenigstens versuchen. Sie haben die Wohnung doch für einen ganzen Monat gemietet, sie werden bestimmt bald zurückkommen.«

»Das klingt ganz einleuchtend, aber wenn sie zurück sind, können Sie sie ja telefonisch erreichen.«

»Wenn ich an Ort und Stelle bin, kann ich mich leichter verständigen. Vielleicht bringe ich in Rom heraus, wohin sie wirklich gefahren sind. Sicher bringe ich das heraus. Sie werden mir doch Urlaub geben, nicht wahr? Und die paar hundert Mark, die ich für die Reise brauche, habe ich noch auf meinem Konto.«

Roman Miller zuckte die Achseln. »Wie Sie meinen.«

Valentin stand auf. »Meine Mutter wird Sie dann anrufen, Herr Miller; ich denke, das genügt.«

Roman Miller lächelte verzerrt. »Besser wäre es schon, wenn ich es schriftlich bekäme. Lassen Sie sich von Fräulein Angermann ein Formular geben. Sie brauchen mir dann nur die Unterschrift Ihrer Mutter zu bringen. Falls sie einverstanden ist, heißt das.«

11

Sylvia Holl und Graf Schwarzenbach saßen in der Pergola der Villa Romulus auf Capri beim Frühstück.

Es war alles so schön und so friedlich, so märchenhaft und verzaubert - und doch war Sylvia nicht glücklich. Verstohlen sah sie auf den Mann an ihrer Seite, beobachtete, wie er mit seinen schlanken braunen Fingern eine Apfelsine zerteilte, sah den hellen, blonden Flaum auf seinem sehnigen Unterarm - er war ihr so nah, daß sie nur die Hand um Zentimeter hätte bewegen müssen, um ihn zu berühren. Und dennoch schien er ihr so fern wie nie zuvor. Plötzlich wurde ihr klar, wie wenig sie von ihm wußte, und diese Erkenntnis traf sie gleichzeitig mit einem kleinen ziehenden Schmerz in der Magengrube.

Nichts wußte sie von ihm, gar nichts. Er war für sie ein Fremder.

Er sah sie an, ein amüsiertes Funkeln in den hellen Augen, und sie senkte rasch den Blick.

»Ich überlege gerade«, begann sie hastig, als wenn er sie bei etwas Unrechtem ertappt hätte und sie sich nun entschuldigen müßte, »eigentlich weiß doch jetzt kein Mensch auf der ganzen Welt, wo wir sind, nicht wahr?«

»Ist dir das unangenehm?«

»Nicht gerade. Ich meine, es wäre schön, wenn es so bleiben könnte. Aber du weißt ... «

»Ja, du hast Verpflichtungen.«

Es entging ihr nicht, wie bitter sein Ton war, aber sie wollte jetzt nicht darauf eingehen.

»Vielleicht gehen wir doch nachher mal ins Dorf, und ich könnte zu Hause anrufen oder lieber noch in der Bank.« Sie sah auf ihre zierliche, mit Brillanten besetzte Armbanduhr. »Valentin ist jetzt ja schon im Dienst.«

»Wenn es sich nur darum handelt«, sagte er ruhig, »telefonieren kannst du natürlich auch von hier aus. Ein Telefon steht in der Halle, vorne links neben der Haustür.«

»Ach ... wirklich?« fragte sie, außerstande, ihre Erleichterung zu verbergen.

Er lächelte. »Wie hattest du dir denn das vorgestellt«, sagte er, »ich habe doch auch Francesco angerufen und ihm gesagt, daß wir kommen würden. Wie hätte denn sonst alles vorbereitet sein können?«

»Daran habe ich gar nicht gedacht. Mir schien alles wie ... reinste Hexerei.« Sie löffelte mechanisch ihre Grapefruit, lächelte ihm geistesabwesend zu.

»Warum tust du nicht einfach das, was du möchtest?« sagte er. »Ich habe noch nie einen Menschen getroffen, dem es so schwergefallen wäre, natürlich zu sein.«

»Aber ich tue doch, was ich mochte. Ich genieße den Ausblick, die Sonne, das Beisammensein mit dir. Ist etwas daran falsch?«

»Ja. Alles. Es ist einfach nicht wahr. Entweder schwindelst du, oder du machst dir selber etwas vor. Du wünschst dir nur das eine ... endlich telefonieren zu können. Also tu's doch.«

Seine Stimme hatte zuletzt so gereizt, ja zornig geklungen, daß sie ihn ganz erschrocken ansah.

»Entschuldige bitte, Sylvia«, sagte er sofort, »ich ... es tut mir leid. Ich weiß, ich bin ungerecht. Aber ich möchte dich einfach für mich allein haben, für mich ganz allein.«

Sie berührte im Aufstehen mit ihren Lippen flüchtig seine Stirn. »Es dauert ja nur ein paar Minuten«, sagte sie, »und für mich wäre es eine so große Beruhigung.«

Er sah ihr nach, wie sie auf das Haus zuging - sehr schlank und sehr elastisch in hautengen Hosen aus weißem Leder, einem grobgehäkelten hellblauen Seidenpullover. Er wendete den Blick erst ab, als sie im Dämmerlicht des Hauses verschwand. Dann schob er seinen Sessel zurück, stand auf, trat an die Brüstung der Pergola, schwang sich hinauf. Er zog die Beine an, umklammerte sie mit den Armen, stützte das Kinn auf die Knie und starrte, einen unergründlichen Ausdruck in den hellen Augen, auf das Meer hinaus. So kauerte er noch, als Sylvia zurückkam - eilig, mit sanft geröteten Wangen, leuchtenden Augen. »Pit!« rief sie schon von weitem. Er wandte ihr langsam den Kopf zu und setzte dann mit fast betont ungezogener Langsamkeit die Beine auf den Boden.

»Ich habe mit Roman Miller gesprochen«, sagte sie. Unter seinem Blick wurde sie unsicher, fuhr sich mit der Hand durch das braune, seidenweiche Haar.

»Warum siehst du mich so an? Ist etwas mit mir nicht in Ordnung?«

»Du siehst aus wie die personifizierte bürgerliche Zufriedenheit.«

Sie lachte nur, viel zu erleichtert, um irgend etwas übelzunehmen. »Ich bin so froh«, sagte sie, »denk dir, zu Hause ist alles in Ordnung. Valentin ist sehr brav, Roman Miller ist mit ihm zufrieden.«

«Keine Wirtschaftskrise? Kein Börsenkrach? Kein Kurseinbruch?«

»Nein«, sagte sie lächelnd, »denk dir, nichts von alledem.«

»Nun, dann habe ich ja noch einmal Glück gehabt.«

Sie hob, nun doch irritiert, die Augenbrauen. »Wie meinst du das?«

»Ist das so schwer zu verstehen? Nehmen wir nur einmal an, du hättest etwas Ungünstiges erfahren. Dann hättest du doch bestimmt Hals über Kopf nach München zurückgewollt?«

»Nicht wegen eines Börsenkrachs.«

»Möglich. Aber wenn Valentin in Schwierigkeiten geraten wäre.«

»Das ist doch etwas ganz anderes. Valentin ist mein Sohn. Daß du nicht begreifen kannst, was das bedeutet.«

»O doch. Nur zu gut. Ich kenne Valentin und auch Barbara. Auf ihre Art sind sie sehr passable junge Leute. Aber dir gegenüber sind sie egoistische, kleine Ungeheuer.«

»Komisch. So etwas Ähnliches sagte Roman Miller auch. Er behauptete, ich brauchte mir keinerlei Sorgen um Barbara zu machen. Sie würde sich bestimmt melden, wenn sie etwas brauchte.«

»Dieser Herr Miller scheint ein Menschenkenner zu sein«, sagte er und begann, die Hände in den Taschen, auf den Hacken zu wippen.

»Ich weiß nicht«, sagte sie und runzelte ein wenig die Stirn, »er ist nicht ganz angenehm.«

Sie nahm sich eine Zigarette.

Er reichte ihr Feuer, sagte eindringlich: »Sylvia, wenn wir nach München zurückkommen, muß alles aus mit uns sein.«

Sie starrte ihn über die Flamme seines Feuerzeugs hinweg an. »Warum?«

»Weil ich dich nicht kompromittieren will.«

Sie runzelte die Stirn. »Soll das ein Witz sein?«

»Nein«, sagte er, »ich wundere mich, daß dir das nicht von Anfang an klar gewesen ist. Du in deiner gesellschaftlichen Position kannst dir keine Liaison mit einem Mann wie mir erlauben.«

»Ich bekomme immer mehr den Eindruck«, sagte sie und streifte die Asche ihrer Zigarette ab, »du bist heute früh mit dem linken Fuß aufgestanden. Du legst es geradezu darauf an, die Dinge zu komplizieren. Du schaffst Probleme, wo gar keine sind. Und ausgerechnet von dir habe ich mir einreden lassen, ich wäre spießig. Du bist es, nicht ich.«

»Du willst mich nicht verstehen«, sagte er gequält.

»Nein«, sagte sie, »wirklich nicht. Ich will nicht. Ich bin so lange einsam und unglücklich gewesen. Ich will mich jetzt nicht mit einem Haufen neuer Sorgen belasten. Ich will einfach ... leben!« Sie breitete die Arme weit aus, als wenn sie die glühende Luft umarmen wollte. »Mich freuen ... glücklich sein!«

»Ich weiß«, sagte er, und sein Gesicht entspannte sich, »das war es, was ich dir versprochen hatte. Was wollen wir heute unternehmen? Wollen wir zur Grotta Azzura? Nach Anacapri? Oder zur Villa Jovis? Übrigens ist auch der Wind ganz günstig. Wenn du dich noch einmal die Felsentreppe hinuntertraust, können wir Segel setzen und uns nach Amalfi hinübersteuern. Es liegt bei dir. Du mußt dich entscheiden.«

Sie drückte ihre Zigarette aus, sah ihn aus zärtlichen Augen an. »Was du willst, Pit, ich wünsche mir nur eines - daß du wieder fröhlich bist!«

Wie Roman Miller seit dem Anruf aus Capri zu seiner Beruhigung wußte, erreichte Valentin in Rom nichts.

Die Gräfin Orsini bestätigte ihm, daß seine Mutter die Wohnung auf dem Aventino für den ganzen Monat gemietet hatte - aber wohin sie gefahren war, und wann sie zurückkommen würde, konnte sie auch nicht sagen. Die Köchin und das Mädchen Elena wußten genausowenig. Elena behauptete zwar, daß Mutter und Tochter von Capri gesprochen hatten, aber ganz sicher war sie dessen nicht.

Valentin gab noch nicht auf. Er suchte die Freunde seiner Eltern aus früheren Jahren auf, mußte aber bald feststellen, daß seine Mutter zu diesen Kreisen gar keine Verbindung mehr aufgenommen hatte.

Vierundzwanzig Stunden hielt er sich in Rom auf, wartete mit steigender Nervosität - aber nichts geschah. Er bemühte sich Klarheit zu gewinnen. Natürlich war es möglich, ja, sogar wahrscheinlich, daß seine Mutter über kurz oder lang zurückkehren würde. Es fragte sich nur, ob es dann nicht schon zu spät war. Endlich hielt er es nicht länger aus und flog nach München zurück, nicht ohne seiner Mutter einen Brief hinterlassen zu haben, in dem er sie bat, ihn sofort nach ihrer Rückkunft anzurufen.

Als er in München ankam, glaubte er mit Sicherheit, daß sie sich inzwischen gemeldet hätte. Aber er wurde enttäuscht.

Das Telefon klingelte zwar, kaum daß er das Haus am Herzogpark betreten hatte. Aber es war nur Klaus Ritter, der ihn anrief und ihm aufgeregt mitteilte, daß sein Vater sehr wütend sei und nicht einen Tag länger mit der Anzeige warten wollte.

Valentin versprach, das Geld jetzt sofort zu bringen. Ohne daß er selber wußte, wie es geschah, behauptete er, inzwischen die Erlaubnis seiner Mutter eingeholt zu haben.

Dann, als Klaus Ritter, selber sehr erleichtert, abgehängt hatte, wußte Valentin auf einmal den Ausweg - im Unterbewußtsein hatte er schon lange mit dieser Idee gespielt, hatte es nur nicht wahrhaben wollen.

Vor Jahren hatte er einmal die Unterschrift seines Vaters unter ein schlechtes Zeugnis gefälscht. Die Lehrer hatten es nie bemerkt. Konnte er nicht genausogut versuchen, die Schrift seiner Mutter nachzuahmen?

Er kramte in ihrem Schreibtisch, bis er eine sehr schöne Unterschrift von ihr fand, übte sich wieder und wieder darin, sie zu kopieren. Dann, als das Ergebnis seiner Anstrengungen endlich zufriedenstellend ausfiel, setzte er sie in einem Zug auf das Formular, das Fräulein Angermann ihm mitgegeben hatte.

Er zerriß die Papiere, auf denen er geübt hatte, stopfte sie in seine Hosentaschen, um sie irgendwo außer Haus in einen Papierkorb zu versenken.

Dann rief er noch einmal in Rom an, in der schwachen Hoffnung, seine Mutter doch noch zu erreichen - aber es trat nur das ein, was er schon befürchtet hatte. Sylvia Holl war noch nicht zurückgekehrt.

Valentin hatte ein unsicheres Gefühl in den Kniekehlen, als er Roman Miller eine Stunde später die gefälschte Einverständnis-Erklärung präsentierte. Aber er bezwang sich, so gleichmütig wie möglich dreinzuschauen, beantwortete die Fragen, die Roman Miller ihm stellte - wie er seine Mutter gefunden hätte, ob sie sich gut erholt habe, wie lange sie noch zu bleiben gedenke –, mit einer Stimme, über deren Gelassenheit er sich selber wunderte. Roman Miller schien keinerlei Verdacht zu schöpfen. Er ließ die vierzehntausend Mark an die Bank, bei der Herr Ritter sein Konto hatte, überweisen, sagte Valentin, wie sehr er sich freue, daß nun doch noch alles ohne Schwierigkeiten ins Lot gekommen sei.

Valentin verließ das Chefbüro mit dem Gefühl, eine sehr bedrohliche Situation glänzend gemeistert zu haben. Er ahnte nicht, daß er gerade das getan hatte, worauf Roman Miller es angelegt hatte. Er war zum Betrüger geworden, ohne sich dessen überhaupt bewußt geworden zu sein.

12

Sylvias schöne Sicherheit war zerstört. Je länger sie mit Pit zusammen war, desto klarer wurde es ihr, daß weder sie noch er so weiterleben konnten. Entweder mußten sie sich trennen, oder sie mußte einwilligen, seine Frau zu werden. Sie konnte sich zu keinem von beiden entschließen.

Es war für sie fast eine Erleichterung, als Graf Schwarzenbach sich entschloß, eine Einladung von Freunden zu einer Mittelmeerfahrt auf einer Hochseejacht anzunehmen.

Sylvia fuhr nach Nizza und hoffte, für eine kurze Woche allein, mit sich ins reine zu kommen.

Eines Tages traf Barbara überraschend aus Paris ein. Sie hatte über Markus Ebinger die Adresse ihrer Mutter erfahren. Über ihre Erlebnisse in Paris verlor sie kein Wort.

»Du siehst glänzend aus, Mama. So braun und so jung, fast wie ein junges Mädchen«, lobte Barbara, die ihrer Mutter im Appartement des Hotels Negresco in Nizza gegenübersaß.

Noch bevor Sylvia etwas erwidern konnte, fuhr ihre Tochter fort: »Hast du nichts mehr von Pit gehört?«

Sylvia schlug die Beine übereinander, lehnte sich in ihren Sessel zurück und antwortete: »Das ist eine lange Geschichte, Kind.«

»Eine Geschichte über Pit?«

»Sieh mal, Barbara, in deinen Augen bin ich vielleicht schon so etwas wie eine alte Frau. Aber ich hoffe, daß du Verständnis für mich hast. Auch für eine Frau in meinen Jahren ist das Leben noch nicht zu Ende.«

»Natürlich nicht, Mama. Du hast mir ja bereits in einem Brief angedeutet, daß du einen richtigen Freund gefunden hast, daß du vielleicht sogar bald wieder heiratest. Aber ich verstehe nicht, was das mit Pit zu tun hat ... «

»Ich weiß nicht recht, wie ich es dir beibringen soll«, erwiderte Sylvia und drückte nervös ihre Zigarette im Aschenbecher aus. »Also Pit und ich ... «

»Soll das heißen, daß Pit dein neuer Freund ist?«

»Ja. Pit und ich werden demnächst heiraten. Ich will dir jetzt alles genau erklären und hoffe ... «

»Ich werde verrückt«, unterbrach sie Barbara, stand auf und ging ans Fenster.

Den Rücken zu ihrer Mutter gewandt, sprach sie weiter: »Dann kann ich also damit rechnen, daß dein Verlobter jede Sekunde hier auftaucht und mir einen väterlichen Kuß auf die Wange drückt, stimmt's?«

»Pit ist nicht da«, erwiderte Sylvia.

Barbara stand immer noch am Fenster und starrte auf das Meer. Dann wandte sie sich um und ging ins Zimmer zurück. Dicht vor ihrer Mutter blieb sie stehen.

»Was ist denn los, Kind?« fragte Sylvia bestürzt. »Du siehst so seltsam aus , . .«

»Du kannst Pit nicht heiraten, Mama, niemals!«

»Und warum nicht? Gönnst du mir denn nicht, daß ich glücklich werde?«

»Mama, ich muß dir ein Geständnis machen.«

»Ein Geständnis?«

»Ja, Mama«, antwortete Barbara. »Ich erwarte nämlich ein Kind. Ein Kind von Pit ... «

Sylvias Gesicht nahm einen ungläubigen Ausdruck an: »Ein Kind ... von Pit ... «, stammelte sie. »Das ist doch völlig ausgeschlossen, Barbara.«

»Es ist die Wahrheit, Mama. Ich hoffe, daß du mir Einzelheiten ersparst«, erwiderte Barbara kühl.

Sylvia wollte sich aufrichten, aber sie hatte nicht die Kraft dazu. Ihr Oberkörper sank vornüber auf die Tischplatte. Ein Schluchzen schüttelte sie, ein Weinen ohne erlösende Tränen.

Barbara legte ihre Hand auf den Rücken ihrer Mutter. Dabei murmelte sie: »Aber das ist doch kein so großes Unglück, Mama. Man muß nur die Tatsache vergessen, daß der Vater meines Kindes ein Schuft ist.«

Einen Augenblick lang war Barbara in Versuchung, ihrer Mutter die Wahrheit zu gestehen, ihr zu sagen, daß sie gelogen, daß sie ein Märchen erfunden hatte, um die geplante Heirat ihrer Mutter mit Graf Schwarzenbach zu verhindern. Aber sie bezwang die Regung des Mitleids und war gleich wieder fest entschlossen, das begonnene Spiel weiterzuspielen.

Sylvia stand auf und ging ins Badezimmer, Schultern und Kopf vornübergeneigt, eine vom Schicksal geschlagene Frau.

Barbara atmete auf, als sie allein war. »Arme Mama«, sagte sie leise, »aber ich kann es dir nicht ersparen.«

Sie hockte sich in einen Sessel, zog die Beine an und begann zu rauchen. Barbara hörte, daß ihre Mutter nebenan mit Flaschen hantierte, hörte den Wasserhahn laufen.

Es dauerte lange, bis Sylvia wieder aus dem Badezimmer kam. Ihr Gesicht war bleich, als wäre sie schwer krank.

»Barbara, wie konntest du so etwas tun?«

»Und das fragst du mich?« begehrte Barbara auf. »Wende dich doch lieber an den sauberen Grafen Schwarzenbach, an diesen Kerl, der mir die Ehe versprochen, der mir hoch und heilig geschworen hat, daß er mich lieben würde bis zum Tode.«

»Ich verstehe die Welt nicht mehr«, sagte Sylvia leise. Tränen stiegen ihr in die Augen. Wieder wurde sie von einem Weinkrampf geschüttelt. »Das kann doch alles gar nicht wahr sein«, schluchzte sie.

»Beruhige dich doch, Mama. Trink ein Glas Cognac, das wird dir guttun.«

Barbara stand auf, ging zu einem Wandschrank, füllte ein Glas randvoll mit Cognac und reichte es ihrer Mutter. Sylvia trank das Glas auf einen Zug aus, gehorsam wie ein kleines krankes Kind.

»Barbara«, sagte sie dann. »Es ist schrecklich für mich. Ich habe Pit geliebt ... ich muß sehen, wie ich damit fertig werde. Sicher werde ich bald darüber hinwegkommen.«

»Ja, Mama.«

Sylvia streckte einen Arm aus, als wollte sie ihre Tochter beschwören:

»Du mußt ihn heiraten, das ist die einzige Möglichkeit.«

»Pit Schwarzenbach heiraten? Das ist doch wohl nicht dein Ernst, Mama. Du kannst mir doch nicht zumuten, einen Mann zu heiraten, den ich verachte.«

»Willst du mir denn nichts ersparen?« herrschte Sylvia ihre Tochter an, froh, endlich ein Ventil für den Aufruhr gefunden zu haben, der in ihrem Inneren tobte. »Du kannst unseren Namen doch nicht in einen Skandal verwickeln, Kind«, fuhr sie wütend fort. »Wir sind in München unmöglich, wenn du ein uneheliches Kind zur Welt bringst. Ich verlange von dir, daß du Pit heiratest, und zwar so schnell wie möglich.«

Barbara war von dem Zornesausbruch ihrer Mutter nicht beeindruckt. Gelassen erwiderte sie: »Das sind schöne Familienverhältnisse. Vor einer Stunde noch hast du mir gesagt, daß du Pits Braut bist. Und jetzt willst du auf einmal seine Schwiegermutter werden. Das ist doch absurd. Wir beide, du und ich, würden doch zeitlebens todunglücklich sein, wenn ich auf deinen Vorschlag einginge.«

»Du brauchst dich ja nur pro forma zu verheiraten«, schlug Sylvia vor. »Wenn das Kind geboren ist, kannst du dich ja wieder von Pit scheiden lassen.«

»Ich werde es mir überlegen, Mama«, lenkte Barbara ein. »Du mußt mir Zeit lassen. Ich will in Ruhe über alles nachdenken.«

Sie trat dicht an ihre Mutter heran, umarmte sie und küßte sie auf die Stirn.

Dann ging sie aus dem Zimmer, den Kopf in den Nacken geworfen, wie eine unerbittliche Rachegöttin.

Es war eine Nacht ohne Mond und ohne Wolken. Der Himmel war übersät mit unzähligen, glitzernden Lichtpunkten, die in der tiefschwarzen, spiegelglatten See reflektierten. Die grünen und roten Positionslaternen der ›Berenice‹ warfen einen schwachen Schein auf das Deck der Segeljacht. Im Ruderhaus brannte eine nackte Glühbirne und beleuchtete den Kompaß und eine Seekarte. Das Schiff hatte keine Segel gesetzt, sondern fuhr mit Motorkraft durch die Nacht.

»Wenn es nach mir ginge, würde diese Nacht nie zu Ende gehen«, sagte Helen Cloy, eine junge Amerikanerin, zu Pit Schwarzenbach. Die beiden hatten Wache auf dem Schiff.

Außer Pit und Helen waren noch drei Männer und eine Frau an Bord, Menschen, die jetzt in ihren Kojen schliefen, gewiegt von der sanften Dünung des Mittelmeeres.

Als ihre Wache zu Ende war, hatte die ›Berenice‹ alle Segel gesetzt. Eine leichte Brise war aufgekommen, und die See war schraffiert wie ein Waschbrett.

Jean Robail, ehemaliger Autorennfahrer wie Pit Schwarzenbach und der Besitzer der ›Berenice‹, führte das Ruder. Das Schiff gehorchte dem leisesten Druck seiner Finger wie ein Vollblutpferd.

Als Pit Schwarzenbach nach kurzem, traumlosem Schlaf wieder an Deck erschien, rief sein Freund Jean ihm zu: »Heute wird es noch lustig. Ich spüre es in allen Gliedern, daß der Wind gehörig auffrischen wird.«

Eine Voraussage, die nur allzu schnell in Erfüllung gehen sollte ... Alle Fahrgäste waren jetzt an Deck.

Gegen Mittag trat eine kurze Flaute ein. Am Horizont zogen schiefergraue Wolken auf. Und dann wehte ihnen plötzlich ein heftiger Wind aus Nordwest entgegen. Mistral ...

Die See setzte weiße Schaumkronen auf. Pit und seine Freunde bargen das Segelzeug bis auf das Großsegel, das sie refften und dann stehenließen.

Die Männer und Frauen auf der ›Berenice‹ hatten gelbes Ölzeug übergezogen und Südwester aufgesetzt. Jean Robail stand immer noch am Ruder, während die anderen immer wieder von Backbord nach Steuerbord und zurück wechselten, um beim Kreuzen gegen den Wind ein Kentern der Jacht zu verhindern.

Brecher schlugen über Bord. Und dann geschah es plötzlich.

Als Helen wieder einmal mit den anderen von Backbord nach Steuerbord springen wollte, verlor sie auf den Deckplanken, die von dem Seewasser glatt wie Schmierseife geworden waren, das Gleichgewicht.

Sie rutschte aus, versuchte, sich an einem Tau festzuhalten, griff ins Leere und stürzte über Bord.

Ein gelber Fleck in der tosenden See, ein gelber Fleck, der schnell kleiner wurde.

Ohne sich lange zu besinnen, riß sich Pit Schwarzenbach das Ölzeug vom Leib und sprang kopfüber ins Meer. Es gelang ihm, die Tennisschuhe von den Füßen zu streifen. Er trug jetzt nur noch eine enge Leinenhose.

Mit kräftigen Stößen schwamm er auf Helen zu. Wenn er in ein Wellental geriet, verlor er sie aus den Augen. Aber er kam ihr langsam näher. Und dann war er endlich neben ihr. Sie ruderte verzweifelt mit Händen und Füßen. Todesangst machte ihre Züge alt und häßlich.

Mit ein paar schnellen Griffen riß Schwarzenbach ihr das gelbe Ölzeug vom Körper.

Und dann schrie er ihr durch das Toben des Sturmes zu: »Halten Sie sich über Wasser, so lange Sie können! Wenn es nicht mehr geht, werde ich Ihnen helfen.«

Sie lagen in der bewegten See nebeneinander auf dem Rücken. Schwarzenbach hatte einen Arm unter ihren Rücken geschoben und stützte sie.

Die ›Berenice‹ hatte jetzt auch das Großsegel fallen lassen und arbeitete sich mit Motorkraft auf die beiden zu.

Helen war bewußtlos, als sie an Bord gezogen wurde. Und auch Pit Schwarzenbach war zu Tode erschöpft, als er auf Deck zusammenbrach.

Es dauerte nicht lange, bis Helen nach einigen Wiederbelebungsversuchen wieder zu sich kam. Sie wurde in Decken gepackt und in die Kajüte gebracht.

Als Schwarzenbach ein paar Stunden später nach ihr sah, rief sie ihm zu. »Das werde ich Ihnen nie vergessen, Graf, niemals ... «

Gegen Abend flaute der Mistral ab. Aber die See blieb noch lange so bewegt, wie sie es schon seit Stunden war.

Am nächsten Morgen landete die ›Berenice‹ in Marseille. Eigentlich war es Schwarzenbachs Absicht gewesen, sofort mit dem Wagen nach Nizza zu fahren. Aber er war jetzt zu müde und schlief sich deshalb erst einmal in dem Hotel aus, in dem er in Marseille wohnte.

Gegen Abend wurde an seine Zimmertür geklopft. Pit Schwarzenbach, der gerade unter der Dusche stand, wollte nicht öffnen, doch das Klopfen an der Tür wurde heftiger. So zog er schließlich seinen knielangen Bademantel über und ging mit triefenden Haaren zur Tür.

Ein großer, breitschultriger Mann stand draußen und lächelte ihm herzlich zu.

Bevor Schwarzenbach etwas sagen konnte, rief der Besucher aus: »Mein Name ist Cloy. Ich bin Helens Vater. Sie haben ihr das Leben gerettet, und dafür will ich Ihnen danken.«

»Aber das war doch eine Selbstverständlichkeit«, wehrte Schwarzenbach ab.

Es stellte sich schnell heraus, daß der Amerikaner unter Dank mehr verstand als ein paar unverbindliche, herzliche Worte. Als er in dem kleinen Raum Pit Schwarzenbach gegenübersaß, rückte er nämlich mit einem Vorschlag heraus: »Ich brauche Männer wie Sie, Mister Schwarzenbach. Ihr Verhalten bei dem Unfall meiner Tochter auf See beweist mir, daß Sie auch im Geschäftsleben durch dick und dünn gehen werden. Kurz und gut: Wollen Sie der europäische Generalvertreter meiner Firma werden? Ihr Freund, Jean Robail, hat mir gesagt, daß Ihre augenblickliche Stellung nicht sehr ertragreich ist.«

Pit Schwarzenbach antwortete nicht gleich. Mister Cloy fuhr dröhnend fort: »Sie wollen natürlich wissen, was dabei für Sie herausspringt. Nun, ich biete Ihnen ein Anfangsgehalt von monatlich dreitausend Dollar. Dazu selbstverständlich Spesen und eine anständige Provision.«

Noch immer schwieg Schwarzenbach. Seine steile Stirn war von tiefen Falten bedeckt.

»Ich habe den Eindruck, daß Helen sich bis über beide Ohren in Sie verliebt hat, Mister Schwarzenbach«, sprach Mister Cloy weiter. »Deshalb halte ich es nicht für ausgeschlossen, daß Sie eines Tages mein Schwiegersohn werden. Ich hätte nichts dagegen. Aber jetzt will ich erst einmal wissen, ob Sie auf meinen Vorschlag eingehen und die Europa-Vertretung meiner Firma übernehmen.«

»Ich nehme an, aber aus einer Heirat mit Helen wird nichts werden.«

»Diese Rechnung haben Sie aber ohne Helen gemacht«, schmunzelte Cloy. »Gegen ihre Ideen ist kein Kraut gewachsen. Das werden Sie in Zukunft schon selbst herausbekommen. Vorläufig bin ich aber erst einmal froh, daß wir uns geschäftlich geeinigt haben.«

Graf Schwarzenbach war in bester Stimmung, als er am nächsten Morgen über die Corniche nach Nizza raste. Mit einem Monatsgehalt von über zehntausend Mark konnte er Sylvia endlich etwas bieten. Und jetzt konnte ihm niemand mehr vorwerfen, daß er es auf ihr Geld abgesehen hätte. -

»Da bin ich endlich wieder, Liebling«, rief er aus, als er in Nizza im Hotel Negresco in Sylvias Appartement stürmte. Sie legte das Buch, in dem sie gelesen hatte, zur Seite und blickte ihn kühl an. Schwarzenbach beugte sich über sie und wollte sie küssen, doch sie stieß ihn heftig zurück.

»Das ist vorbei, ein für allemal«, sagte sie heiser. »Kümmere dich lieber um Barbara, um meine Tochter, um das arme Mädchen, das ein Kind von dir erwartet.«

»Bist du verrückt geworden? Wer hat dir einen solchen Unsinn vorgeschwatzt? Zwischen Barbara und mir ist nie etwas gewesen, nur ein paar flüchtige Küsse. Mein Gewissen ihr gegenüber ist völlig rein.«

»Barbara hat mir alles gestanden, hat mir gebeichtet, daß sie ein Kind von dir erwartet. Und du wirst verstehen, daß ich ihr glaube. Aus welchem Grunde sollte sie mir auch etwas vorlügen?«

Schwarzenbach begriff endlich, daß Sylvia es wirklich ernst meinte, daß sie felsenfest von dem überzeugt war, was sie sagte.

»Also von Barbara weißt du es«, sagte er langsam. »Wo ist sie?«

»In Saint-Tropez, in der Pension Miramar.«

Er meldete ein Gespräch nach Saint-Tropez an und erfuhr, daß Barbara Holl tatsächlich dort in der Pension Miramar wohnte.

»Wir sprechen uns später noch«, sagte er und verließ grußlos das Appartement.

Sein Herz war schwer, als er sich in seinen Wagen schwang und nach Saint-Tropez fuhr. Es war ihm, als ob die Geräusche des Motors einen bestimmten Rhythmus annahmen:

Aus, aus, aus ...

Bohrender Schmerz überfiel Sylvia, als Pit Schwarzenbach gegangen war. Ihre Gedanken, ihre Erinnerungen marterten sie.

Gegen ihren Willen dachte sie an Schwarzenbachs Zärtlichkeiten, an den Glücksrausch, den sie mit ihm auf Capri erlebt hatte, an die kleinen Streitereien und leidenschaftlichen Versöhnungen, an seine heitere, unbekümmerte Art. Sylvia versuchte, sich von diesen quälenden Erinnerungen zu befreien, indem sie an Barbara und Valentin, an ihre Kinder, dachte.

»Aber die brauchen mich ja gar nicht mehr«, murmelte sie. »Mein Leben ist völlig unnütz geworden. Ich bin eine Frau, die zu alt für die Liebe ist, zu alt, um glücklich zu sein ... «

Im Wohnzimmer des Appartements schrillte das Telefon. Sylvia wollte nicht abheben, aber das Telefon läutete in regelmäßigen Abständen weiter.

Schließlich meldete sie sich. »Ein Gespräch aus München, gnädige Frau«, sagte eine Männerstimme. »Bitte, bleiben Sie am Apparat, ich verbinde.«

In der Leitung knackte es. Einige Augenblicke blieb alles still, dann die Stimme Roman Millers, so deutlich, als wäre er mit Sylvia im gleichen Zimmer.

»Entschuldigen Sie die Störung, gnädige Frau«, sagte der Direktor des Bankhauses Georg Holl. »Ich muß Ihnen zu meinem großen Bedauern eine unangenehme Mitteilung machen.«

»Eine unangenehme Mitteilung«, wiederholte Sylvia, »ich verstehe nicht ... «

Und dann begriff sie plötzlich, noch ehe Miller antworten konnte. »Ist etwas mit Valentin?« schrie sie in den Apparat. »Ist er verunglückt? Oder krank?«

»Gesundheitlich geht es Valentin ausgezeichnet. Aber ich rufe tatsächlich seinetwegen an.«

»Aber, um Gottes willen, was ist denn los? Spannen Sie mich doch nicht so auf die Folter!«

»Sie müssen sofort nach München zurückkommen«, sagte Roman Miller. »Valentin hat eine große Dummheit gemacht, weil er dringend vierzehntausend Mark brauchte. Ich weiß nicht, ob sich die Sache vertuschen läßt. Sie müssen sofort kommen.«

»Aber wozu brauchte er denn vierzehntausend Mark?« fragte Sylvia nach einer kurzen Pause. Sie preßte den Hörer gegen ihr heißes Ohr.

»Das kann ich Ihnen am Telefon schlecht auseinandersetzen. Am besten ist es, wenn Sie sich in das nächste Flugzeug setzen und nach München kommen.«

»Wo ist Valentin denn jetzt?«

»Ich weiß es nicht, er hat München verlassen.«

»Ich ... ich komme sofort zurück«, stammelte Sylvia und ließ den Hörer auf die Gabel fallen.

Sie war fast glücklich, als sie begann, ihre Koffer zu packen. Jetzt hatte ihr Leben wieder einen Sinn. Valentin war in Not. Sie mußte ihm helfen.

Barbara war nicht in der Pension, als Pit Schwarzenbach am Nachmittag in Saint-Tropez ankam.

Am sonnenüberfluteten Strand wimmelte es von knappen Bikinis, von gebräunter Haut, von Sonnenbrillen. Auch hier fand Schwarzenbach das Mädchen nicht, das er suchte.

Am Abend suchte Schwarzenbach systematisch jedes Nachtlokal auf. Und dann, in einer schummrigen Tanzbar, entdeckte er sie. Barbara, in engen langen Hosen und in eine lose kurze Bluse gekleidet, die den Bauch freiließ, twistete hingebungsvoll mit einem blonden Jüngling.

Schwarzenbach beobachtete sie einige Zeit. Dann drängte er sich mit düsterem Gesichtsausdruck durch die tanzenden Paare.

Barbara blieb wie angewurzelt stehen, als sie ihn erblickte. »Du ... was willst du hier?« fragte sie.

»Komm raus!« befahl Schwarzenbach. »Ich muß mit dir reden.«

Ohne sich weiter um die neugierigen Blicke der anderen zu kümmern, begann er Barbara zum Ausgang zu zerren.

Draußen stellte sich Schwarzenbach dem Mädchen gegenüber, die Hände in die Hüften gestemmt. Er sagte: »Ist es nicht sehr unvorsichtig von dir, so ausgelassen zu tanzen? Ich meine, weil du doch ein Kind erwartest.«

»Was geht dich das an?« fauchte Barbara. »Kümmere dich doch um deine eigenen schmutzigen Affären.«

»Aber das ist ja meine Affäre«, erwiderte Schwarzenbach. »Angeblich soll doch ich der Vater sein.«

Wirre Gedanken schossen ihr durch den Kopf. Wie aus weiter Ferne hörte sie, daß der Graf auf sie einsprach, aber sie verstand nicht, was er sagte. Und dann hatte sie plötzlich eine Idee: »Ja, du bist der Vater«, sagte sie mit vor Erregung schriller Stimme. »Jedenfalls wirst du nie das Gegenteil beweisen können.«

Mit ungläubigem Staunen trat Schwarzenbach einen Schritt zurück. »Du ... also du erwartest tatsächlich ein Kind?«

»Ja«, log sie. »Ich habe in Paris einen Geliebten gehabt, einen Maler.«

»Du bist ein raffiniertes kleines Biest, aber ich werde dich schon zähmen!« schrie Schwarzenbach ihr ins Gesicht. »Du wirst auf der Stelle mit mir nach Nizza fahren und deiner Mutter die Wahrheit gestehen.«

Schwarzenbach schob Barbara in den Wagen. Dann setzte er sich hinter das Steuer, startete den Motor und fuhr los.

Um zwei Uhr nachts kamen Schwarzenbach und Barbara in Nizza an. Der Graf bemerkte, daß seine Begleiterin fröstelte. Behutsam legte er ihr seinen Regenmantel um die Schulter.

»Danke«, sagte Barbara. Und dann stiegen die beiden aus und betraten die Halle des Hotels Negresco.

Der grauhaarige Portier, an spleenige Wünsche der Hotelgäste gewöhnt, schien sich nicht zu wundern, als ihn Schwarzenbach trotz der späten Stunde bat, sofort Frau Sylvia Holl zu wecken und von seiner Rückkehr zu verständigen.

»Die gnädige Frau ist heute nachmittag abgereist«, erklärte der Portier. Dann deutete er mit dem Kopf auf Barbara und fragte: »Sie sind doch Fräulein Holl?«

»Ja, das bin ich.«

»Ihre Frau Mutter hat einen Brief für Sie hinterlassen. Hier ist er.«

Barbara riß den Umschlag auf und las, während Graf Schwarzenbach sie aus zusammengekniffenen Augen beobachtete.

Der Brief hatte folgenden Wortlaut:

Liebe Barbara!

Dringende geschäftliche Verpflichtungen zwingen mich, früher als geplant nach München zurückzukehren. Ich nehme an, daß Schwarzenbach Dich inzwischen in Saint-Tropez aufgesucht hat. Er war sehr erschrocken, als ich ihm sagte, daß Du ein Kind von ihm erwartest.

Bitte versuche, Dich mit ihm zu arrangieren. Du mußt ihn ja nun wohl oder übel heiraten, und deshalb halte ich es für klug, wenn Du unnützen Streitereien mit ihm aus dem Wege gehst. Nach meiner Meinung ist es am besten, wenn Ihr Euch irgendwo in Frankreich trauen laßt, damit Eure Hochzeit kein Aufsehen erregt.

Ich hoffe, bald gute Nachrichten von Dir zu bekommen. Liebe Grüße von Mama.

Barbara knüllte den Briefbogen zusammen und schob ihn in ihre Handtasche. Schwarzenbach drängte: »Nun, wo ist deine Mutter hingefahren?«

»Davon steht nichts in dem Brief«, log Barbara. »Mama deutet nur an, daß sie sich irgendwo in den Alpen von den Aufregungen der letzten Zeit erholen will.«

»Und weiter steht nichts in dem Brief?« forschte Schwarzenbach. »Das glaube ich dir einfach nicht.«

»Mama gibt mir den Rat, mich gut mit dir zu stellen und dafür zu sorgen, daß du mich schnell heiratest. Sie hat Angst vor einem Skandal und will auf keinen Fall, daß ich ein uneheliches Kind zur Welt bringe.«

Schwarzenbach ergriff ihren Arm und führte sie schweigend nach draußen. Ein paar angetrunkene Nachtschwärmer gingen über die Promenade des Anglais.

Barbara und Schwarzenbach stiegen wieder in den Sportwagen des Grafen und fuhren nach Saint-Tropez zurück. Als Nizza hinter ihnen lag, brach sie das Schweigen. »Was willst du jetzt tun?«

»Was ich jetzt tun werde?« wiederholte Schwarzenbach wütend. »Bist du etwa auch so verrückt wie deine Mutter und glaubst, daß ich dich heiraten werde? Daß ich dich und mich unglücklich mache? Nur weil du dir eine alberne Lüge ausgedacht hast?«

Barbara lachte leise auf: »Nun, es ist ja noch nicht allzu lange her, daß du ganz versessen darauf warst, mich zu deiner Frau zu machen. Warum ist dir der Gedanke daran jetzt so unangenehm?«

Schwarzenbach gab keine Antwort. Er preßte die Lippen aufeinander und beschleunigte das Tempo.

Im unbefangenen Plauderton fuhr Barbara fort: »Du brauchst übrigens keine Angst zu haben, daß ich dich tatsächlich heiraten will. Das ist nur eine Idee von Mama. Aber sie wird sich schon daran gewöhnen müssen, Oma zu werden, ohne einen Schwiegersohn zu haben.«

»Du bist ein raffiniertes kleines Biest, und du hast tatsächlich erreicht, was du wolltest. Ich bin fertig mit dir, fertig mit deiner Mutter. Und ich hoffe, daß ich euch nie wiedersehe.«

»Das wird auf die Dauer schwerhalten«, meinte Barbara. »Schließlich haben wir ja viele gemeinsame Bekannte in München.«

»Ich ziehe von München nach Paris«, erwiderte Schwarzenbach. Dann schwieg er, bis er Barbara vor ihrer Pension in Saint-Tropez absetzte.

Als sie im Bett lag, war das Triumphgefühl, das sie unterwegs verspürt hatte, plötzlich verflogen. Sie preßte ihren Kopf in die Kissen und fing hemmungslos an zu weinen.

13

Sylvia Holl empfing Roman Miller in der Bibliothek ihrer Villa. Im Kamin knisterten Buchenscheite und strahlten angenehme Wärme aus. Der Direktor des Bankhauses Georg Holl beugte sich tief über Sylvias schlanke Hand, hauchte einen Kuß auf ihre Fingerspitzen und sagte: »Sie sehen großartig aus, gnädige Frau.«

Sie überhörte das Kompliment und erwiderte: »Bitte, setzen Sie sich doch und sagen Sie mir gleich, was mit Valentin los ist.«

Miller nahm in einem Sessel Platz, breitete theatralisch die Arme aus und rief: »Das ist leider eine sehr unangenehme, peinliche Geschichte.« Und dann berichtete er: »Valentin hat die Bekanntschaft einer zweifelhaften Nachtklubtänzerin gemacht und scheint ihr völlig verfallen zu sein. Er hat sich von ihr dazu verleiten lassen, ein Auto auszuleihen, das er dann prompt zu Bruch gefahren hat. Um den Schaden zu decken, hat er Ihre Unterschrift gefälscht, gnädige Frau.«

Sylvia beugte sich mit weitaufgerissenen Augen in ihrem Sessel vor. Ihre Hände zitterten. »Wo ist er denn jetzt?« fragte sie erregt.

Miller zuckte die Schultern. »Keine Ahnung. Aber die Polizei wird es sicher schnell in Erfahrung bringen.«

»Die Polizei ... «, stammelte Sylvia. »Aber was hat denn die Polizei damit zu tun?«

Miller ließ sich Zeit mit der Antwort. Er setzte umständlich eine Zigarre in Brand, paffte ein paar Rauchwolken ins Zimmer und sagte schließlich: »Ja, die Polizei. Ich weiß nicht, wie man sie aus der Geschichte heraushalten soll. Valentin hat nämlich noch ein paar Schecks gefälscht, weil er unbedingt Geld brauchte, um mit dieser Tänzerin zu verreisen. Er scheint völlig von ihr behext zu sein.«

»Aber kann man das denn nicht vertuschen? Ich komme für alle Schäden auf.«

»Das geht leider nicht so einfach«, antwortete Miller. Er bemühte sich, Anteilnahme in seine Stimme zu legen, als er fortfuhr: »Die Fälschung ist leider in der Bank entdeckt worden. Und nach dem Gesetz sind wir verpflichtet, Anzeige zu erstatten. Es tut mir sehr leid, gnädige Frau, aber ich sehe keinen Ausweg.«

Sylvia wurde blaß. »Sie müssen einen Ausweg finden, Herr Miller, mir zuliebe.«

Er legte die Fingerspitzen gegeneinander, lächelte Sylvia herzlich an und erwiderte: »Ihnen zuliebe tue ich alles, was in meinen Kräften steht.«

Sylvia war verwirrt. Sie konnte den Blick nicht deuten, den Miller ihr zuwarf.

»Was ist denn das für eine Frau, mit der Valentin ausgerissen ist?« fragte sie schließlich.

»Ich weiß nur, daß sie sich Tamara nennt. Und ich habe mir von dem Besitzer der Bar, in der sie zuletzt aufgetreten ist, erzählen lassen, daß sie es meisterhaft versteht, Männer einzuwickeln, Männer mit Geld, versteht sich.«

»Aber Valentin ist doch noch so jung, fast ein Kind.«

»Wissen Sie das wirklich so genau, gnädige Frau? Ich glaube, er hat allerhand Erfahrungen gesammelt, seitdem Sie damals München verlassen haben.«

Sylvia senkte den Kopf. Sie begriff plötzlich, daß sie eine große Schuld auf sich geladen hatte, als sie mit dem Grafen Schwarzenbach von Rom nach Capri gefahren war.

»Lassen Sie mich bitte allein, Herr Miller«, sagte sie nach einer kleinen Pause. »Ich muß mit diesen schlimmen Nachrichten erst einmal innerlich fertigwerden. Und ich flehe Sie noch einmal an: Tun Sie alles, um die Polizei aus der Sache herauszuhalten.«

Miller verneigte sich in seinem Sessel. »Selbstverständlich«, murmelte er. »Ich werde mir erlauben, Sie morgen im Laufe des Tages wieder aufzusuchen. Vielleicht kann ich Ihnen dann bereits einen konkreten Vorschlag unterbreiten.« –

Es wurde ein schlimme Nacht für Sylvia. Stundenlang fand sie keinen Schlaf, wälzte sich von einer Seite auf die andere, dachte verzweifelt nach, um einen Ausweg aus der verfahrenen Situation zu finden.

Schließlich fiel sie in einen unruhigen Halbschlaf, war jedoch bald wieder hellwach.

Erst gegen Morgen schlief sie richtig ein. Aber der Schlaf brachte ihr keine Erquickung, denn böse Träume quälten sie. Sie sah Valentin in Gefängniskleidern, las im Traum die Schlagzeile einer Münchner Boulevard-Zeitung: BANKIERSSOHN ALS SCHECKBETRÜGER.

Um acht Uhr weckte das Hausmädchen sie, wie es Sylvia angeordnet hatte. Sie fühlte sich matt und zerschlagen, so, als wäre sie in der letzten Nacht um zehn Jahre gealtert.

Als Sylvia nach dem Bad vor ihrer Frisiertoilette saß, blickte ihr ein fremdes, sorgendurchfurchtes Gesicht entgegen. Es gelang ihr nur mit Mühe, sich auf das Make-up zu konzentrieren, das die Spuren der letzten Nacht so gut wie möglich verwischen sollte. Plötzlich schrillte das Telefon in ihrem Boudoir. Sylvia hob ab und fühlte, wie ihr das Blut zum Herzen strömte. Sie erkannte Valentins Stimme sofort.

»Mama«, sagte er betreten. »Weißt du schon ... ?«

»Ich weiß alles, Valentin«, unterbrach ihn Sylvia. »Warum hast du nur so schreckliche Dummheiten gemacht?«

»Ich verstehe es jetzt selbst nicht mehr«, gestand Valentin kleinlaut. Und nach einer kurzen Pause fügte er hinzu: »Bist du mir sehr böse, Mama?«

»Böse ist nicht der richtige Ausdruck. Ich bin unendlich traurig. Aber das ist jetzt nicht so wichtig. Hauptsache ist, daß du dich sofort von dieser Tänzerin trennst.«

»Darüber brauchst du dir keine Sorgen mehr zu machen, Mama. Diese Geschichte ist zu Ende.«

»Wenigstens eine gute Nachricht.«

»Und was soll ich jetzt tun, Mama?« erkundigte sich Valentin. »Soll ich nach München zurückkommen?«

»Um Himmels willen, nein!« rief Sylvia aus. »Man würde dich unter Umständen verhaften. Wo hältst du dich eigentlich auf?«

»In Köln«, antwortete Valentin rasch. »Aber ich reise schon in ein paar Stunden weiter. Nach Hamburg und vielleicht weiter nach Kopenhagen. Wenn ich wieder eine feste Adresse habe, rufe ich dich sofort an.«

»Lieber Valentin«, murmelte Sylvia in die Leitung.

Und dann hörte sie noch, wie ihr Sohn sagte: »Verzeih mir bitte! Ich bin ein Riesenkamel gewesen. Aber diese Sache wird mir eine Lehre fürs ganze Leben sein ... «

Dann legte er auf.

Am Nachmittag erschien Roman Miller wieder in der Villa am Herzogpark. Diesmal überreichte er Sylvia bei der Begrüßung einen Strauß roter Rosen, eine Aufmerksamkeit, die Sylvia sich nicht erklären konnte, und die sie als höchst unpassend empfand. Trotzdem heuchelte sie Freude über die Blumen, weil sie wußte, wieviel von Millers gutem Willen abhing.

Als das Hausmädchen Kaffee und Cognac kredenzt hatte, meinte Miller beiläufig: »Ich habe den ganzen Tag gegrübelt, um eine Lösung zu finden. Aber mir ist leider noch nichts eingefallen, gnädige Frau.«

Er breitete wie entschuldigend die Arme auseinander, beugte sich dann im Sessel vor und betrachtete prüfend die weiße Asche seiner Zigarre.

Mit gespieltem Gleichmut lehnte sich Sylvia in ihrem Sessel zurück und schlug die schlanken Beine übereinander. Dann sagte sie, Miller nicht aus den Augen lassend: »Warum haben Sie mich gestern eigentlich belogen?«

Sie war enttäuscht, weil Miller keinerlei Verwirrung zeigte. Er fragte nur erstaunt: »Wie kommen Sie denn darauf? Was soll ich Ihnen denn vorgelogen haben, gnädige Frau?«

»Sie haben mir gestern erzählt, daß Sie nach dem Gesetz verpflichtet sind, Anzeige zu erstatten. Das stimmt aber gar nicht. Ich habe mich bei meinem Rechtsanwalt erkundigt. Niemand ist nach dem Gesetz dazu verpflichtet, Anzeige zu erstatten. Es sei denn, es handelt sich um ein schweres Verbrechen wie Mord.«

Millers Zigarre war erloschen. Ungeduldig beobachtete Sylvia, wie er sie umständlich wieder in Brand setzte und ein paar Rauchwolken ins Zimmer paffte.

Schließlich sagte er: »Gut, ich will mit offenen Karten spielen. Ich bin tatsächlich nicht verpflichtet, Anzeige zu erstatten. Aber niemand kann mich hindern, es doch zu tun.«

»Aber ... ich verstehe Sie nicht, Herr Miller ... « stammelte Sylvia. »Wenn Sie nicht gezwungen sind, Anzeige zu erstatten, ist doch alles gut.«

Ein schrecklicher Verdacht stieg in ihr auf. Und noch ehe Miller antworten konnte, fuhr sie fort: »Wollen Sie mich vielleicht erpressen?«

»Erpressen?« wiederholte Miller. »Was für ein häßliches Wort. Vor allem, wenn es von einer Frau ausgesprochen wird, die ich schon seit vielen Jahren auf das tiefste verehre. Von einer Frau, die ich am liebsten auf Händen tragen würde ... «

»Lassen Sie doch diesen Unsinn. Bleiben Sie bei der Sache.«

Miller warf seine Zigarre achtlos in den Aschenbecher, stand auf und begann, im Zimmer auf und ab zu gehen. Dabei sagte er: »Aber ich bleibe ja bei der Sache. Einmal muß ich Ihnen die Wahrheit gestehen. Ich liebe Sie, Sylvia.«

Verblüfft blickte sie auf, aber er hatte sich ans Fenster gestellt und sprach, den Rücken zu ihr gewandt, weiter: »Natürlich bin ich kein romantischer Schwärmer mehr, und deshalb muß ich Ihnen auch sagen, daß mir Ihr verstorbener Mann Georg Holl großes Unrecht zugefügt hat. Durch unsaubere Manipulationen hatte er es fertiggebracht, das Vermögen des Bankhauses fast ganz in seiner Hand zu konzentrieren. Er hat mich um die Früchte meiner Arbeit geprellt, wenn Sie dieses harte Wort einmal entschuldigen wollen.«

Er kam wieder ins Zimmer zurück, blieb dicht vor Sylvia stehen und sprach weiter: »Finden Sie es unter diesen Umständen nicht natürlich, daß ich nun endlich versuche, zu meinem Recht zu kommen?«

»Also doch Erpressung«, murmelte Sylvia. Dann sprach sie laut weiter: »Wenn ich Sie recht verstehe, sind Sie also bereit, unter gewissen Bedingungen keine Anzeige gegen Valentin zu erstatten, stimmt's?«

»Genau«, bestätigte er.

»Und welchen Preis fordern Sie?«

Miller antwortete schlicht: »Ich liebe Sie. Und deshalb bitte ich Sie, meine Frau zu werden.«

Sylvia blickte ihn verständnislos an. Es dauerte lange, bis sie den Sinn dieser Worte richtig begriffen hatte.

»Sie ... Sie wollen mich heiraten?« stammelte sie schließlich. »Das ist doch wohl ein Scherz.«

»Aber keineswegs, Sylvia«, erwiderte Miller. »Ich wäre der glücklichste Mensch der Welt, wenn Sie sich dazu entschließen könnten, meine Frau zu werden.« Bei diesen Worten legte er seine rechte Hand mit einer theatralischen Bewegung auf die Brust.

Sylvia senkte den Kopf. Ihre Hände spielten nervös mit der langen Halskette, die sie trug.

»Sagen Sie bitte nicht nein«, beschwor sie Miller.

»Aber ich liebe Sie doch gar nicht. Eine Ehe, die unter solchen Voraussetzungen geschlossen wird, ist doch von vornherein zum Scheitern verurteilt. Und ich kann Sie ja noch nicht einmal achten, weil Sie versuchen, meine Notlage auszunützen.«

»Von Liebe reden wir später«, antwortete Miller. »Ich jedenfalls bin nicht mehr jung genug, um die Liebe für das Wichtigste in der Ehe zu halten. Nach meinen Erfahrungen sind Vernunftehen immer die besten.«

»Sie können reden, soviel Sie wollen, Herr Miller. Ich werde auf keinen Fall mit offenen Augen in mein Unglück rennen.«

»Ich glaube nicht, daß das Ihr letztes Wort ist, Sylvia«, meinte Miller. »Liegt Ihnen an der Zukunft Ihres Sohnes so wenig?«

»Lassen Sie Valentin aus dem Spiel! Sie brauchen mich nicht an meine Mutterpflichten zu erinnern.«

Roman Miller stand auf. »Überlegen Sie sich das Ganze noch einmal in Ruhe, Sylvia«, sagte er. »Und prüfen Sie Ihr Herz genau, ob Sie mich nicht doch ein ganz klein wenig gern haben könnten. In ein paar Tagen melde ich mich dann wieder. Ich hoffe nicht, daß Sie mir dann einen Korb geben werden.«

»Und die Schecks mit den gefälschten Unterschriften? Was wollen Sie damit machen?«

»Die werde ich selbstverständlich vor Ihren Augen vernichten, Sylvia«, antwortete Miller.

»Wann?«

»Am Tage unserer Hochzeit ... «

Er verneigte sich tief vor Sylvia und küßte ihre Hand.

Als er sich ein paar Minuten später hinter das Steuer seines Wagens setzte, sagte er sich: Das war ein hartes Stück Arbeit. Aber ich glaube, sie hat angebissen.

14

Die ersten Tage Graf Schwarzenbachs in Paris waren turbulent gewesen. Sein Vorgänger in der Pariser Niederlassung Mister Cloys hatte ihn mit den laufenden Geschäften und der Zielsetzung der amerikanischen Stahlfirma vertraut gemacht. Im Kopf des Grafen schwirrte es bald von Zahlen, Materialberechnungen, Statistiken. Es kostete ihn Anstrengung, sich in die ihm bisher nicht vertraute Materie einzuarbeiten. Aber er wollte es schaffen, war entschlossen, diese Chance, die das Schicksal selber ihm zugespielt hatte, zu einem wirklichen Erfolg zu machen. Es ging ihm dabei nicht mehr um Sylvia, nicht einmal um das Geld - obwohl 3000 Dollar im Monat mehr waren, als er sich je zu erträumen gewagt hatte -, sondern er wußte, daß ein Mißerfolg in dieser Tätigkeit seiner Selbstachtung den letzten, entscheidenden Schlag versetzen würde.

Sein Vorgänger, ein sehr energischer, nicht mehr junger Amerikaner namens Spencer Miller, führte ihn auch in sein Büro ein und machte ihn mit seinen Mitarbeitern bekannt.

Als sie in das helle Chefbüro mit den farbenfrohen Sesseln traten, sagte Spencer Miller: »Ich bedaure es aufrichtig, daß ich Ihnen meine Sekretärin nicht überlassen kann. Sie ist mit allen Geschäftsvorgängen bestens vertraut und würde Ihnen eine große Hilfe sein. Aber tatsächlich ist sie zu tüchtig, als daß ich mich von ihr trennen möchte. Ich nehme sie mit nach London.«

»Soll das heißen, daß eine meiner ersten Handlungen darin bestehen wird, nach einer geeigneten Sekretärin zu suchen?«

»Nein, o nein. Die Verwaltung in New York ist natürlich längst unterrichtet. Noch bevor Sie in Paris eintrafen, hatte ich die Zusage, daß eine junge Dame auf dem Weg nach Europa ist. Sie können ganz unbesorgt sein ... zweifellos hat die Verwaltung eine Kraft mit den nötigen Erfahrungen und Fähigkeiten geschickt.« Er zwinkerte mit den Augen. »Die Herren hatten ja die Auswahl. Ich glaube, es gibt keine Amerikanerin, die nicht gerne einmal ein paar Jahre in Paris verbringen würde.«

Als Spencer Miller Paris verließ, war Graf Schwarzenbach durchaus überzeugt, seiner Aufgabe gewachsen zu sein. Dennoch war es ein merkwürdiges Gefühl, die Räume der amerikanischen Niederlassung, die von jetzt an sein Reich sein würden, zum erstenmal allein zu betreten und nicht mehr im Schlepptau seines Vorgängers und Lehrmeisters.

Es war merkwürdig, daß er in diesem Augenblick - so stark, daß ihr Bild unvermutet ganz deutlich geradezu greifbar vor ihm auftauchte - an Sylvia Holl denken mußte.

Wie anders wäre alles gewesen, wenn sie Vertrauen zu ihm gehabt hätte. Wenn sie seinen Aufstieg mit ihm geteilt hätte, wenn er die Befriedigung gehabt hätte, zu wissen, für wen er arbeitete.

Aber es war vorbei. Eine Versöhnung war unmöglich geworden. Er mußte sich zwingen, zu vergessen.

Graf Schwarzenbach war an diesem, seinem ersten selbständigen Arbeitstag früh gekommen, weil er wußte, daß er für die Arbeit, die man von ihm erwartete, mehr Zeit brauchen würde als ein erfahrener Busineßman. Er studierte die eingegangene Post erst gründlich, machte sich Notizen, bevor er sich entschloß, eine Sekretärin zum Diktat hereinzurufen.

Er drückte auf den Knopf der Tastatur, der die Dame in seinem Vorzimmer alarmierte, wartete, indem er sich eine Zigarette anzündete.

Wenige Sekunden vergingen, dann wurde die Tür geöffnet und - Helen Cloy trat ein.

Obwohl sie Stenogrammblock und Bleistift in der Hand hielt, verstand er nicht gleich. »Helen ... Sie?« sagte er verblüfft. »Aber ich dachte. Sie und Ihr Vater ... wollten Sie nicht nach New York zurück?«

»Waren wir auch«, sagte sie strahlend, »aber es gibt Flugzeuge, sollten Sie das vergessen haben? Mit einem Düsenklipper ist die Entfernung von New York nach Paris nur ein Katzensprung.«

Er faßte sich mit der Hand an die Stirn. »Ach so, natürlich, nur ... « Er zwang sich zu einem Lächeln. »Entschuldigen Sie bitte meine Schwerfälligkeit, aber ich habe es in meinem ganzen bisherigen Leben noch nie mit einer so energiegeladenen Person, wie Sie es sind, zu tun gehabt.«

»Sie werden sich daran gewöhnen müssen«, sagte sie ungerührt, nahm auf dem Stuhl neben seinem Schreibtisch Platz und schlug die langen Beine so ungeniert übereinander, daß nicht nur ihre Knie in den hauchfeinen Nylonstrümpfen, sondern darüber hinaus noch ein ganzes Stück mehr zu sehen war. »Gefällt Ihnen Ihre neue Tätigkeit?« fragte sie und sah ihn erwartungsvoll an.

»Nun, eigentlich habe ich ja noch nicht damit begonnen, aber ich bin ziemlich überzeugt, daß sie mir zusagen wird.« Er drückte seine Zigarette aus. »Aber wollen wir diese Unterhaltung nicht lieber auf ein anderes Mal verschieben? Ich habe nämlich zu arbeiten.«

»Natürlich«, sagte sie vergnügt, »deshalb bin ich ja gekommen.« Als sie sah, daß sein Gesicht immer noch ungläubig blieb, tippte sie mit dem stumpfen Ende ihres Bleistiftes auf den Stenogrammblock und sagte: »Ich bin Ihre neue Chefsekretärin. Ich bin extra deshalb nach Paris gekommen. Begreifen Sie endlich?«

»Ist das Ihr Ernst?« fragte er, eher erschrocken als begeistert.

»Ja«, sagte sie, »und ich kann arbeiten, ich bin lange Zeit sogar Daddys Sekretärin gewesen. Aber warum machen Sie denn so ein Gesicht? Ich war sicher, Sie würden sich freuen, mich wiederzusehen.«

»Das tue ich auch, aber natürlich tue ich das. Doch wenn Sie mich erst näher kennen, werden Sie bemerken, daß ich kein großer Freund von Überraschungen bin.«

»Oh ... nicht? Wirklich nicht? Ich liebe es, überrascht zu werden. Ich finde, Überraschungen machen das Leben so aufregend.«

»Eben.« Er war ein paarmal in dem großen, hellen Raum auf und ab gegangen, jetzt blieb er dicht vor ihr stehen. »Helen«, sagte er, »Sie sind überhaupt eine sehr aufregende junge Dame.«

»Das ist ein wundervolles Kompliment. Das erste, das Sie mir machen, nicht wahr?«

Er ließ sich nicht unterbrechen. »Aber um wirklich arbeiten zu können, brauche ich Ruhe, Konzentration. Ich sage das auch um Ihretwillen, Helen. Ich bin sicher. Sie würden sich hier nur langweilen.«

»Bestimmt nicht. Es genügt mir schon, in Ihrer Nähe zu sein. Und ... « Ein Lächeln vertiefte ihre Grübchen.

» ... und ich werde ganz brav sein, ich verspreche es Ihnen.«

»Helen«, sagte er, »nun passen Sie einmal gut auf. Ich habe nichts dagegen, wenn Sie hier arbeiten, aber unter einer Bedingung. Sie müssen mir versprechen, alle privaten Gespräche und Anspielungen auf die Zeit nach Feierabend zu verlegen. Hier im Büro wollen wir wirklich nur arbeiten. Ist das klar?«

»Soll das heißen, daß Sie . , . wenigstens hin und wieder ... auch nach Geschäftsschluß für mich Zeit haben werden?«

»Ja«, sagte er kurz.

»O Pit!« Ihre Augen leuchteten auf. »Ist das Ihr Ernst?«

»Nehmen Sie es bitte nicht zum Anlaß, sich falsche Hoffnungen zu machen. Sie wissen, was ich Ihnen gesagt habe: Ich liebe Sie nicht.«

Helen zuckte mit keiner Wimper. »Aber Sie finden mich aufregend, das ist immerhin schon ein Anfang. Warten Sie nur, Sie werden mich auch noch lieben lernen.«

Er sah sie an, wie sie jung, hübsch und selbstbewußt vor ihm stand. - Warum nicht? dachte er. Sie ist ein zauberhaftes Mädchen und schwerreich dazu. Warum eigentlich nicht?

»Ich bin bereit, Ihren Vorschlag anzunehmen, Herr Miller«, sagte Sylvia Holl mit fester Stimme. Sie war sehr elegant in einem dunkelgrünen Chanel-Kostüm mit einem kleinen, hochgeschwungenen Hut, und doch konnte ihre sehr gepflegte Aufmachung nicht darüber hinwegtäuschen, daß sie sehr elend aussah. Ihre todtraurigen Augen verrieten, was in ihr vorging.

Roman Miller hatte es nicht anders erwartet, dennoch konnte er seinen Triumph nicht verbergen. »Sie sind also damit einverstanden, meine Frau zu werden?« sagte er und mußte sich Mühe geben, seine Stimme gelassen klingen zu lassen.

»Ja«, sagte sie kalt.

Er beugte sich vor. »Sie werden es nicht bereuen, Sylvia, niemals. Das verspreche ich Ihnen.«

»Hoffentlich werden Sie es nicht sein, der Grund zur Reue hat«, erwiderte sie und spürte gleichzeitig, wie verräterisch diese Bemerkung war.

Aber er schöpfte keinen Verdacht. »Bestimmt nicht«, sagte er überzeugt, «Sie waren für mich seit jeher , . . ich habe Sie schon seit Jahren angebetet, Sylvia.«

Sie hatte für dieses entscheidende Gespräch absichtlich das Chefzimmer im Bankhaus Holl & Co. gewählt, um Miller keinen Augenblick die geschäftliche Basis ihres Übereinkommens vergessen zu lassen. »Bitte, ersparen Sie mir diese Sentimentalitäten«, sagte sie kühl, »wir wollen uns doch nichts vormachen. Ich weiß, warum Ihnen an einer Ehe mit mir gelegen ist, und Sie wissen, auf welche Weise Sie mein Jawort erzwungen haben. Bestehen Sie darauf, daß wir einen Termin für die Amtshandlung festsetzen?«

»Aber nein, durchaus nicht. Sie haben einen ganz falschen Eindruck von mir, Sylvia. Ich will Sie in keiner Weise drängen. Allerdings glaube ich, daß wir unsere Verlobung so bald wie möglich bekanntgeben sollten.«

»Wann?«

»Nächsten Sonntag«, sagte er.

Sie konnte ihr Erschrecken nicht verbergen.

»Das ... finden Sie nicht selber, daß das ein bißchen schnell ist? Mein Mann ist ja noch nicht einmal ein Jahr ... « Sie sprach den Satz nicht zu Ende, weil sie spürte, daß ihre Stimme zu versagen drohte.

»Ich dachte, es läge in Ihrem Interesse, die leidige Angelegenheit so schnell wie möglich aus der Welt zu schaffen.«

»Geben Sie mir die Schecks!« sagte sie flehend. »Ich verspreche Ihnen, ich schwöre Ihnen, ich werde Sie heiraten, sobald es ohne allzuviel Peinlichkeit möglich ist.«

»Wann wollen Sie mich heiraten?«

Sie beantwortete diese Frage nicht, sondern wich aus. »Wann geben Sie mir die kompromittierenden Papiere?«

»Am Tag unserer Hochzeit.«

»Das ist zu spät.«

»Warum?«

»Sie wollen also tatsächlich die ganze Zeit dieses Druckmittel gegen mich in der Hand behalten?«

Er begegnete ihrem Blick mit größter Unverfrorenheit. »Unbedingt. Ich will nicht noch einmal betrogen werden.«

»Noch einmal?«

»Ja. Georg Holl hat mich betrogen. Wußten Sie das nicht? Er hat mich auf juristisch unangreifbare Weise um mein Vermögen gebracht, hat mich zu seinem Handlanger erniedrigt. Wenn es Sie interessiert ... «

»Nein«, sagte Sylvia, »es interessiert mich durchaus nicht. Geben Sie mir die Papiere ... «

»Sobald Sie meine Frau sind.«

»Wer garantiert mir, daß Sie mich nicht betrügen?«

»Ich mache Ihnen einen Vorschlag, Sylvia, und ich glaube, daß er auch für Sie akzeptabel ist. Ich verspreche Ihnen, die Schecks, die Ihr Sohn gefälscht hat, noch auf dem Standesamt, nachdem wir beide unsere Unterschrift unter das Protokoll gesetzt haben, zu übergeben. Tue ich es nicht, können Sie immer noch protestieren. Ich bin sicher, daß es Ihnen im Notfall gelingen wird, unsere Ehe dann noch zu annullieren.«

Sylvia Holl dachte nach. »Ich finde diese Art einer Abmachung zwar niederträchtig, aber ich fürchte, es bleibt mir nichts anderes übrig, als darauf einzugehen.«

»Ich habe immer gewußt, daß Sie eine kluge Frau sind, Sylvia.«

»Unter diesen Umständen muß mir natürlich daran liegen, den Hochzeitstermin für die nächste Zukunft festzulegen.«

»Sehr richtig. Also, ich denke, es bleibt dabei ... Verlobung nächsten Sonntag. Ich habe nur eine Junggesellenwohnung, deshalb am besten in Ihrer Villa am Herzogpark, Sylvia. Natürlich nur im kleinsten Kreise. Mir liegt so wenig wie Ihnen an einem großen Tamtam. Allerdings muß ich auf einer repräsentativen Anzeige in den wichtigsten Tageszeitungen bestehen und ... «

Sylvia saß ganz still, die Hände im Schoß, unfähig, alle Einzelheiten dessen aufzunehmen, was Roman Miller ihr vortrug.

Sie dachte an Graf Schwarzenbach, und zum zweitenmal war sie froh, daß es aus war zwischen ihnen, daß sie ihn, auch ohne diese erzwungene Heirat, für alle Zeiten verloren hatte.

Wenn es anders wäre, dachte sie, wenn ich glauben müßte, daß er mich wirklich geliebt hat – ich könnte es nicht ertragen.

»Wann heiraten wir?« fragte die Tänzerin Tamara. Sie saß vor dem dreiteiligen Spiegel in ihrer Garderobe im ›Parisiana‹ und bürstete ihre langen, künstlichen Wimpern, ohne dabei das Spiegelbild Roman Millers, der schräg hinter ihr auf dem zerschlissenen Sofa saß, auch nur für eine Sekunde aus den Augen zu lassen.

Er zog es vor, diese Frage nicht zu beantworten, fragte statt dessen: »Wo ist Valentin Holl?«

»Du hast verlangt, ich sollte ihn von München fernhalten«, erwiderte sie mit erzwungener Ruhe. »Das habe ich getan. Mein Auftrag ist also erfüllt. Nun bist du daran, dein Versprechen zu halten, Roman.«

»Ich hatte dich gebeten, ihn nicht aus den Augen zu lassen.«

Sie zuckte die nackten Schultern. »Hältst du mich für eine Kinderschwester? Ich bin wirklich lange genug mit diesem Knaben durch die Gegend gezogen.«

»Du machst dir die Sache sehr leicht.«

Sehr unvermittelt wandte sie sich geschmeidig zu ihm um. »Nein, du, Roman! Ich habe dir eine Frage gestellt. Wann heiraten wir? Ich möchte eine klare Antwort hören und keine Ausflüchte.«

Er runzelte die Stirn. »Hör mal, Tamara«, sagte er, »ich habe es gar nicht gerne, wenn man in diesem Ton mit mir spricht. Ich gebe zu, ich habe möglicherweise einmal von Heirat geredet ... «

»Du hast sie mir versprochen!«

»Also schön. Selbst wenn es so ist. Ich hoffe, du bist dir darüber im klaren, daß ein Eheversprechen an sich keineswegs bindend ist.«

Sie sprang auf, stand mit funkelnden Augen vor ihm. »Was!?«

»Setz dich«, sagte er und wies mit der Hand auf das Sofa.

Aber sie nahm wieder auf ihrem Garderobenhocker Platz. Mit spitzen Fingern griff sie in das geöffnete Zigarettenetui, das er ihr hinhielt, ließ sich Feuer geben, tat ein paar heftige Lungenzüge und stieß den Rauch durch die Nase. »Ich warte«, sagte sie mit Nachdruck.

Er hatte sich wieder auf dem Sofa niedergelassen, schlug seine Beine übereinander. »Tamara«, begann er, »du und ich, wir beide haben uns doch immer sehr gut verstanden, nicht wahr?«

»Möglich«, sagte sie, »aber bitte, zur Sache.«

»Ich bin bereits mitten drin. Also ... wir haben uns wirklich verstanden, du warst für mich mehr als ... nun eben ... ein flüchtiges Abenteuer, viel mehr, und als ich dir vor einigen Wochen sagte, daß ich dich heiraten würde, glaube mir, da war ich ehrlich fest dazu entschlossen.«

»Jetzt bist du es also nicht mehr?« fragte sie, und in ihrer tiefen, leicht heiseren Stimme schwang unüberhörbar ein Unterton von Drohung.

Er überging diese Frage. »Ich habe dir gesagt, ich werde dich heiraten, wenn alles erledigt ist. Nur hat sich mittlerweile leider herausgestellt, daß davon nicht die Rede sein kann, deshalb ... «

Sie fiel ihm ins Wort. »Wenn du glaubst, du könntest mich dahin bringen, noch länger zu warten«, sagte sie, »dann hast du dich getäuscht. Ich habe es satt, mich von fremden Männern anstarren zu lassen, satt, mir mein schäbiges Gehalt einteilen zu müssen. Satt bis dahin!« Sie fuhr sich mit der Hand bis zur Kehle.

»Nun, was das Geld betrifft«, sagte er rasch, »werden wir sicher ein Arrangement treffen können: Da ich hoffen kann, in allernächster Zukunft über reichliche Mittel zu verfügen, werden meine Freunde ... und vor allen Dingen du, Tamara ... natürlich davon profitieren.«

»Wie meinst du das?« fragte sie verwirrt, aber immer noch sehr mißtrauisch.

»Ich könnte dir eine sehr hübsche Apanage zukommen lassen«, sagte er und beobachtete lauernd die Wirkung seiner Worte.

Sie drückte ihre Zigarette in dem übervollen Aschenbecher aus. »Ich will keine Abfindung«, sagte sie heftig, »ich pfeife auf Almosen! Ich will dich!« Ihre Stimme brach, und sie fügte in verändertem Ton hinzu: »Du weißt doch, wie sehr ich dich liebe, Honey.«

»Ich dich auch, Tamara«, sagte er herzlich, »und ich habe natürlich auch keineswegs vor, dich zu verlieren. Nein, davon spricht niemand. Du wirst natürlich meine Geliebte bleiben. Nur unter veränderten, für dich wesentlich günstigeren Vorzeichen.« Er machte eine kleine Pause, und da sie nicht reagierte, ihn nur aus weit aufgerissenen Augen ansah, hielt er die Gelegenheit für günstig, ihr endlich die Wahrheit mitzuteilen. »Ich werde Sylvia Holl heiraten. Bitte, reg dich nicht auf, Tamara. Es kann dich ja gar nicht treffen. Diese Ehe hat mit Liebe nicht das geringste zu tun, aber ich muß es tun, um ... «

Er kam nicht dazu, seine hastig hervorgestoßene Erklärung zu beenden.

Tamara hatte sich blitzartig umgewandt, die große Parfümflasche aus Kristallglas ergriffen und sie mit wildem Schwung in seine Richtung geworfen. »Du Schuft!« schrie sie und sprang auf. »Du ganz erbärmlicher Lump!«

Er konnte noch gerade rechtzeitig den Kopf ducken, und die schwere Flasche zersplitterte über ihm am Garderobenschrank.

Außer sich vor Wut und Enttäuschung stürzte Tamara auf ihn zu und fuhr ihm, ehe er sie noch abwehren konnte, mit ihren überlangen spitzen Fingernägeln durch das Gesicht.

Mit überschlagender Stimme schrie sie: »Das wirst du büßen!«

In der Nacht vor der offiziellen Verlobung von Sylvia Holl und Roman Milier rief Valentin zu Hause an.

Sylvia hatte ein schweres Schlafmittel genommen. Noch fast betäubt, griff sie zum Hörer, meldete sich.

»Hallo ... hallo, bist du es selber, Mama?« rief Valentin. Seine Stimme war sehr klar und sehr deutlich.

»Valentin!« Sylvia Holl setzte sich auf. »Von wo rufst du an? Bist du in München?«

»Nein. In London. Bitte, sei mir nicht böse, Mama. Aber ich konnte es einfach nicht länger aushallen. Werde ich gesucht?«

So viel Angst sprach aus diesen einfachen Worten, daß Sylvia ganz erschüttert war. »Nein«, sagte sie rasch, »nein, Valentin! Es ist alles in Ordnung. Du kannst nach Hause kommen.«

»Ist das wahr?«

»Ja, Valentin. Die Sache ist erledigt, so gut wie erledigt.«

»Hast du die Schecks?«

»Noch nicht. Aber ich werde sie bekommen.«

»Ach, Mama ... «, sagte Valentin hoffnungslos, »du kennst Roman Miller nicht.«

Ein Knacken ertönte in der Leitung, und voll Entsetzen glaubte Sylvia Holl, ihr Sohn hätte schon wieder eingehängt. »Valentin!« rief sie. »Bitte, hör mich doch an! Bist du noch da?«

»Ja, Mama.«

»Du brauchst dir wirklich keine Sorgen zu machen. Ich habe mich mit Roman Miller verlobt. Ich werde ihn heiraten, Valentin, und deshalb ... er kann keine Anzeige mehr erstatten, verstehst du?«

»Ja, Mama«, sagte Valentin, dann, nach einer kleinen Pause, fügte er hinzu: »Hast du es meinetwegen getan?«

Sylvia zögerte. »Es gab den Anstoß.« Sie spürte, daß sie mit dieser Eröffnung den Jungen über Gebühr belastete, sagte rauh: »Aber es ist in jedem Falle so das Vernünftigste, nicht wahr? Ich bin allein, und er ist allein. Er führt die Bankgeschäfte. Ich bin sicher, daß es für uns alle so das Beste sein wird.«

Valentin ließ sich nichts vormachen. »Es ist meine Schuld«, sagte er düster.

»Wann kommst du zurück?« fragte Sylvia. »Morgen feiern wir unsere Verlobung. Wenn du das nächste Flugzeug nimmst, kannst du noch zurechtkommen.«

»Danke«, sagte Valentin, »nein, danke. Das denn doch nicht. Ich habe keine Lust, an deiner Hinrichtung teilzunehmen.« – –

Barbara war schon einen Tag zuvor nach Hause gekommen. Anders als Valentin, der die Hintergründe zumindest erahnte, war sie mit der Wahl ihrer Mutter ganz einverstanden.

»Ich freue mich ja so für dich, Mama«, sagte sie, als sie am Morgen des Verlobungstages ihrer Mutter half, die zahlreichen Glückwunschsträuße in Vasen zu ordnen, »endlich hast du die Episode Schwarzenbach überwunden. Ich kann mir vorstellen, daß es nicht leicht für dich war. Es ist mir ja selber schwer genug gefallen. Aber er taugt wirklich nichts. Ein Glücksjäger und Hochstapler ist er, nichts weiter.«

»Und dennoch wirst du ihn heiraten müssen«, sagte Sylvia, »jedenfalls pro forma. Ein oder zwei Jahre später kannst du dich dann scheiden lassen. Dabei ist den gesellschaftlichen Formen Genüge getan. Ein Skandal würde nicht nur dir und deiner Familie, sondern auch dem Bankgeschäft schaden.«

»Aber ich will ihn nicht heiraten. Ich denke gar nicht daran!«

»Du wirst es tun, und wenn ich dich dazu zwingen müßte. Denk doch nur an das Kind, das du erwartest. Es wird reich sein, ja, und Geld bedeutet sehr viel. Aber nicht genug, um sich einen guten Namen dafür zu kaufen. Du allein trägst die Verantwortung dafür, daß dein Kind ehelich zur Welt kommt.«

Barbara schwieg eine ganze Weile, und Sylvia glaubte schon, daß ihre Argumente gewirkt hätten. Dann sagte sie unvermittelt, und ihre Stimme klang unsicher, mädchenhaft weich: »Und wenn es nun gar nicht wahr wäre? Wenn ich kein Kind von ihm erwartete?«

Sylvia Holl starrte ihre Tochter an. »Nicht? Soll das heißen, du hast ... du hast mich belogen?«

»Aber Mama, bitte, reg dich doch nicht auf. Warum mußt du gleich so übertreiben? Selbst wenn ich damals nicht ganz bei der Wahrheit geblieben bin ... «

Sylvia war totenblaß geworden. Alle Farbe war aus ihrem Gesicht gewichen. Ihre Knie gaben nach, sie mußte sich in den nächsten Sessel sinken lassen. »Wie konntest du mir das antun!« stöhnte sie und schlug die Hände vor die Augen.

Barbara kniete sich neben ihr nieder. »Ich wollte dir doch nur helfen, Mama. Dir begreiflich machen, daß Pit nichts für dich ist. Du hast gar keinen Grund, es tragisch zu nehmen. Sei mir lieber dankbar. Du hast dich von ihm getrennt, du wirst Roman Miller heiraten, einen Mann, der zu dir paßt. In jeder Beziehung. Sei dankbar, daß ich dir die Augen über den Grafen geöffnet habe.«

Sylvia ließ die Hände sinken, sah ihre Tochter mit einem langen, todtraurigen Blick an. »Du hast es also ganz einfach frei erfunden?«

Unwillkürlich senkte Barbara den Blick. »Ja«, sagte sie leise.

»Bitte, Barbara«, sagte Sylvia flehend, »bitte, sei jetzt ehrlich. Es wird nichts an meinem Schicksal ändern, aber ich muß es wissen. Hätte die Möglichkeit bestanden, daß du ... ein Kind von ihm bekämst?«

»Nein«, sagte Barbara, »nein.« Und bitter fügte sie hinzu: »Dafür hattest du ja gesorgt, daß es nicht geschehen konnte.«

»Du hast es dir also ganz einfach ausgedacht, um uns beide auseinanderzubringen? Aus Eifersucht?«

»Nicht aus Eifersucht«, sagte Barbara wild und sprang auf. In verändertem Ton fügte sie hinzu: »Oder doch ... vielleicht doch aus Eifersucht. Aber das war nicht der Hauptgrund. Ich habe mir Sorge um dich gemacht, Mama, weil ich Pit längst durchschaut hatte. Aber du, du warst ganz ahnungslos. Gib es doch zu. Du wärest glatt auf ihn hereingefallen, wenn ich nichts unternommen hätte.«

»Ich habe ihm also Unrecht getan«, sagte Sylvia ganz erschüttert.

»Wem? Pit etwa? Daß ich nicht lache! Ausgerechnet Pit, der sich aus keiner Frau etwas macht, der sie alle nur ausgenutzt hat. Nein, Mama, mach dir deshalb keine Gedanken. Sein Schuldkonto ist so groß, daß ich ihm nur einen Bruchteil von dem, was er mir angetan hat, heimzahlen konnte.«

Sylvia sah ihre Tochter aus großen Augen an. »Wie kannst du nur so häßlich über einen Mann sprechen, in den du doch einmal sehr verliebt warst.«

»Weil ich ihn durchschaut habe. Ich gebe dir einen Rat. Ruf ihn an, ja, versuch's doch. Du brauchst nur den Mut zu haben und ihm zu eröffnen, daß du bei einer Verehelichung dein Vermögen verlierst ... dann, ich garantiere dir, wirst du sein wahres Gesicht erkennen.«

»Aber, Barbara«, sagte Sylvia sanft, »das weiß er doch längst.«

Das junge Mädchen erstarrte mitten in der Bewegung. »Ist das wahr, Mama?« fragte sie mit tonloser Stimme.

»Ich habe es ihm gesagt, sobald ich merkte ... als ich fühlte, daß er mir sehr viel zu bedeuten begann.«

Jetzt war es Barbara, der die Erschütterung die Kehle abschnürte.

»Oh, Mama«, stammelte sie heiser. »Ich habe ja nicht gewußt ... Oh, wie konnte ich nur. Dann ist es also doch wahr, er hat dich wirklich geliebt, denn ... « Sie lief auf ihre Mutter zu. »Bitte, bitte, verzeih mir.«

Sylvia Holl nahm ihre Tochter in die Arme, strich ihr über das widerspenstige Haar. »Weine nicht«, sagte sie, »das nutzt ja nichts. Es hat wohl alles so kommen müssen.«

Barbara hob ihr tränennasses Gesicht. »Wenn ich zu ihm hinfliege?« schlug sie vor. »Wenn ich mit ihm spreche. Zugebe, daß alles nur meine Schuld war, vielleicht ... «

»Nein, Barbara«, sagte Sylvia Holl entschlossen, «dazu ist es jetzt zu spät. Mach dir keine Gedanken. Pit und ich waren nicht füreinander bestimmt. Es ist nicht deine Schuld. Auch wenn du nicht diese große Lüge zwischen uns aufgerichtet hättest. Ich hätte mich trotzdem für Roman Miller entschieden.«

»Aber du liebst ihn doch gar nicht.«

»Kommt es darauf für eine Frau in meinem Alter an? Nein, Barbara, mach dir keine Sorgen. Ich weiß, was ich tue und was das Richtige ist. Nur eine Bitte, ... «

»Ich tue alles, was du willst«, sagte Barbara hastig.

»Erwähne vor Roman Miller weder Graf Schwarzenbach noch die Klausel im Testament deines Vaters. Bitte, frag mich nicht, weshalb. Ich habe meine Gründe, das von dir zu verlangen. Willst du es mir versprechen?«

»Ja, Mama«, sagte Barbara und gab ihrer Mutter mit festem Druck die Hand.

Die Verlobungsanzeige war, sehr groß und sehr teuer, schon in den Wochenendausgaben der ›Süddeutschen Zeitung‹ und des ›Münchner Merkurs‹ erschienen. Hunderte von schmalen vornehmen Karten waren an Freunde des Bankhauses, an Roman Millers Bekannte, an Verwandte von Sylvia Holl verschickt worden.

Zur Feier selber, die von einem festlichen Dinner in der Villa am Herzogpark gekrönt wurde, waren kaum mehr als zwölf Personen geladen worden.

Dennoch war der Rahmen, in dem die Verlobung stattfand, sehr feierlich. Es wurden Reden gehalten, in denen immer auch der Bank und Georg Holls gedacht wurde, und Sylvia nahm lächelnd die Trinksprüche entgegen, die auf ihr neues Glück ausgesprochen wurden.

Sie war sehr schön in einem Cocktailkleid aus scharlachroter Seide, das ihre glatten, bräunlichen Schultern, ihren schönen schlanken Hals voll zur Geltung brachte. Als einzigen Schmuck trug sie eine feine Platinkette um den Hals, an der ein riesiger Diamant wie eine

Träne schimmerte, der mit den beiden tautropfengroßen Diamanten in ihrem Ohrläppchen korrespondierte.

Sie war gelassen, ganz große Dame, und Barbara, die wußte, wieviel ihre Mutter diese Haltung kosten mußte, bewunderte sie zum erstenmal in ihrem Leben aufrichtig.

Roman Miller saß an der Seite Sylvia Holls. Er machte eine glänzende Figur, gab sich galant, aufmerksam, heiter. Niemand wunderte sich darüber, daß die junge Witwe sich entschlossen hatte, dem Nachfolger ihres verstorbenen Mannes ihr Jawort zu geben. Aber innerlich war Roman Miller durchaus nicht so sorglos, wie er sich gab. Eine unbestimmte Unruhe nagte an ihm. Jetzt, da er dem Ziel seiner ehrgeizigen Wünsche so nahe gekommen war, fürchtete er, daß irgendein unvorhergesehenes Ereignis alle seine Hoffnungen wieder zerschlagen könnte. Er war sich jede Sekunde bewußt, daß er diese Verlobung mit unfairen Mitteln erzwungen hatte.

15

Mister Cloy war zu einem kurzen Besuch nach Paris gekommen, und Helen und Graf Schwarzenbach hatten mit ihm eine Nacht durchgebummelt. Der Graf, der Paris kannte wie seine zweite Heimat, hatte die Amerikaner in Lokale geführt, in die sie ohne seine Begleitung nie gelangt wären. Zum Abschluß führte er sie in die ›Cavalcade‹ am Montmartre, sehr versteckt gelegen, in dem wirklich keine Touristen, sondern nur Einheimische, Maler und Bohemiens verkehrten.

Mister Cloy war begeistert. Er bestellte eine Flasche Champagner - die fünfte in dieser langen Nacht -, und als der Sekt in den Kelchen schäumte, hob er sein Glas und sagte: »Sie sind wirklich ein toller Bursche, Graf! Ich muß sagen, ich bin wirklich sehr zufrieden mit Ihnen.«

Graf Schwarzenbach zog eine kleine, amüsierte Grimasse: »Mit meinen Fähigkeiten als Fremdenführer?«

»Nein, überhaupt. Es ist eigentlich gegen mein Prinzip, meine Mitarbeiter zu loben ... du weißt es, Helen ..., aber bei Ihnen möchte ich doch eine Ausnahme machen. Sie haben mich wirklich angenehm überrascht, Graf.« Er leerte sein Glas auf einen Zug.

»Aber Daddy«, sagte Helen mahnend, »du hast wirklich eine komische Art, dich auszudrücken.«

»Wieso denn? Weil ich die Wahrheit sage? Die ist doch in diesem Fall nur schmeichelhaft.« Er wandte sich wieder an Graf Schwarzenbach. »Tatsächlich, als ich Sie engagierte, habe ich mir nicht sehr viel von Ihnen versprochen. Ich habe es eigentlich nur Helens wegen getan.«

Er wollte die Champagnerflasche aus dem Eiskübel ziehen, aber Helen legte ihre Hand darauf. »Du hast schon genug getrunken«, sagte sie vorwurfsvoll, »du merkst nicht einmal mehr, daß du beleidigend wirst.«

»Ich bin nicht gekränkt, Helen«, sagte Graf Schwarzenbach und zündete sich gelassen eine Zigarette an. »Sie brauchen nicht für mich empfindlich zu sein. Mister Cloy hat ja ganz recht. Mein bisheriger Lebenswandel stellt nicht gerade eine Garantie für Geschäftstüchtigkeit dar.«

»Da hörst du es selber!« Mister Cloy griff so energisch nach der Champagnerflasche, daß Helen sie ihm wohl oder übel lassen mußte. »Niemand kann mir nachsagen, daß ich kleinlich bin. Aber Sie werden mir zugeben, daß ich Sie ziemlich teuer eingekauft habe.«

»Ich war von Ihrer Großzügigkeit angenehm überrascht.«

Mister Cloy lachte. »Großzügig ... weiß Gott, das haben Sie fein gesagt. Ja, das war ich. Aber ich wußte, daß das viele Geld gut angelegt war. Auch wenn Sie völlig versagt hätten. Warum? Ihr Name allein ist Gold wert, mein Junge. Da staunen Sie, was? Aber wir Amerikaner fliegen nun mal auf das ... Deshalb wäre mir auch ein Schwiegersohn mit einem schönen Adelsprädikat ganz besonders willkommen.«

»Aber Daddy«, sagte Helen peinlich berührt.

»Nun sei nur nicht gleich zimperlich, Kleines, ich rede nun mal, wie mir der Schnabel gewachsen ist. Das ist einer jener Späße, die man sich erlauben kann, wenn man über das nötige Kleingeld verfügt. Hast du mir nicht selber gesagt, daß du ihn heiraten willst?«

»Zum Heiraten gehören immer zwei«, sagte Helen mit fester Stimme, »aber ich habe wirklich keine Lust, dieses Thema mit dir durchzudiskutieren. Noch dazu in dieser Stunde.« Sie markierte ein Gähnen. »Ich bin müde und möchte zu Bett. Bitte, bestell mir ein Taxi. Falls ihr beide noch aufbleiben wollt, bitte. Ich mache euch allerdings darauf aufmerksam, daß wir morgen im Büro einen schweren Tag haben werden.«

Mister Cloy fügte sich, und eine halbe Stunde später setzten Graf Schwarzenbach und Helen ihn mit dem Taxi im Hotel ›Crayon‹ am Place de la Concorde ab. Sie stiegen mit aus, um sich zu verabschieden.

»Wissen Sie, wozu ich Lust hätte?« fragte Helen, als sie allein auf der nächtlichen Straße standen. »Daß wir das Taxi fortschickten und Sie mich zu Fuß nach Hause brächten. Pit. Ich habe ziemlich viel getrunken und noch mehr Rauch geschluckt. Die frische Nachtluft würde uns beiden guttun.«

Er stimmte ihr zu, und wenige Minuten später schlenderten sie, Seite an Seite, durch die Straßen der großen Stadt, die auch jetzt, lange nach Mitternacht, nicht ausgestorben waren. Es begegneten ihnen Gruppen von heftig diskutierenden Studenten, Liebespaare, Straßenmädchen und einsame Spaziergänger.

Eine Weile gingen sie schweigend, dann sagte Helen: »Ich glaube, ich muß mich für Vater entschuldigen. Er kann manchmal sehr taktlos sein.«

»Im Gegenteil. Ich finde, er ist von einer erfrischenden Offenheit.«

»Das stimmt. Die meisten Amerikaner sind so oder bemühen sich doch, so zu sein. Sie dagegen, Pit ... Wir sehen uns jetzt täglich, und dennoch ... ich werde noch genausowenig schlau aus Ihnen wie am ersten Tag. Sie müßten doch langsam gemerkt haben, daß ich ... «, sie schluckte, » ... nun eben, daß ich es nur gut mit Ihnen meine. Warum erzählen Sie mir nichts von Ihren Plänen?«

»Die einfachste Erklärung ist die, daß ich gar keine Pläne habe«, sagte er.

»Jetzt sind Sie nicht ehrlich.«

»Aber doch. Durchaus. Ich bin mit dem jetzigen Zustand der Dinge ganz zufrieden.«

»Aber die Frau? Was ist mit der Frau, die Sie lieben? Wollen Sie sie nach Paris kommen lassen?«

»Nein«, sagte er kurz.

»Sie haben doch nicht vor, Ihre Stellung wieder aufzugeben und ... «, begann sie erschrocken.

»Auch das nicht.« Er blieb stehen. »Helen, warum zerbrechen ausgerechnet Sie sich über mein Privatleben den hübschen Kopf?«

Sie begegnete seinem Blick, ohne mit der Wimper zu zucken. »Das wissen Sie sehr gut, Pit!«

Er schob seine Hand unter ihren Ellbogen. »Helen, Helen«, sagte er, »Sie sind ein zauberhaftes Mädchen, aber ich fürchte, Sie haben sich da in eine Idee verrannt . , .«

»Sie schätzen mich falsch ein«, sagte sie und konnte ein leichtes Beben in ihrer Stimme nicht unterdrücken, »Sie glauben, ich wäre fähig, irgend etwas zu unternehmen, um Sie und die Frau, die Sie lieben, auseinanderzubringen! Tatsächlich aber ... «

Er unterbrach sie. »Das wäre nicht mehr nötig, Helen«, sagte er sehr ernst.

Sie begriff nicht sofort. »Was wollen Sie damit sagen?«

»Daß es aus ist zwischen mir und dieser Frau, aus und vorbei. Schon lange. Ich wollte es Ihnen nur nicht sagen, weil ich Zeit brauchte. Zeit, darüber hinwegzukommen, verstehen Sie?«

Sie blieb stehen, gerade unter einer Laterne. In ihren Augen schimmerten Tränen. »Pit«, sagte sie, »oh, Pit, das ist ja wunderbar! Vielleicht klingt das herzlos, seien Sie mir nicht böse, aber ich kann es nicht ändern. Ich war in meinem ganzen Leben noch nie so glücklich!« Sie schlang die Hände um seinen Hals und warf sich in seine Arme.

Er umfing sie zärtlich. »Helen«, flüsterte er dicht bei ihrem Ohr, »Helen, hast du es dir auch gut überlegt? Was weißt du schon von mir?«

Sie hob ihr strahlendes Gesicht zu ihm auf. »Nichts«, sagte sie, »und ich will auch nichts wissen. Ich habe mir immer schon einen Mann mit Vergangenheit gewünscht. Einen Mann, von Geheimnissen umwittert! Ach, was werden meine Freundinnen mich beneiden!«

Sie sagten Mister Cloy die große Neuigkeit erst, als sie am nächsten Tag nach dem Mittagessen in der Halle des Hotels ›Crayon‹ bei einem schwarzen Kaffee zusammensaßen.

Mister Cloy war nicht weiter überrascht. »Ich habe es dir ja prophezeit, Pit«, sagte er breit lächelnd, »was meine Helen sich in den Kopf setzt, das muß auch geschehen. Aber ich freue mich. Wann wollt ihr also heiraten?«

»So schnell wie möglich«, sagte Helen rasch.

»Damit er dir nicht wieder davonflattern kann? Ah, ich verstehe! Aber augenblicklich kann ich euch beide nicht in Paris entbehren, und heiraten möchtest du doch zu Hause, nicht wahr, Darling?«

Er war sehr enttäuscht, als Helen und Graf Schwarzenbach gestanden, daß sie beide sich eine kleine, sehr romantische Hochzeit in Paris vorgestellt hatten.

»Nein«, sagte er, »daraus wird nichts. Wenn ich schon mein einziges Kind hergeben muß, dann soll das auch so geschehen, wie ich es mir vorstelle. Eine große Hochzeit, bei der die ganze Clique zusammenkommt. Ich werde einen Saal im Waldorf-Hotel mieten. Es muß einen riesigen, gut amerikanischen Hochzeitskuchen geben, ich werde eine Band engagieren, es soll getanzt werden. Alles soll so sein, wie ich es mir für meine einzige Tochter erträumt habe!«

»Aber begreifst du denn nicht, daß so etwas restlos altmodisch ist?« sagte Helen.

»Altmodisch? Ich muß sagen, du hast dich sehr schnell europäisch infizieren lassen. Altmodisch! Was nützt dir denn ein Graf als Ehemann, wenn du ihn deinen Freundinnen nicht vorstellen kannst? Du weißt genau, wie böse Alice und Eve sein würden, wenn sie bei deiner Hochzeit nicht Brautjungfern werden könnten!«

»Das stimmt schon«, sagte Helen, schon halb für den Vorschlag ihres Vaters gewonnen. »Aber ich will nicht mehr unnütz warten und deshalb ... «

Graf Schwarzenbach lauschte dem Gespräch nur noch mit halbem Ohr. Er hatte begriffen, daß seine Stimme in dieser

Auseinandersetzung zwischen Vater und Tochter kein Gewicht hatte. Er winkte einem Zeitungsverkäufer, der von Tisch zu Tisch durch die Halle ging, erstand einen ›Paris Soir‹.

Er hatte nicht vorgehabt, die Zeitung jetzt zu lesen, legte sie zusammengefaltet vor sich hin. Da fielen seine Augen auf die Schlagzeile.

SKANDAL IN MÜNCHEN! DAME DER GESELLSCHAFT UNTER MORDVERDACHT! SYLVIA HOLL VERHAFTET!

Graf Schwarzenbach war es, als wenn eine eiserne Faust sein Herz zusammenpreßte. Die Halle des Hotels ›Crayon‹, Mister Cloy, Helen, der grünlivrierte Page, der an ihrem Tisch vorübereilte - alles begann sich vor seinen Augen zu drehen, erst langsam, dann schneller, immer schneller, in rasender Geschwindigkeit.

Wie aus weiter Ferne hörte er Helens Stimme: »Was hast du, Pit? Du bist ja mit einem Mal ganz blaß geworden!«

Mit ungeheurer Anstrengung gelang es ihm, tief durchzuatmen, und in dem Maße, in dem sich seine Lungen mit Luft füllten, begannen Dinge und Menschen wieder auf den Platz zu rücken, der ihnen zustand; der irrsinnige Wirbel vor seinen Augen löste sich.

»Bist du krank?« fragte Helen, besorgt und erschrocken. »Pit, sag doch schon etwas!« Sie wandte sich an ihren Vater: »Sitz nicht einfach da, Daddy, tu etwas! Bestell Pit einen Cognac. Oder besser noch, frag beim Empfang, ob ein Arzt im Haus ist!«

Mit Mühe bekam Graf Schwarzenbach seine Stimme in die Gewalt. »Nein«, sagte er, »nein, danke. Macht euch keine Sorgen wegen mir. Es ist schon vorbei!«

Mister Cloy sah ihn mit einer Spur von Mißtrauen an. »Sag mal, Junge, hast du so etwas öfter?«

»Keine Sorge.« Das Lächeln, das Graf Schwarzenbach sich abquälte, zeigte nicht die Spur von Fröhlichkeit. »Nur dann, wenn die Frau, die ich liebe, wegen Mordverdacht verhaftet wird.«

Eine Sekunde lang starrten beide ihn an, als ob er irrsinnig geworden wäre.

Dann begann sich Mister Cloys Kopf gefährlich zu röten, und er brüllte los: »Was sagst du da!?«

Helen war immer noch nicht fähig, ein Wort hervorzubringen.

Graf Schwarzenbach zuckte die Schultern. »Tut mir leid.« Er leerte das Kognakglas, das der Ober ihm auf silbernem Tablett reichte. »Ich weiß, was ihr für mich getan habt, aber ... «

Mister Cloy ließ ihn nicht ausreden. »Ungeheuerlich!« sagte er zornig. »Unter diesen Umständen denke ich gar nicht daran, dir meine Tochter zur Frau zu geben. Sie ist zu schade, um ... «

Helen legte beschwörend ihre Hand auf seinen Arm. »Daddy! Bitte!« sagte sie gefaßt. »Begreifst du denn nicht!? Es geht ja gar nicht um mich. Etwas Furchtbares ist geschehen. Bitte, Pit, laß es mich wissen! Sag mir alles!«

Er reichte ihr stumm die Zeitung über den Tisch.

Helen warf einen Blick auf die Schlagzeilen, verstand sofort. »Sylvia Holl?« fragte sie. »Ist sie es?«

»Ja!«

Helen begann den Artikel zu überfliegen.

»Wollt ihr mich nicht wenigstens einweihen?« forderte Mister Cloy, immer noch grollend. »Um was geht es?«

Helen sah Graf Schwarzenbach fragend an.

»Soll ich vorlesen?«

»Ja, bitte«, sagte er, »ich bin selber noch nicht über die ersten Zeilen hinausgekommen.«

Helen las: »Skandal in München. Dame der Gesellschaft unter Mordverdacht! Sylvia Holl verhaftet ... «

Sie warf einen zärtlich besorgten Blick zu Graf Schwarzenbach hin, aber er schien jetzt ganz ruhig. Seine Hand zitterte nicht, als er sich eine Zigarette anzündete.

Helen las nach kurzem Zögern weiter: »In den Vormittagsstunden des gestrigen Tages wurde der Münchner Bankkaufmann Roman Miller, geschäftsführender Direktor des Bankhauses ›Holl & Co.‹, in seiner Wohnung in einem Bogenhausener Appartementshaus erschossen aufgefunden.«

»Wer ist das?« fragte Mister Cloy.

»Warte, Daddy«, sagte Helen, »laß mich erst einmal zu Ende lesen.« Sie nahm einen Schluck Tee und fuhr fort: »Markus Ebinger, Prokurist bei ›Holl & Co.‹, hatte den Hausmeister veranlaßt, die Wohnung zu öffnen, nachdem der Direktor vormittags nicht in der Bank erschienen war und sich auch auf zahlreiche Anrufe in seiner Wohnung hin nicht gemeldet hatte. Ebinger und der Hausmeister fanden Roman Miller durch das Herz geschossen auf dem Boden liegen. Die Waffe, ein Revolver Kaliber 38, lag nicht weit entfernt auf dem Teppich. Die sofort herbeigerufene Polizei vermutete zuerst einen Selbstmord. Alle Anzeichen deuteten darauf hin, daß der Schuß aus nächster Nähe abgegeben worden war. Der Tote hatte jedoch keinerlei Mitteilung hinterlassen. Bei einer Überprüfung der Waffe stellte sich heraus, daß sie aus dem Besitz des verstorbenen Georg Holl stammt. Holl, Gründer und Inhaber des Bankhauses ›Holl & Co.‹, ein angesehener Münchner Bürger, war vor einem Jahr bei der privaten Feier des dreißigjährigen Bankjubiläums einem Herzinfarkt erlegen, ein Todesfall, der seinerzeit einiges Aufsehen erregte. Seine Witwe, Frau Sylvia Holl, eine der vermögendsten Frauen der Bundesrepublik, hatte sich vor einigen Wochen mit Roman Miller, dem Leiter ihres Bankhauses, verlobt. Wie es heißt, soll es jedoch bald zu Streitigkeiten zwischen dem Brautpaar gekommen sein. Die Polizei nimmt an, daß Frau Holl ihren Verlobten im Verlauf einer heftigen Auseinandersetzung getötet hat.«

Helen Cloy ließ die Zeitung sinken, sagte: »Fortsetzung auf Seite zwei. Bitte, gebt mir eine Zigarette!«

Ehe Graf Schwarzenbach noch in die Gegenwart zurückfand, hatte Mister Cloy seiner Tochter schon das Zigarettenpäckchen hingehalten, gab ihr Feuer.

Helen nahm einen tiefen Zug. »Kennst du diesen Roman Miller?« fragte sie.

»Flüchtig.«

»Wußtest du, daß er sich mit Sylvia Holl verloben wollte? Ist das der Grund, warum du und Sylvia auseinandergegangen seid?«

»Nein«, sagte Graf Schwarzenbach. »Als wir uns trennten, war von dieser Verlobung niemals die Rede gewesen.«

»Sehr sonderbar«, sagte Helen nachdenklich. »Wenn ich feststelle, daß ich mich mit einem Mann nicht vertrage, dann trenne ich mich von ihm. Ganz egal, ob ich mit ihm verlobt oder sogar schon verheiratet bin. Wieso soll sie es nötig gehabt haben, ihn zu erschießen?«

»Sie hat es nicht getan«, sagte Graf Schwarzenbach mit fester Stimme.

»Du redest dir also ein, daß sie unschuldig ist?« Mister Cloys Stimme klang sehr skeptisch. »Ich bin sicher, die Polizei weiß, was sie tut. Besonders in dem Fall, wo es sich um Mitglieder der High Society handelt.«

Graf Schwarzenbach hatte eine rasche Antwort schon auf der Zunge, aber er bezwang sich. »Bitte, lies weiter, Helen«, sagte er nur, »ich möchte alles wissen.«

Helen schlug das Titelblatt um, fand die Fortsetzung des Artikels, las: »Die Architektin Liselotte G., deren Wohnung an die des Ermordeten grenzt, will in der fraglichen Nacht eine heftige Auseinandersetzung in der Nachbarwohnung gehört haben, ohne allerdings Sätze oder auch nur Worte verstanden zu haben. Sie behauptete aber, daß es sich um eine männliche und eine weibliche Stimme gehandelt hätte, die beide sehr erregt geklungen hätten. Kurz vor Mitternacht sei dann ein Schuß gefallen. Die Journalistin Gisela S., die gleich darauf nach Hause kam, sei auf dem Flur vor den Wohnungen einer Frau begegnet, die sie inzwischen als Sylvia Holl identifiziert hat. Frau Holl ist ihr deshalb besonders aufgefallen, weil sie einen völlig verstörten Eindruck machte. Die beiden Frauen, Liselotte G. und Gisela S. geben an, sich noch in der gleichen Nacht über ihre Beobachtungen ausgesprochen zu haben. Unter den gegebenen Umständen hält die Polizei jeden Zweifel an der Täterschaft Sylvia Holls für ausgeschlossen. Sie rechnet damit, daß die Verdächtigte, die noch hartnäckig leugnet, unter dem Druck des Beweismaterials innerhalb der nächsten vierundzwanzig Stunden ein Geständnis ablegen wird.«

Helen Cloy legte die Zeitung zusammen und legte sie auf den Tisch zurück. Sie sah Graf Schwarzenbach aus mitleidigen Augen an. »Ich kann dir nicht sagen, wie leid es mir tut, Pit!«

»Warum eigentlich?« fragte Mister Cloy und gab sich herzloser, als er wirklich war. »Da, wie du behauptest, zwischen dir und dieser Frau längst alles aus ist ... « Er sah auf seine Armbanduhr. »Nun aber eilig, Kinder! Habt ihr eine Ahnung, wie spät es ist? Und um zwei Uhr will Monsieur Lulac aus Metz uns im Büro treffen.« Er erhob sich.

Auch Graf Schwarzenbach stand auf. »Es tut mir leid, Mister Cloy, sagte er formell, »aber ich kann nicht mitkommen.«

Der Amerikaner brauste auf. »Was soll das heißen?«

»Aber Daddy!« Helen stellte sich zwischen die beiden Männer, sagte, den Blick auf Graf Schwarzenbach gerichtet: »Hast du denn immer noch nicht begriffen, um was es geht? Pit will nach München. Du mußt ihm Urlaub geben.«

»Und wenn ich das nicht tue? Wenn ich mich weigere, einen Mann zu beurlauben, der gerade erst in meinem Betrieb angefangen hat?«

Helen wandte sich zu ihrem Vater hin um. »Das wirst du nicht tun, Daddy«, sagte sie. »Oder hast du vergessen, daß ich nicht gesund hier vor dir stände, wenn er nicht gewesen wäre?«

»Sie können mich hinauswerfen«, sagte Graf Schwarzenbach, »das ist Ihr gutes Recht, und ich könnte es Ihnen nicht einmal übelnehmen. Aber weder Sie noch irgend jemand anderes kann mich daran hindern, nach München zu fahren und zu versuchen ... versteht doch, ich muß es wenigstens versuchen ... Sylvia Holl zu helfen.«

»Ich sehe schon, ihr wißt wieder einmal alles besser«, sagte Mister Cloy grollend, »es hat wohl wenig Zweck, wenn ich mich gegen eure Dummheiten sträube. Aber das eine muß ich dir sagen, mein Junge, was du jetzt tun willst, ist eine Dummheit. Ich kenne die Frau ja nicht, in die du so vernarrt bist, aber das eine sage ich dir: Ein Mädchen wie Helen findet man nur einmal in seinem ganzen Leben, ein einziges Mal, und dann nie wieder!«

»Das weiß ich«, sagte Graf Schwarzenbach aus ehrlichem Herzen und beugte sich über die Hand der jungen Amerikanerin. »Dein Vater hat recht, Helen, du bist wundervoll. Ich danke dir für alles, was du für mich getan hast!«

Als Barbara die Haustür aufschloß, kam Betty, das Stubenmädchen, ihr entgegen.

»Herr Graf Schwarzenbach ist vor einer halben Stunde gekommen«, sagte sie. »Er wartet im Musikzimmer.«

Für einen Augenblick verschlug es Barbara den Atem. Dann sagte sie zornig: »Ausgerechnet! Wie konnten Sie ihn nur hereinlassen, Betty!«

»Aber ... ich hatte gedacht ... « Betty stockte verwirrt.

Erst jetzt wurde es Barbara bewußt, daß das Mädchen, das in die Vorgänge nicht eingeweiht war, nicht anders hatte handeln können. »Ist schon gut, Betty«, sagte sie müde »es ist nicht Ihre Schuld. Ich gehe jetzt nach oben. Sagen Sie dem Grafen bitte, daß wir ihn nicht zu sprechen wünschen.« Sie sah ihren Bruder, der nach ihr hereingekommen war, beschwörend an. »Weder ich noch Valentin!«

Sie wandte sich zur Treppe, aber sie hatte die erste Stufe noch nicht erreicht, als die Tür des Musikzimmers geöffnet wurde und Graf Schwarzenbach in die Halle trat.

»Barbara«, sagte er, »ich muß mit dir sprechen. Mit dir und Valentin!«

Ihr junges Gesicht erstarrte zu einer Maske von Trotz und Hochmut. »Ich wüßte nicht, was es zwischen uns noch zu besprechen gäbe, Graf Schwarzenbach«, sagte sie mit höhnischer Betonung.

Er war mit wenigen Schritten bei ihr, packte sie beim Handgelenk, sagte hart: »Komm, laß die Mätzchen! Für Bosheiten ist jetzt keine Zeit. Es geht um deine Mutter!«

Sie versuchte, sich loszureißen, aber er hielt sie eisern gepackt, so daß sie vor Schmerz aufschrie.

»Oder ist es dir etwa gleichgültig, was man ihr antut?!« sagte er zornbebend. »Kümmert es dich nicht, daß man sie eingesperrt hat, sie vor Gericht schleifen will?« Er ließ sie so plötzlich los, daß sie taumelte. »Ich hätte es wissen müssen«, sagte er bitter, »für dich gibt es nur einen Menschen, der zählt, und das bist du selber. Du haßt deine Mutter schon seit Jahren, nicht wahr? Du gönnst es ihr, daß sie verhaftet ist.« Er drehte sich um und ging mit großen Schritten zur Haustür.

Valentin hatte während dieses kurzen Wortwechsels stumm und ganz verwirrt dagestanden. Jetzt machte er eine rasche Bewegung, als wenn er dem Grafen folgen wollte.

Aber Barbara kam ihm zuvor. »Pit!« rief sie leidenschaftlich. »Bleib! Laß dir doch erklären! Du tust mir unrecht. Ich würde alles tun, um ihr zu helfen ... alles! Aber ... « Sie verstummte hilflos.

»Wir können nichts tun«, sagte Valentin, »alles spricht gegen sie.«

»Aber was besagt denn das?!« Graf Schwarzenbach war zu den jungen Leuten zurückgekehrt. »Kommt herein, laßt uns alles in Ruhe besprechen. Sie ist unschuldig. Also muß es auch einen Weg geben, das zu beweisen.« Er bemerkte, daß Barbara und Valentin einen raschen Blick wechselten, fragte mit hoch gezogenen Augenbrauen: »Oder zweifelt ihr etwa daran?«

Barbara ließ sich in einen der Sessel nahe dem offenen Kamin sinken, stellte die schlanken geraden Beine nebeneinander, zog sich mit einer kleinen nervösen Bewegung den Rock über die Knie und sagte unsicher: »Die Dinge liegen nicht so einfach, wie du zu glauben scheinst.«

Er trat dicht vor sie hin: «Was soll das heißen?«

Valentin versuchte, seiner Schwester zu helfen. »Die Polizei ist sicher, daß Mama es getan hat«, sagte er.

»Na und? Was bedeutet das denn schon? Für die Polizei war sie von Anfang an die Hauptverdächtige. Stimmt. Aber diese Herren machen es sich ja gerne sehr bequem. Wenn sie einen geeigneten Verdächtigen gefunden haben, so suchen sie eifrig alle Beweise zusammen, die für ihre Theorie sprechen. Andere Spuren interessieren sie dann überhaupt nicht mehr.«

»Sie meinen also«, sagte Valentin, »wir müßten versuchen, diese anderen Spuren zu verfolgen?«

»Genau das. Und es sollte doch mit dem Teufel zugehen, wenn wir den wirklichen Täter nicht stellen könnten.«

Er sah aufmunternd von Barbara zu Valentin, aber die erhoffte Zustimmung blieb aus.

»Pit«, sagte Barbara endlich zögernd, »du weißt noch nicht alles. Ich nehme an, du hast gelesen, was die Zeitungen über den Fall geschrieben haben.«

»Ja.«

»Aber die Reporter haben nicht alles herausgebracht.« Sie biß sich auf die Lippen, sagte dann mit Überwindung: »Mama hat vielleicht wirklich einen Grund gehabt, Roman Miller zu töten.«

»Du kennst deine Mutter schlecht«, sagte Graf Schwarzenbach sehr ruhig, »auch wenn sie tausend Gründe hätte. Sylvia Holl würde so etwas nie tun. Sie ist völlig außerstande, einen anderen Menschen mit der Waffe in der Hand zu bedrohen.«

»Aber es war Vaters Revolver!« sagte Valentin. »Das steht ganz außer Zweifel. Vaters Revolver, der seit Jahr und Tag im Herrenzimmer gelegen hat!«

»In meinen Augen entlastet sie das höchstens«, erklärte Graf Schwarzenbach. »Erstens war sie ja nicht der einzige Mensch, der Zugang zu dem Schreibtisch und dem Revolver hatte, nicht wahr? Eine Menge Personen hätte ihn nehmen können. Du zum Beispiel, Valentin, und auch Barbara, das Hauspersonal und möglicherweise sogar der eine oder andere eurer Besucher. Wenn Sylvia wirklich damit geschossen hätte, würde sie ihn doch nicht am Tatort liegengelassen haben. Sie hätte ihn mitgenommen und in die Isar geworfen.«

»Ja«, sagte Barbara, »immer vorausgesetzt, daß sie überhaupt noch imstande war, ruhig und vernünftig zu überlegen. Aber das war sie bestimmt nicht. Ich bin sicher, sie war entsetzt über das, was sie getan hat. Ein furchtbarer Schock, als sie feststellen mußte, daß Miller tatsächlich tot war. Instinktiv ließ sie den Revolver fallen, um sich so von der Tat zu distanzieren, und stürzte Hals über Kopf aus der Wohnung. Sie achtete ja nicht einmal darauf, ob der Gang bis zum Lift frei war. Sie lief geradewegs dieser Wohnungsnachbarin in die Arme, der ihre Verstörtheit ja auch sofort auffiel.«

Graf Schwarzenbach zündete sich schweigend eine Zigarette an. Erst als sie brannte und er die ersten Züge getan hatte, sagte er: »Merkwürdig, Barbara, warum liegt dir eigentlich so viel daran, deine Mutter hinter Gitter zu bringen?«

Das junge Mädchen fuhr hoch. »Bist du wahnsinnig, so etwas zu behaupten?«

»Es ist keine Behauptung, sondern eine Feststellung. Aus jedem deiner Worte klingt die Überzeugung, daß deine Mutter schuldig sein muß. Warum eigentlich? Hat sie dir ein Geständnis gemacht?«

Barbara war sehr blaß geworden, ihre grauen Augen schwarz vor Erregung. »Ich versuche nur, die Dinge objektiv zu sehen ... nichts weiter. Mit Gefühlsduseleien können wir Mutter bestimmt nicht helfen.«

»Aber mit Liebe und mit Vertrauen. Auch wenn alles, aber auch alles gegen sie sprechen würde. Ich weiß, daß sie unschuldig ist.«

»Also, das ist nun wirklich ein bißchen übertrieben«, sagte Valentin, »wissen kann das niemand.«

»Doch. Ich kann es«, sagte Graf Schwarzenbach ruhig, und nach einer kleinen Pause fügte er mit Nachdruck hinzu: »Weil ich sie liebe!«

Plötzlich war es mit Barbaras Beherrschung vorbei. Mit einem kleinen, erstickten Laut preßte sie ihre Hände vor den Mund und stürzte aus dem Zimmer.

Graf Schwarzenbach machte eine rasche Bewegung, als ob er ihr nachlaufen wollte, aber Valentin hielt ihn zurück.

»Lassen Sie sie laufen«, sagte er, »sie ist ein bißchen durcheinander nach allem, was passiert ist. Sie wird sich schon von ganz alleine wieder beruhigen.«

»Ich verstehe«, sagte Graf Schwarzenbach vorsichtig, »Frauen sind meist ganz besonders empfindlich, habe ich mir sagen lassen, in diesem Zustand.«

»He?« fragte Valentin verständnislos.

»Sie hat Ihnen also nichts verraten?«

»Nein. Was denn?«

Die Augen des Grafen waren schmal geworden. »Nun, in diesem Fall möchte ich lieber keine Indiskretion begehen ... « sagte er.

»Von mir aus darfst du ruhig reden!« rief Barbara bebend. Sie war überraschend zurückgekehrt und stand mit funkelnden Augen auf der Schwelle. »Erzähl nur, was ich Mama vorgemacht habe, um sie vor dir zu schützen. Sie weiß es längst.«

Er stand auf, trat langsam auf sie zu. »Du hast ihr also gestanden, daß alles gelogen war?«

»Ja. Als sie sich mit Roman Miller verlobte. Ich wußte ja nicht ... und da war es schon zu spät.«

Barbara verlor ihre Beherrschung und sank aufschluchzend in Graf Schwarzenbachs Arme. Er klopfte ihr väterlich und beruhigend auf den Rücken.

»Ich bin schuld an allem«, schluchzte sie, »wenn ich euch nicht auseinandergebracht hätte, nie würde sie sich mit Miller verlobt haben. Niemals hätte sie ihn getötet.«

»Sie hat es nicht getan«, sagte Graf Schwarzenbach, »Barbara, Mädchen, willst du das denn nicht begreifen? So etwas liegt ganz außerhalb ihrer Möglichkeiten, begreif das doch endlich. Sie ist unschuldig!«

Barbara hob ihr verweintes Gesicht. »Aber ... wer war es dann? Jemand muß doch den tödlichen Schuß abgegeben haben.«

»Stimmt«, sagte Graf Schwarzenbach und reichte Barbara sein großes blütenweißes Taschentuch. »Das herauszubringen ist eben unsere Aufgabe.«

16

»Tut mir leid, Herr Doktor«, erklärte Graf Schwarzenbach Dr. Jakobsen, dem Strafverteidiger Sylvias, mit Nachdruck und schlug die langen Beine übereinander, »ich kann Ihrer Argumentation durchaus nicht folgen. Die Tatsache, daß die Schecks verschwunden sind, ist meines Erachtens ein schlagender Beweis für Sylvia Holls Schuldlosigkeit.«

»Meine Mutter hat sie jedenfalls bestimmt nicht«, setzte Barbara hinzu, «denn wenn sie so viel Kaltblütigkeit besessen hätte, die Schecks zu suchen und an sich zu nehmen, würde sie doch bestimmt nicht den Revolver einfach liegengelassen haben. Daß das nicht zueinander paßt, spürt man doch sofort.«

»Außerdem lügt Mama nicht«, sagte Valentin. »Ich könnte mir immerhin noch vorstellen, daß sie in der Wut jemand über den Haufen knallt. Aber lügen, das kann sie doch einfach nicht. Hat sie nie gekonnt.«

Dr. Jakobsen, der die jungen Holls und Graf Schwarzenbach zu einer Besprechung in seine Kanzlei hatte kommen lassen, wandte sich zuerst an Valentin. »Sie haben mich anscheinend ganz mißverstanden«, sagte er, »ich bin sicher, daß Ihre Frau Mutter die Schecks nicht hat, sie schien mir bei dieser Erklärung durchaus ehrlich ... «

Graf Schwarzenbach fiel ihm ins Wort. »Ja, und daraus schließen Sie merkwürdigerweise, daß jemand in Millers Wohnung gekommen sein müßte, nachdem er schon tot war. Wieso eigentlich? Ich bin überzeugt, daß derjenige, der die Schecks an sich genommen hat, auch der Mörder ist.«

Eine Sekunde lang starrten ihn alle verblüfft an.

Dann lehnte Dr. Jakobsen sich tiefer in seinen Sessel zurück, hob die farblosen Augenbrauen und fragte ironisch: »Würden Sie, bitte, die Liebenswürdigkeit haben, Graf, uns das näher zu erläutern.«

»Nun, erstens einmal, wie sollte der Dieb nach Roman Millers Tod und nach Sylvia Holls Fortgang überhaupt in die Wohnung gelangt sein?«

Dr. Jakobsen legte die Fingerspitzen gegeneinander und sagte bedachtsam: »Dafür gibt es verschiedene Möglichkeiten. Erstens könnte Frau Holl in verständlicher Erregung die Wohnungstür nicht ins Schloß gezogen haben ... «

»Sehr unwahrscheinlich«, sagte Graf Schwarzenbach, »unwahrscheinlich vor allem, daß jemand zufällig des Weges gekommen sein und die Entdeckung gemacht haben sollte, daß er ohne Schwierigkeiten in die Wohnung gelangen konnte. Vergessen Sie nicht, Mitternacht war vorbei und ... «

»Die Wohnungsnachbarinnen«, sagte Barbara, durch ihren eigenen Einfall plötzlich ganz aufgeregt, »diese beiden Junggesellinnen! Sie wollen ja den Schuß gehört haben, wenigstens eine von ihnen! Hätte es da nicht nahegelegen, mal nach nebenan zu gehen und sich zu vergewissern, ob alles in Ordnung ist? Wahrscheinlich haben sie geklingelt, und niemand hat sich gemeldet. Und dann haben sie festgestellt, daß die Tür offen war und sind eingetreten.« Barbara sah sich triumphierend um. »So könnte es gewesen sein, nicht wahr?«

Die Worte ihres Bruders ernüchterten sie schlagartig. »Du spinnst, Barbara«, sagte er grob, »denk doch mal vernünftig nach! Die beiden Damen wären furchtbar erschrocken gewesen, wenn sie die Leiche gefunden hätten. Bestimmt hätten sie sofort die Polizei angerufen.«

»Oder auch nicht!« widersprach Barbara. »Vielleicht waren sie so erschrocken, daß sie zu dem Entschluß kamen, einfach wieder zu verschwinden, um nicht in die Sache hineingezogen zu werden!«

»Du sagst es!« Valentin grinste. »Man kann den beiden allerhand unterstellen. Nicht aber, daß sie die Wohnung nach belastenden Papieren durchsucht hätten. Wie kämen sie denn dazu! Sie konnten ja nicht einmal ahnen, daß solche Papiere überhaupt existierten.«

»Immerhin finde ich den Gedanken von Fräulein Barbara gar nicht so abwegig«, sagte Dr. Jakobsen und sah das junge Mädchen durch die Gläser seiner randlosen Brille anerkennend an. »Wer sagt uns denn, daß die beiden Damen nicht möglicherweise sehr viel intimer mit Roman Miller gestanden haben, als sie jetzt zugeben? Vielleicht wußten sie doch von diesen Papieren. Oder möglicherweise ... wollen wir den Faden ruhig mal weiterspinnen ... hat Miller, der zweifellos kein Ehrenmann war, auch sie erpreßt? Vielleicht haben sie etwas anderes gesucht und die gefälschten Schecks nur zufällig gefunden?«

Graf Schwarzenbach hatte sich, während die anderen redeten, Notizen in ein kleines, ledergebundenes Buch gemacht. Jetzt hob er den Kopf und sagte mit einem hintergründigen Lächeln: »Wenn Sie diese Möglichkeit in Betracht ziehen, Herr Doktor, warum gehen Sie dann nicht noch einen Schritt weiter? Einen winzigen Schritt? Sie geben ja selber zu, daß Miller ein dunkler Ehrenmann war. Sie räumen ein, daß es noch andere geben könnte, die Grund gehabt hätten, ihn zu töten.«

»Aber belastet ist nun einmal Frau Holl! Sie war, als der Schuß fiel, in Roman Millers Wohnung.«

»Woraus schließen Sie das? Doch nur aus der Aussage dieser beiden Damen, deren Glaubwürdigkeit doch keineswegs bewiesen ist.«

Dr. Jakobsen beugte sich vor. »Lieber Graf Schwarzenbach«, sagte er, »der Eifer, mit dem Sie sich meiner Klientin annehmen, spricht für Sie! Aber Sie täten mir, sich selber und nicht zuletzt Frau

Holl einen wirklichen Gefallen, wenn Sie sich endlich bequemen würden, die Dinge so zu sehen, wie sie sind. Meine Mandantin hat ja zugegeben, bis kurz vor Mitternacht in Millers Wohnung gewesen zu sein ... «

»Na und? Was besagt denn das schon? Sie lassen doch selber die Möglichkeit offen, daß jemand nach Sylvia Holls Weggang in die Wohnung gekommen sein könnte. Sie unterstellen dabei, daß Miller da schon tot gewesen sein müßte. Warum eigentlich? Nehmen wir an, sie verließ ihn nach einer kleinen Auseinandersetzung, aber bei bester Gesundheit ... «

»Sehr richtig!« fiel Barbara ihm ins Wort. »Dann wäre es ja noch viel wahrscheinlicher, daß er Besuch bekommen haben könnte! Dann brauchte Mama ja gar nicht die Tür offengelassen zu haben, dann hätte er ja selber öffnen können und ... « Sie wandte sich Graf Schwarzenbach zu, sagte strahlend: »Danke, Pit! Jetzt bin auch ich ganz sicher, daß Mama es nicht gewesen ist.«

Der Rechtsanwalt beobachtete die kleine Szene ohne ein Lächeln. »Ich möchte Sie nur ungern enttäuschen«, sagte er, »aber ich fürchte, wir haben uns die Sache doch etwas zu leicht gemacht. Es sind hier eine Menge mehr oder weniger einleuchtender Hypothesen vorgebracht worden, aber es fehlt uns bisher der geringste Beweis für die Unschuld Frau Sylvia Holls. Wir haben nichts weiter getan, als den Verdacht von Frau Holl auf die Wohnungsnachbarinnen Millers zu schieben, also auf jene beiden Damen, die man nahezu als Tatzeuginnen ansehen kann. Natürlich kann ich im Prozeß versuchen, ihre Glaubwürdigkeit zu erschüttern. Ja, das ist eine Möglichkeit. Aber sie muß nicht unbedingt Erfolg haben. Ich persönlich möchte annehmen, daß die beiden Damen sich nicht geirrt haben, daß sie ihre Aussagen nach bestem Wissen und Gewissen gemacht haben, daß ihr Lebenswandel so einwandfrei ist, daß Miller sie gar nicht erpressen konnte. Ja, ja, ich weiß, das ist nicht das, was Sie hören möchten. Aber wir müssen doch den Tatsachen ins Auge sehen. Ich kann meine Verteidigung nicht auf Hypothesen aufbauen, die dann, wenn sie sich bewähren sollen ... nämlich im Prozeß ... einfach zusammenbrechen, mir unter den Händen zerbröckeln.«

Barbara und Valentin konnten ihre Bestürzung nicht verbergen. Nur Graf Schwarzenbach blieb gelassen. »Sie haben natürlich recht«, sagte er ruhig. »Beweise, die die Geschworenen überzeugen könnten, haben wir noch nicht beisammen. Aber immerhin, ich denke, wir sind einen Schritt weitergekommen, ich werde mir Fräulein Georg und Fräulein Schüler mal vorknöpfen ... «

»Wer ist das?« fragte Barbara verblüfft.

»Die beiden Damen, die in den Zeitungsberichten als Liselotte G. und Gisela S. bezeichnet werden«, erklärte der Rechtsanwalt.

»Woher kennen Sie die vollen Namen, Graf?«

»Ich habe meine Wohnung im gleichen Haus wie Miller, nur einen Stock höher. Die Damen sind zur selben Zeit wie ich dort eingezogen. Wir kennen uns vom Sehen und vom Grüßen.«

»Das könnte ein Gespräch natürlich erleichtern«, gab Dr. Jakobsen nachdenklich zu. »Aber ich bitte Sie, seien Sie vorsichtig, Graf! Geben Sie acht, daß man Ihnen die Unterhaltung nicht als Versuch einer Zeugenbeeinflussung auslegen kann. Und greifen Sie die Damen nicht an, reizen Sie sie nicht zum Widerspruch. Es könnte sonst leicht passieren, daß Sie sich in einen möglichen Irrtum noch mehr verrennen. Also, wirklich, je mehr ich es mir überlege, desto nachdrücklicher möchte ich von solch einer Fühlungnahme vor dem Prozeß abraten.«

Graf Schwarzenbach erhob sich. »Ich begreife Ihre Bedenken durchaus«, sagte er, »möglicherweise haben Sie sogar recht mit allem, was Sie sagen. Aber wir können doch die Dinge nicht einfach so treiben lassen, wir müssen etwas unternehmen. Mein Gespräch mit den beiden Damen wird womöglich nur der Anfang sein. Ich werde nicht zulassen, daß Sylvia Holl unschuldig verurteilt wird.« -

Graf Schwarzenbach hatte seine Münchner Wohnung auch während der Monate in Paris nicht aufgegeben. Jetzt war er froh darüber. Die Frau des Hausmeisters hatte die Räume in Ordnung gehalten, und er fand alles so vor, wie er es verlassen hatte.

Dennoch dauerte es eine ganze Zeit, bis er sich hier wieder zu Hause fühlte. Es wurde ihm deutlich, wie sehr er sich in der letzten Zeit verändert hatte - nicht erst in Paris. Seine große Wandlung hatte eingesetzt, als Sylvia Holl ihn verlassen hatte, nein, schon früher. Seit er ihr das erste Mal begegnet war, hatte er begonnen, ein anderer zu werden.

Er hatte sich einen Whisky eingeschenkt, stand nahe dem großen Fenster, blickte über die Stadt und überlegte, wie er die Damen Georg und Schüler am unauffälligsten in ein Gespräch verwickeln konnte, als es an der Wohnungstür klingelte.

Graf Schwarzenbach war überrascht. Nur sehr wenige Menschen wußten, daß er nach München zurückgekehrt war, und er erwartete niemanden.

Er stellte das Whiskyglas auf der Hausbar ab, bevor er öffnete. Ein kräftiger junger Mann stand vor ihm, den er noch niemals gesehen hatte.

»Sie wünschen?« fragte Graf Schwarzenbach und musterte den unerwarteten Besucher nicht ohne Mißtrauen.

»Markus Ebinger«, stellte der andere sich rasch vor, »Prokurist bei Holl und Co.« Als sich die abwehrende Haltung des Grafen nicht änderte, fügte er, ein wenig unsicher, hinzu: »Ich hatte gedacht, Barbara oder Valentin hätten Ihnen vielleicht von mir erzählt, ich meine, wenigstens einmal meine Existenz erwähnt. Ich bin ein Freund der Familie, ich ... ich verehre Sylvia Holl. Und ich möchte ihr gerne helfen.«

»Kommen Sie herein«, sagte Graf Schwarzenbach, »Markus Ebinger ... ja, den Namen habe ich schon einmal gehört. Wissen Barbara und Valentin, daß Sie hier sind?«

»Nein. Ich wollte zuerst mit Ihnen sprechen.«

»Na, bitte. Fangen Sie an. Wenn Sie sich setzen möchten, aber ich muß Ihnen gleich sagen, ich habe nur wenig Zeit.«

»Ja. Ich weiß. Sie wollen mit Fräulein Georg und Fräulein Schüler sprechen.«

Graf Schwarzenbach konnte seine Überraschung nicht verbergen. »Wer hat Ihnen das gesagt?«

»Barbara Holl. Sie dürfen es ihr nicht übelnehmen, bitte. Ich glaube, es war sehr gut, daß sie mir alles gesagt hat.« Es war Markus Ebinger anzumerken, daß es ihm nicht leicht fiel zu sprechen. »Sie haben da einen sehr faszinierenden Schluß gezogen. Daß derjenige der Mörder ist, der die Schecks hat. Barbara war ganz glücklich darüber, und da mochte ich ihr nicht sagen ... « Markus Ebinger hob den Kopf und sah Graf Schwarzenbach gerade in die Augen. »Es stimmt nämlich nicht.«

»Was?«

»Ich habe die Schecks!«

Graf Schwarzenbach sah den jungen Mann schweigend an. Erst nach einer ganzen Weile sagte er: »Das ist unbedingt interessant.« Er griff zu seinem Glas. »Mögen Sie auch einen Schluck?«

»Nein, danke.«

Graf Schwarzenbach begann mit großen Schritten im Raum auf und ab zu gehen, dann, ganz unvermittelt, wandte er sich Markus Ebinger zu, fragte: »Sie waren also in der betreffenden Nacht auch bei Roman Miller?«

»Nein.«

»Nein? Also, erlauben Sie mal ... « Graf Schwarzenbach schlug sich vor die Stirn. »Ach natürlich, verzeihen Sie, Sie arbeiten ja in der Bank. Vielleicht haben Sie die Papiere dort gefunden und ... «

»Nein. Auch das nicht. Ich habe sie schon aus Millers Wohnung genommen. Aber erst am nächsten Morgen. Nachdem ich die Leiche entdeckt hatte.«

»Ach ja, jetzt weiß ich wieder, jetzt erinnere ich mich auch, woher ich Ihren Namen kenne. Sie waren es, der die Wohnungstür aufbrechen ließ ... «

»Nicht aufbrechen. Der Hausmeister hatte einen zweiten Schlüssel.«

»Richtig. Und Sie drangen ein, nachdem Miller morgens nicht zur Arbeit gekommen war und sich auch auf verschiedene Anrufe nicht gemeldet hatte. So war es doch, nicht wahr?«

»Ja.«

»Ich möchte Ihnen natürlich nicht zu nahe treten, Herr Ebinger«, sagte Graf Schwarzenbach und zündete sich eine Zigarette an, »aber finden Sie dieses Vorgehen nicht selber ein bißchen ungewöhnlich? Normalerweise muß doch allerhand zusammenkommen, bis man sich entschließt, in eine fremde Wohnung einzudringen.«

»Es ist allerhand zusammengekommen.«

»Ach so?«

»Für jenen Morgen«, erklärte Markus Ebinger, »war eine Besprechung festgesetzt. Eine Besprechung zwischen Roman Miller und einem unserer bedeutendsten Kunden. Sie werden verstehen, daß ich hier nicht in Einzelheiten gehen kann, jedenfalls versichere ich Ihnen, daß es sich um ein Millionengeschäft handelte und zudem noch um eine Angelegenheit, die alles andere als leicht zu entscheiden war. Ich selber hatte eine gute Woche gebraucht, um alle nötigen Unterlagen zusammenzustellen. Wenn nun Herr Miller ausgerechnet zu diesem Termin nicht erschien, so mußte etwas Gravierendes geschehen sein.« Nach einem tiefen Atemzug fügte Markus Ebinger hinzu: »Im übrigen hat mich die Polizei gerade über diesen Punkt sehr eingehend befragt und alle meine Angaben genauestens geprüft.«

»Natürlich«, sagte Graf Schwarzenbach, »das hätte ich mir denken können. Bitte, entschuldigen Sie, ich hatte nicht aus Mißtrauen gefragt ... oder, ehrlich gestanden, doch. Es ist mir im Augenblick jeder verdächtig, so lange, bis ich Sylvia Holls Unschuld bewiesen habe.«

»Ich verstehe das sehr gut«, sagte Markus Ebinger. »Sie ist eine wunderbare Frau.«

»Haben Sie die Papiere an sich genommen, um ihr zu helfen?«

»Ja. Ich kannte die ganze Geschichte. Ich fühlte mich sogar gewissermaßen mitverantwortlich, daß es dahin kommen konnte. Denn in der ganzen Zeit, in der Valentin immer mehr in Geldsorgen hineingeriet, ist er mir Tag für Tag begegnet. Und ich hatte keine Ahnung, was überhaupt gespielt wurde. Sie werden verstehen, daß ich mir das nur schwer verzeihen kann.«

»Valentin glaubt, daß seine Mutter sich einzig und allein wegen dieser Schecks mit Roman Miller verlobt hat ... «

»Das ist auch durchaus richtig. Er hat sie erpreßt, sie hat es mir selber gesagt. Ich schlug ihr damals vor, ihm die belastenden Papiere abzunehmen, wenn nötig mit Gewalt. Aber davon wollte sie nichts wissen.«

»Darf ich Ihnen jetzt mal eine Frage stellen, die Sie möglicherweise auch vor Gericht werden beantworten müssen?«

»Bitte. Wenn ich glauben kann, daß es Tante Sylvia helfen könnte, tue ich alles.«

Graf Schwarzenbach streifte die Asche seiner Zigarette ab. »Nach allem, was Sie mir jetzt erzählt haben, muß ich annehmen, Sie standen sehr vertraut mit Frau Sylvia?«

»Vertraut?« wiederholte Markus Ebinger nachdenklich. »Ich glaube, sie hatte Vertrauen zu mir, jedenfalls in gewissem Maße. Ich war der Patensohn ihres verstorbenen Mannes. Ich glaube, sie hat in mir immer so eine Art zuverlässigen kleinen Bruder gesehen.«

»Jedenfalls hat sie Ihnen die Sorgen, die sie mit ihren Kindern hatte, anvertraut.«

»Ja.«

»Sie hat sich bei Ihnen Rat geholt, als sie vor der Frage stand, wie sie sich Roman Millers Erpressungen gegenüber verhalten sollte.«

»Nein. Dazu hat sie meinen Rat nicht gebraucht. Im Gegenteil, ich habe versucht, es ihr auszureden. Aber sie bestand darauf, sich für ihre Kinder zu opfern.«

»Immerhin scheinen Sie der einzige Mensch gewesen zu sein, mit dem sie sich ausgesprochen hat. Nehmen wir nun einmal an, sie hätte Roman Miller erschossen und wäre, wie die Polizei annimmt, kopflos aus der Wohnung gestürzt. Nehmen wir einmal an, es wäre so gewesen. Dann wären Sie doch wahrscheinlich der Mensch gewesen, an den sie sich in ihrer Verzweiflung gewandt hätte. Ihnen hätte sie alles gestanden und Sie gebeten, ihr die Papiere auf irgendeine Weise aus der Wohnung zu holen.«

Markus Ebinger dachte nach. »Es ist durchaus möglich, daß sie das getan hätte, wenn ... Aber das besagt ja nichts. Oder im Gegenteil, das spricht nur für ihre Unschuld. Denn tatsächlich hat sie es nicht getan. Als ich am Morgen die Wohnung durch den Hausmeister öffnen ließ, hatte ich keine Ahnung, daß sie in der Nacht dort gewesen war ... daß sie überhaupt jemals dort gewesen war, um es genauer zu sagen.«

Graf Schwarzenbach zog die Zähne über die Oberlippe und starrte nachdenklich in sein Glas. »Sie wissen, Herr Ebinger«, sagte er, »daß ich weder ein Detektiv noch ein Polizist bin. Ich würde für Sylvia Holl kämpfen, ganz gleich, ob sie unschuldig ist oder nicht. Verstehen Sie? Auch wenn Sie mir etwas sagten, das Frau Holl belastet, es würde nicht das geringste an meiner Einstellung ändern. Anderseits ist es ungeheuerlich wichtig, die Wahrheit herauszubringen ... «

»Ich begreife durchaus«, sagte Markus Ebinger ruhig. »Gerade weil ich das alles weiß, habe ich mich an Sie gewandt. Ich bin aber bereit, meine Aussage auch anderen gegenüber, sogar vor dem Richter zu wiederholen. Es ist die Wahrheit, und ich kann sie beschwören.«

»Ausgezeichnet.« Graf Schwarzenbach leerte sein Glas und stellte es beiseite. »Trotzdem ist mir etwas immer noch nicht ganz klar. Als Sie Roman Miller fanden, brachten Sie seinen Tod doch durchaus mit Sylvia Holl in Verbindung.«

»Aber durchaus nicht«, widersprach Markus Ebinger rasch, »mein erster Eindruck war ... Selbstmord! Ich war dessen nicht ganz sicher, um genau zu sein, mir kam auch schon der Gedanke, daß er erschossen worden sein könnte. Aber Frau Holl mit der Tat in Zusammenhang zu bringen, ist mir nicht im Traum eingefallen. Ich fürchtete nur, daß sie in die Sache hineingezogen werden könnte. Sie war ja offiziell mit Miller verlobt. Ich dachte nicht an eine Verhaftung, sondern nur an den Skandal.«

»Deshalb schickten Sie den Hausmeister fort?«

»Das ergab sich ganz von selbst. Der Mann schien sich sehr unbehaglich zu fühlen, stotterte herum, daß jemand die Polizei unten empfangen müßte. Ich ließ ihn natürlich gerne gehen. Mir waren die Schecks eingefallen. Außerdem vermutete ich, daß sich noch andere Hinweise in der Wohnung finden könnten. Vielleicht Briefe von Tante Sylvia, die für keinen Dritten bestimmt waren. Aber ich entdeckte nur die Schecks und nahm sie an mich.«

Er lächelte plötzlich jungenhaft.

»Natürlich habe ich mit Handschuhen gearbeitet. Ich habe nicht umsonst Kriminalromane gelesen.«

»Haben Sie sie vernichtet?«

»Nein. Das habe ich mich nicht getraut.« Markus Ebinger griff sich in die Brusttasche seines Jacketts. »Ich dachte, daß Sie ... «

»Nein ... nein, bitte nicht!« Graf Schwarzenbach hob abwehrend die Hand. »Ich kann wirklich nichts mit den Dingern anfangen. Wie wäre es, wenn Sie sie Doktor Jakobsen schickten? Er kann sicher am besten entscheiden, was jetzt damit geschehen soll.«

Markus Ebinger runzelte die Stirn. »Wenn er sie dem Gericht vorlegt, wird Valentin doch noch in die Sache hineingerissen. Es kommt dann raus, warum Tante Sylvia sich überhaupt mit Miller verlobt hat.. .«

»Nein, das glaube ich nicht. Doktor Jakobsen weiß, wieviel Sylvia daran liegt, daß diese Affäre nicht zur Sprache kommt. Er wird nichts gegen ihren ausdrücklichen Wunsch tun. Es sei denn, es ergäbe sich eine Situation, die ihn dazu zwänge. In einem solchen Fall wäre es nur gut, wenn er die Schecks vorweisen könnte. Allerdings müßten Sie dann wahrscheinlich auch darüber aussagen.«

»Also gut«, sagte Markus Ebinger, »wahrscheinlich haben Sie recht. Ich werde sie ihm bringen.« Er sah auf seine Armbanduhr. »Allerdings, für heute wird es schon zu spät sein. Sieben Uhr vorbei. Die Kanzlei ist sicher schon geschlossen.« Er sah den Grafen an. »Jedenfalls danke ich Ihnen, daß Sie mich angehört haben. Und entschuldigen Sie, bitte, daß ich Sie so lange aufgehalten habe.«

»Ich muß mich bei Ihnen bedanken«, sagte Graf Schwarzenbach und reichte ihm die Hand, »es war die Sache wert.« -

Als Markus Ebinger gegangen war, rief Graf Schwarzenbach in der Wohnung der beiden Damen im unteren Stock an. Er ließ den Apparat sehr lange läuten. Aber niemand meldete sich.

Er versuchte es eine halbe Stunde später noch einmal, aber als sein Anruf auch diesmal ohne Antwort blieb, verließ er die Wohnung und fuhr mit dem Lift einen Stock tiefer.

Er klingelte lange an der Wohnungstür, wieder ohne jeden Erfolg. Die nebenan liegende Wohnung von Roman Miller zeigte noch das polizeiliche Siegel.

Graf Schwarzenbach entschloß sich, zum Hausmeister hinunterzugehen und sich zu erkundigen, ob die beiden Damen außer Haus waren oder sich nicht sprechen lassen wollten.

»Da sind die schon«, sagte der Hausmeister und kratzte sich hinter dem Ohr, »aber die werden Sie nicht reinlassen. Die schleichen sich bloß noch über die Hintertreppe rauf und runter. Und öffnen tun die niemandem, nicht mal dem Schah von Persien. Die haben Angst vor den Zeitungsleuten, wissen Sie. Haben anscheinend 'ne Menge dumme Fragen gestellt bekommen.«

»Na ja, und dann der Schock«, sagte Graf Schwarzenbach und bot dem Hausmeister eine Zigarette an, »anscheinend waren die beiden doch mit Herrn Miller eng befreundet.«

»Befreundet? Überhaupt nicht! Jede Wette, die haben sich die ganzen Jahre, wo sie nebeneinander wohnten, höchstens mal im Treppenhaus getroffen. Auf der Straße hätten die sich sicher nicht mal erkannt.«

»Ach so. Ich dachte nur. Aber trotz allem hätte ich sie gerne mal gesprochen. Wären Sie nicht der richtige Mann, das zu vermitteln?«

»Ich? Nee. Ich habe kein Glück bei denen. Schlagen Sie sich das aus dem Kopf, Herr Graf.«

»Ich würde was dafür springen lassen.«

»Nutzt alles nichts. Ich sage Ihnen ... unmöglich. Aber vielleicht versuchen Sie's mal morgen. Da können Sie mehr Glück haben. Da ist die Tatortbesichtigung, oder wie das heißt, vorüber.«

Graf Schwarzenbach konnte seine Betroffenheit nicht verbergen.

»Tatortbesichtigung? Sind Sie sicher?«

»Na, jedenfalls steht es so in den Abendzeitungen. Haben Sie die denn noch nicht gelesen? Morgen ist ganz großer Rummel hier. Meine beiden Mädchen sind schon reinweg verrückt deswegen. Am liebsten würden sie nicht mal in die Schule gehen, solche Angst haben sie, was zu verpassen.«

Die Architektin Liselotte Georg war eine Frau in den Dreißigern mit einem klugen, fast männlichen Gesicht und kurzgeschnittenem, dunkelbondem Haar. Sie machte einen sehr ruhigen und besonnenen Eindruck, und Graf Schwarzenbach begriff, daß sie eine ideale Zeugin für den Staatsanwalt sein würde.

»Wir helfen Ihnen gerne, wenn wir können«, sagte sie, »aber, bitte, stellen Sie uns nicht wieder die Fragen, die wir schon hundertmal haben beantworten müssen. Es hat keinen Sinn. Ich habe mich nicht geirrt, und Gisela auch nicht.«

»Nein«, sagte die Journalistin Gisela Schüler, »ganz bestimmt nicht. Wir haben uns selber inzwischen noch einmal gründlich die ganze Sache überlegt. Wir wissen schließlich, daß vielleicht ein Schicksal von unseren Aussagen abhängt.« Sie war jünger und zarter als die Freundin, wirkte aber eher noch intelligenter.

»Es ist furchtbar nett, daß Sie mich überhaupt empfangen haben, und ich hoffe inständig, daß mir eine ganz neue Frage einfallen wird. Bitte, denken Sie doch einmal nach. Haben Sie nachher ... ich meine, nachdem Sie, Frau Georg, den Schuß gehört und Sie, Frau Schüler, Frau Holl auf dem Flur begegnet waren ... haben Sie nachher noch ein Geräusch aus der Nachbarwohnung gehört?«

»Nein«, sagten die beiden Damen prompt.

Dann sahen sie sich an.

»Wir hätten es aber auch nicht unbedingt hören müssen«, erklärte Liselotte Georg dann, »Sie wissen ja selber, die Wände sind ziemlich stabil. Man hört nur dann etwas, wenn es wirklich laut zugeht. Normale Geräusche nicht.«

»Es hätte also theoretisch nach Frau Holl noch jemand in die Millersche Wohnung kommen können?«

»Ja, durchaus.«

»Du vergißt«, sagte Gisela Schüler, »daß es inzwischen schon nach Mitternacht war.« Sie wandte sich an Graf Schwarzenbach. »Sie wissen vielleicht nicht, aber seit ein paar Wochen haben wir hier im Haus eine neue Regelung. Nach Mitternacht ist die Haustür abgeschlossen. Man kann sie also nicht mehr aufdrücken, sondern muß beim Hausmeister klingeln. Und wenn er noch einen Besuch für Herrn Miller eingelassen hätte, hätte er es bestimmt längst gesagt.«

»Also käme nur ein Besuch aus dem Haus in Frage?« vergewisserte sich Graf Schwarzenbach.

»Das ist ungenau«, verbesserte Gisela Schüler, »sagen wir lieber ... wenn hier im Haus jemand nach Mitternacht einen Besuch machen will, muß er im Besitz eines Hausschlüssels sein.«

»Es wäre aber doch immerhin denkbar, daß Roman Miller selber hinuntergefahren sein und einen nachmitternächtlichen Gast eingelassen haben könnte?« Er bot Zigaretten an. »Oder hätten Sie das hören müssen?«

»Nicht unbedingt.« Liselotte Georg hatte sich ihre Zigarette schon angezündet, noch bevor Graf Schwarzenbach ihr Feuer geben konnte. »Sie sind also der festen Meinung, Graf, daß der vermeintliche Schuß der Knall des Sektkorkens war? Daß Roman Miller noch lebte, als Frau Holl davonstürmte?«

»Ja. Ich bin ganz überzeugt, daß sie unschuldig ist.«

Einen Augenblick schwiegen alle drei.

»Aber wer«, fragte Gisela Schüler endlich, »könnte es sonst gewesen sein?«

»Nun, ich bin überzeugt, daß Roman Miller außer Sylvia Holl doch noch eine Menge anderer Menschen sehr gut kannte«, sagte Graf Schwarzenbach, »denken Sie, bitte, doch einmal scharf nach! Fällt Ihnen niemand ein, der ihn hier besucht hat? Sie müßten doch irgendwann mal jemandem begegnet sein ... «

»Doch«, sagte Liselotte Georg, »nicht in jener Nacht. Aber früher einmal ziemlich häufig sogar. Eine rothaarige junge Frau. Ziemlich auffälliger Typ. Irgend jemand hat uns erzählt ... aber ich weiß natürlich nicht, ob das stimmt ... sie soll Tänzerin in einem Nachtklub sein.«

17

Valentin Holl kam sehr verschlafen und mißgelaunt die Treppe herunter. Er trug über dem Schlafanzug eine hüftlange Hausjacke, deren Gürtel er unordentlich verknotet hatte, fuhr sich mit der Hand durch sein zerzaustes Haar.

»Was ist denn los?« fragte er unfreundlich. »Kann man denn nicht einmal mehr in Ruhe schlafen?«

»Ich muß Sie sprechen, Valentin«, sagte Graf Schwarzenbach, »bitte nehmen Sie sich zusammen!«

»Hätte das nicht auch Zeit bis morgen früh gehabt?«

»Nein.« Graf Schwarzenbach wandte sich an das Hausmädchen, das ihm, selber ganz verschlafen, die Haustür geöffnet hatte. »Wäre es möglich, daß Sie uns beiden eine Tasse Kaffee kochen würden?«

Als er sah, daß sie nicht die geringste Lust hatte, dieser Aufforderung nachzukommen, schenkte er ihr sein charmantes Lächeln.

»Bitte!«

Das Mädchen wurde sofort weich, sagte: »Ja, sofort, Herr Graf. Möchten Sie etwas dazu essen?«

»Nein, danke, nur Kaffee. Damit wir munter werden.« Er legte Valentin den Arm um die Schultern, sagte: »Tut mir ja leid, daß ich Sie habe aus dem Bett trommeln müssen. Aber es ist wirklich wichtig. Ich habe das Gefühl, ich bin auf der richtigen Spur.«

Valentin wurde sofort wach. »Wirklich?« sagte er. »Donnerwetter! Das wäre wahrhaftig eine Wolke! Wer ist es? Und wie sind Sie darauf gekommen?«

»Durch Sie, Valentin«, sagte Graf Schwarzenbach ruhig.

»Tatsächlich?« fragte Valentin verblüfft.

»Nun mal ganz ehrlich ... « Graf Schwarzenbach zog ein Zigarettenpäckchen aus der Hosentasche, ohne den jungen Mann dabei auch nur für eine Sekunde aus den Augen zu lassen. »Wußten Sie wirklich nicht, daß Ihre Tamara die Geliebte Roman Millers war?«

»Nein!« antwortete Valentin wie aus der Pistole geschossen.

»Es ist aber so. Ich bin ganz sicher.«

»Hat sie es Ihnen etwa gesagt?«

»Nein. Aber sie mußte zugeben, daß sie Miller kannte. Daraufhin habe ich unauffällig Erkundigungen angestellt und herausbekommen, daß sie seit langen Jahren seine Geliebte war. Auch während der Zeit, in der sie Sie in den Fängen hatte, Valentin. Wenn man diese Tatsachen kennt, braucht man ja schließlich nur noch eins und eins zusammenzurechnen.«

Valentin ließ sich auf den Sessel neben dem ausgebrannten Kamin fallen, vergrub das Gesicht in den Händen und stöhnte auf. »Was bin ich bloß für ein Idiot gewesen!«

»Kann man wohl sagen«, bestätigte Graf Schwarzenbach herzlos, »aber ich habe Ihnen das alles nicht erzählt, um Sie zu beschämen oder Ihnen Vorwürfe zu machen. Wie käme ich auch dazu? Ich habe bestimmt noch wesentlich größere Dummheiten in meinem Leben begangen. Gerade was Frauen betrifft ... «

Valentin hob, schon halb getröstet, das Gesicht und sah ihn an: »Wirklich? Oder sagen Sie das bloß so, um es mir leichter zu machen?«

»Ihre Gefühle, mein lieber Junge, sind mir im Augenblick gar nicht so interessant. Mir geht es nur um eines, den Mörder Roman Millers zu finden. Und nach alledem, was ich inzwischen herausgebracht habe, könnte die Tänzerin Tamara es sein. Nur in einem Punkt sehe ich noch ganz und gar nicht klar. Wie hätte sie an den Revolver Ihres Vaters kommen können?« Er spürte die Betroffenheit des Jungen und stieß blitzschnell nach. »Haben Sie sie etwa einmal hier mit ins Haus genommen?«

Valentin schwieg und biß sich auf die Unterlippe.

»Sie müssen jetzt die Wahrheit sagen!« drängte Graf Schwarzenbach. »Das Schicksal Ihrer Mutter kann davon abhängen!«

»Ich überlege ja nur«, sagte Valentin, »ja, einmal war sie hier. Ich hatte das ganz vergessen, sonst hätte ich es schon neulich gesagt. Wirklich, warum sollte ich denn gerade das verheimlichen? Sie war hier im Haus.«

»Allein?«

»Natürlich nicht. Ich war bei ihr.«

»Die ganze Zeit?«

»Nein ... ich glaube ... ich weiß nicht. Gerade daran versuche ich mich ja die ganze Zeit genau zu erinnern. Doch, sie war allein. Ich bin nach oben gegangen, um mich umzuziehen. Das hat aber höchstens zehn Minuten gedauert.«

»Lang genug. Ich nehme an, daß das Mädchen an diesem Tag gerade Ausgang hatte?«

»Ja. Und die Köchin auch. Sonst hätte ich sie ja nicht mitgenommen.«

»Ich verstehe. Und haben Sie jemals mit Tamara über den Revolver Ihres Vaters gesprochen?«

»Das bestimmt nicht! Das kann ich beschwören!«

»Schade«, sagte Graf Schwarzenbach.

Betty kam mit dem Kaffeetablett, und sie sprachen erst weiter, als sie serviert und den Raum wieder verlassen hatte.

»Trotzdem«, sagte Graf Schwarzenbach, »sie muß ihn genommen haben. Es kann nicht anders gewesen sein. Während Sie oben waren, hat sie sich in den unteren Räumen umgeschaut. Natürlich hat der Schreibtisch sie besonders interessiert. Dabei ist sie auf den Revolver gestoßen.«

»Aber warum sollte sie ihn mitgenommen haben?«

»Ich weiß nicht. Das müssen wir sie selber fragen.«

»Sie wird alles ableugnen«, sagte Valentin rasch, »ich meine, wenn sie es überhaupt gewesen ist.«

»Stimmt. Und deshalb müssen wir uns einen Plan zurechtlegen. Irgend etwas, womit wir sie überrumpeln können. Sind Sie ein guter Lügner, Valentin? Trauen Sie sich zu, daß Sie ein bißchen Theater spielen können?«

»Ich weiß nicht ... «, sagte Valentin und rührte unbehaglich in seiner Kaffeetasse.

»Sie müssen es versuchen. Denken Sie bloß immer daran, daß es die letzte Chance ist, Ihre Mutter freizubekommen. Dann werden Sie es schon schaffen.«

Es war elf Uhr vormittags, als das Telefon neben Tamaras Bett schrillte. Die Tänzerin schreckte aus quälenden Träumen hoch, nahm den Hörer auf, meldete sich.

Eine keuchende Stimme am anderen Ende der Leitung sagte: »Tamara, bist du's selber? Hör gut zu. Zwei Herren von der Kripo waren heute bei mir. Sie haben mich in die Zange genommen, und ich, ich habe alles gesagt, was ich wußte. Ich konnte nicht anders ... «

»Wer spricht denn da überhaupt?« unterbrach Tamara das erregte Gestammel.

»Ich bin's ... ich, Valentin!«

»Ausgerechnet! Willst du mir etwa drohen?!«

«Nein, nein, wie kannst du so was denken! Ich will dich bloß warnen. Die Polizei hat dich in Verdacht. Sie können jeden Augenblick bei dir aufkreuzen. Sie haben mir gesagt, du wärst Millers Geliebte gewesen. Erst wollten sie sogar mir den Mord in die Schuhe schieben, stell dir nur vor! Ich habe ihnen natürlich gesagt ... aber ich weiß nicht, ob sie mir geglaubt haben. Sie bilden sich ein, wir beide hätten es miteinander abgekartet. Und da mußte ich es ihnen natürlich sagen. Ich mußte, verstehst du? Daß du den Revolver genommen hast!«

»Aber das stimmt doch gar nicht!« protestierte Tamara, nicht länger imstande, ihr Entsetzen zu unterdrücken.

»Doch, doch, ich weiß es genau«, sagte Valentin hastig, »aber von mir aus kannst du auch versuchen, zu leugnen, vielleicht glauben sie es dir. Ich ... es war mir so scheußlich, daß ich dich belasten mußte!«

»Was hast du denn sonst noch alles gequatscht?« sagte sie zornig.

»Sie werden es dir schon vorhalten! Ich wollte dir nur sagen, daß es mir leid tut ... und dich warnen. Vielleicht bist du diesen Kerlen gewachsen. Ich bin es nicht. Ich haue ab.«

»Was?« rief sie. »Was tust du?«

»Ich verschwinde. Bis der Prozeß vorbei ist.«

»Das sieht dir ähnlich!« sagte sie wütend. »Und mich läßt du einfach sitzen. Erst reißt du mich herein, und dann läßt du mich sitzen.«

»Ja, was soll ich denn sonst tun? Du bist sehr ungerecht, schließlich habe ich dich gewarnt.«

»Hast du wenigstens Geld?«

»Jede Menge. Ich gehe nach Paris. Da kann man leicht untertauchen, wenn man nur die richtigen Leute kennt.«

»Bitte, nimm mich mit!«

»Gut«, sagte er mit Überwindung, »vielleicht hast du recht. Schließlich sitzen wir beide im selben Boot. Aber es bleibt dir nicht viel Zeit. Mein Zug geht um 13 Uhr 49. Oder vielleicht ist es sogar besser, du fährst erst heute nacht, damit ... «

»Nein, nein«, sagte sie hastig, »ich komme mit. Bis dahin sind ja noch fast zwei Stunden. Das schaffe ich leicht.«

»Von mir aus. Aber, bitte, sei vorsichtig. Nimm nicht zuviel Gepäck mit. Möglichst überhaupt nur eine Handtasche. Denk immer daran, daß du vielleicht schon überwacht wirst. Ich vielleicht auch. Wir dürfen keineswegs zeigen, daß wir uns kennen. Vielleicht hat auf diese Weise wenigstens einer eine Chance, rauszukommen. Am besten setzt du dich in das Abteil erster Klasse, das vorne beim Zug ist. Gleich hinter der Grenze komme ich dann zu dir. Ist dein Paß in Ordnung?«

»Ja«, sagte sie atemlos, »ja ... aber, bitte, leg mich nicht hinein. Du mußt dich um mich kümmern. Du darfst mich nicht allein lassen. Ich liebe dich doch.«

»Gib lieber zu, du hast nicht genügend Geld. Nein, bitte, widersprich nicht. Es ist mir ganz egal, was du denkst. Hauptsache, du bist auf mich angewiesen. Jetzt, wo keiner von deinen alten Knakkern dir mehr helfen kann, sondern bloß noch ich. Jetzt bin ich jedenfalls für dich kein grüner Junge mehr!«

Tamara hörte, wie er auflegte, schmetterte den Hörer auf die Gabel und sprang aus dem Bett. Sie zweifelte keinen Augenblick daran, daß Valentin die Wahrheit gesagt hatte.

Bestimmt war es Graf Schwarzenbach, der die Polizei auf sie gehetzt hatte - sie hatte das Unheil förmlich auf sich zukommen spüren, als er Roman Millers Foto bei ihr entdeckt hatte! Wie hatte sie nur so leichtsinnig sein können, ihn in ihre Wohnung zu lassen! Jetzt saß sie in der Falle.

Tamara lief zum Fenster, schaute vorsichtig, hinter den Vorhängen her, auf die Straße hinunter.

Sie erschrak so, daß ihr das Herz stehenblieb.

Auf der anderen Seite der Straße stand ein kräftiger junger Mann in einem grauen Regenmantel, den Filzhut tief in die Stirn gezogen, scheinbar ganz in seine Zeitung vertieft. Aber Tamara zweifelte keine Sekunde, daß dieser Mann ein Polizist war, der die Aufgabe hatte, sie zu überwachen. Der junge Mann sah ganz so aus - und außerdem, wer sonst wäre auf die Idee gekommen, sich mitten auf die Straße zu stellen und Zeitung zu lesen. Jetzt sah er sogar hoch, gerade zu ihrem Fenster - nein, es konnte kein Zweifel bestehen. Sie wurde schon überwacht.

In fliegender Eile begann Tamara sich anzuziehen. Mit einigem Bedauern wählte sie das unauffälligste ihrer Kleider, ein graues Schneiderkostüm, steckte das leuchtendrote Haar auf dem Kopf hoch, band ein Tuch darüber - es war nicht gerade notwendig, daß man sie auf hundert Meter Entfernung identifizieren konnte. Sie steckte alles ein, was sie an Geld im Haus hatte, packte ihren

Schmuck zusammen, band ihn in ein Taschentuch und steckte ihn ebenfalls ein.

Dann rief sie den nächsten Taxistand an, wartete, bis das Auto vorfuhr.

Bevor sie ihr Zimmer verließ, warf sie noch einmal einen Blick durch die Vorhänge - der zeitungslesende Mann stand noch immer unten.

Sie zuckte zurück, zauderte, dann begriff sie, daß sie keine andere Wahl hatte. Sie verließ hastig die Wohnung, lief mit wenigen Schritten über die Straße auf das Auto zu, stieg ein. »Fahren Sie ... rasch!« rief sie dem Chauffeur zu.

Der Chauffeur fuhr sofort an, aber als sie über die Schulter zurückblickte, stellte sie fest, daß der zeitungslesende Mann vom Bürgersteig verschwunden war. Wenig später wurde ihr klar, daß ein anderes Taxi sie verfolgte.

Ihr Verstand arbeitete fieberhaft. »Zum Stachus«, sagte sie dem Fahrer.

Immer wieder blickte sie rückwärts, hoffte, daß das andere Taxi endlich bei irgendeiner Kreuzung zurückbleiben würde, aber es folgte weiter, in ganz geringem Abstand.

Hastig öffnete sie ihre Handtasche, warf einen Blick auf den Taxameter, nestelte fünf Mark aus ihrem Portemonnaie, gab sie dem Fahrer und sagte: »Ich sage Ihnen dann, wo ich aussteigen werde.«

Als sie dicht an einer Straßenbahnhaltestelle vorbeifuhren, rief sie: »Jetzt!«

Der Fahrer bremste, sie schlüpfte aus dem Wagen, und es gelang ihr, in eine eben anfahrende Straßenbahn zu klettern.

Sie sah das Taxi, das sie verfolgt hatte. Der Fahrer war gezwungen, im Strom des Verkehrs die Straßenbahn zu überholen. Als es ein gutes Stück voraus war, sprang sie während der Fahrt ab, überkreuzte die Straße, und es gelang ihr, im Gewimmel des mittäglichen Verkehrs unterzutauchen.

Sie ging erst sehr schnell, dann ganz langsam, vergewisserte sich mehrmals, ob sie nicht noch verfolgt würde - dann aber begriff sie mit unendlicher Erleichterung: sie hatte ihren Verfolger abgeschüttelt.

»Ich glaube, es hat gewirkt«, sagte Markus Ebinger, als er kurz nach zwölf Uhr in das Foyer des Hotels ›Königshof‹ trat, wo Graf Schwarzenbach auf ihn wartete. »Ich weiß natürlich nicht, ob sie wirklich den Zug benutzen wird. Aber jedenfalls ist sie ganz schön durcheinander.«

»Hat sie einen Koffer mit?«

»Nein. Aber das besagt gar nichts. Sie hat mich bestimmt entdeckt, als sie gleich nach Valentins Anruf auf die Straße hinunterblickte. Ich habe mich ganz schön auffällig postiert.«

»Wenn sie sich verfolgt fühlt, wird sie am Ende gar nicht mehr wagen, zum Bahnhof zu gehen.«

»Nur keine Sorge. Ich habe mich ... ganz programmgemäß ... nachher abschütteln lassen.«

Graf Schwarzenbach entschlüpfte ein Seufzer. »Wenn sie bloß das tut, was wir von ihr wollen! Aber sie ist eine ziemlich hartgesottene Person. Ich habe Valentins Gespräch mit abgehört. Sie war sehr erschrocken, aber wirklich verraten hat sie sich mit keinem Wort.«

»Das wäre auch zuviel verlangt. Wieso sind Sie auf einmal so kleinmütig, Graf? Es war doch Ihr Plan. Und heute früh waren Sie noch felsenfest überzeugt, daß alles klappen würde.«

«Das war ich, ehrlich gestanden, nie. Ich habe nur so getan ... um Valentin den nötigen Mut für seinen Anruf zu geben. Aber je näher die Entscheidung rückt, desto unwahrscheinlicher scheint es mir, daß wir wahrhaftig Erfolg haben werden.«

»Sie können es immer noch aufgeben ... jeden Augenblick.«

Graf Schwarzenbach straffte die Schultern. »Nein, das doch nicht. Schließlich, ich habe wirklich nichts zu verlieren.«

»Gar nichts? Erlauben Sie mir eine ganz persönliche Frage. Man hat mir erzählt, daß Sie eine sehr gute Stellung in Paris aufgegeben haben, nur um Sylvia Holl zu helfen.«

»Nicht aufgegeben. Ich kann jederzeit wieder zurück. Gerade heute morgen noch habe ich einen Anruf aus Paris bekommen.«

»Mit Sylvia oder alleine? Ich meine, könnten Sie sie nach Paris mitnehmen?«

»Wenn diese Sache erledigt ist, das heißt, wenn es uns wirklich gelingen sollte, Sylvia Holl freizubekommen, werde ich nicht einen

Schritt mehr ohne sie tun. Ich werde sie auf der Stelle heiraten ... und wenn wir von Wasser und Brot leben müßten.«

»Falls Tante Sylvia das will«, sagte Markus Ebinger, »vielleicht wird sie es aber auch vorziehen, statt über einen mittellosen Ehemann über ein riesiges Vermögen zu verfügen.«

Auf diese Bemerkung gab Graf Schwarzenbach keine Antwort. »Ich glaube«, sagte er, »es bleibt mir gerade noch Zeit, mir mit einem kleinen Schluck Mut anzutrinken ... « Er sah auf seine Armbanduhr. »Noch genau 39 Minuten bis zur Abfahrt des Zuges.«

Tamara hatte sich, als sie ganz sicher war, nicht mehr beobachtet zu werden, nicht sofort zum Bahnhof begeben. Sie hatte daran gedacht, daß sie auffallen mußte, wenn sie ohne jedes Gepäck den Fernschnellzug nach Paris benutzte.

So entschloß sie sich, in der Kaufinger Straße noch einen eleganten kleinen Koffer zu kaufen, Wäsche und Waschzeug. Danach blieb ihr noch gerade genug Geld für die Fahrkarte.

Als sie die Bahnhofshalle betrat, waren die Zeiger der großen Uhr schon auf 13 Uhr 31 vorgerückt. Vor allen Schaltern standen Schlangen. Als Tamara endlich an die Reihe kam und ihre Fahrkarte erstehen konnte, blieben ihr nur noch zwei Minuten bis zur Abfahrt des Zuges.

Sie mußte rennen, und sie tat es fast mit Erleichterung. Ihre Nerven waren so gespannt, daß es ihr - auch wenn sie Zeit genug gehabt hätte - fast unmöglich gewesen wäre, ruhig zu gehen.

Sie riß die Tür zum Abteil Erster Klasse auf, als der Zugführer schon das Signal zur Abfahrt gab. Atemlos und erschöpft stand sie auf der Plattform, während der Zug stampfend und fauchend die Bahnhofshalle verließ. Sie wartete, bis die Lokomotive draußen vor der Stadt freie Fahrt gewann, dann erst suchte sie sich einen Platz.

Sie fand ein Abteil, in dem nur eine alte Dame saß, grüßte, schob ihren Koffer in das Gepäcknetz, ließ sich auf den freien Fensterplatz sinken. Für eine Sekunde schloß sie die Augen. Sie war erschöpft, in Schweiß gebadet, und dennoch füllte ihr Herz sich mit triumphierendem Jubel - sie war entwischt. Nur mit Schaudern dachte sie an die Zeit zurück, die hinter ihr lag. Jetzt sollte für sie ein ganz neues Leben beginnen. Wenn sie über die Grenze kam - und daran zweifelte sie nicht -, würde sie gerettet sein.

Sie lehnte sich zurück, sah zum Fenster hinaus.

Etwa zehn Minuten später verließ die alte Dame das Abteil. Sie achtete nicht darauf. Sie war mit ihren Gedanken weit voraus, sah sich schon in Paris an Valentins Seite. Er war ein netter Junge, wenn er ihr auch nicht mehr bedeuten würde, als ein Sprungbrett. Als die Abteiltür geöffnet wurde, sah sie nicht auf. Sie war sicher, daß es nur die alte Dame sein würde, die zurückkam. Erst als sie Graf Schwarzenbachs Stimme hörte, fuhr sie hoch. Er stand vor ihr, lächelnd, die Hände in den Taschen seines Jacketts und sah sie an.

»Guten Abend, Tamara!«

Sie sprang auf, wollte an ihm vorbei. Aber er hielt sie fest.

»Lassen Sie mich los!« zischte sie. »Oder ich schreie!«

Er hatte mit dem einen Fuß die Abteiltür hinter ihnen zugeschoben, sagte freundlich: »Das ist eine gute Idee! Ich habe mal irgendwo gelesen, daß der Zugführer eine Art Polizeigewalt im fahrenden Zug hat. Na, wie wär's? Schreien Sie doch!«

Mit einer überraschenden Bewegung versuchte sie, ihn in die Hand zu beißen. Aber auch das mißlang. Er war auf der Hut gewesen.

»Na, na, na!« sagte er väterlich. »Aber was soll denn das? Sie sind doch ein vernünftiges Mädchen, Tamara. Denken Sie doch mal nach! Was hätten Sie denn davon, wenn es Ihnen wirklich gelänge, mich abzuschütteln? Wollen Sie etwa aus dem fahrenden Zug springen?«

»Sie haben kein Recht!« protestierte sie wütend und verzweifelt.

»Mit Ihnen zu sprechen? Dazu hat jeder das Recht. Und mehr will ich ja gar nicht.«

»Aber ich nicht! Ich hasse Sie! Gehen Sie weg! Sie ... Sie Spitzel, Sie! Sie Verräter!«

»Jetzt verstehe ich gar nichts mehr«, sagte er ruhig.

»Ach, tun Sie doch nicht so. Mich können Sie nicht dumm machen. Ich weiß genau, daß Sie mich angezeigt haben. Wer denn sonst?!«

»Hat man Sie angezeigt?« fragte er mit gespielter Ahnungslosigkeit. Sie versuchte, sich die Ohren zuzuhalten. »Lassen Sie mich in Ruhe!«

»Ich tät's ja gerne«, sagte er, »aber genau das ist leider unmöglich. Ich muß Ihnen nämlich etwas sehr Wichtiges sagen. Und es wäre in Ihrem Interesse, wenn Sie mir zuhörten.« Er machte eine effektvolle kleine Pause, sagte: »Valentin Holl läßt sich entschuldigen!« Er ließ sie ganz plötzlich los, und instinktiv machte sie ein paar Schritte den Gang entlang. Dann, als wenn sie jetzt erst ganz begriffen hätte, was er sagte, blieb sie stehen, setzte ihren kleinen Koffer zu Boden, fragte entgeistert: »Was?! Was sagen Sie da?«

»Sie haben ganz richtig verstanden«,bestätigte er ruhig. »Valentin Holl ist nicht in diesem Zug. Er wird auch nicht im nächsten sein.«

»Aber er hat mir doch versprochen ... «

Graf Schwarzenbach zuckte die Achseln. »Höhere Gewalt. Sie können ihm keinen Vorwurf daraus machen.«

»Ach so«, sagte sie und zerbiß sich die blutrot geschminkten Lippen, »ach so, er ist also doch verhaftet worden.«

Graf Schwarzenbach schwieg, sah sie nur an.

Sie erwiderte seinen Blick. »Sind Sie von der Polizei?«

»Ich? Nein, bewahre. Wie kommen Sie darauf?«

»Nun, das hätte doch nahegelegen.« Sie nahm das seidene Tuch, das ihr während des Handgemenges halb vom Kopf gerutscht war, vollends ab, löste mit geschicktem Griff den Kamm, mit dem sie ihr leuchtendrotes Haar hochgesteckt hatte. Es fiel wie eine Woge herab und bildete einen faszinierenden Kontrast zu ihrem kalkweißen, tödlich erschrockenen Gesicht. »Was wollen Sie von mir?« fragte sie und sah Graf Schwarzenbach gerade in die Augen.

»Ihre Flucht, Tamara, war ein Fehler«, sagte Graf Schwarzenbach, »damit haben Sie zugegeben, daß Sie etwas zu verbergen haben. Damit haben Sie sich verdächtig gemacht. Noch verdächtiger, als Sie vorher schon waren. Es besteht kein Zweifel, daß die Polizei einen Fahndungsbefehl nach Ihnen ausstellen wird.«

»Aber ich habe ja nichts getan«, sagte sie endlich mit gebrochener Stimme.

»So? Wirklich nicht?« fragte er voll Hohn. »Daß Sie Roman Miller erschossen haben, na, bitte, das könnte ich noch verstehen. Schließlich war er kein Ehrenmann, und Sie werden gewiß Ihre

Gründe gehabt haben. Aber daß Sie jetzt eine unschuldige Frau für Ihr Verbrechen büßen lassen wollten, das zeugt von wirklicher Schlechtigkeit.«

»Unschuldig!« sagte Tamara bitter. »Sylvia Holl ist nicht besser als ich. Bloß hat sie immer Glück gehabt. Wenn man soviel Geld hat, kann einem ja gar nichts passieren.«

»Ein sehr interessanter Gedanke«, sagte er, »tatsächlich, da bringen Sie mich direkt auf etwas. Ja, so könnte man es machen. Sylvia Holls Rechtsanwalt wird alle Schuld Ihnen aufbürden. Er wird Ihr gewiß nicht uninteressantes Vorleben dem Gericht präsentieren, Ihre Beziehungen zu Roman Miller und zu Valentin Holl, die Tatsache, daß Sie einen Schlüssel zu Millers Wohnung besessen haben ... «

»Aber das stimmt ja gar nicht!«

Graf Schwarzenbach ließ sich nicht unterbrechen. » ... und ich gehe jede Wette ein«, sagte er, »daß die Geschworenen Sylvia Holl freisprechen werden. Sie aber werden bis an Ihr Lebensende eine Gejagte bleiben. Wenn Sie Glück haben. Andernfalls - und das ist noch wahrscheinlicher - wird man Sie schon sehr bald finden und vor Gericht schleppen. Und dann?«

»Hören Sie endlich auf damit! Es ist ja alles nicht wahr, was Sie sagen!« schrie sie gepeinigt. »Warum quälen Sie mich so?!«

»Still!« sagte er. »Sonst kommt noch jemand und fragt, was hier los ist. Und das wäre kaum in Ihrem Interesse. Was das andere betrifft, begreifen Sie denn wirklich nicht, daß ich Ihnen helfen will? Wie könnte ich das aber, ohne Ihnen erst Ihre Situation klar zu machen?«

Sie schluckte schwer: »Was soll ich also tun?«

»Umkehren.«

»Warum? Damit ich gleich verhaftet werde?«

»Wer weiß denn, ob das der Fall sein würde? Aber wenn Sie nichts riskieren wollen, steigen Sie an der nächsten Station aus, nehmen sich ein Auto ... «

»Dazu habe ich nicht mehr genügend Geld.«

»Hört! Hört! Und da können Sie überhaupt noch daran denken, nach Paris zu fahren? Aber wenn Sie wollen, kann ich einen Wagen mieten und Sie zurückbringen. Unterwegs überlegen wir dann, was zu tun ist.«

»Und wenn ich nicht will? Wenn ich mich weigere?«

»Dann fahren wir eben zusammen weiter. Meine Fahrkarte gilt auch bis Paris. Glauben Sie nur nicht, daß Sie mich abschütteln können.« –

Eine Stunde später fuhren sie auf der Autobahn in Richtung München zurück. Graf Schwarzenbach saß am Steuer des schon etwas angejahrten Mercedes, die Tänzerin Tamara hockte neben ihm, zog tief den Rauch einer amerikanischen Zigarette in ihre Lungen. Erst nach einer ganzen Weile fragte sie: »Also, wie soll es weitergehen?«

Graf Schwarzenbach zögerte den Bruchteil einer Sekunde, warf ihr einen raschen Seitenblick zu. »Erzählen Sie mir erst einmal, wie es gewesen ist«, sagte er.

»Damit Sie zur Polizei laufen!«

»Glauben Sie allen Ernstes, daß Sie Ihr ganzes Leben mit einem Mord auf dem Gewissen herumlaufen können, ohne jemandem Ihr Herz auszuschütten.«

»Aber nicht gerade Ihnen.«

Er zuckte die Achseln. »Wie Sie wollen. Ich kann Sie nicht zwingen.«

Er wartete schweigend, bis sie es nicht länger ertragen konnte. »Wie kommen Sie überhaupt darauf, daß ich es gewesen wäre?«

»Ich weiß es, seit ich entdeckt habe, daß Sie Valentin Holl im Auftrag Ihres Geliebten verführt haben. Ein ziemlich schmutziges Geschäft, nicht wahr? Aber Sie machen anderseits nicht den Eindruck, als ob Sie ein Mensch ohne alle moralischen Bindungen sind. Folglich haben Sie es getan, weil Sie Miller hörig waren.«

»Ich habe ihn geliebt!«

»Na, bitte. Jedenfalls mußte es Sie ins Mark treffen, als Sie erfuhren, daß Miller, der Mann, für den Sie alles getan haben, Sylvia Holl heiraten wollte. Sie haben ihn aus Eifersucht, aus gekränkter Liebe getötet, nicht wahr?«

»Nein«, sagte sie.

Er überhörte ihren Widerspruch. »Wenn Sie darauf Ihre Verteidigung aufbauen würden ... ich bin ziemlich sicher, daß jedes Gericht Verständnis für Sie haben würde. Bestimmt könnten Sie mit einer sehr milden Strafe rechnen. Allerdings ... Sie müßten glaubhaft erklären können, mit welcher Absicht Sie den Revolver Georg Holls an sich genommen haben ... «

»Nur so«, sagte sie, »ich habe mir gar nichts dabei gedacht, ich wollte nur ... « Erst jetzt merkte sie, daß sie sich verraten hatte, wurde flammend rot.

»Sprechen Sie ruhig weiter«, sagte er, »vergessen Sie nicht, wir sind dabei, Ihre Verteidigung aufzubauen. Sie haben den Revolver also genommen, um ihn früher oder später gegen sich selber zu richten?«

»Nein. Ich dachte, irgendwo könnte er mir vielleicht dienen, Valentin Holl etwas anzuhängen. Das war es ja, was Roman Miller von mir wollte.«

»Er muß Ihnen sehr viel versprochen haben, wenn Sie solche Dinge für ihn zu tun bereit waren.«

»Er wollte mich heiraten, mich aus dem Nachtklubbetrieb herausnehmen«, sagte sie mit einem kleinen Zittern in ihrer rauhen Stimme, »ich hatte alles so satt, so verdammt satt. Ich habe ihm geglaubt. Vielleicht wollte er es ja auch wirklich. Nein, es hat keinen Zweck, wenn ich mir jetzt noch etwas vormache, er wollte es nie. Er hatte es von Anfang an darauf abgesehen, Sylvia Holl in seine Macht zu bekommen. Nicht weil er sie liebte, sondern weil er glaubte, daß er über sie an das Vermögen könnte. Aber das war gar nicht wahr. Ich wußte es. Valentin hatte es mir mal gesagt. Wenn sie heiratet, verliert sie alles.« Tamara zündete sich eine neue Zigarette an. »Ich sagte es ihm. Aber ich kam zu spät. Sylvia Holl war kurz vor mir da gewesen. Sie hat es ihm selber gestanden. Sie wußte, daß er es sonst von mir erfahren würde.« Sie lachte unfroh auf. »Natürlich konnte sie das in all ihren Vernehmungen nicht sagen. Es hätte sie furchtbar belastet. Er hat ihr nämlich vorgeschlagen, ihm ihre Tochter zur Frau zu geben. Ein ganz schönes Motiv für einen Mord, nicht wahr?«

»Aber Sylvia Holl hat ihn nicht erschossen.«

»Nein. Weil sie keinen Revolver bei sich hatte. Sie hat eben Glück gehabt.«

»Und Sie?«

Sie drehte sich plötzlich zu ihm um, sagte wild: »Er wollte von mir nichts mehr wissen. Er sagte es mir, eiskalt, zynisch, gemein, niederträchtig, wie nur er sein konnte: Altes Eisen poliert man nicht! Und da konnte ich es nicht länger ertragen. Ich knallte los. Ich wußte selber nicht wirklich, was ich tat. Erst als er auf dem Teppich lag, begriff ich alles. Und da hatte ich nur den einen Gedanken ... Flucht. Ich rannte aus der Wohnung.«

Er unterbrach sie. »Aber vorher nahmen Sie sich noch die Zeit, den Revolver und alles, was Sie sonst angefaßt hatten, noch sorgfältig abzuwischen.«

Sie sah ihn mit großen Augen an. »Nein. Wie kommen Sie denn darauf? Ich war ja höchstens drei Minuten in der Wohnung und hatte die Handschuhe gar nicht ausgezogen.«

»Sehr gut. Wenn Sie das alles so der Polizei erzählen, kommt die Sache in Ordnung. Aber ich gebe Ihnen einen Rat: sagen Sie nichts von Ihrer Flucht, das macht nur einen schlechten Eindruck. Erzählen Sie auch nicht, daß man Sie beobachtet hat und daß Valentin verhaftet worden ist, das führt zu nichts, und es stimmt auch gar nicht.«

»Was?!«

»Nein. Ich habe keinen Grund, Ihnen jetzt noch etwas vorzumachen. Es waren wir, Valentin und ich und unsere Freunde, die das alles inszeniert haben, um Sie zu einem Geständnis zu bringen.«

»Sie ... Sie gemeiner Mensch!« schrie sie und ging mit beiden Fäusten auf ihn los.

»Sind Sie verrückt?! Wollen Sie, daß wir beide im Graben landen? Tamara, nehmen Sie doch Vernunft an.«

Sie ließ von ihm ab, brach in wildes Schluchzen aus.

Er ließ sie weinen. Erst als sie sich ein wenig zu beruhigen begann, sagte er: »Warten Sie's ab. Sie werden mir noch dankbar sein. Es ist viel besser so. Auch für Sie. Ich bin ganz sicher, Sie werden nicht viel abbekommen. Besonders wenn Sie behaupten, daß Sie sich freiwillig stellen, weil Sie es nicht ertragen können, daß ein anderer für Ihre Schuld büßen muß. Denn das hat Ihnen doch zugesetzt, nicht wahr? Ich weiß es. Sie brauchen sich gar nicht schlechter zu machen, als Sie sind.«

SYLVIA HOLL UNSCHULDIG - NACHTKLUBTÄNZERIN GESTEHT MORD - GROSSE WENDUNG IM FALL ROMAN MILLER verkündeten am nächsten Tag die Schlagzeilen der Boulevardpresse.

Aber da waren Sylvia Holl und Graf Schwarzenbach schon auf dem Flug nach Paris. Als die Boeing Jet der Lufthansa sich vom Rollfeld abhob, beugte Sylvia sich vor und blickte auf Barbara, Valentin und Markus Ebinger zurück, die nahe beieinander auf der Aussichtsterrasse standen und Mützen und Tücher schwenkten.

»Fällt dir der Abschied schwer?« fragte Graf Schwarzenbach, als die Maschine sich hoch in die Luft erhoben hatte, und die jungen Leute Sylvias Blicken entschwunden waren.

Sie schüttelte den Kopf. »Nein. Nicht mehr. Jetzt weiß ich, daß ich mir keine Sorgen ihretwegen mehr zu machen brauche.«

»Weil Markus Ebinger auf Barbara aufpassen wird?«

»Daß sie sich lieben, habe ich schon seit langem gespürt. Nein, nicht nur deshalb. Valentin hat mir heute morgen versprochen ... ganz freiwillig ..., daß er noch ein oder zwei Jahre nach Salem gehen wird, um dort sein Abitur nachzuholen.«

»Alle Achtung.«

»Ja. Es freut mich.« Sylvia blickte noch einmal zum Fenster hinaus.

»Merkwürdig, wie klein alles geworden ist. Dinge, die gestern noch ungeheuer groß und wichtig waren, haben plötzlich jede Bedeutung verloren ... alles ist geradezu ... zusammengeschrumpft.«

»Na, ich denke, wir werden inzwischen schon eine ganz schöne Höhe gewonnen haben.«

»Nicht deshalb, Pit«, sagte sie und lächelte ihn an, »sondern weil wir beisammen sind. Für immer. Weil wir beide wissen, daß es jetzt nichts mehr auf der Welt gibt, was uns trennen kann.«

Kinderärztin Dr. Katja Holm

Roman

Die morgendliche Visite im Kinderkrankenhaus war beendet. Nach einer kurzen, abschließenden Besprechung auf dem Gang des Erdgeschosses löste sich der Zug der Ärzte und Schwestern auf.

Frau Dr. Katja Holm legte Professor Ellwangen sanft die Hand auf den Arm. »Kann ich dich einen Augenblick sprechen, Vater?«

Er sah sie an, aber sie konnte den Ausdruck seiner Augen hinter den dicken, spiegelnden Gläsern seiner Brille nicht deuten. Wie immer hatte sie unter diesem Blick das ungute, ja geradezu peinigende Gefühl, durchschaut zu werden. Unwillkürlich schob sie das Kinn vor und warf den Kopf mit dem üppigen dunkelblonden Haar in den Nacken. Ihre tiefblauen Augen unter den langen Wimpern nahmen einen trotzigen Ausdruck an.

»Komm«, sagte er, und ließ die Tochter in das Vorzimmer.

Seine Sekretärin, Fräulein Irene Henninger, die auf die Tasten ihrer Schreibmaschine gehämmert hatte, hob den Kopf, »Herr Professor ... «

Er nickte ihr zu. »Machen Sie uns bitte einen steifen Kaffee, Irenchen ... «

Fräulein Henninger sprang auf, schob die Tür des Aktenschrankes zurück, holte den elektrischen Topf heraus. »Sofort, Herr Professor!«

Es war offensichtlich, daß das alte Mädchen bereit gewesen wäre, sich für den stattlichen Witwer aufzuopfern. Aber Katja konnte nicht einmal innerlich darüber lächeln. Ihr war bewußt, daß es ihr nicht zustand, sich über ein anderes verliebtes weibliches Wesen zu erheben. Sie selber wußte, wie quälend heimliche Liebe sein konnte.

Professor Ellwangen hatte schon sein großes Arbeitszimmer betreten, einen Eckraum, dessen hohe Fenster Ausblick auf den Park boten.

»Also, was hast du auf dem Herzen?« fragte er.

Er ließ sich schwer in den Sessel hinter seinem Schreibtisch fallen.

Katja setzte sich ihm gegenüber.

»Du weißt, daß ich dieses Wochenende frei habe«, begann sie langsam. Er strich ein Zündholz an und sah sie dabei über die kleine

Flamme hinweg an. »Ich werde wahrscheinlich schon heute abend wegfahren«, fuhr Katja unter diesem etwas irritierenden Blick fort, »damit ich wirklich etwas von den beiden Tagen habe. In der Nacht zum Montag komme ich dann wieder zurück.«

Professor Ellwangen hielt die kleine Flamme an das Ende seiner Zigarre. Er sagte immer noch nichts. Also war Katja gezwungen, ihren Monolog weiterzuführen. »Ich wollte dich bitten, Vater, ob ich ... es hat mir die letzten Male so wohlgetan, einfach draufloszufahren. Ihr braucht mich und meine Adresse hier doch wirklich nicht. Du bist da und Dr. Sydow ... es ist also völlig ausgeschlossen, daß ich gebraucht werden könnte. Ich weiß ja, es ist im allgemeinen üblich, daß jeder Arzt immer erreichbar ist, aber mir zuliebe könntest du doch eine Ausnahme machen!«

»Das habe ich schon mehr als einmal getan.«

»Ja, aber gerade deshalb ... «

»Katja«, sagte der Professor, »ich bin nicht mehr jung. Du wirst in absehbarer Zeit die Klinik übernehmen ... «

Sie lachte, es klang nicht sehr echt. »Eben, und wenn es erst soweit ist, wird es vorbei sein mit meiner Freiheit ... endgültig und für alle Zeit.«

Er hakte sofort ein. »Falls du dich nicht doch entschließt, wieder zu heiraten!« Sie wollte zu einer Entgegnung ansetzen, aber er ließ sie nicht zu Worte kommen. »Ich verstehe, daß du Klaus nicht vergessen kannst, ich respektiere deine Liebe und deine Treue über den Tod hinaus. Aber immerhin sind seit jenem tragischen Unfall nun gut zwölf Jahre vergangen ... «

»Vater«, entgegnete sie gequält, »müssen wir ausgerechnet jetzt wieder darüber sprechen?«

»Verzeih, Liebling.« Professor Ellwangens Ton klang nahezu reuevoll. »Trotzdem muß ich immer und immer wieder sagen: Dr. Sydow ist ein ausgezeichneter Mann!«

»Er ist ein wunderbarer Arzt, das gebe ich unumwunden zu. Ich kenne eine Menge wunderbare Ärzte. Aber das ist doch kein Grund, mich in einen von ihnen zu verlieben oder ihn gar zu heiraten. Dr. Sydow ist einfach nicht mein Typ, verstehst du das denn nicht?«

»Wenn du mich so fragst«, sagte Professor Ellwangen, »so muß ich dir ehrlich sagen: Ich verstehe nicht, wie eine Frau in deinem Alter sich wie ein unvernünftiger Teenager aufführen kann ... Du sollst ja nicht aus rasender Verliebtheit heiraten, sondern weil du eine Frau bist, die an die Seite eines Mannes gehört.«

Katja beugte sich vor, ihre tiefblauen Augen funkelten ihn an. »Ich bin noch nicht alt, Vater«, unterbrach sie ihn, »ich bin vierunddreißig Jahre! Ich habe es noch nicht nötig, mich selbst zu belügen und mich aus reinen Vernunftsgründen in eine zweite Ehe zu stürzen. Es macht mir nichts aus, das Leben einer Witwe zu führen.«

»Aber vielleicht macht es deinen Kindern etwas aus! Cindy braucht einen Vater, und auch Axel kommt in das Alter ... «

Katja atmete auf, als der Summer der Sprechanlage ertönte. Professor Ellwangen drückte auf einen der Knöpfe. »Ja, was gibt's?«

»Ein Neuzugang, Herr Professor«, tönte die Stimme einer Schwester aus dem Lautsprecher, »neunjähriger Junge, soeben eingeliefert worden! Der Herr Oberarzt ist gerade mit einer Patientin beschäftigt, die ... «

»Ich komme«, sagte Professor Ellwangen lakonisch und schaltete ab. Er erhob sich und sah seine Tochter an: »Komm mit!«

Sie kam sich in diesem Moment selber sehr schäbig vor, aber sie konnte nicht aufgeben. »Ja«, sagte sie, »aber was das Wochenende betrifft, sind wir uns doch einig, daß ... «

»Herrgott!« Zum erstenmal schien er nahe daran, seine Fassung zu verlieren. »Deine Sorgen möchte ich haben!«

Der Junge, der auf dem Untersuchungstisch im überhellen Licht des Aufnahmeraumes lag, sah sehr schlecht aus. Sein rundes, sommersprossiges Gesicht, das Spuren von Schmutz und Tränen zeigte, war fahl.

Schwester Martha hatte ihn schon ausgezogen. Jetzt schlug sie das weiße Laken, mit dem er zugedeckt war, zurück. Eine schluchzende Frau drängte nach vorn. »Herr Professor ... «

»Sind Sie die Mutter?«

Die weinende Frau nickte.

»Dann erzählen Sie mal, was passiert ist!«

Die Frau mühte sich, ihre Tränen hinunterzukämpfen.

»Ich weiß ja auch nicht ... die Kinder sagten ... Jürgens Freunde ... sie hätten auf einem Holzstapel gespielt, und plötzlich wäre er ausgerutscht und heruntergefallen ... und ... und auf einem Baumstamm aufgeschlagen ...«

»Bäuchlings?«

»Ich weiß nicht ... «

»Aber wir werden das gleich wissen!« Professor Ellwangen wandte jenen väterlichen, selbstsicheren Ton an, der auf verzweifelte Mütter stets wie eine Beruhigungspille wirkte. »Jetzt gehen Sie bitte hinaus und geben draußen der Schwester Ihre Personalien an.«

Als die Frau das Zimmer verlassen hatte, wandte sich der Professor an seine Tochter, die er im Dienst immer mit »Frau Kollegin« anzusprechen pflegte.

»Bitte, untersuchen Sie den Patienten!«

Katja fühlte sich durch diese Aufforderung keineswegs geschmeichelt. Sie zweifelte ernstlich daran, daß dem Professor an ihrem Urteil als Kollegin gelegen war, und unterstellte ihm ohne weiteres, daß er nur ihre Fähigkeiten zur Diagnose prüfen wollte. Wortlos schlug sie das Laken zur Seite. Die Hautabschürfungen und blutunterlaufenen Stellen am linken Rippenbogen waren nicht zu übersehen. Sehr behutsam tastete Katja das Gebiet des Bauches ab. Plötzlich schrie der Junge auf. Sie biß die Zähne zusammen, denn sie haßte es, einem ihrer kleinen Patienten Schmerzen bereiten zu müssen, und drückte stärker.

Der Junge wimmerte.

»Sag mir ... wo hat es jetzt weh getan?« fragte sie.

»Da oben ... an der Schulter!« Der Junge stöhnte.

»Nun, Frau Kollegin?« fragte Professor Ellwangen.

»Ich fürchte, es liegt eine innere Verletzung vor.« Katja wartete die nächste Frage nicht erst ab, sondern fügte rasch hinzu: »Er muß sofort geröntgt werden. Obersichtsaufnahme des Bauches.«

»Sehr richtig«, lobte Ellwangen, »Schwester Martha, Sie haben gehört. Verfrachten Sie den Jungen sofort zur Röntgenstation. Wir kommen in zehn Minuten nach.«

Wenig später legte im weißen, nüchternen Röntgenzimmer der Röntgenologe das fertige Bild vor sie auf den Leuchtschirm. Sie sahen ihre Diagnose bestätigt: Das Zwerchfell wurde nach links oben gedrängt, der Magen wich rechts zur Seite, alles wies auf eine Blutung in der Bauchhöhle hin.

»Operation«, sagte Katja.

Aber Professor Ellwangen hörte schon nicht mehr hin. Er stand an der Sprechanlage, forderte den Kinderchirurgen an, setzte sich mit dem Labor in Verbindung, befahl der technischen Assistentin, die Blutgruppe des Kindes festzustellen, die passende Blutkonserve bereitzuhalten und gleich die Kreuzprobe vorzunehmen. Endlich ordnete er an, den Operationssaal vorzubereiten, und rief den Anästhesisten herbei.

Er hatte kaum seine Anordnungen getroffen, als die Tür aufgerissen wurde und Dr. Gert Curtius in den Röntgenraum stürmte, ein schlanker, hochgewachsener Mann mit einem Gesicht, das zu ausdrucksvoll war, als daß man es hätte schön nennen können. Die Nase war zu groß, die Stirn zu breit, aber er wirkte sehr männlich. Die grauen, klugen Augen, die von winzigen Lachfältchen umgeben waren, machten Dr. Curtius ausgesprochen sympathisch. Durch das Weiß seines Kittels kam die gesunde Bräune seiner Haut besonders zur Geltung.

Katja wagte nicht, ihn anzusehen. Sie wandte das Gesicht rasch wieder dem Röntgenbild auf der Leuchtplatte zu. Immer wenn sie mit Curtius zusammentraf, hatte sie das unangenehme Gefühl, daß jeder, aber auch jeder ihr anmerken müßte, wie es um sie stand. Auch diesmal fühlte sie sich geradezu nackt unter den Augen des Röntgenologen, dessen Blick sie in Wahrheit nur ganz zufällig streifte.

»Herr Professor ... «, sagte Dr. Curtius.

»Gut, daß Sie schon da sind, Herr Kollege!« Professor Ellwangen war jetzt ganz in Aktion. »Schauen Sie sich das mal an: Ein neunjähriger Junge ist beim Spielen von einem Stapel Bretter gefallen, wahrscheinlich bäuchlings auf einen Baumstamm ... aber ich möchte Ihrem Urteil nicht vorgreifen!«

Dr. Gert Curtius trat hinter Katja. Sie spürte die Wärme, die von ihm ausging, den Geruch nach Männlichkeit wie eine körperliche Berührung.

Der Chirurg betrachtete das Röntgenbild, während Professor Ellwangen ihm die Symptome schilderte. Katjas Mund war trocken, es war ihr unmöglich, ein Wort hervorzubringen.

»Hm, möglicherweise eine Milzruptur«, meinte Dr. Curtius endlich.

»Ja, das habe ich mir auch gedacht«, stimmte der Professor zu. »Genaues werden wir natürlich erst wissen, wenn wir den Bauch geöffnet haben. Ich habe schon alles für die Operation veranlaßt. Machen Sie sich gleich dran, Herr Kollege ... meine Tochter wird Ihnen assistieren.«

»In Ordnung, Herr Professor.«

»Ich werde jetzt mal mit der Mutter des Kindes sprechen!« Professor Ellwangen verließ das Zimmer,

Katja und Curtius blieben allein zurück - nicht ganz allein, wenn es ihnen auch sekundenlang so vorkam. Der Röntgenologe war im Zimmer und seine Assistentin.

»Ich denke, ich werde den Schnitt hier ansetzen«, sagte Dr. Curtius wie zu sich selber. Gleichzeitig fuhr er mit dem Finger über die Röntgenaufnahme und schrieb in die Luft, sichtbar nur für ihn und Katja: »Hat es geklappt?«

Mühelos entzifferte sie diese flüchtigen Buchstaben, denn sie wußte ohnedies, welche Frage in ihm brannte. Nur dann konnten sie das freie Wochenende miteinander verbringen, wenn sie der Verpflichtung entbunden war, ihre Adresse zu hinterlassen. Er, der Chirurg, mußte jederzeit erreichbar sein, und die gleiche oder auch nur annähernd gleiche Anschrift hätte sie unweigerlich verraten.

»Ja.« Katja nickte. Das Aufatmen, das durch seinen Körper lief, teilte sich ihr mit, erfüllte ihr Blut mit prickelnder Erregung.

Das Telefon unterbrach die Spannung. Die Assistentin des Röntgenologen meldete sich. »Jaja ... Moment bitte.« Sie hielt die Sprechmuschel zu.

»Herr Dr. Curtius, Ihre Frau ... «

Er fuhr herum. »Sagen Sie ihr, daß ich im OP bin ... nein, lieber nicht ... geben Sie her!« Mit zwei Schritten war er beim Apparat. Katja fühlte sich von einer Sekunde zur anderen verlassen. Sie mußte gegen ein ganz unvernünftiges Gefühl der Enttäuschung ankämpfen. Sie hörte ihn sagen, durchaus nicht unfreundlich, sondern sehr, sehr geduldig: »Hallo, Baby ... ja, etwas Besonderes?«

Da wandte sie sich ab und verließ rasch den Raum.

Vor der Operation hatten sie keine Gelegenheit mehr, miteinander zu sprechen.

Dr. Katja Holm half der Operationsschwester, eine Dauertropfinfusion anzulegen. Sie führte in die Ellbogenvene des Jungen eine Kanüle ein, an die die Blutkonserve angeschlossen wurde. Der Anästhesist begann mit der Narkose, die Oberschwester desinfizierte die gesamte Bauchoberfläche, deckte Brust, Beine und Unterkörper mit sterilen Tüchern ab. Dann trat Dr. Gert Curtius aus dem Waschraum. Sein Blick suchte den des Anästhesisten.

»Wir können«, sagte der junge Narkosearzt.

Die Operationsschwester reichte Curtius das Skalpell.

Ein unmerkliches Zögern, eine atemlose Sekunde der Erwartung, dann setzte der Chirurg das Skalpell an und öffnete mit einem einzigen scharfen Schnitt, der vom Brustbein bis zum Nabel führte, den Bauch. Er wechselte das Skalpell gegen ein noch feineres, durchschnitt das Bauchfell und fuhr mit der rechten Hand in die Bauchhöhle, tastend, suchend, dann stellte er fest: »Ruptur!«

Alle wußten, was das bedeutete: Die Milz war zerrissen, mußte entfernt werden.

Die Schwester wechselte die Tücher.

Dr. Curtius erweiterte den Bauchschnitt vom Nabel bis zur linken Seite unterhalb des Rippenbogens. Frau Dr. Holm setzte die Haken ein, die den Hautmuskellappen zurückhielten.

Jede Bewegung verlief schnell, präzise, gekonnt. Niemand sprach ein Wort. Nichts war zu hören als das Surren des elektrischen Sauggerätes, das das Blut im linken Unterbauch entfernte.

Der Chirurg zog mit der Hand die zerrissene Milz nach vorn, unterband die blutenden Gefäße, trug das zerstörte Organ ab. Er untersuchte Leber und Dickdarm und stellte fest: »Intakt!« Und dann: »Kochsalzlösung!«

Die OP-Schwester reichte ihm das bereitstehende Gefäß mit der warmen physiologischen Lösung. Der Arzt entfernte die

Blutgerinnsel und spülte den Unterbauch aus. Dann vernähte er das Bauchfell. Dr. Katja Holm löste die Haken. Dr. Curtius vernähte die Bauchmuskulatur und schloß die Bauchhaut. Sie wußten: Wenn nichts Unvorhergesehenes geschah, war der Junge gerettet. Andere Organe würden die Funktion der Milz mit übernehmen.

»Pulsschlag schwach, aber spürbar«, sagte der Anästhesist.

»Der Patient braucht Dauerwache. Weiterhin Bluttransfusion, bis der Kreislauf sich erholt hat«, ordnete der Chirurg an. »Bitte, veranlassen Sie das, Frau Doktor!«

»Jawohl!«

Später, im Waschraum, konnte er ihr zuflüstern: »Es bleibt dabei!« Mehr nicht. Denn die Schwestern waren um sie herum, und jedes weitere Wort, ja schon ein verständnisinniger Blick hätten verräterisch sein können.

Es war Spätnachmittag, als die junge Ärztin die Klinik verließ, um nach Hause zu gehen. Wie immer durchquerte sie den Park, dem die weiten Rasenflächen und schönen alten Bäume einen besonderen Reiz gaben.

Katja ging rasch, atmete tief durch. Es war ein guter Tag gewesen und gute Arbeit. Der junge mit der Milzruptur hatte, als sie das letztemal bei ihm gewesen war, schon etwas Farbe in den Wangen gehabt und war brav und friedlich gewesen. Ein gerettetes Kinderleben - ein Leben, das Dr. Curtius gerettet hatte.

Bald würde sie mit ihm zusammen sein, sich an ihn schmiegen dürfen, nicht mehr Versteck spielen müssen. Sie warf einen Blick auf ihre Armbanduhr: Nicht mehr ganz drei Stunden mußte sie jetzt noch warten. Unwillkürlich ging sie schneller, als ob sie dadurch das Treffen beschleunigen könnte. Dabei wußte sie doch genau, daß immer sie die erste war, immer sie, die auf ihn warten mußte ... mal war es ein Fall, der ihn zurückhielt, mal seine Frau, Baby Curtius, mit ihren ständig wechselnden, unberechenbaren Launen.

Katja hatte nichts gegen die schöne, kindhafte Baby Curtius - oder vielmehr, sie redete sich ein, nichts gegen sie zu haben. Sie sprach niemals schlecht über die Frau des Chirurgen, nahm sie immer in Schutz, wenn andere über sie herzogen. Tief innerlich jedoch war sie außerstande, gut von ihr zu denken. Ja, sie haßte Baby, weil Gert Curtius unglücklich mit ihr war. Und doch wußte Katja genau, daß sie selber, wenn sich Baby ihrem Mann gegenüber anders verhalten hätte, nicht die geringste Chance bei ihm gehabt hätte.

Ihr Verstand sagte ihr, daß ihre Einstellung unsinnig und unlogisch war, aber ihr Gefühl ließ sich nicht vom Verstand diktieren.

Katja war so sehr mit ihren eigenen Gedanken beschäftigt, daß sie regelrecht zusammenschrak, als sie angerufen wurde. Sie fuhr herum und entdeckte Dr. Horst Sydow, an dem sie vorbeigelaufen war, ohne ihn zu bemerken. Er saß im weißen Kittel auf einer sonnenbeschienenen Bank und rauchte seine Pfeife.

Sie mußte sich zur Freundlichkeit zwingen. »Ach, du bist es, Horst!« Sie kannte ihn schon viele Jahre, noch aus der Zeit ihrer Ehe her. Er war Studienkollege ihres verunglückten Mannes gewesen, und schon seit damals duzten sie sich. »Du hast mich aber ganz schön erschreckt!«

»Tut mir leid. War keine Absicht.« Der Oberarzt stand auf und stellte sich an ihre Seite.

Dr. Horst Sydow war fast einen halben Kopf kleiner als Katja. Seine großen braunen Augen schienen immer zu strahlen. Von ihnen ging eine ungewöhnlich anziehende Wirkung aus. Alle Kinder liebten ihn sehr, wahrscheinlich weil er es verstand, sie auf fast geheimnisvolle Weise zu trösten und ihnen über ihre Schmerzen hinwegzuhelfen.

Merkwürdigerweise schien er bei Frauen kein Glück zu haben. Selbst diejenigen Schwestern, die dafür bekannt waren, daß sie zu jedem Flirt bereit waren, wollten von ihm nicht viel wissen.

»Ich verstehe, daß du's eilig hast«, sagte er, ohne Katja anzusehen, »von deinem freien Wochenende willst du natürlich keine Stunde verlieren.«

»Du hast wieder einmal den Nagel auf den Kopf getroffen«, gab sie zurück und ärgerte sich, weil ihre Stimme so gezwungen und unnatürlich klang.

»Wo geht's denn diesmal hin?«

»Keine Ahnung. Ich fahre einfach los ... nur ins Blaue hinein.« Obwohl nicht der geringste Anlaß bestand, überfiel sie das Gefühl, sich rechtfertigen zu müssen. »Ich bin reichlich abgespannt und brauche einfach hin und wieder einen Tapetenwechsel.«

»Hm«, sagte er nur und dann: »Wie geht es Cindy?«

Der Name ihrer Tochter war eine Art Losungswort zwischen ihnen. Dr. Sydow war es gewesen, der Cindy behandelt hatte. An jenem furchtbaren Tag, an dem sie bei einer leichtsinnigen Kletterei von einem Baugerüst und mit dem Gesicht in eine Kalkgrube gefallen war. Damals, als sie nur noch ein gekrümmtes, schmerzverzerrtes Bündel gewesen war. Als Katja, die so viel Leid gesehen hatte, von Entsetzen gelähmt, hilflos der Katastrophe ihres eigenen Kindes gegenübergestanden hatte. Damals - es war jetzt drei Jahre her – hatte Dr. Sydow den Kopf oben behalten. Er hatte eine Dauertropfinfusion angelegt, die Verbände gemacht und Professor Heinzelmann kommen lassen, eine Autorität auf dem Gebiet der Augenheilkunde.

Der Professor hatte die Kalkteilchen aus den Augen des Mädchens gespült. Augensalben mit verschiedenen Antibiotika appliziert, einen kühlenden Verband angelegt.

Cindy hatte den Wundschock leicht überstanden. Schon nach wenigen Tagen schien es gewiß, daß die Lebensgefahr gebannt war. Die Verätzungen im Gesicht waren zwar langsam, aber erstaunlich gut verheilt und hatten kaum sichtbare Narben hinterlassen. Auch die Augen heilten gut ab. Nur die Hornhaut zeigte dichte weißliche Trübungen: Dr. Katja Holms Tochter war blind geworden und blind geblieben.

»Cindy«, sagte Katja auf Sydows Frage, »ja, sie ist lieb, brav und gut. Manchmal kommt sie mir geradezu ... seltsam entrückt vor. Ich habe nicht einmal den Eindruck, daß sie unter ihrem Zustand wirklich leidet.«

»Tja«, gab der Arzt zu, »es gibt fast nichts, an das sich der Mensch nicht gewöhnen könnte. Trotzdem bleibt es ein Jammer.«

Sie hatten jetzt die hohe Hagebuttenhecke, hinter der der Garten lag, erreicht und blieben stehen.

»Sie soll sich ja gar nicht daran gewöhnen«, widersprach Katja. »Professor Heinzelmann ist nach wie vor der Überzeugung, daß eine Operation Erfolg haben könnte. Er will die gesunde Hornhaut eines gerade Verstorbenen in Cindys Augen verpflanzen. Und wir haben auch schon einen Menschen gefunden, der bereit ist, seine Hornhaut für diesen Zweck herzugeben ... einen jungen Mann, der in den Städtischen Krankenanstalten in der Eisernen Lunge liegt, ein hoffnungsloser Fall.«

»Das ist grausam ... «

»Ja, das ist es«, gab Katja zu, »aber der junge Mann scheint es nicht einmal so zu empfinden. Er sieht einen Trost darin, daß sein Tod, der unausweichlich ist, dadurch noch einen gewissen Sinn bekommt.«

Dr. Sydow räusperte sich. »Katja«, sagte er, »ich fürchte, du machst da einen entscheidenden Fehler. Es ist falsch, alle Hoffnungen auf einen einzigen Punkt zu konzentrieren. Wenn die Operation schiefläuft? Was dann? Du weißt, sie kann nicht wiederholt werden.«

Katja war überzeugt, daß Dr. Sydow es nur gut meinte. Heute aber brachte sie einfach nicht die Geduld auf, sich mit ihm zu unterhalten.

»Ein andermal«, sagte sie und reichte ihm die Hand, »ein andermal müssen wir ausführlich darüber sprechen.«

»Ach ja, ich vergaß, du hast es eilig!« Aber Dr. Sydow machte keine Anstalten, zu gehen. »Du bist mich gleich los. Ich will nur mal nach Cindy sehen.«

Als Dr. Katja Holm die Holztür aufstieß, die den Park des Kinderkrankenhauses mit dem Garten der Privatvilla verband, bot sich ihr ein so friedliches und fröhliches Bild, daß alle trüben Gedanken sogleich verscheucht waren. Cindy lag in einem Liegestuhl, der im Halbschatten eines Rosenbusches stand. Sie war ein schönes Mädchen mit einem ebenmäßigen, klaren Gesicht und mit schulterlangem blondem Haar.

Vor den Augen, die trotz der Erblindung einen lebendigen Glanz hatten, trug sie eine schicke Sonnenbrille, die gerade jetzt, im Garten, gar nicht störte. Ihre langen Glieder hatten noch etwas von der staksigen Steifheit eines Füllens, aber schon ihre Hüften zeigten Schwung, und der feste kleine Busen war nicht mehr zu übersehen.

Sie trug sehr kurze knallblaue Shorts, dazu ein blau und rot gestreiftes Brusttuch. Auf ihre Kleidung legte sie großen Wert und fragte immer, ehe sie etwas anzog, ob die Farben auch zueinander paßten.

Ganz entspannt, mit leicht geöffneten Lippen, lag sie im warmen Sonnenschein, während neben ihr ein Kofferradio Schlager von Liebe, Sehnsucht und Glück in die laue Sommerluft hinausdudelte.

Axel Holm, dreizehn Jahre alt, zwei Jahre jünger als die Schwester, spielte Tischtennis und versuchte mit hochrotem Kopf, seinen fast erwachsenen Vetter, den Studenten Karl-Heinz, im Tischtennis zu schlagen. Karl-Heinz Holm war ein Neffe des verstorbenen Vaters.

Axel schrie enttäuscht auf, als ein Ball, den er zu Karl-Heinz hatte hinüberschmettern wollen, sich im Netz verfing.

»Zwanzig zu fünfzehn für mich«, rief Karl-Heinz, »du schlägst auf!« Er hob den Kopf und erblickte ganz zufällig - denn er hatte sie nicht gehört - Katja. Er errötete prompt. »Tante Katja ... «

Axel warf seinen Schläger aus der Hand. »Mutti! Spiel du mal mit Karli ... ich kriege ihn nicht klein!«

Katja lächelte. Sie freute sich über Axels Eifer wie über das Erröten von Karl-Heinz. Was für zwei nette, anständige Jungen die beiden doch waren. Sie fuhr ihrem Sohn mit allen fünf Fingern zärtlich durch die dunklen Locken.

Dr. Sydow war inzwischen zu Cindy getreten, Katja konnte nicht verstehen, was er zu ihrer Tochter sagte - aber sie sah, wie er seine Hand auf ihre nackten Schultern legte, und das berührte sie seltsam unangenehm. Es war ein kurzer Eindruck, nur den Bruchteil einer Sekunde lang, dann hatte Dr. Sydow sich schon wieder aufgerichtet, und Katja vergaß ihr Unbehagen sofort.

Sydow kam zu den Jungen, scherzte ein wenig mit ihnen, verabschiedete sich von Katja und ging.

»Mutti!« rief Cindy. »Sieh mal, was Onkel Horst mir mitgebracht hat!« Sie schwenkte eine längliche Schachtel. »Eine kosmetische Hautsalbe, es soll das Allerneueste und Beste sein! Sag mal ganz ehrlich, Mutti, sieht man meine Narben denn noch so sehr?«

Katja zog sich einen Schemel neben ihre Tochter. »Überhaupt nicht, Liebling. Onkel Horst wollte dir nur eine Freude machen!

Hast du irgendeinen Wunsch, mein Kind?« Sie kam sich schlecht vor, aber sie mußte so schnell wie möglich zur Sache kommen. »Du weißt, daß ich jetzt gleich fortfahre, nicht wahr? Fräulein Hertha hat schon meinen Koffer gepackt.«

Cindy schraubte den Verschluß der Creme-Tube auf und zu. »Fährst du mit Onkel Gert?« fragte sie.

Katja erschrak so, daß ihr für Sekunden die Luft wegblieb. War es möglich, daß Cindy etwas ahnte? Wußte vielleicht schon alle Welt, wie es wirklich um sie stand? Zum erstenmal in ihrem Leben war sie froh, daß Cindy sie nicht sehen konnte.

»Warum sagst du nichts, Mutti?« fragte das Mädchen.

»Also weißt du, ich bin so überrascht, daß ich einfach keine Worte finde! Wie kommst du denn darauf, daß ich mit Dr. Curtius verreisen könnte?«

»Nur so. Du fährst also nicht mit ihm?«

»Nein!« Katja war froh, daß wenigstens das keine Lüge war. Sie pflegten getrennt loszufahren und sich erst in einem Hotel zu treffen. »Ist es dir nicht recht, wenn ich allein fahre? Soll ich lieber übers Wochenende zu Hause bleiben? Oder möchtest du mich begleiten?«

Cindy winkte ab. »Ach, laß man, Mutti, was hätte ich denn schon davon?«

»Du darfst den Mut nicht verlieren, Liebling!«

Cindys Gesicht verschloß sich – sie erinnerte Katja in diesem Augenblick sehr an ihren verstorbenen Mann. Auch er hatte manchmal diesen abweisenden, ganz und gar entmutigenden Ausdruck. »Ich weiß gar nicht, was du mit einemmal hast«, sagte das Mädchen, »mir geht es ja tadellos.« Plötzlich lächelte sie. »Es klingelt. Das wird Ruth sein!«

Wenige Augenblicke später lief Ruth, Cindys einzige Freundin, von der kleinen Terrasse aus in den Garten. Sie wirkte trotz des Minirockes gar nicht mehr kindlich, ein großes strammes Mädchen, das man leicht für eine Siebzehnjährige oder Achtzehnjährige hätte halten können.

Ruth winkte den Jungen zu. Katja beobachtete, daß Karl-Heinz schon wieder rot wurde, während Axel die Freundin seiner Schwester nur mit einer kleinen Grimasse bedachte. Dann begrüßte sie

Katja sehr höflich mit einem tiefen Knicks und sagte zu Cindy: »Hei, Sweety!«

Katja stand auf. »Tust du mir die Liebe, Ruth«, bat sie, »und schaust auch morgen und übermorgen mal nach Cindy? Ich muß nämlich leider wegfahren, deshalb ... «

»Aber großes Ehrenwort, Frau Doktor«, versicherte Ruth. »Das mache ich mit Vergnügen. Ist in den Ferien sowieso so langweilig, wenn man nirgendwohin verreisen darf.«

»Also dann«, sagte Katja und ging. Es fiel ihr mit einemmal schwer, sich von ihren Kindern zu trennen. Sie wußte selber nicht, warum.

»Paß auf«, sagte Ruth. »Du weißt also, was du zu sagen hast, wenn meine Mutter morgen anruft?«

»Na hör mal, ich bin doch nicht von gestern! Ich werde ihr erklären, daß du hier bei mir bist, weil meine Mutter es ausdrücklich gewünscht hat ... und daß du gerade nicht ans Telefon kommen kannst, weil du im Bad bist ... «

»Prima«, Ruth war befriedigt, »das genügt.«

»Und wenn deine Mutter mir nicht glaubt?«

»Das tut sie bestimmt. Sie würde gar nicht auf den Gedanken kommen, daß du schwindeln könntest. Nein, nein, es wird schon klappen. Übrigens bleibe ich höchstens eine Stunde weg.«

Eine Weile schwiegen die beiden Mädchen und hingen ihren Träumereien nach.

Cindy rollte eine Strähne ihres glatten, seidenweichen Haares um den Finger.

»Ist er nett?« fragte sie.

»Ganz süß!« sagte Ruth begeistert. »Und frech! Gleich beim erstenmal hat er versucht, mich zu küssen.«

»Und du?«

»Hab' ihn abgewimmelt. Aber morgen ... ich weiß nicht, ich habe so ein Gefühl ... morgen wird's passieren.«

»Ich möchte gern mal wissen, wie so etwas ist«, flüsterte Cindy sehnsüchtig.

»Ach, wirst du noch früh genug erleben!« sagte Ruth.

An diesem Abend schlief Cindy Holm noch schwerer ein als sonst. Sie lag flach auf dem Rücken, die Hände hinter dem Kopf verschränkt, und starrte in das stumpfe Schwarz hinein, das sie seit damals immer umgab, Tag und Nacht.

Cindy seufzte tief. Ob Mutti wirklich nicht mit Onkel Gert verreist war?

Plötzlich hörte sie das Geräusch.

Es war nicht mehr als ein leichtes Schaben draußen an der Mauer unter dem Fenster. Jeder andere, der nicht so hellhörig gewesen wäre, hätte es wohl nur für das Knarren der Zweige gehalten, die sich im Wind aneinander rieben - aber Cindy erkannte sofort, daß es ein Mensch war, der am Spalier hochkletterte. Jetzt hatten seine Hände die Fensterbank gepackt, er zog sich herauf - jetzt sprang er ins Zimmer.

Cindy hörte das ganz genau. Dennoch erschrak sie nicht. Die Dunkelheit, an die sie sich gewöhnt hatte, hatte jeden Schrecken für sie verloren. Sie war ganz sicher, daß, wer immer da auch eindrang, sich nur einen Spaß machen wollte.

»Hallo«, sagte Cindy mit einem kleinen Lächeln, »ich bin noch wach.«

Einen Augenblick lang blieb es still, dann drang ein seltsamer Ton, wie ein unterdrücktes Keuchen, an ihr Ohr. »Das ist gut«, flüsterte eine Männerstimme. Eine Stimme, die Cindy sehr vertraut und gleichzeitig doch ganz fremd schien. »Ich hatte schon Angst, dich zu wecken ... «

Unwillkürlich senkte auch Cindy die Stimme, als sie flüsterte: »Was willst du?«

Der Fremde kam näher, sie hörte es und sie fühlte es, und dennoch war es wie ein Schock, als sie seine heißen Hände auf ihren nackten Armen spürte. Sie zuckte zusammen.

»Keine Angst, Cindy, du brauchst keine Angst vor mir zu haben ... «

Cindy wunderte sich über sich selbst. Merkwürdig, daß sie sich unter diesem Griff, unter den leichten, streichelnden Bewegungen dieser tastenden Finger entspannen konnte - nein, es war gar nicht unangenehm. Es war genauso, wie Ruth es geschildert hatte.

»Wer bist du?« flüsterte sie.

Die Stimme des Eindringlings klang heiser. »Weißt du das nicht?«

War es möglich? Sie hatte es nicht zu hoffen gewagt ... »Onkel Gert?«

»Sag nicht Onkel zu mir!« Seine Lippen preßten sich auf ihren Mund. Cindy versuchte ihren Abscheu zu unterdrücken, aber ihr Körper verkrampfte sich, wurde steif und abwehrend. Seine heißen Hände glitten in den Ausschnitt ihres Nachthemdes.

Cindy kannte die Gefahr nicht, die ihr drohte. Aber plötzlich war die Angst da. Angst, Scham und Entsetzen. Ihr Körper bäumte sich auf. Ihre Hände umklammerten die Gelenke des Mannes, versuchten, sie mit aller Kraft zurückzustoßen. Sie wollte schreien. Aber seine Lippen verschlossen ihren Mund.

Keuchend rangen sie miteinander.

Der Körper des Mannes lastete schwer, sehr schwer. Er war stark, viel stärker als Cindy, die sich mit letzter Verzweiflung wehrte. Sie biß zu, spürte die ekelhafte Süße des eigenen Bluts, und für den Bruchteil einer Sekunde wurde ihr Mund frei. Aber noch ehe sie schreien konnte, legte sich eine heiße, feuchte Hand über Nase und Mund. Cindy bekam keine Luft mehr, ihre Kraft erlahmte. Die Nacht, die jetzt auf sie einströmte, war schwarz. Viel schwärzer, als sie je eine Nacht gekannt hatte.

Dann erst verlor Cindy Holm das Bewußtsein ...

Als sie wieder zu sich kam, war der brennende Schmerz immer noch da. Der Schmerz, der ihr sagte, daß sie nicht geträumt, sondern grausame Wirklichkeit erlebt hatte.

Der Mann, der ihr das angetan hatte, war gegangen. Sie lag wieder allein in ihrem Zimmer, allein in dem zerwühlten Bett. Das Laken unter ihr fühlte sich feucht an, sie tastete hin, spürte, daß es die klebrige Nässe von Blut war.

Schreien wollte sie, aber sie brachte keinen Ton hervor. Die Tränen würgten ihr die Kehle zu. »Mutti«, wimmerte sie, »oh, Mutti ... «

Ihr Körper krampfte sich immer wieder vor Schmerz und Abscheu zusammen.

Nach vielen Minuten, in denen sie wie halb ohne Bewußtsein gelegen hatte, stand sie leise auf. Erst jetzt merkte sie, daß ihr Nachthemd zerrissen war. Sie zog es aus und steckte es nach kurzem Überlegen in eine leere Bodenvase. Da würde es so rasch niemand finden, und in den nächsten Tagen würde ihr schon etwas einfallen, wie sie es ganz verschwinden lassen konnte.

Sie ging quer durch das Zimmer zum Waschbecken und drehte den Wasserhahn auf, nur ein wenig, damit das Geräusch im Haus nicht zu hören war. Dann begann sie sich zu waschen. Sie bürstete das schulterlange, seidenweiche Haar, tastete sich zur Kommode, nahm ein sauberes Nachthemd heraus und zog es über. Dann trat sie zum Fenster und schloß es leise. Am liebsten hätte sie den Laden vorgelegt, aber das wäre zu auffällig gewesen.

Bevor sie wieder ins Bett ging, strich sie das Laken glatt, schüttelte das Kopfkissen auf, richtete die Steppdecke. Lieber hätte sie das Bett ganz neu bezogen, aber das ging nicht. Fräulein Hertha hatte die Wäsche unter Verschluß.

Sie war sicher, daß sie nicht würde einschlafen können. Aber ganz allmählich verebbte der Schock. Sie versuchte, was geschehen war, zu begreifen. Aber sie kam nicht weiter.

Warum hatte Onkel Gert das getan? Hatte sie ihm zu deutlich gezeigt, wie sehr sie ihn mochte? Aber das wäre doch auch kein Grund gewesen, sie so zu überfallen. Oder hatte er etwa geglaubt, daß sie gerade das von ihm erwartet hatte?

Sie wußte so wenig von den Männern und von der Liebe - eigentlich nur das, was Ruth ihr erzählte, und das war wenig genug. Cindy war noch ein Kind gewesen, als sie erblindete, und es kam ihr selber oft so vor, als wenn ihr die Blindheit den Weg zum Erwachsenwerden versperrte.

Sie versuchte, sich jedes einzelne Wort ins Gedächtnis zurückzurufen, das der Mann zu ihr gesprochen hatte. Nein, von Liebe hatte er nicht gesprochen. Wenn er sie geliebt hätte, hätte er ihr das auch bestimmt nicht angetan.

Aber vielleicht hatte er das für sie empfunden, was Ruth meinte, wenn sie erzählte: »Der Boy ist einfach verrückt nach mir!« Und vielleicht war ihr nur das passiert, was alle Jungen wollten, wenn sie - wie Ruth es nannte - aufs Ganze zu gehen versuchten.

Wenn sie nur einen Menschen hätte, mit dem sie über alles hätte sprechen können, den sie hätte fragen können! Aber sie hatte das früher nicht gekonnt, und nach dem, was ihr heute nacht passiert war, würde sie es erst recht nicht können. Die Dunkelheit, die sie umgab, war wie eine Mauer, die sie von allen anderen Menschen trennte. Je mehr Anstrengungen sie machte, diese Mauer zu durchbrechen, desto undurchdringlicher wurde sie.

Cindy fühlte sich allein, so furchtbar allein. Der Krampf in ihrer Kehle löste sich. Warme Tränen rollten über ihre Wangen.

Sie vergrub ihr Gesicht in das Kissen und weinte sich in den Schlaf.

Frau Dr. Katja Holm war noch vor Einbruch der Dunkelheit in dem kleinen Hotel am See eingetroffen, in dem sie sich diesmal mit Gert Curtius verabredet hatte. Sie hatte dem Hausdiener ihre Koffer gegeben und das Auto auf dem Platz unter den alten Kastanien geparkt. Dann war sie in das Hotel hineingegangen, hatte ihren Anmeldezettel ausgefüllt und gefragt, ob Herr Dr. Curtius schon eingetroffen wäre. Sie wußte natürlich, daß das nicht der Fall sein konnte, aber irgendwie mußte sie ihrer nervösen Erwartung Ausdruck geben.

Sie nahm den Schlüssel in Empfang und stieg die breite, geschwungene Treppe zu ihrem Zimmer in den zweiten Stock hinauf.

Der Raum war antik eingerichtet. An der einen Wand stand ein wunderschönes Himmelbett mit gedrechselten Säulen und einem dunkelroten Baldachin aus schwerer Seide. An den Wänden hingen alte englische Stiche, Jagdszenen, des berühmten Herring. Die Kommode, die Katjas besonderes Entzücken auslöste, war reinstes Barock.

Ihr gefiel, was sie sah. Das war genau die Umgebung, in der man den Alltag mit all seinen Sorgen und Verpflichtungen vergessen konnte. Diese gediegene und zugleich anheimelnde, ein bißchen verzaubernde Atmosphäre war wie geschaffen, um heimlichen Stunden einen eigenen Reiz zu geben.

Katja trat auf den Balkon hinaus. Die Aussicht auf den See war berauschend schön: Die untergehende Sonne spannte eine breite goldene Brücke über das stillverträumte Wasser.

Liebespaare gingen Hand in Hand am Ufer spazieren. Eine Mädchenstimme sang. Katjas Herz wurde schwer vor Sehnsucht. Sie riß sich los und ging rasch ins Zimmer zurück.

Mit hastigen Bewegungen hängte sie ihren Mantel und die Kleider in den Wandschrank, räumte Wäsche, Schuhe und Strümpfe ein, breitete ihr Nachthemd, einen Traum aus weißer Seide, über das Bett. Sie stellte ihre Toilettensachen im Bad auf und wusch sich die Hände.

Da sie wußte, daß Gert auf sich warten lassen würde, entschloß sie sich, noch einen Spaziergang zu machen. Sie blieb nur kurze Zeit weg. Ihre Unruhe war zu groß, zumal es inzwischen acht Uhr geworden war. Wenn Dr. Curtius pünktlich, wie er versprochen hatte, abgefahren war, hätte er schon hier sein müssen. Aber er kam nicht.

Endlich raffte sie sich dazu auf, eine Kleinigkeit zu essen. Aber die Mahlzeit konnte ihre Stimmung nicht heben. Sie mußte unentwegt an Dr. Curtius denken und ließ die gläserne Tür, die zur Halle führte, nicht eine Minute aus den Augen.

Dann ging sie wieder auf ihr Zimmer und trat auf den Balkon hinaus. Der See lag dunkel wie poliertes schwarzes Eisen vor ihren Augen. Die Lichterkette am jenseitigen Ufer legte funkelnde Reflexe darauf. Aus weiter Ferne leuchteten die Sterne herab.

Katja ging ins Zimmer, als es sie fröstelte. Sie schminkte sich ab, nahm ein ausgiebiges Bad, bürstete ihr dichtes kastanienbraunes Haar, schlüpfte in das wunderschöne Nachthemd und trat vor den hohen Spiegel. Die weiße Seide zeichnete ihre schlanke, jugendliche Figur, die festen Rundungen von Hüfte und Busen, schmeichlerisch nach. Katja trat einen Schritt zurück: Sie war überzeugt, neben Baby, Gerts Frau, bestehen zu können.

Enttäuscht vom vergeblichen Warten schlüpfte sie ins Bett und entschloß sich, ihren Krimi zu lesen. Aber Schüsse im Dunkeln, ein Fremder, der um das Haus schlich, und eine Leiche in der Besenkammer vermochten nicht, ihre Fantasie zu fesseln. Dennoch zwang sie sich weiterzulesen, auch wenn sie nichts bewußt in sich aufnahm.

Es ging auf zwölf Uhr, sie hatte das Licht schon gelöscht und lag schlaflos im Dunkeln, als das Telefon klingelte. Sie fuhr hoch und riß den Hörer so heftig von der Gabel, daß sie den Apparat fast vom Nachttisch gekippt hätte. Atemlos meldete sie sich: Es gab nur einen einzigen Menschen, der wußte, wo sie sich aufhielt.

»Endlich!« rief sie.

Es war wirklich Gert Curtius, dessen Stimme jetzt an ihr Ohr drang - flüsternd, gehetzt. Katja wußte schon nach den ersten Worten, daß er heimlich telefonierte und seine Frau irgendwo in der Nähe sein mußte.

»Es tut mir so leid, daß ich dich habe warten lassen, Liebling, aber wenn du wüßtest, was passiert ist ... «

Sie fiel ihm ins Wort. »Wann kommst du, Gert?«

»Morgen früh, ganz früh fahre ich los!«

»Warum nicht jetzt?«

»Weißt du denn nicht, wieviel Uhr es ist? Vor drei Uhr könnte ich gar nicht bei dir sein.«

»Das macht doch nichts, Gert«, versicherte sie hastig. »Bitte, bitte, fahre gleich los! Sonst kommt wieder etwas dazwischen. Es ist bestimmt auch jetzt weniger Verkehr als morgen früh. Du weißt doch, samstags ... «

»Schon gut«, unterbrach er sie. »Also ich brause bald los ... bis morgen früh bin ich auf alle Fälle bei dir.«

»Ich bin so froh, Gert!«

»Schlaf gut, Liebling!« Und ehe Katja noch etwas sagen konnte, war der Hörer aufgelegt.

Aber das machte ihr nichts mehr aus. Sie wußte, daß er auf dem Weg zu ihr war. Jetzt konnte sie getrost schlafen.

Dr. Katja Holm erwachte von einem Pfiff, einem melodischen, langgezogenen Pfiff, der bis in ihre Träume drang. Sie schlug die Augen auf. Helles Morgenlicht schimmerte durch die goldgelben Vorhänge. Sie fuhr hoch, glaubte sich getäuscht zu haben. Aber da war der Pfiff schon wieder - ihr Pfiff, der zu jenen kleinen Geheimnissen gehörte, die eine besondere Bedeutung in ihrer Liebesgeschichte hatten.

Katja sprang aus dem Bett, lief barfüßig über den weichen Teppich, riß die Balkontür auf und sah Dr. Gert Curtius, der auf der Terrasse unter ihr stand. Er trug weiße Shorts und ein blaues Strickhemd.

»Gert!« rief sie glücklich. Mit beiden Händen umklammerte sie das Balkongitter und beugte sich zu ihm hinab.

Erst jetzt wurde ihr bewußt, daß sie nur ihr Nachthemd anhatte, und schnell zog sie sich in den Schutz ihres Zimmers zurück.

Er lachte zu ihr hinauf. »Du siehst wundervoll aus!«

»Seit wann bist du da?«

»Heute nacht gekommen, und schon im Wasser gewesen!« Er fuhr sich mit der Hand über sein dichtes blondes Haar, das sich naß um seine Schläfen schmiegte. »Es war herrlich, du solltest es mir nachmachen!«

»Ja, ich komme gleich«, sagte Katja, »du kannst schon das Frühstück bestellen!«

»Ich werde dich lieber abholen!« Er hechtete über das Gitter der Terrasse und verschwand um die Ecke des Hauses.

Katja schloß die Zimmertür auf. Dann schlüpfte sie in ihre Pantöffelchen, zog ihren Morgenmantel über, putzte sich die Zähne und betrachtete sich im Spiegel. Ihre Wangen waren noch vom Schlaf gerötet, ihre dunkelblauen Augen strahlten vor Glück. Sie konnte sogar darauf verzichten, sich ihr Haar zu kämmen - gerade so, wie es sich ungebärdig um ihren Kopf kringelte, sah es gut aus.

Als sie es klopfen hörte, war sie mit wenigen Schritten im Zimmer, im gleichen Augenblick, als Gert eintrat.

Den Bruchteil einer Sekunde standen sie sich gegenüber und sahen sich an - dann warf sie sich in seine Arme. Er umschlang die schlanke Gestalt ganz fest. Seine Haut war kühl und frisch. Katja atmete tief den vertrauten Duft von Männlichkeit ein, der von ihm ausströmte.

»Bist du mir böse?« flüsterte er dicht an ihrem Ohr.

»Nein, nein ... ich bin so froh, daß wir beisammen sind.«

»Ich konnte nicht eher kommen, wirklich nicht!«

Sie wollte nicht hören, was ihn aufgehalten hatte, jetzt nicht.

»Du brauchst dich nicht zu entschuldigen.«

Er beugte ihren Kopf zurück, seine Lippen suchten ihren Mund, und bei seinem Kuß, der leidenschaftlich und voller Zärtlichkeit zugleich war, spürte sie einen süßen Schauer über ihren Rücken laufen. Ihre Knie wurden weich, drohten unter ihr nachzugeben. Mit großer Anstrengung riß sie sich los.

»Ich werde mich ganz rasch anziehen«, rief sie und verschwand im Bad.

Aber als sie ein paar Sekunden später nochmals einen zärtlichen Blick ins Zimmer werfen wollte, konnte sie den Geliebten nicht entdecken.

»Gert?«

Sie sah sich suchend um und fand ihn in ihrem Bett. Er hatte die Steppdecke bis zum Kinn gezogen, die Augen geschlossen.

»Gert! Du willst doch jetzt nicht etwa schlafen!?«

Dann fiel ihr ein, daß er gestern erst sehr spät ins Bett gekommen war. Sie beugte sich zu ihm hinab. »Ich verstehe ja, daß du müde bist, Gert! Aber bitte ... «

Er streckte mit geschlossenen Augen die Arme nach ihr aus, zog sie an sich.

Sie war überrumpelt, verlor das Gleichgewicht und landete bei ihm auf dem Bettrand.

»Gert, bitte nicht, das ist gemein!«

»Ich habe so lange auf dich warten müssen, Liebling. Jetzt lasse ich dich nicht mehr fort ... «

Noch wollte sie sich wehren, aber da spürte sie seine Hände auf ihrer Haut, diese warmen, trockenen Hände, die eine geradezu magnetische Kraft auf sie ausstrahlten. Ihre Verkrampfung löste sich, sie sank ihm entgegen, und er fing sie auf. Sie nahm seine Küsse, seine Zärtlichkeiten in sich auf, wie trockene Erde einen warmen Regen empfängt, fand zu dem wahren Kern ihres Wesens zurück, wurde wieder Frau, nur Frau, und war dankbar, daß sie es in seinen Armen erleben durfte.

Als Dr. Gert Curtius am Sonntagabend in die Stadt zurückfuhr, fühlte er sich köstlich entspannt. Zwei erfüllte und erholsame Tage lagen hinter ihm. Das Wochenende mit Katja war voller Lachen und Liebe, voll schweigenden Verstehens und guter Gespräche gewesen.

Nur über eines hatten sie nicht gesprochen: über seine Frau und seine Ehe. Dabei drängte es ihn immer wieder, sein Herz zu öffnen, aber gleichzeitig haßte er es, die fatale Rolle des jammernden und unverstandenen Ehemanns zu spielen.

Wenn Katja das Ausmaß seines häuslichen Elends übersehen könnte, würde sie sicher die naheliegende Frage stellen: »Warum reichst du dann nicht die Scheidungsklage ein? Jeder Richter wird einsehen, daß eure Ehe keine mehr ist.«

Sein Zögern, seine Zurückhaltung, seine Weigerung, diesen entscheidenden Schritt zu tun, hätte sie nie verstehen können. Wie sollte er ihr klarmachen, daß er nur sie, Katja liebte und sich dennoch für seine Frau verantwortlich fühlte?

Dr. Curtius fuhr sich mit der Hand über die Stirn. Seltsam, dachte er, die letzten Tage habe ich mich so frei gefühlt. Aber kaum taucht die Stadt wieder auf, wird die alte Qual von neuem in mir wach!

Das Kinderkrankenhaus lag nahe der Umgehungsstraße. Dr. Curtius konnte die matten blauen Nachtlichter, mit denen die Gänge und die Zimmer der Schwerkranken erleuchtet waren, durch die Bäume des Parks schimmern sehen, noch ehe er abbog. Er fuhr an der Villa von Professor Ellwangen vorbei. Hier war alles schon dunkel. Katja war eine gute Stunde vor ihm nach Hause gefahren. Die Uhr am Armaturenbrett zeigte an, daß es wenige Minuten vor Mitternacht war.

Dr. Curtius kurvte um den Block mit dem Park herum. Hinter der Klinik lagen die Wohnungen und Garagen der leitenden Ärzte.

Als er aus dem Auto stieg, sah er, daß in seiner Wohnung Licht brannte. Er zuckte bei dieser Entdeckung förmlich zurück – hatte er doch gehofft, daß Baby diese Nacht noch bei ihrer Mutter bleiben würde.

Verärgert fuhr er den Wagen in die Garage, schloß ab und stieg die schmale Treppe hinauf, die in seine Wohnung führte.

Schon als er den Motor abschaltete, hatte er Musik gehört. Baby ließ wieder einmal ihren Plattenspieler dudeln. Sie schwärmte ziemlich wahllos für Schlager und Tanzmusik – Dr. Curtius hatte jedenfalls noch nie eine bestimmte Linie in ihrem Geschmack feststellen können. Vielleicht war er wirklich zu alt, wie seine Frau behauptete.

Fest stand jedoch, daß sie einen guten Teil des Wirtschaftsgeldes in Schallplatten umsetzte ...

Dr. Curtius versuchte, gegen das Unbehagen anzukämpfen, das ihn jedesmal überfiel, wenn er seine Wohnung betrat. Er begann zu pfeifen wie ein kleiner Junge, der sich im Dunkeln fürchtet. Er wollte sich selber etwas vormachen, wollte auch Baby rechtzeitig wissen lassen, daß er wenige Sekunden später die Wohnung betreten würde.

Aber er erreichte weder das eine noch das andere. Der Druck auf der Brust blieb, und als er das Wohnzimmer betrat, hatte alles den Anschein, als wenn sein Eintritt völlig überraschend käme.

Auf dem Plattenspieler lief ein Blues, und Baby tanzte in aufreizender Umarmung mit einem jungen Mann. Die Luft war blau von Zigarettenrauch, es roch nach Alkohol, nach Schweiß, nach Babys schwerem süßlichen Parfüm.

Dr. Curtius blieb an der Schwelle stehen. Es war ihm peinlich, seine Frau so sehen zu müssen: Sie trug einen giftgrünen Minirock, dazu einen kleinen Pullover aus bonbonrosa Wolle, der sich in geradezu beänstigender Weise über ihrem üppigen Busen spannte. Die ein wenig zu stämmigen Beine steckten in weißen Häkelstrümpfen. Sie tanzte schamlos, den Unterkörper vorgeschoben, mit halbgeöffnetem Mund.

Ihr Partner war der junge Karl-Heinz Holm.

Dr. Curtius räusperte sich, sagte: »Guten Abend!« und kam sich dabei unbeholfen wie ein Bär vor.

Karl-Heinz wandte sich ihm zu, in seinen hellen Augen standen Verlegenheit und schlechtes Gewissen. Seine Ohren wurden rot. »Guten Abend, Herr Doktor«, stotterte er.

Baby gab ihm keine Chance, sich von ihr zu lösen. Im Gegenteil, sie drängte sich nur noch enger an ihn.

»War's nett?« fragte sie ihren Mann über die Schulter des Studenten hinweg.

»Ich wüßte nicht, was an einem Abend mit Kollegen beim Fachsimpeln besonders nett sein könnte«, antwortete Curtius. Dann brachte er seinen Koffer ins Schlafzimmer und begann ihn mit der pedantischen Ordnungsliebe eines Mannes auszupacken, der nicht an weibliche Fürsorge gewöhnt ist. Als die Platte auslief, trat er ins Wohnzimmer zurück.

»Ich glaube, ich muß jetzt gehen«, sagte Karl-Heinz.

»Aber warum denn? Es wird doch gerade erst gemütlich. Laß dich bloß nicht von meinem Mann stören!«

Karl-Heinz wand sich vor Verlegenheit, »Ich weiß wirklich nicht ... «

Baby stampfte mit dem Fuß auf, »Sieh Karl-Heinz bloß nicht so böse an, Gert! Das ist gemein von dir! Er ist schließlich mein Gast, ich habe ihn eingeladen!«

»Natürlich, Baby«, antwortete Dr. Curtius beherrscht. Er trat auf Karl-Heinz zu, reichte ihm die Hand. »Ich will Sie nicht länger aufhalten. Sehen Sie zu, daß Sie nach Hause kommen. Ihre Tante wird sich sonst Sorgen machen.«

»Ja, danke, ich ... « stotterte Karl-Heinz, verneigte sich linkisch und mit hochrotem Kopf vor Baby. »Gute Nacht, Frau Doktor, es war ... es war sehr nett bei Ihnen!«

»Ist er nicht süß?« fragte Baby und kicherte.

»Ein netter Junge«, gab Dr. Curtius trocken zu. Er schüttete den Inhalt der Aschenbecher zusammen, trug alles in die kleine Küche, leerte die Stummel in den Mülleimer und kam mit einem kleinen Tablett zurück.

Baby hatte sich in einen Sessel geworfen. Der Minirock bedeckte gerade den halben Oberschenkel.

Curtius stellte das Tablett auf den Tisch und nahm den Tonarm ab. Die seichte Musik ging ihm auf die Nerven. »Genug für heute, Baby.«

Seine Frau verzog den vollen Mund. »Du bist wirklich ein Spielverderber«, schmollte sie.

Er räumte Gläser und Flaschen auf das Tablett. »Komm, komm«, forderte er sie auf, »sei lieb, pack deine Platten zusammen. Mach wenigstens die Couch frei.«

»Tu's doch selber!«

Er trug das Tablett in die Küche, holte sein Bettzeug aus dem Schlafzimmer und stapelte die Schallplatten auf den Tisch.

Sie beobachtete ihn unter halbgeschlossenen Lidern. »Sag mal, was ziehst du für ein Gesicht? Bist du etwa eifersüchtig?«

»Nein«, erwiderte er, ohne sie anzusehen.

Sie stand auf, kam auf ihn zu. »Wirklich nicht? Nicht ein bißchen?« Sie blinzelte ihn von unten her durch ihre dichten Wimpern an.

Er verzog keine Miene. »Jedem kannst du etwas vormachen, Baby«, gab er langsam zurück, »nur mir nicht. Ich kenne dich durch und durch. Also spar dir die Mühe.«

Sie gab nicht auf. »Du hältst es also nicht für möglich, daß ich dich vielleicht betrügen könnte? Und wenn ich dir jetzt sage ... «

Er packte sie bei den Schultern und schüttelte sie. »Hör auf damit, Baby, hör auf! Du redest Unsinn, das weißt du selbst ganz genau!«

Ihre prozellanblauen Augen füllten sich mit Tränen, aber ihre Lippen plapperten weiter: »Aber es könnte doch sein, daß ein anderer Mann ... «

Er schnitt ihr das Wort ab. »Nein! Es gibt keinen anderen Mann in deinem Leben. Warum willst du mir das vorlügen?«

Sie begann zu schluchzen. Die Tränen hinterließen schwarze Spuren von Wimperntusche auf ihren Wangen.

Er ließ sich in einen Sessel sinken, nahm sie wie ein Kind auf den Schoß und wiegte sie tröstend hin und her.

Sie schmiegte den blonden Pagenkopf an seine Brust. »Oh, Gerti, ich bin ja so unglücklich!«

Ihr Körper war warm, fest und fraulich, ein Körper, der jeden Mann erregen konnte. Aber Gert Curtius war müde, nur müde. Er wußte, daß er keine wirkliche Frau in seinen Armen hielt, sondern nur eine Attrappe, ein schönes, verlockendes Trugbild.

»Ach, Gert«, weinte sie, »warum kann es nicht immer so sein? Warum können wir uns nicht einfach so liebhaben ... wie jetzt?«

»Weil wir keine Kinder sind«, sagte er, »und keine alten Leute. Wir sind Mann und Frau, Baby ... ich bin ein gesunder Mann! Es war mein Fehler, daß wir uns in diesem Punkt nicht schon vor der Ehe kennengelernt haben.«

Sie riß sich mit einem Ruck von ihm los. »Nun sag nicht wieder, daß ich krank bin ... daß ich zu einem Psychiater gehen soll!« Sie funkelte ihn zornig an.

»Aber, Baby, ich bitte dich, davon habe ich doch kein Wort gesagt!«

Sie rutschte von seinem Schoß, stellte sich auf die Füße. »Aber gedacht hast du's, gib es doch zu! Immer willst du nur darauf hinaus ... daß ich zu einem Psychiater gehe, als wenn ich eine Verrückte wäre! Und warum? Bloß damit du deine Schweinereien mit mir treiben kannst! Weißt du, wer von uns beiden nicht normal ist? Du bist es! Sonst würdest du doch nicht dauernd versuchen, solche Sachen mit mir zu machen und ... «

Er packte sie entschlossen bei den Schultern, schob sie trotz ihrer Gegenwehr aus dem Zimmer und schloß die Tür hinter ihr ab.

Sie trommelte noch mit beiden Fäusten dagegen, als er schon auf der Couch lag. Sie schrie und tobte. Curtius stopfte sich die Zipfel des Bettuches in die Ohren und biß die Zähne zusammen. Er fühlte sich erschöpft und tief gedemütigt.

Am Montagmittag um ein Uhr brachte Frau Breuer, Chefsekretärin eines Bankdirektors, ihre zwölfjährige Tochter Barbara zu Dr. Katja Holm zur Untersuchung. Der Termin war telefonisch ausgemacht, weil Frau Breuer sich nur während der Mittagszeit freinehmen konnte.

Sie war eine schlanke, sehr gepflegte Frau, Anfang Dreißig, die außerordentlich selbstsicher in einem klassischen hellgrauen Kostüm auftrat, einen kleinen Modellhut auf dem kurzgeschnittenen Haar. Barbara war ein blasses, schüchtern wirkendes Mädchen mit übergroßen Augen in einem spitzen, dreieckigen Gesichtchen.

»Wahrscheinlich ist es vollkommen unnötig, daß ich Barbara zu Ihnen bringe, Frau Doktor«, erklärte die Besucherin und zog sich, Finger für Finger, die weißen Waschlederhandschuhe aus, »aber ich bin nun mal immer dafür, daß man den Dingen auf den Grund geht. Barbara quengelt reichlich viel herum in letzter Zeit, ist dauernd müde ... na, man kennt das ja bei den jungen Mädchen. Wahrscheinlich nichts als Faulheit und Anstellerei. Aber jetzt will ich es genau wissen.«

Katja hatte nicht viel übrig für diese Art von allzu forschen Müttern, aber sie ließ sich das nicht anmerken. »Also Müdigkeit«, fragte sie, »haben sich noch andere Symptome gezeigt?«

»Na ja, sie mag nichts essen«, sagte Frau Breuer, »allerdings war sie immer schon ziemlich heikel. Und dann ... sie hustet manchmal. Mein Mann sagt, das könnte etwas zu bedeuten haben. Erkältet ist sie allerdings nicht.«

Während die Ärztin sich mit der Mutter unterhielt, machte eine Schwester Notizen.

»Haben Sie mal die Temperatur gemessen?« fragte Katja.

»Nein«, erwiderte Frau Breuer prompt, »daran habe ich gar nicht gedacht.«

Katja wandte sich mit einem ermutigenden Lächeln zu dem Kind. »So, dann mach dich mal frei, Barbara, die Schwester wird dir helfen, damit es schneller geht.«

Als das Kind ausgezogen auf dem Untersuchungstisch lag, erschrak Katja, so bejammernswert dünn sah die Kleine aus. Dann entdeckte sie die bläulich verfärbten Hautpartien an Ober- und Unterschenkeln, und ihre Sorge verstärkte sich. Sie tastete den Hals, die Achseln, die Leistenbeuge ab, spürte, daß die Lymphdrüsen deutlich vergrößert waren.

»Ich stelle mich wirklich nicht an«, flüsterte Barbara.

Katja zwang sich zu einem Lächeln. »Das glaube ich auch gar nicht!«

Frau Breuer war aufgestanden, trat näher, »Nun, haben Sie etwas feststellen können?«

Katja antwortete mit einer Gegenfrage. »Hat sie in letzter Zeit öfter mal Nasenbluten gehabt? Oder Zahnfleischbluten?«

Die Mutter wußte es nicht.

Aber Barbara nickte. »Ja, beim Zähneputzen blutet es ... und Nasenbluten habe ich auch ein paarmal ganz doll gehabt.«

Katja tastete den Leib des Kindes ab, meinte Milz- und Lebervergrößerungen festzustellen. »Tja«, sagte sie so beiläufig wie möglich, »ich glaube, da müssen wir schon noch etwas gründlicher untersuchen. Geht es, Frau Breuer, daß Barbara bis morgen hier bei uns bleibt? Du brauchst nicht zu weinen, Schätzchen, es tut nicht weh, aber wir wollen doch jetzt genau wissen, woran wir sind.«

»Ja, wenn das wirklich nötig ist«, sagte Frau Breuer gedehnt, »aber ich könnte Barbara morgen erst wieder gegen diese Zeit abholen, denn früher ... «

»Das macht nichts«, unterbrach Katja, »so lange behalten wir sie gern hier. Bitte, Schwester, richten Sie alles zur Punktion des Knochenmarks her!«

Während Frau Breuer sich von Barbara verabschiedete, telefonierte Katja mit dem Labor und ordnete an, daß Blutbild und Blutsenkung von der Kleinen gemacht würden. Dann legte sie die Hand unter den Arm der Mutter und führte sie aus dem Zimmer.

Frau Breuer wirkte immer noch sehr selbstsicher, aber ihre Stimme klang nicht mehr ganz so fest, als sie fragte: »Ist es ... etwas Schlimmes?«

Die Ärztin zögerte mit der Antwort. Dann entschied sie sich für die Wahrheit. »Ich fürchte, ja.«

»Aber, ich verstehe nicht«, erwiderte Frau Breuer, »das ist doch nicht möglich! Barbara war bisher nie ernstlich krank, sie hat ja auch keine Schmerzen!«

»Wahrscheinlich doch. Ich bin ziemlich sicher, daß ihre Arme und Beine weh tun. Aber sie hat es nicht so wichtig genommen.« Katja zwang sich zu berufsmäßigem Optimismus. »Jedenfalls war es sehr gut, daß Sie zu mir gekommen sind. Heute abend kann ich Ihnen dann Bescheid geben.«

Frau Breuer war jetzt alarmiert.

»Aber was befürchten Sie denn?«

»Wie gesagt, ich bin nicht sicher ... aber leider Gottes - ich will Ihnen nichts vormachen - alle Symptome weisen auf Leukämie hin!«

»Was?« Frau Breuers Gesicht wurde weiß und spitz. »Sie wollen doch nicht sagen ... Barbara muß sterben?«

»Selbst wenn es Leukämie ist«, erwiderte Katja ernst, »hat Barbara eine Chance. Die ärztliche Wissenschaft ist immerhin so weit, daß sie die Krankheit mit Nebennierenpräparaten und Antibiotika aufhalten kann, vielleicht so lange, bis ein wirkliches Heilmittel gefunden ist. Aber vielleicht haben wir Glück, vielleicht habe ich mich sogar geirrt ... nichts wäre mir lieber.«

Als Dr. Katja Holm in das Untersuchungszimmer zurückkam, hatte die Schwester die Haut über dem Brustbein des Kindes schon desinfiziert. Eine Assistentin aus dem Labor war dabei, mit einer Pipette Blut aus Barbaras Finger zu saugen. Die Schwester übergab Katja die Spritze zur örtlichen Betäubung.

Als die Nerven beim Brustbein gefühllos geworden waren, sagte Katja: »Nun mach schön die Augen zu, Barbara, was jetzt kommt, tut gar nicht weh, du wirst bestimmt nichts davon merken!«

Sie nahm eine zweite desinfizierte Spritze aus der Hand der Schwester, stieß mit der Nadel durch die Haut bis zum Brustbein vor und saugte Knochenmark in die dicke Kanüle. »Schon vorbei.« Sie zog die Spritze wieder heraus und gab der Schwester einen Wink, die kleine Wunde zu versorgen.

Die Laborantin reichte einen Objektträger, auf dem Katja das Knochenmark ausdrückte.

Sie selbst kümmerte sich um das Kind, sah zu, daß es in einem der hübschesten Zimmer untergebracht wurde und ein Nachthemdchen bekam, während im Labor der Befund festgestellt wurde. Barbara schien ganz zufrieden, einmal im Bett liegen und sich richtig ausruhen zu dürfen.

»Aber morgen«, sagte sie, als Katja sich verabschieden wollte, »morgen darf ich doch bestimmt wieder nach Hause ... «

»Ich will dir nichts versprechen, was ich nachher nicht halten kann, Barbara«, war die sanfte Antwort. »Wenn sich herausstellt, daß du wirklich krank bist, mußt du schon noch ein paar Tage bei uns bleiben.«

»Wie lange?« fragte Barbara.

»Nur ein paar Tage, wirklich nicht mehr. Höchstens eine Woche ... Das ist doch nicht so schlimm, nicht wahr? Dann geben wir deiner Mutter die Medikamente mit, und alle vierzehn Tage läßt du dich wieder bei uns anschauen.«

Barbara nickte zufrieden. »Bis ich wieder ganz gesund bin.«

»Ja«, log Katja, und das Herz tat ihr weh. Sie drückte die magere, kraftlose Hand.

Eine Stunde später betrachtete sie im Labor Blutbild und Knochenmark unter dem Mikroskop. Sie fand alle Zeichen für die Richtigkeit ihrer ersten Diagnose, und doch hätte sie niemals mehr gewünscht als in diesem Fall, daß sie sich geirrt hätte.

Die kleine Barbara litt an Leukämie. Sie war zum Tode verurteilt - wenn nicht ein Wunder geschah und die medizinische Wissenschaft raschere Fortschritte machte als diese heimtückische Krankheit. Das war der einzige Trost, den sie Barbaras Eltern geben konnte.

Katja kam an diesem Abend erst nach Hause, als die anderen schon zu Abend gegessen hatten. Sie selber hatte keinen Hunger. Der Fall der kleinen Barbara beschäftigte sie zu sehr. Sie ging geradewegs in das Zimmer ihrer eigenen Tochter hinauf.

Das Mädchen hob den Kopf, als Katja eintrat, und fragte sofort: »Mutti, bist du's?«

»Ja, Liebling! Ich sehe, du hast es dir ganz gemütlich gemacht.« Katja trat näher, streichelte Cindy über das Haar.

Tatsächlich wirkte das blinde Mädchen mit der Sonnenbrille, die in dem vom Regen verdunkelten Zimmer ganz fehl am Platze schien, sehr armselig und verlassen. Sie hatte eine Wolljacke über ihr Sommerkleid gezogen. In sich zusammengekauert hockte sie im Sessel und lauschte einem Klavierkonzert von Grieg, das aus dem Radio klang.

»Schöne Musik hörst du da«, sagte Katja mit dem mühsamen Versuch, Kontakt zu ihrer Tochter herzustellen.

»Ja, ganz nett«, erwiderte Cindy lässig.

Katja lachte. »Na hör mal! Ganz nett ist wohl doch kein Ausdruck für dieses wunderbare Konzert!«

»Ich finde es nun mal ganz nett«, erklärte Cindy mit Nachdruck.

»Wenn du es nur ›ganz nett‹ findest, dann stört es dich wahrscheinlich nicht, wenn ich ein bißchen mit dir plaudere.« Katja zog sich einen Stuhl zu Cindy heran. »Wie hast du den Sonntag verbracht?«

»Geht so«, antwortete Cindy kurz angebunden.

»War's denn nicht lustig? Das täte mir leid. Du hättest eben doch mit mir fahren sollen«, stellte Katja fest und schämte sich ihrer eigenen Heuchelei. »Stell dir vor, ich habe ein süßes kleines Hotel am See entdeckt ... «

Cindy hatte ihr das Gesicht zugewandt, und obwohl Katja wußte, daß die Augen ihrer Tochter hinter der Sonnenbrille tot waren und sie nicht beobachten konnten, machte sie dieser aufmerksam gespannte Ausdruck unsicher. Sie stand auf und ging hin und her, während sie weitererzählte. Es schienen belanglose Dinge zu sein, die doch hochexplosiv waren. Denn bei allem, was sie sagte, mußte sie auf der Hut sein, um nicht zu verraten, daß sie das Wochenende nicht allein verbracht hatte.

»Was machst du denn da?« fuhr ihr Cindy plötzlich dazwischen.

»Nichts Besonderes. Warum?«

»Es macht mich nervös, wenn du immerzu herumläufst!«

»Ach, ich räume nur ein bißchen auf«, erklärte Katja, richtete eine Fotografie im Rahmen auf, zog ein Deckchen zurecht.

»Bitte nicht«, sagte Cindy. Der gereizte Unterton ihrer Stimme stand in keinem Verhältnis zu dem harmlosen Anlaß. »Bitte laß das!«

Wahrscheinlich war es überhaupt nur dieser nervöse Ton, der in Katja den Eindruck erweckte, als ob es irgend etwas in diesem gemütlichen Mädchenzimmer gab, das sie nicht sehen sollte. Ihr Blick wurde aufmerksam.

Sie griff in die große Bodenvase und zog Cindys Nachthemd heraus. Im ersten Augenblick dachte sie nur an eine Schlamperei ihrer Tochter, bis sie feststellte, daß es von oben bis unten zerrissen war.

»Cindy!« rief sie. »Um Gottes willen ... was soll das?«

»Was? Was meinst du, Mutti?« fragte Cindy, aber ihr Kopf zuckte zurück, als ob sie einen Schlag erwartete.

»Dein Nachthemd ... wie kommt es in die Vase? Und wieso ist es zerrissen?« Katja lief zu ihrer Tochter hin, kniete vor ihr nieder, nahm sie in die Arme. »Cindy, erkläre mir doch ... !« Sie spürte das aufsteigende Schluchzen, das den Körper des Mädchens durchlief, noch ehe sie die Tränen sah, die unter der Sonnenbrille hervordrangen.

»Cindy, bitte, sage mir, was war! Ich bin doch deine Mutter ... mir kannst du alles sagen!«

Für Sekunden lastete schweres Schweigen im Zimmer.

»Ein Mann«, Cindy würgte die Worte endlich mühsam mit großen Pausen hervor, »er kam ... hier in mein Zimmer ... über das Spalier! Am Freitagabend ... als du weggefahren warst ... «

»Ein Mann? Cindy, nein, das glaube ich nicht. Nein, das ist unmöglich. Ein fremder Mann?«

»Kein Fremder, er hat ... oh, Mutti, es war so fürchterlich! So ekelhaft und gemein ... es war ... oh ... «

»Cindy«, beschwor Katja ihre Tochter, »wenn du den Mann kennst, sage es mir. Ich muß es wissen!«

Das Mädchen schluchzte: »Onkel Gert ... «

Dr. Katja Holm starrte über den Kopf ihrer blinden Tochter hinweg auf die Fensterscheibe, gegen die der Regen prasselte. Sie spürte, wie das Blut ihr zum Herzen strömte. Für Sekunden wurde ihr dunkel vor den Augen.

»Gert?« fragte sie, und es klang wie ein Stöhnen. »Dr. Gert Curtius?«

Sie umklammerte ihre Tochter, als ob sie ihr Schutz geben wollte. Tatsächlich aber war sie selbst es, die einen Halt suchte.

Cindy weinte. Diese Tränen waren es, die Katja zur Besinnung brachten. Sie atmete tief. »Nein«, überlegte sie, »das ist doch unmöglich! Freitag abend ... «

Sie unterbrach sich mitten im Satz. Beinahe hätte sie sich verraten und gesagt: »Freitag abend war er mit mir zusammen« ... und im gleichen Augenblick fiel ihr ein, daß sie an jenem Freitagabend vergeblich auf Gert gewartet hatte. Er war erst am Morgen gekommen. Theoretisch konnte Cindys Behauptung stimmen - und dennoch ...

»Nein«, sagte Katja laut, »das kann nicht sein! Du mußt dich irren, Kind.« Sie ließ ihre Tochter los, beugte sich zurück und legte ihr die Hand unter das Kinn. »Bitte, Cindy, erzähle mir ... was wirklich geschehen ist. Und wenn ein Mann in deinem Zimmer war, wie hast du ihn erkannt?«

Das Mädchen atmete zitternd. »Wenn du mir nicht glaubst, Mutti ... «

»Cindy, es ist eine ungeheuerliche Anschuldigung, die du da vorgebracht hast. Dr. Curtius, ein angesehener Mann, ein Freund der Familie, sollte ... bitte überlege dir doch noch einmal, was du da sagst. Woher willst du wissen, daß er es war?«

»Er hat es mir selbst gesagt.«

Mehr war aus Cindy nicht herauszubringen. Auf alle anderen Fragen verweigerte sie hartnäckig die Antwort.

»Was willst du denn von mir hören?« schrie sie endlich verzweifelt. »Du glaubst mir ja doch nicht!« Und sie verbarg ihr Gesicht in den Händen.

Katja gab es auf. Sie mußte es aufgeben. Sie kam sich schon wie ein Folterknecht vor, der von einem unschuldigen Opfer eine Aussage erzwingen will. Dabei fühlte sie selbst sich so tief gedemütigt.

Sie half Cindy beim Aufstehen, zog sie aus, führte sie zum Waschbecken, regulierte das Wasser, reichte ihr die Seife. Zum erstenmal wurde ihr voll bewußt, daß Cindy kein Kind mehr war. Wenn sie sich auch noch mit der tolpatschigen Anmut eines Füllens bewegte, so hatte ihr Körper doch schon frauliche Formen angenommen.

Fünf Minuten später kletterte Cindy in ihr Bett. »Darf ich noch ein bißchen Radio hören, Mutti?«

»Wenn du gern möchtest, Liebling, natürlich.« Katja blickte auf die Mauer und das nasse Laub des Spaliers hinab, bevor sie sorgfältig das Fenster schloß. Sie wußte, daß Axel manchmal auf diesem Weg ins Haus kam. Cindy selbst hatte dieses Kletterkunststück ausgeführt, als sie noch sehen konnte - aber ein Mann, ein ausgewachsener Mann? War das überhaupt möglich?

Wie in einer Vision sah sie den schlanken, sportgestählten Körper von Gert Curtius vor sich und erschauerte.

Sie beugte sich am Bett über ihre Tochter, strich ihr das Haar aus der Stirn und gab ihr einen innigen Kuß. »Gute Nacht, mein Liebling!«

Überraschend schlang das junge Mädchen die Arme um ihren Hals. »Ach, Mutti, ich bin ja so froh, daß ich es dir gesagt habe. Und daß du nicht geschimpft hast.«

Als Katja die Tür hinter sich ins Schloß gezogen hatte, blieb sie bewegungslos stehen und starrte in das halbdunkle Treppenhaus. Hinter ihr, aus Cindys Zimmer, tönte Radiomusik.

Katja Holm lief die Treppe hinunter zum Telefon in der Diele und rief ihren Freund an.

Dr. Curtius war gerade erst nach Hause gekommen. Bestürzt über den verstörten Anruf, verabredete er sich mit Katja im sogenannten Pavillon, in dem die Ärzte und Schwestern sich hin und wieder zu einer Zigarette trafen.

In Dunkelheit und Regen wirkte das winzige sechseckige Holzhaus fast ein bißchen unheimlich. Katja Holm stellte ihre Taschenlampe auf den kleinen Gartentisch in der Mitte des Raumes. Der Regen trommelte auf das Schindeldach.

Wenige Minuten nach ihr trat Curtius ein. Das Haar klebte ihm dunkel und schwer an den Schläfen. Zwischen den Augen stand eine schmale Falte, aber trotzdem lächelte er Katja an und wollte sie in die Arme nehmen - sie aber wich einen Schritt vor ihm zurück.

Für den Bruchteil einer Sekunde stand er überrascht da. Seine Augen waren dunkel vor Verständnislosigkeit, die Lippen halb geöffnet.

Aber schnell faßte er sich wieder, zog ein Zigarettenpäckchen aus der Tasche. »Nanu«, sagte er, »Launen?« Er schob eine Zigarette zwischen die Lippen und kramte nach seinem Feuerzeug.

»Du weißt, warum ich dich sprechen muß«, sagte Katja mit spröder Stimme.

Curtius beobachtete die zarte Frauengestalt durch den Rauch seiner Zigarette. »Keine Ahnung.«

»Ich komme von Cindy ... «

»Ja ... und was hat das mit mir zu tun?«

»Gert«, antwortete sie fest, »wenn du es getan hast, dann gib es zu. Glaub nicht, daß ich dich deshalb verurteilen würde. Ich weiß, du bist kein Verbrecher, du bist nur krank ... sehr krank ... «

Er starrte sie unter zusammengezogenen Augenbrauen an. »Sag mal, wovon sprichst du eigentlich?«

»Weißt du das wirklich nicht?«

»Katja, wenn das ein neues Spiel sein soll, so muß ich dir sagen, daß ich es verdammt albern finde. Entweder rückst du endlich mit dem raus, was du auf dem Herzen hast, oder du erlaubst, daß ich wieder verschwinde.«

Sie holte tief Atem. »Cindy«, sagte sie mit dem Mut eines Schwimmers, der mit dem Kopf zuerst ins eisige Wasser springt, »ist auf die niederträchtigste Weise verführt worden!«

Curtius ließ die Zigarette fallen, die er gerade zum Mund führen wollte. Seine Hand zitterte. Sekundenlang senkte er den Kopf, während er mit dem Fuß die Glut austrat. Als er sich Katja wieder zuwandte, schien sein Gesicht wie eine Maske.

»Deswegen hast du mich angerufen«, murmelte er fast unhörbar. Plötzlich verhärteten sich seine Augen. Mit bohrendem Blick sah er der Frau, die ihn zu belauern schien, fest ins Gesicht. »Ah ... jetzt verstehe ich ... Cindy beschuldigt mich, sie überfallen zu haben ... « Seine Stimme war schärfer geworden. Mit einer energischen Handbewegung schnitt er Katja die Möglichkeit ab zu antworten. »Damit wir uns nicht falsch verstehen: Das sollte kein Geständnis sein. Ich habe einfach zwei und zwei zusammengerechnet. Nichts weiter.«

Katja hielt seinem Blick stand. »Du willst mir also nicht die Wahrheit sagen?«

»Katja, ich bitte dich, kannst du im Ernst glauben, daß ich einer solchen abscheulichen Tat fähig wäre?«

»Kann man sich das überhaupt von einem Menschen vorstellen, den man so gut kennt wie ich dich? Aber es muß jemand aus unserem Kreis gewesen sein. Jemand, der sich genau auskennt. Er ist über das Spalier in ihr Zimmer geklettert.«

»Das behauptet Cindy!«

Katja Holm warf den Kopf in den Nacken und funkelte den Mann vor sich an. »Ja, das sagt sie. Und ... warum sollte sie mich belügen?«

»Dafür könnte ich dir gleich aus dem Stegreif mehr als eine Erklärung geben.« Die Stimme von Curtius war ruhiger geworden, wenn auch die Tatsache, daß er sich schon wieder eine neue Zigarette ansteckte, seine Nervosität verriet. »Vielleicht schwärmt sie für mich ... Bitte, ich bin nicht eingebildet, aber es wäre nicht das erstemal, daß ein Teenager für einen wesentlich älteren Mann eine Schwäche hat. Und es wäre auch nicht neu, daß ein Mädchen seine erotische Fantasie als tatsächliches Erlebnis ausgibt oder sogar selbst für Wahrheit hält.«

»Cindy nicht!« widersprach Katja.

»Nein, deine Tochter natürlich nicht«, gab er mit sanfter Ironie zurück. »Sie ist ein Kind, kein Engel ist so rein. Eher bist du bereit, in mir einen Triebverbrecher zu sehen als zuzugeben, daß Cindy nicht anders ist als andere Mädchen ihres Alters auch.«

»Aber ich habe nie bemerkt, daß sie für dich schwärmt«, entgegnete sie, unsicher geworden.

»Es braucht ja auch nicht so zu sein. Ich habe das nur als die eine Erklärung genannt. Mir scheint jetzt fast naheliegender, daß sie etwas von unseren Beziehungen gespürt hat ... «

»Ausgeschlossen!«

»Sag das nicht. Ich weiß, daß du dich immer sehr zusammennimmst, aber ein Mensch, der dich gut kennt, wird es vielleicht doch fühlen. Cindy vielleicht am ehesten. Da sie nichts sieht, fallen ihr womöglich schon Nuancen des Tonfalls auf und machen sie hellhörig. Gesunden Menschen entgeht so etwas leichter.«

»Sie hat mich gefragt«, besann sich Katja, »ob ich am Wochenende mit dir gemeinsam verreisen würde.«

»Na also. Da haben wir es ja. Sie ist eifersüchtig, möchte die Mutter ganz für sich allein haben. Das wäre wirklich ein plausibler Grund.«

»Ja«, stimmte Katja zu, »ja, so könnte es sein.« Im gleichen Augenblick errötete sie. »Kannst du mir verzeihen, daß ich auch nur eine Sekunde lang annahm ... «

Er fiel ihr ins Wort. Seine Stimme klang ein wenig bitter, als er feststellte: »Noch ist ja nicht bewiesen, daß ich recht habe. Das weißt du genausogut wie ich. Jetzt im Augenblick glaubst du mir ... wenn du wieder mit Cindy sprechen wirst, wird wahrscheinlich sie dich überzeugen.«

Wie ein Schlag traf es Katja, daß Curtius mit seiner Behauptung recht haben könnte. »Aber was soll ich denn tun?« rief sie. »Was soll ich denn tun?«

»Du mußt Cindy untersuchen lassen. Vielleicht von Kollege Sydow. Wenn sie wirklich vergewaltigt worden ist, müßten sich Spuren finden lassen. Zumindest könnte einwandfrei festgestellt werden, ob sie noch unberührt ist oder nicht.«

»Ja ... und wenn sich dabei herausstellt, daß doch ... etwas nicht in Ordnung ist?«

Curtius betrachtete die Geliebte sekundenlang mit steinernem Gesicht, ehe er antwortete: »Dann würde ich dir raten, dich an die Polizei zu wenden.« Mit diesen Worten drehte er sich zur Tür.

Katja hielt ihn zurück. »Aber das kann ich doch nicht, Gert. Denke an den Skandal! Wie uns das schaden würde ... nicht nur uns ... meinem Vater, der Klinik ... «

»Diesen Skandal sollten dir das Wohl deiner Tochter und dein Seelenfrieden wert sein«, sagte er hart und löste sich aus ihrem Griff.

Ohne Abschiedswort, ohne sich nochmals umzudrehen, verließ er den Pavillon und trat in die Dunkelheit hinaus, die ihn nach wenigen Schritten verschluckt hatte.

Katja sah ihm nach. In ihrem Herzen brannte Verzweiflung.

Mit abwesenden Bewegungen trat Katja in das Wohnzimmer der väterlichen Villa.

Professor Ellwangen saß in seinem bequemen Sessel, die Beine auf einer Fußstütze, die aufgeschlagene Tageszeitung vor sich.

Als seine Tochter eintrat, hob er kurz den Kopf von der Zeitung.

»Guten Abend, Vater«, sagte Katja so beiläufig wie möglich. »Ich habe noch einen kleinen Spaziergang gemacht.«

Professor Ellwangen war erstaunt. »Bei diesem Wetter?«

»Es war trotzdem sehr schön.« Sie wandte sich an Fräulein Hertha, die Haushälterin, die neben Ellwangen stand. »Kann ich Sie wohl einen Augenblick sprechen?«

»Ja ... «

Katja zögerte. Sie hätte gern ihr Anliegen unter vier Augen besprochen, wollte aber andererseits die Sache so wenig wie möglich aufbauschen. Außerdem sah es gar nicht so aus, als ob der Professor überhaupt zuhörte.

»Ich mache mir Sorgen um Cindy«, stellte sie fest. »Sie schien mir heute abend ... « sie suchte nach dem passenden Ausdruck, »ein bißchen verstört.« Ehe die Haushälterin noch etwas sagen konnte, fuhr sie hastig fort: »Ist Ihnen irgend etwas aufgefallen? Während des letzten Wochenendes? Ist irgend etwas Besonderes passiert?«

Fräulein Hertha schüttelte den Kopf. »Nein. Aber wenn ich jetzt darüber nachdenke ... sie war sehr nervös.«

Überraschend erklärte der Professor hinter seiner Zeitung hervor: »Wahrscheinlich hat sie ihre Menstruation bekommen.«

»Stimmt das?« fragte Katja. »Hat Cindy wirklich ihre Tage bekommen? Wann?«

»In der Nacht zum Samstag«, sagte die Haushälterin kurz, dann verließ sie das Zimmer.

»Vater«, fragte Katja, »woher wußtest du denn, daß Cindy ... ?«

»Sie ist immerhin schon fünfzehn. Und außerdem habe ich es gar nicht gewußt, sondern einfach erraten.« Der Professor lachte. »Wenn Frauen spinnen, steckt meistens so was dahinter. Das kannst du mir glauben, Kindchen. Ich bin ein alter Hase und weiß Bescheid.«

Katja hatte eigentlich nicht vor, noch an diesem Abend ein zweites Mal mit Cindy zu reden. Aber als sie eine Viertelstunde später nach oben ging, glaubte sie aus dem Zimmer ihrer Tochter leise Radiomusik zu hören. Sie hielt den Atem an, lauschte, aber da wurde es drinnen still.

Dennoch drückte sie die Klinke nieder, trat ein und knipste die Deckenbeleuchtung an.

Cindy lag mit abgewandtem Kopf im Bett. Das seidigweiche blonde Haar breitete sich wie ein Fächer über das weiße Kissen. Die rechte Hand lag halb offen und entspannt auf der Steppdecke.

»Liebling«, sagte Katja sanft, »was soll die Schau? Du schläfst doch noch gar nicht. Du hast doch noch vor einer Sekunde Musik gehabt. Ich habe es genau gehört.«

Cindy gähnte verhalten. »Ich war schon fast eingeschlafen.«

Katja setzte sich auf die Bettkante und streichelte sanft den Arm ihrer Tochter. »Kindchen, wollen wir nicht einmal ganz offen miteinander sein?«

»Ich wollte wirklich gerade einschlafen«, beharrte Cindy hartnäckig.

»Ja, als du mich draußen im Treppenhaus hörtest. Da hast du es für besser gehalten, rasch den Radioapparat abzustellen und dich zur Seite zu rollen.«

Cindy sagte nichts, aber der Ausdruck ihres Gesichts verriet Katja, daß sie richtig geraten hatte, und das bestärkte sie noch in ihrer neuen Sicherheit.

»Und das mit dem Mann in deinem Zimmer war auch Schwindel, Liebling, gib's nur zu«, fuhr sie fort. »Ich habe mit Onkel Gert gesprochen ... «

Cindy unterdrückte einen Schrei. »Du hast es ihm gesagt?«

»Nein«, log Katja rasch, »nicht direkt, ich habe nur mal auf den Busch geklopft, weißt du. Jedenfalls war er am Freitagabend meilenweit von unserem Haus entfernt.« Sie sah den Schrecken in Cindys Zügen. »Er weiß nichts, du brauchst dich ihm gegenüber nicht zu schämen. Wir werden unter die ganze Geschichte jetzt einen dicken Strich ziehen und nie mehr darüber sprechen. Einverstanden?«

Cindy seufzte tief - es klang fast erleichtert. »Wenn du meinst ... !«

»Ja, das meine ich. Es war natürlich dumm von dir, so etwas Haarsträubendes zu erfinden, aber andererseits hat es vielleicht auch sein Gutes gehabt. Ich habe wieder einmal nachgedacht ... über dich ... über uns beide ... «

Cindy schwieg, ihre Lippen zitterten ein wenig.

»Wir sollten viel mehr zusammen sein, findest du nicht auch? Es ist schon schlimm genug, daß ich jeden Tag in die Klinik muß. Aber abends und vor allen Dingen an meinen freien Tagen werde ich von jetzt an viel, viel mehr Zeit für dich haben.«

»Du fährst nicht mehr fort?« fragte Cindy.

In dieser Frage sah Katja die Bestätigung für die Theorie ihres Geliebten. »Das hat dir nie gefallen, nicht wahr?«

»War nicht so schlimm«, meinte Cindy zurückhaltend.

»Na, auf jeden Fall hört es jetzt auf.« Sie nahm ihre Tochter in die Arme, küßte sie zärtlich. »Es soll alles anders werden, das verspreche ich dir.«

»Mutti«, sagte Cindy undeutlich, den Kopf an Katjas Brust verborgen, »und wenn das mit dem Mann doch stimmen würde ... was hättest du dann getan?«

»Nun, erst einmal hätten wir dich untersuchen lassen müssen. Du weißt doch, jedes unberührte Mädchen hat ein Hymen, ein Jungfernhäutchen ... « Sie unterbrach sich. »Aber das habe ich dir doch alles schon erzählt.«

»Das wäre dann kaputtgegangen, nicht wahr?« fragte Cindy.

»Ja, und wahrscheinlich hättest du auch noch andere innere Verletzungen davongetragen.«

»Schlimme?«

»Nicht so sehr. So etwas heilt von selber wieder.« Sie drückte ihre Tochter ganz fest an sich. »Auf alle Fälle wollen wir froh sein, daß nicht wirklich etwas passiert ist. Denk nicht mehr daran, mein Schatz.« Sie ließ Cindy in die Kissen zurücksinken. »Versprich es mir, bitte!«

»Ich werde es versuchen«, versprach das Mädchen.

Als Dr. Gert Curtius nach Hause kam, fand er den Wohnraum verlassen und - ausnahmsweise - aufgeräumt vor. Die Tür zum Schlafzimmer stand halb offen. Er trat ein.

Nach seiner quälenden Auseinandersetzung mit der Geliebten und dem Gang durch den peitschenden Regen empfand er den Anblick, der sich ihm bot, wie eine Oase des Friedens. Baby saß im Bett, in die Kissen gelehnt, und hatte ein Buch auf den Knien. Ihr blonder Pagenkopf schimmerte im Schein der Nachttischlampe. Das runde Gesicht wirkte jetzt ohne jedes Make-up geradezu kindlich und blütenzart. Curtius wußte nur zu deutlich, daß zwischen ihm und Katja eine Abkühlung eingetreten war. In seiner Situation wirkte diese Abkühlung fast wie eine Erleichterung auf ihn. Und in diesen Minuten hatte er urplötzlich die leise, zaghafte Hoffnung, doch noch einen Weg zu seiner Frau, zu einer glücklichen Ehe zu finden.

Als Baby ihn sah, riß sie erschrocken die porzellanblauen Augen auf.

»Gert«, rief sie, »wo bist du gewesen? Du bist ja völlig durchnäßt!«

Sie wartete keine Antwort ab, schlug die Daunendecke zurück und sprang aus dem Bett. Das rosa Shorty mit dem sittsamen Krägelchen um den Hals gab ihren üppigen jungen Körper mehr frei, als daß es ihn verbarg. Ihre langen, kräftigen Beine waren bis weit über das Knie hinauf nackt. Das Hemdchen schmiegte sich an ihren festen, runden Busen.

Eine jähe Erregung schnürte Curtius die Kehle zu. »Es ist halb so schlimm«, antwortete er gepreßt.

Aber sie hatte schon die Tür des Wäscheschranks geöffnet, riß ein knallrotes Frottiertuch aus einem Wäschestapel, lief zu ihm hin und begann energisch sein Haar trockenzureiben. »Das sagst du so«, rief sie, »dabei weißt du genau, wie leicht du dich erkältest!«

Er mußte lächeln. Sie wirkte in ihrem besorgten Eifer wie ein kleines Mädchen beim Puppenspielen.

»Hm, hm«, machte er, »das tut gut.«

»Am besten nimmst du gleich ein heißes Bad ... « Sie kletterte aufs Bett, um ihn von da aus noch besser massieren zu können, »und ... «

Der tierhafte, süße Duft ihres jungen Körpers drang auf ihn ein. In diesem Augenblick wußte er nicht, daß es falsch war, daß es zu nichts führen würde - er konnte der Versuchung nicht widerstehen, schlang beide Arme um ihren Leib, bettete seinen Kopf an ihrer Brust, zog sie an sich.

Ihr eben noch biegsamer und verführerischer Körper wurde in seinen Armen steif und kalt wie ein Stück Holz. »Laß das«, flüsterte sie, »bitte laß das!«

Obwohl er erkannte, daß alles sinnlos war, daß er nur wieder einmal mehr die Frau und sich selbst quälen und demütigen würde, war sein Wunsch, sie endlich ganz zu besitzen, sie aus ihrer Verkrampfung zu lösen, stärker als sein Wissen. Erst als sie ihm ins Gesicht schlug, gab er sie frei.

Sie begann bitterlich zu schluchzen. »Oh, Gert, bitte, bitte, verzeih mir ... bitte! Ich bin ja so unglücklich!«

Seine Erregung war so jäh verebbt, wie sie ihn überfallen hatte. Der Schlag ins Gesicht hatte ihn ernüchtert. Er empfand nur noch Mitleid mit ihr - und mit sich, weil er an diese Frau gekettet war und die Hölle dieser Ehe durchstehen mußte.

»So kann es nicht weitergehen, Baby«, sagte er endlich düster, »das weißt du doch selbst. Ich werde mich scheiden lassen.«

Sie kauerte auf dem Bettrand und richtete ihr tränenüberströmtes Gesicht zu ihm auf. »Bitte, Gert, bitte, sei mir nicht böse!«

»Ich bin dir nicht böse, Baby, nur ... das ist doch keine Ehe, die wir führen! Ich mache dir keinen Vorwurf, ich weiß, du bist krank, trotzdem ... « Er reichte ihr sein Taschentuch. »Das muß ein Ende haben.«

Sie putzte sich heftig die Nase. »Du willst mich wirklich ... verlassen?«

»Ja«, entgegnete er mit fester Stimme, »das wäre auch das beste für dich.« Bitter setzte er hinzu: »Dann bist du nicht mehr meinen Belästigungen ausgesetzt!«

»Oh, Gert!« rief sie. »Wie kannst du das sagen! Ich liebe dich doch, nur ... «

»Nein, das tust du nicht. Sonst würdest du einen Arzt aufsuchen. Ich habe dir oft genug gesagt, daß du krank bist ... ja, Frigidität ist eine seelische Erkrankung, aber sie ist heilbar, wenn man den Willen hat, gesund zu werden. Aber du willst ja gar nicht«

»Ich verstehe nicht«, sagte sie, »wie dir so viel daran liegen kann.«

»Wenn du gesund wärst, würdest du es wissen!« Er zog sich einen Hocker heran, setzte sich ihr gegenüber, nahm ihre beiden Hände. »Baby, willst du es nicht tun? Ich bitte dich darum von ganzem Herzen, sonst geht unsere Ehe vor die Hunde.«

Sie versuchte, ihm ihre Hände zu entziehen, und sah zur Seite.

»Es tut ja nicht weh«, sagte er beschwörend, »bitte geh zum Psychiater. Ich bin sicher, dann kann noch alles mit uns gut werden!«

»Ja ... «, antwortete sie zögernd. Aber als sie sah, wie seine Augen aufleuchteten, lächelte sie auch. »Ja, Gert, dir zuliebe!«

Der junge Mann, der Cindy die Hornhaut seiner eigenen Augen vertraglich zugesichert hatte, hieß Ernst Weber. Er war zweiundzwanzig Jahre alt, ein Opfer der Kinderlähmung und lag jetzt schon mehr als zwei Jahre in der eisernen Lunge. Seit diesen zwei Jahren schwebte er täglich zwischen Leben und Tod. Die Ärzte hatten ihn bereits aufgegeben. Er wußte es. Dennoch oder gerade deswegen hatte er niemals seinen Gleichmut verloren. Innerlich schon auf den Tod eingestellt, genoß er jede Sekunde seines Lebens trotz aller Schmerzen und allen Unbehagens. Der Gedanke, durch seinen Tod einem anderen Menschen helfen zu können, hatte ihn ruhig und ausgeglichen gemacht.

Dr. Katja Holm hatte ihn häufig besucht, immer mit einem quälenden schlechten Gewissen, weil sie sich wie ein Aasgeier vorkam, der nur auf den Tod eines anderen wartete. Sie hatte häufig mit seinen Ärzten gesprochen. Bisher hatte sie nie die Geduld verloren oder, genauer gesagt, nie gewagt, ihre wachsende Ungeduld zu zeigen.

Nach den letzten Ereignissen aber war Katja klargeworden, daß eine Entscheidung herbeigeführt werden mußte. Sie wollte endlich wissen, woran sie war. Es war durchaus möglich, daß sich das Leiden von Ernst Weber noch über lange Zeit hinzog. Würde es nicht besser sein, einen anderen Menschen zu suchen, der bereit war, mit ihr einen Vertrag über die Übertragung seiner Hornhaut abzuschließen?

Den ganzen Vormittag dachte sie an den bevorstehenden Besuch in den Städtischen Krankenanstalten, der ihr seiner ganzen Natur nach dennoch zutiefst zuwider war. Aber sie wußte, daß sie jetzt handeln mußte. Um Cindys willen. Es fiel ihr schwer genug, sich auf ihre Arbeit und die kleinen Patienten zu konzentrieren.

Es war Besuchszeit, als Frau Dr. Katja Holm die Städtischen Krankenanstalten betrat. Sie kannte sich aus, fuhr mit einem der Aufzüge in den zweiten Stock hinauf, lief an Schwestern und Kollegen vorbei bis zur Tür mit der Nummer 127 und öffnete sie.

Die eiserne Lunge wirkte wie ein mittelalterliches Folterinstrument. Katja erschrak wie immer ein wenig vor diesem Anblick, obwohl sie sehr genau wußte, daß gerade diese Erfindung schon mehr als einem Menschen das Leben gerettet hatte, der ohne sie unweigerlich verloren gewesen wäre.

»Guten Tag«, grüßte sie so unbefangen wie möglich und trat näher.

Der Patient in der eisernen Lunge lag unbeweglich. Sie mußte hinter ihn treten, um das Gesicht zu sehen - große dunkle Augen über ausgehöhlten Wangen. »Guten Tag«, antwortete er.

Katja verschlug es den Atem: Das war nicht Ernst Weber, sondern ein völlig Unbekannter.

Es dauerte Sekunden, bis sie sich von ihrer Überraschung erholt hatte. Dann erst erkannte sie: Die Tatsache, daß ein Fremder in der eisernen Lunge lag, konnte doch nur bedeuten, daß Ernst Weber von seinem Leiden erlöst worden war. »Entschuldigung«, stieß sie hervor, »ich habe mich in der Tür geirrt.« Fieberhaft arbeiteten ihre Gedanken.

Sie war so in Gedanken, daß sie dem Stationsarzt Dr. Müller fast in die Arme lief. In ihrer Aufregung hatte sie für ihre Umgebung keinen Blick mehr gehabt.

»Nanu, Kollegin«, rief er, »wohin so eilig? Sie haben wohl schon das Neueste von unserem Todeskandidaten erfahren? Der hat uns allen ein Schnippchen geschlagen! Sein Zustand hat sich erheblich gebessert. Diese Woche durfte er schon ein paarmal die eiserne Lunge verlassen. Und er hat es gut vertragen.

Katja Holm fragte gespannt: »Er wird wieder gesund?«

Der Arzt zuckte die Schultern. »Kommen Sie, Frau Kollegin, setzen wir uns einen Moment zu mir ins Sprechzimmer.«

Als er sich eine Zigarette angezündet hatte, erklärte er der aufmerksam lauschenden Katja: »Mit absoluter Sicherheit läßt sich natürlich nichts sagen. Aber im Augenblick sieht es tatsächlich so aus, als ob Weber wieder auf die Beine kommen würde. Natürlich, ich weiß, für Sie ist das eine große Enttäuschung ... «

»Nein«, fiel Katja ihm ins Wort, »nein, so egoistisch bin ich nun doch nicht. Darf ich mal rasch telefonieren?«

»Aber bitte!«

Sie rief Prof. Heinzelmann, den berühmten Augenspezialisten, an und bat um einen Termin, der ihr sofort zugesichert wurde.

Katja verabschiedete sich von Dr. Müller und ging mit raschen Schritten zu ihrem Auto.

Auf der Fahrt durch die Stadt erkannte sie stärker denn je zuvor, daß Cindy so schnell wie möglich geholfen werden mußte. Das Mädchen wurde durch ihre Blindheit nicht nur um die schönsten Jahre betrogen, sondern echt gefährdet. Sie konnte ihre Träume nicht mehr von der Wirklichkeit trennen. Katja hatte den Verdacht, daß Cindys Freundin Ruth die Fantasie der Tochter mit erlebten und erfundenen Geschichten vergiftete. Andererseits konnte sie Ruth nicht das Haus verbieten und Cindy damit auch noch die einzige Unterhaltung nehmen.

Professor Heinzelmann ließ ein paar Minuten auf sich warten. Katja, die von der Sprechstundenhilfe direkt ins Behandlungszimmer geführt worden war, blätterte nervös in den Fachzeitschriften, die auf einem Tischchen lagen. Plötzlich wurde ihr Blick von der farbigen Darstellung eines Augenquerschnitts angezogen. Interessiert studierte sie die Zeichnung. Und erst jetzt wurde ihr voll bewußt, daß sie die letzte Möglichkeit, Cindy zu helfen, schon immer gekannt hatte. Und sie wußte, daß sie nun nichts mehr davon abhalten konnte, diese Möglichkeit auszuschöpfen.

Als Professor Heinzelmann endlich eintrat, war Katja Holm wieder ruhig und gefaßt.

Der Arzt beugte sich galant über ihre Hand. »Sie werden immer hübscher, verehrte Frau Kollegin. Was führt Sie heute zu mir?«

»Es geht um Cindy, Herr Professor. Der junge Mann, der uns seine Hornhaut zugesichert hatte, scheint wieder gesund zu werden. Ich komme gerade aus dem Krankenhaus ... «

Professor Heinzelmann strich sich über das Kinn. »Liebe Kollegin«, sagte er, »das bedeutet nicht mehr als eine Verzögerung. Freuen wir uns zunächst einmal für den jungen Mann. Wir werden einen anderen Spender finden.«

»Ich habe ihn schon gefunden«, antwortete Katja mit fester Stimme.

»Ah, wirklich?«

»Ja«, erwiderte Katja mit einem tiefen Atemzug, »ich werde ein Auge für Cindy opfern!«

Professor Heinzelmann schüttelte nachdenklich den Kopf, dann fragte er: »Ist das Ihr voller Ernst?«

»Ja.«

»Und wenn die Operation mißglückt?«

»Das darf nicht geschehen.«

»Aber es kann. Sie und ich, wir wissen doch Bescheid. Wir wissen, daß jeder ärztliche Eingriff, auch der harmloseste, ein Risiko bedeutet. Und eine Hornhautübertragung ist eine sehr komplizierte Angelegenheit ... «

»Das ist mir gleich«, sagte Katja heftig.

»Aber mir nicht, liebe Kollegin.« Professor Heinzelmann legte ihr beruhigend die Hand auf die Schulter. »Ich würde es mir nie im Leben verzeihen, wenn ich Ihnen eines Ihrer wunderschönen gesunden Augen genommen und nichts, gar nichts damit erreicht hätte.«

Katja hatte Mühe, die Beherrschung zu bewahren. »Ich muß dieses Risiko auf mich nehmen«, sagte sie mit zitternder Stimme. »Hier ist die einzige Möglichkeit, Cindy zu helfen ... ich muß es tun.«

»Was reden Sie sich denn ein? Das ist durchaus nicht die einzige Möglichkeit, sondern eine unter vielen, und für meine Begriffe die schlechteste.«

Katja löste sich von seinem Griff und trat einen Schritt zurück. »Sie wissen nicht, was Cindy durchgemacht hat. Diese Dunkelheit, die sie von allem trennt ... von den harmlosen Vergnügen und von den ersten Flirts, von all ihren früheren Freunden und Freundinnen. Ich kann das einfach nicht mehr mitansehen ... ich kann das nicht länger verantworten!«

»Ich verstehe Sie völlig.« Die Stimme des Professors klang väterlich beruhigend. »Aber wir müssen vernünftig sein.«

Katja schüttelte den Kopf. »Nein. Ich bin lange genug nur vernünftig gewesen. Ich muß Cindy helfen.«

»Das sollen Sie ja auch. Das wollen wir doch beide. Ich war nicht untätig und bin dabei, eine Augenbank einzurichten. In ihr werde ich gesunde Augenhornhaut zur Überpflanzung bereithalten. Dann kann ich jederzeit operieren. Und ich verspreche Ihnen, liebe

Kollegin ... sobald die ersten Augen da sind, werde ich Ihnen Bescheid geben. Cindy steht ganz groß als Nummer eins auf meiner Liste.«

»Ist das ... «, Katja hatte Mühe, ihre Stimme zu beherrschen, » ... ist das Ihr Ernst?«

»Aber ja doch. Ich verspreche es Ihnen in die Hand. Und jetzt gehen Sie ganz ruhig nach Hause und haben Sie ein bißchen mehr Vertrauen. Wir werden es schaffen.«

Am letzten Sonntag im August hatte Dr. Katja Holm freiwillig den Bereitschaftsdienst übernommen, um dafür in der kommenden Woche zwei Tage frei zu haben, die sie mit Cindy, Axel und ihrem Neffen Karl-Heinz irgendwo in der Umgebung der Stadt verbringen wollte.

Als sie von ihrem Rundgang durch die Stationen ins Sprechzimmer zurückkan, fiel ihr Blick auf Dr. Curtius. Er stand mit dem Rücken zum Fenster und sah ihr schweigend entgegen.

»Gert!« sagte sie und preßte unwillkürlich die Hände vor die Brust.

Sein Lächeln war verlegen. »Ich glaube, es wird höchste Zeit, daß wir beide uns aussprechen, Katja.«

»Du bist mir nicht mehr böse?«

Sie machte einen raschen Schritt auf ihn zu, als wenn sie sich in seine Arme werfen wollte, aber etwas in seiner Haltung, eine unverkennbare Reserve, ließ sie mitten in der Bewegung innehalten.

»Böse?« wiederholte er. »Was für ein Wort! Wir sind doch keine kleinen Kinder!«

Sie standen einander gegenüber, nur wenige Meter entfernt, und sahen sich an. Jede Linie in seinem Gesicht war ihr vertraut: die breite Stirn, die kräftige Nase, die Fältchen um die klugen grauen Augen. Dennoch spürte sie schmerzhaft, daß zwischen ihnen eine tiefe Kluft aufgebrochen war.

»Setzen wir uns doch«, sagte sie mit einer unsicheren Handbewegung.

Er zögerte, aber sie achtete nicht darauf, drehte den Stuhl vor dem Schreibtisch zu ihm um, nahm Platz und schlug die schlanken, gut geformten Beine übereinander.

»Eigentlich habe ich nicht so sehr viel Zeit«, sagte er.

Seine Worte trafen sie wie ein Schlag. Trotzdem ließ sie sich nicht anmerken, daß sie verletzt war. »Dann geh«, antwortete sie ruhig, »du wolltest dich aussprechen. Ich habe nicht die Absicht, dich aufzuhalten.«

»Katja!« Seine Stimme klang gequält. »Müssen wir uns denn unnötig weh tun?«

Sie rauchte selten, aber in diesem Augenblick war das Bedürfnis nach einer Zigarette fast unerträglich stark. Sie begann in den Taschen ihres Kittels zu suchen - als sie nichts fand, riß sie eine Schublade des Schreibtisches auf.

Curtius hielt ihr sein Päckchen hin, gerade als sie selbst eine angebrochene Schachtel gefunden hatte.

»Danke«, sagte sie mit erstickter Stimme, »ich habe schon ... « Aber sie ließ es zu, daß er ihr Feuer gab.

Die Zigarette war ausgetrocknet. Katja verschluckte sich und mußte husten. Aber dieses Husten half ihr, die aufsteigenden Tränen zu kaschieren.

Es war ihm anzumerken, wie sehr er nach passenden Worten suchte. »Katja«, sagte er, »eines mußt du wissen ... ich habe dich sehr geliebt ... «

Sie verstand sofort. »Und jetzt ist das vorbei ... «

Curtius schwieg lange. Endlich bat er mühsam: »Mach's mir doch nicht so schwer!«

»Du kannst mir also nicht verzeihen, daß ich in einem Augenblick der Panik meiner Tochter geglaubt habe, als sie ungeheuerliche Anschuldigungen gegen dich vorbrachte? Ist es das?« Es fiel Katja schwer, sich zu beherrschen.

»Auch das«, gab er zu, »du hättest wissen müssen ... «

» ... daß meine Tochter eine pathologische Lügnerin ist! Nicht wahr, das wolltest du doch sagen?«

»Nein. Daß ich nie und nimmer fähig wäre, einen Menschen zu vergewaltigen. Noch dazu ein unschuldiges, junges Mädchen ... ein blindes Kind!«

Katjas Gesicht war blaß und gespannt vor Erregung. »Genau das sage ich ja! Ich hätte sofort wissen müssen, daß Cindy sich diese unglaubliche Geschichte nur ausgedacht hat. Ich hätte das meiner

Tochter auf Anhieb zutrauen müssen. Es war ein unverzeihlicher Fehler, daß ich das nicht getan habe.«

»Ach, Katja, das habe ich dir doch längst verziehen!« Seine Stimme klang plötzlich sehr weich.

Sie drückte die halb gerauchte Zigarette aus, sprang auf, lief zu ihm hin und faßte ihn heftig an den Aufschlägen seines Kittels. »Was ist es dann, Gert? Was dann?«

Er griff nach ihren Gelenken und drückte ihre Hände herunter. Aber er ließ sie nicht los und stieß sie nicht zurück, sondern hielt sie fest. »Die ganze Sache, unser Verhältnis«, sagte er gequält, »es war doch von Anfang an ... wie soll ich sagen ... unfair.«

»Es war Liebe«, sagte sie. »Kann Liebe unfair sein?«

»Ja. Nämlich dann, wenn man einem anderen Menschen damit weh tut. In unserem Falle ... meiner Frau.«

Katja riß sich abrupt von ihm los. »Aber du hast mir doch erzählt ... das einzige Mal, als wir über deine Ehe gesprochen haben ... da hast du mir selbst erzählt, daß sie ... kein Gefühl dafür hat, daß sie frigide ist. Daß sie nichts von dir wissen will, dich zurückstößt! Daß ihr überhaupt keine ... intimen Beziehungen miteinander habt!«

»Das stimmt ja auch«, behauptete Curtius.

»Das stimmt? Und da willst du mir einreden, daß wir deiner Frau etwas wegnähmen? Was denn, wenn ich fragen darf?«

»Katja«, sagte er, »bitte, reg dich doch nicht auf ... «

»Aber ich will jetzt Klarheit haben! Bitte, ich will es wissen! Hast du mich damals belogen? Oder belügst du mich heute? Oder ist das Ganze einfach so verdreht, daß kein denkender Mensch mehr mitkommt?«

Eine tiefe Falte grub sich zwischen seine Augenbrauen. »Ich habe dich niemals belogen.«

»Ja, aber dann ... «

»Baby ist frigide ... echt frigide, verstehst du? Nicht lieblos und nicht böswillig. Sie hat ganz einfach einen krankhaften Horror vor der körperlichen Liebe. Weil ich das wußte, weil sie bemitleidenswert ist, weil sie Hilfe braucht ... deshalb habe ich mich auch nie von ihr scheiden lassen. Obwohl ich dich fand.«

Ihre Lippen wurden schmal. »Ich habe dich ja auch niemals zu einer Scheidung gedrängt.«

»Nein, das hast du nicht«, gab er sofort zu, »und das habe ich dir auch hoch angerechnet. Versteh mich recht ... ich mache dir überhaupt keine Vorwürfe!«

Sie trat einen Schritt zurück, steckte die Hände in die Taschen ihres Kittels. »Wie reizend von dir!«

Er überhörte ihren Spott. »Aber jetzt ist etwas geschehen, etwas ganz Entscheidendes!« Er zögerte einen Augenblick. »Ich habe meine Frau dahin bekommen, daß sie zum Psychiater geht!«

Katja schwieg, sah ihn nur mit hochgezogenen Augenbrauen an.

Es irritierte ihn, daß sie ihn anscheinend nicht verstehen wollte. »Sie hat jetzt den Willen, gesund zu werden«, betonte er, »sie tut etwas für ihre Gesundung! Das ist ein gewaltiger Schritt nach vorn!«

Katja lächelte, es war ein wehes, kleines Lächeln. »Dann kann man wohl nur noch gratulieren.«

»Bitte, Katja, verstehe mich nicht falsch ... meine Gefühle für dich ... «

»Spar dir deine Beileidsbezeigungen«, sagte sie kalt, »ich habe sehr gut verstanden. Bitte, laß mich jetzt allein.«

Er wollte noch etwas sagen, aber dann sah er die Qual in ihren wunderbaren Augen und wußte, daß jedes weitere Wort die Dinge nur verschlimmern würde.

Fast fluchtartig verließ er das Zimmer.

Mehr denn je zuvor widmete sich Dr. Katja Holm ihrer Arbeit in der Klinik und ihrer Tochter. Von Tag zu Tag hoffte sie auf eine Nachricht von Professor Heinzelmann, hoffte sie auf die Hornhautübertragung, die Cindy endlich das Augenlicht wiedergeben und ihr damit zu einem neuen Leben verhelfen sollte.

Aber all ihr Sehnen, Hoffen und Wünschen konnte nicht verhindern, daß der Schmerz um den Bruch mit Dr. Curtius immer wieder aufbrach. Natürlich bemühte sie sich, ihre Umgebung nichts von ihrem Leid spüren zu lassen. So wie sie früher ihre heimliche Liebe verborgen hatte, so behielt sie jetzt ihren Kummer für sich.

Trotzdem war der Schatten unübersehbar, der über ihrem Wesen lag.

Oberarzt Dr. Horst Sydow begann erneut, um Katja zu werben. Als er sie eines Nachmittags auf dem Gang traf, erkundigte er sich in seiner etwas unbeholfenen Art nach ihrem Befinden.

»Danke«, sagte sie und schenkte ihm ihr rasches Lächeln, in dem keine Spur von Fröhlichkeit lag.

»Na ja«, meinte er verlegen, »der Sommer ist vorüber. Noch ein paar schöne Tage, und dann fängt das schlechte Wetter an.«

Sie merkte, daß er sich mit ihr unterhalten wollte, aber sie hatte keine Lust.

»Bis morgen, Horst«, sagte sie und reichte ihm die Hand.

Er nahm die schmale Hand, hielt sie einen Augenblick in der seinen. »Warte, ich werde dich ein Stück begleiten. Mir ist ohnehin nach Luftschnappen zumute.«

Es gab keine Möglichkeit, ihn abzuschütteln, ohne unhöflich zu sein. Gemeinsam verließen sie die Klinik. Katja ging sehr rasch, und Sydow paßte sich ihren Schritten an.

»Ja, der Herbst«, meinte er nachdenklich und stieß mit dem Fuß nach einem Haufen dürrer Blätter, »das ist eine melancholische Jahreszeit. Da hat man so das Gefühl, als ob es rings um einen leer würde.«

»Das kann ich eigentlich nicht finden.«

»Wirklich nicht?« Sydow sah Katja forschend an. Sie errötete unter seinem Blick und ärgerte sich, daß sie errötete.

»Das braucht dir nicht peinlich zu sein, Katja«, fuhr er fort, »Einsamkeit ist keine Schande.«

»Aber ich bin nicht einsam«, protestierte sie, »ich habe ja meine Kinder ... und Vater!«

Dr. Sydow strich sich mit dem Zeigefinger über die Nase. »Ja, die hast du. Wie geht es übrigens Cindy?«

»Wir warten täglich auf eine Nachricht von Professor Heinzelmann. Er hat versprochen, sich selber um die Beschaffung des nötigen Materials zu kümmern.«

»Ich habe davon gehört. Er will eine Augenbank ins Leben rufen. Na, da kann ich euch wohl nur wünschen, daß bald etwas geschieht.«

»Das hoffen wir auch«, sagte Katja. Ihre Gedanken waren nicht ganz bei der Sache.

»Und nachher?« fragte er. »Was soll nachher geschehen?«

Sie blieb kurz stehen. »Was willst du damit sagen?«

»Ganz einfach. Selbst wenn die Operation glückt, wenn Cindy wieder sehen kann, bedeutet das ja nicht die Lösung all eurer Probleme. Durch ihre Blindheit ist Cindy sozusagen geschützt. Wenn sie erst wieder eine Schule besuchen kann, einen Club, einen Tanzkursus ... «

Katjas Lachen klang gezwungen. »Aber Horst, du willst doch wohl nicht etwa vorschlagen, Cindy unglücklich sein zu lassen, nur um sie vor Versuchungen zu schützen?«

»Natürlich nicht«, antwortete Sydow eifrig, »versteh mich nicht falsch. Ich meine nur, daß ein junges Mädchen nicht nur eine Mutter braucht, sondern auch einen Vater ... und daß eine berufstätige Frau wie du ... «

Sie fiel ihm ins Wort. »Es ist nicht meine Schuld, daß ich Witwe bin.«

Er sah sie beschwörend an. »Du hättest längst wieder heiraten können, Katja!«

Sie wußte sofort, worauf er hinaus wollte. Die leiseste Ermutigung von ihr – und er würde ihr wieder einen Heiratsantrag machen.

Nein, nie und nimmer würde sie Dr. Horst Sydows Frau werden, auch wenn er ein noch so guter Arzt und Mensch war. Selbst wenn es um ihr Leben ginge, würde sie das nicht fertigbringen.

»Ach, weißt du«, sagte sie obenhin, »wenn ich ehrlich sein soll: Ich fühle mich recht wohl als alleinstehende Frau. Ich habe mich an diesen Zustand gewöhnt und genieße meine Freiheit. Nein, ich glaube nicht, daß ich mich wieder in eine Ehe einfügen könnte.«

»Mir scheint, du kennst dich selbst sehr schlecht«, behauptete er.

Sie zwang sich zu einem Lachen.

»Nein, nein, ich kenne mich besser, als ihre alle miteinander glaubt. Und was die Kinder betrifft ... auch wenn du mir nicht zutrauen willst, daß ich sie allein erziehen kann, ich bin ganz sicher, daß ich es schaffe. Und außerdem ist ja noch mein Vater da. Vor dem haben sie mächtigen Respekt.«

Sydow wollte seine Hand auf Katjas Arm legen. Um sie festzuhalten, um eine Entscheidung herbeizuführen. Aber mit einer raschen Bewegung verhinderte sie diesen Versuch. Sie wollte ihm die Demütigung und sich selber die peinliche Situation ersparen. »Tut mir leid, Horst«, sagte sie hastig, »aber jetzt muß ich wirklich rasen. Wie wäre es, wenn du uns in den nächsten Tagen mal abends besuchen würdest? Am Mittwoch vielleicht, da sind Vater und ich zu Hause. Und wir könnten einmal ausführlich über alles, was uns betrifft, sprechen.«

Sie nickte ihm zu, wendete sich ab und lief davon.

Dr. Sydow stand und starrte ihr nach.

Am 2. September, einem Montag - Dr. Katja Holm sollte diesen Tag nie in ihrem Leben vergessen -, saß sie mit Cindy beim Frühstück, als das Telefon klingelte. Acht Uhr früh, Axel war schon zur Schule, und Professor Ellwangen, der eine komplizierte Operation hinter sich hatte, schlief noch. Fräulein Hertha, die Haushälterin, war dabei aufzuräumen.

Es klingelte eben zum drittenmal, als Katja in der Diele den Hörer abnahm. Sie meldete sich. Eine weibliche Stimme antwortete »Ich verbinde«, und dann war Professor Heinzelmann am Apparat.

»Ich habe eine sehr gute Nachricht für Sie, liebe Kollegin«, sagte er, »Sie haben es sicher schon erraten: Die Augen sind da! Ich habe die Hornhäute bereits herausgestanzt. Sie liegen jetzt in der Kochsalzlösung und ... «

Katja konnte nicht länger an sich halten. »Professor«, rief sie, »heißt das, Sie werden operieren?«

»Und ob! Am besten kommen Sie noch heute morgen in die Privatklinik Dr. Berger, da habe ich ein paar Betten. Aber wenn Ihnen das zu plötzlich ist ... «

»Nein, nein!« beeilte sich Katja zu versichern. »Ich mache Cindy jetzt gleich zurecht und komme sofort!«

Als sie den Hörer eingehängt hatte, mußte sie tief Luft holen, um sich zu fassen. Der große Tag war da. Ihr wurde fast schwindlig vor Glück.

Sie eilte ins Eßzimmer zurück, um Cindy die große Neuigkeit zu sagen – aber in der Tür prallte sie fast mit ihrer Tochter zusammen.

»Liebling«, rief sie, »hast du es gehört ... «

Aber dann sah sie, daß Cindy alles andere als glücklich schien. Sie war unnatürlich blaß, hielt sich die Hand vor den Mund und machte den verzweifelten Versuch, an ihrer Mutter vorbeizukommen.

Zu spät verstand Katja und trat aus dem Weg. Das Mädchen konnte sich nicht länger beherrschen und erbrach sich auf den Teppich in der Diele.

»Der Kaffee«, keuchte sie, »es war der Kaffee ... «

Katja zog ein Taschentuch, wischte ihr den Mund ab. »Um Gottes willen, Cindy ... hast du das öfter?« Und als Cindy nur keuchte und stöhnte, kein verständliches Wort hervorbrachte, fragte sie, von einem plötzlichen Verdacht gepackt: »Cindy, wann hast du zuletzt deine Tage gehabt?«

Da brach das junge Mädchen zusammen und begann bitterlich zu schluchzen.

Katja war entsetzt. Wenn Cindy ein Kind bekam, dann hatte sie doch die Wahrheit gesagt, dann war sie doch in jener unheilvollen Nacht überfallen worden ...

Für Sekunden wurde es ihr schwarz vor den Augen. Ihr war, als ob der Boden unter den Füßen schwankte. Mit letzter Energie riß sie sich zusammen.

Nur nicht schwach werden, hämmerte sie sich ein, nur jetzt nicht schwach werden! Cindy hat ja niemanden außer mir. Ich muß ihr jetzt Halt und Stütze sein!

Sie nahm ihre Tochter in die Arme. »Cindy, Liebling, weine doch nicht. Erzähl mir ... «

Cindy riß sich von ihr los. »Aber du weißt doch alles! Ich habe es dir damals erzählt ... gleich als es passiert war!«

»Du willst sagen: Es ist wirklich jemand in deinem Zimmer gewesen?«

»Aber ja doch! Glaubst du mir jetzt endlich?«

Katjas Stimme klang müde, als sie sagte: »Bitte, geh jetzt ins Eßzimmer zurück, Cindy, ich komme gleich nach. Dann können wir über alles sprechen. Ich muß hier erst rasch saubermachen.«

Sie sah dem Mädchen nach, wie sie sich mit hängenden Schultern umdrehte, die Hände tastend hob ... doch in diesem Augenblick empfand sie kein Mitleid, sondern nur Auflehnung gegen ein unerbittliches Schicksal.

Als sie ins Eßzimmer kam, saß Cindy in sich zusammengesunken in einem der Korbsessel. Sie hob ihr Gesicht der Mutter entgegen. Ihre Lippen zuckten. »Bist du mir sehr böse, Mutti?« fragte sie mit zitternder Stimme.

Katja fühlte sich ertappt. »Verzeih, wenn ich heftig war, Liebling, aber es war ein harter Schock für mich. Böse bin ich dir bestimmt nicht.«

Cindys schmales Gesicht hellte sich auf. »Dann ist ja alles gut! Ach, Mutti, wenn du ahntest, was für Angst ich ausgestanden habe!«

»Seit wann ... weißt du es denn?«

»Ich habe es die ganze Zeit befürchtet. Es war entsetzlich, Mutti!«

Mit Beschämung mußte Katja erkennen, wie wenig sie ihre Tochter kannte. Cindy hatte ein bedrückendes Geheimnis mit sich herumgeschleppt und sich nach außen hin doch heiter und ausgeglichen gegeben. »Du hättest mit mir darüber sprechen sollen«, sagte sie mit zärtlichem Vorwurf und wußte gleichzeitig, daß sie sich selbst in der jüngsten Zeit dem Mädchen gegenüber falsch verhalten hatte. »Aber jetzt weiß ich es«, fuhr Katja entschlossen fort, »und wir werden beide überlegen, was zu tun ist.«

Die schmale, kindliche Hand tastete zu ihr herüber. »Ja, jetzt ist alles gar nicht mehr schlimm.« Cindy war richtig fröhlich. »Du mußt nicht glauben, daß ich Angst vorm Babykriegen habe ... o nein! Ich hatte bloß Angst, weil ich nicht wußte, wie du es aufnehmen würdest. Und dann, wenn Gert es erfährt ... « – Sie sprach den Vornamen von Dr. Curtius so sicher aus, daß Katja sich vorstellen konnte, wie oft sie in ihren Träumen bei ihm gewesen war –, » ... dann wird er sich doch sicher scheiden lassen und mich heiraten!«

Katja nahm Cindys Hand und drückte sie ganz fest. »Liebling, es war nicht Onkel Gert!«

»Aber, Mutti, ich weiß doch ... «

»Und selbst wenn er es gewesen wäre ... möchtest du denn einen Mann heiraten, der dir so etwas angetan hat?«

Cindy schwieg. Dann sagte sie mit gesenktem Kopf: »Er hat es ja aus Liebe getan.«

»Liebe? Glaubst du denn wirklich, daß Liebe so ist? Gemein und brutal?« Katja verlor sekundenlang die Kontrolle über ihre Stimme, brach ab und setzte nach einer kleinen Pause fort: »Schon gut, sprechen wir nicht mehr darüber. Jetzt ist nicht der richtige Augenblick dafür.«

Sie stand auf.

»Was willst du tun?« fragte Cindy sofort.

»Mal sehen«, sagte Katja ausweichend, »du gehst jetzt auf jeden Fall nach oben und wartest auf deine Lehrerin wie jeden Tag.«

»Und du?« fragte Cindy hartnäckig. »Sprichst du mit Gert?«

Das wollte Katja tatsächlich. Aber das, was sie mit Dr. Gert Curtius besprechen wollte, war etwas ganz anderes, als Cindy erwartete.

»Nein«, antwortete sie deshalb, »das halte ich im Augenblick nicht für sinnvoll.«

»Aber warum nicht, Mutti, er muß es doch auch wissen und ... «

»Bitte, Cindy, überlasse mir die notwendigen Entscheidungen.«

Einen Moment lang sah es so aus, als wenn Cindy protestieren wollte, dann aber sagte sie ergeben: »Ja, Mutti!«

Katja legte den Arm um ihre Schultern, führte sie in die Diele zurück, küßte sie zärtlich auf beide Wangen. »Du brauchst dir keine Sorgen mehr zu machen, Liebling, ich bringe das schon in Ordnung!« Sie schob Cindy zur Treppe hin.

Dann trat sie zum Telefon, rief die Praxis Professor Heinzelmanns an und sagte den bereits verabredeten Besuch ab. Cindy sei zu stark erkältet.

Als Dr. Katja Holm in der Kinderklinik eintraf, war die morgendliche Visite gerade beendet. Oberarzt Dr. Sydow hatte sie geleitet. Er stand mit Dr. Curtius auf dem Gang vor dem Operationsraum. Die beiden Männer waren offensichtlich in ein Fachgespräch vertieft. Erst als die junge Ärztin schon auf wenige Schritte an sie herangekommen war, drehten sie sich nach ihr um.

»Hallo, Katja«, sagte Sydow mit seinem gutmütigen Lächeln, »du kannst dich wohl gar nicht mehr von der Klinik trennen? Du hast doch heute dienstfrei.«

»Ja, das schon«, sagte Katja und sah hilfesuchend zu Dr. Curtius.

Aber der hatte sich schon halb abgewandt. »Entschuldigt, ich habe eine Operation ... «

Er wollte sich entfernen, aber Katja rief ihn zurück. »Bitte«, sagte sie, »bitte ... « Sie ahnte nicht, daß ihr ganzes Auftreten Aufsehen erregen mußte: Der Mantel war nicht zugeknöpft, das dichte Haar war nicht, wie sonst, gebändigt, die Augen hatten einen merkwürdigen Glanz.

»Was ist?« fragte Dr. Sydow. »Sind die Kinder krank? Ich kann gleich mal hinüberschauen, wenn du willst ... «

»Nein«, antwortete Katja. »Verzeih, Horst ... aber ich muß dringend mit Dr. Curtius sprechen.«

»Ach so.« Der Oberarzt war ein bißchen pikiert und sah zwischen Katja und seinem Kollegen hin und her.

Es war ihr in diesem Moment völlig egal, was er von ihr dachte. »Unter vier Augen«, betonte sie, »privat.«

Dr. Sydow preßte die Lippen zusammen, drehte sich um und ging wortlos davon.

»Das hättest du nicht sagen sollen«, tadelte Dr. Curtius.

»Warum nicht?« fragte Katja. »Hast du Angst vor einem Skandal?«

»Ehrlich gestanden: ja. Man soll schmutzige Wäsche nicht vor anderen waschen. Aber bitte ... was willst du?«

»Nicht hier«, wehrte sie ab, »gehen wir in mein Zimmer.«

Das Vorzimmer war nicht besetzt. Mit hastigen Schritten ging Katja geradewegs in ihren Arbeitsraum. Erst dort drehte sie sich zu Curtius um und schloß die Tür sorgfältig.

»Ich weiß, du hast zu tun«, sagte sie, »und ich will dich auch keine Sekunde länger als nötig aufhalten ... «

»Also dann ... rede schon«, sagte er ungeduldig.

»Cindy bekommt ein Kind!«

Sie sah ihm ins Gesicht, und es entging ihr nicht, daß seine braune Haut fahl wurde.

»Katja«, rief er halblaut.

»Auch das noch!«

»Sie behauptet, daß du der Vater bist.«

Er machte einen Schritt auf sie zu. »Aber das glaubst du doch nicht im Ernst! Ich habe dir erklärt ... bitte, Katja, sieh mich nicht so an! Du wirst dir doch nicht vorstellen können, daß ich ein Kind, ein blindes Mädchen, daß ich deine Tochter vergewaltigt hätte?«

Sie begriff sehr gut, was in ihm vorging, hätte sich am liebsten tröstend und schutzsuchend zugleich in seine Arme geworfen. Aber sie behielt sich in der Gewalt. »Darum geht es ja gar nicht«, sagte sie.

»Um was denn sonst?«

»Cindy darf dieses Kind nicht bekommen!«

Er antwortete nicht, starrte die Frau vor sich nur an, als wenn er nicht richtig verstanden hätte.

»Sie ist ja selbst noch ein Kind«, sagte Katja heftig, »erst fünfzehn Jahre! Sie ist blind! Sie ist hilflos!«

Er antwortete immer noch nicht, griff in die Tasche seines Kittels, brachte ein Zigarettenpäckchen zutage, führte es an den Mund, zog mit den Lippen eine Zigarette heraus, suchte nach Streichhölzern. Seine Bewegungen waren mechanisch.

»Steh nicht da und starr mich an, als wenn ich ein Ungeheuer wäre«, schrie sie. »Ich bin eine Mutter, nichts weiter als eine Mutter, der du helfen mußt!«

Er nahm die Zigarette wieder aus dem Mund und steckte sie in das Päckchen zurück. »Was du jetzt brauchst«, sagte er endlich, »ist ein Kognak. Hast du keinen hier?«

»Was ich brauche, ist Hilfe, deine Hilfe! Gert, du kannst mich jetzt nicht im Stich lassen!« Sie wollte nicht weinen, aber sie konnte trotz aller Willensanstrengung die Tränen nicht unterdrücken.

»Katja«, sagte er erschüttert, »Liebes ... « In seiner Stimme war ein Klang, den sie schon so lange nicht mehr gehört hatte. Aber er bewirkte nur, daß ihr seelischer Widerstand völlig zusammenbrach. Sie begann hemmungslos zu schluchzen.

»Cindy darf das Kind nicht bekommen«, stieß sie hervor. »Mir geht es nicht um die Leute, das kannst du mir glauben. Aber ihre

Zukunft, ihr ganzes Leben wäre durch eine so frühe Mutterschaft verbaut. Sie ist dem allen seelisch doch noch gar nicht gewachsen. Mein Gott, gerade jetzt ... jetzt könnte die Augenoperation durchgeführt werden. Professor Heinzelmann hat angerufen ... « Sie brach erschöpft ab.

Er wich bis zum Schreibtisch zurück. »Die Operation kann nachgeholt werden«, sagte er langsam. »Dafür ist es auch nach der Geburt noch nicht zu spät.«

»Wie du das sagen kannst!« Katja suchte nach einem Taschentuch. »Aber weißt du, was das für Cindy bedeuten würde? Noch fast ein Jahr blind bleiben müssen ... und dann, dann hat sie ein Kind ... o nein, Gert, das kannst du nicht zulassen! Bei allem, was zwischen uns war ... «

»Gerade deshalb kann ich dir nicht helfen!«

»Aber du mußt, Gert, du bist der einzige Mensch ... «

»Nein. Du kannst nicht wirklich wollen, daß ich diesen Eingriff mache. Wenn Cindy reif genug ist, ein Kind zu empfangen ... «

»Aber es war eine Vergewaltigung!«

»Das glaubst du, Katja, und ich nehme es dir nicht übel, daß du, als Cindys Mutter, deinem Kind glaubst. Aber bewiesen ist diese ›Vergewaltigung‹ keineswegs ... und selbst wenn sie es wäre ... man kann nicht ein Verbrechen durch ein anderes ungeschehen machen.«

Katjas Tränen versiegten. Sie fühlte sich erschöpft, gleichzeitig aber auch ernüchtert und ruhig. »Du willst also, daß sie das Kind bekommen soll?«

»Ich sehe keine andere Möglichkeit.«

»Und es ist dir gleich, daß sie dich als Vater angeben wird?«

»Nein«, sagte er, »natürlich nicht. Aber ich werde es wohl in Kauf nehmen müssen. Und damit wir uns richtig verstehen ... ich werde die Vaterschaft selbstverständlich bestreiten. Denn ich habe mit dieser Sache nichts zu tun.« Er wollte zur Tür.

Katja vertrat ihm den Weg. »Jetzt weiß ich, daß du mich nie geliebt hast.«

Curtius sah auf sie herab, mit dem kleinen, spöttischen Lächeln in den Augenwinkeln, das ihr so vertraut war. »Du irrst dich, Katja. Gerade weil ich dich sehr geliebt habe, will ich dich vor dieser Dummheit bewahren!« Sein Gesicht wurde plötzlich ernst, er packte sie an der Schulter. »Hör auf mich, Katja, gib es auf. Glaub mir, ich weiß, wie dir jetzt zumute ist. Aber du mußt jetzt alles durchstehen ... «

Sie riß sich von ihm los. »Nichts weißt du«, rief sie, »gar nichts! Du bist ein Mann, was verstehst du denn schon? Nimm dich in acht, ich werde darum kämpfen, daß Cindy dieses Schicksal erspart bleibt ... mit allen Mitteln!«

Er hob die Augenbrauen. »Wenn das eine Drohung sein soll ... ich habe keine Angst«, sagte er und verließ endgültig das Zimmer.

Katja blieb allein zurück. Erst jetzt begann sie das volle Ausmaß ihrer Niederlage zu begreifen. Sie hatte alle Hoffnung auf Gert Curtius gesetzt. An wen sollte sie sich jetzt noch wenden?

Eine halbe Stunde später betrat Dr. Katja Holm das Sprechzimmer von Professor Heinzelmann. Er kam ihr mit ausgestreckten Händen entgegen. »Meine liebe, verehrte Kollegin, was für ein Pech, daß es unsere kleine Cindy gerade jetzt erwischt hat. Aber Sie werden sehen, in ein paar Wochen ... «

Katja überließ dem Professor ihre Hände, aber ihr Gesicht blieb starr. Sie konnte sich beim besten Willen nicht zu einem Lächeln zwingen. »Nein«, widersprach sie, »in ein paar Wochen wird es auch nicht möglich sein: Cindy hat keine Grippe, sie bekommt ein Kind.«

Überrascht ließ Professor Heinzelmann ihre Hände los. »Das ist allerdings ... «

»Ja, das ist schlimm«, sagte Katja, »deshalb bitte ich Sie, mir zu helfen, Herr Professor!«

»Ich wüßte nicht ... «

»Sie müssen mir eine Bestätigung ausschreiben ... ein Attest, daß Cindy kein Kind bekommen darf!« Als sie merkte, daß der Professor zögerte, fuhr sie eindringlich fort: »Sie ist doch noch so jung, und dann ... ihre Augen ... «

»Tja, ich verstehe Ihre Aufregung natürlich sehr gut, verehrte Kollegin ... « Professor Heinzelmann zog sich hinter seinen Schreibtisch zurück. »Aber vom ärztlichen, genauer: vom augenblicklichen

Standpunkt aus gesehen bestehen gegen die Schwangerschaft ja keine Bedenken.

Wenn dieser Zustand nach der Operation eingetreten wäre ... Sie wissen ja selbst, jede Aufregung, vor allem jede körperliche Anstrengung kann den Erfolg zunichte machen ... dann hätte man vielleicht ... aber so ... «

Katjas Mund wurde trocken. »Ich hätte Ihnen also gar nichts sagen sollen? Ich hätte Ihnen Cindy zur Operation bringen sollen und dann ... «

»Aber, aber, liebe Kollegin, was reden Sie sich denn da ein. Natürlich war es vollkommen richtig, daß Sie mich unterrichtet haben. Sie wissen, eine Hornhautübertragung ist ein sehr komplizierter und diffiziler Eingriff ... ihn an einer Schwangeren auszuführen, wäre geradezu Wahnsinn, ganz abgesehen davon, daß auch eine Ausschabung alles hätte verderben können.«

Katja rang um Fassung. »Herr Professor, was soll ich denn tun?«

»Ich an Ihrer Stelle würde feststellen, wer der Vater des Kindes ist.«

»Herr Professor«, entgegnete Katja heftig, »ich will nicht, daß meine Tochter dieses Kind bekommt!«

Heinzelmann sah sie nicht an. Er spielte mit einem Lineal, das auf dem Schreibtisch lag. »Ja, dann ... bleibt nur die Bestätigung von zwei Ärzten - einem Frauenarzt und einem Amtsarzt -, daß Cindy nicht imstande ist, ein Kind zur Welt zu bringen, ohne gesundheitlichen Schaden zu nehmen. Aber ich kann nichts dazu tun, liebe Kollegin, gar nichts. Sie entschuldigen mich jetzt bitte, meine Patienten warten.«

Als Katja Holm wenig später auf der Straße stand, war sie noch immer wie betäubt. Es war ein schöner Herbsttag mit blauem Himmel und weicher Luft. Aber davon sah und spürte sie nichts. Benommen starrte sie vor sich hin. Ihr war sterbenselend.

Sie war so entschlossen gewesen, Cindy zu helfen, und hatte nichts erreicht. Im Gegenteil: Es war alles nur noch schlimmer geworden. Heute morgen war Cindys Zustand noch ein Geheimnis gewesen, und jetzt gab es schon zwei Mitwisser: Dr. Curtius und Professor Heinzelmann, Mitwisser und Gegner zugleich.

Cindy hatte in ihrem Zimmer nur darauf gewartet, daß die Mutter das Haus verließ, dann begann sie hastig, sich umzuziehen.

Rock und Pullover warf sie zuunterst in den Schrank, nahm ein hellblaues Wollkleid heraus, von dem sie wußte, daß es ihr besonders gut stand. Es fiel ihr nicht schwer, dieses Kleid herauszufinden, denn der Stoff war besonders leicht und weich, und der Kragen war unverkennbar. Als sie sich angezogen hatte, schlüpfte sie in ihre Klubjacke, öffnete vorsichtig die Zimmertür, lauschte einen Augenblick und schlich so leise wie möglich die Treppe hinunter. An der Garderobe griff sie nach ihrem Stock und verließ das Haus durch die Hintertür.

Eilig und doch mit äußerster Konzentration ging sie in Richtung auf die Kinderklinik. Sie wußte, daß sie auf keinen Fall stürzen oder sich verirren durfte.

Oberarzt Dr. Sydow beugte sich über einen kleinen Patienten, der soeben eingeliefert worden war, einen etwa achtjährigen Jungen. Die kindlichen Lippen waren fest zusammengepreßt, in den Augen glänzte die Angst, kalter Schweiß stand ihm auf der Stirn.

Dr. Sydow lächelte ermutigend. »Du heißt Jürgen, nicht wahr? Und ich bin der Doktor Sydow ... du kannst aber ruhig ›Onkel Doktor‹ zu mir sagen, wenn du magst ... «

Jürgen nickte.

»Du mußt dich nicht schämen, daß dir mulmig zumute ist, Jürgen. Das ginge jedem anderen auch so ... auch einem ganz starken, erwachsenen Mann. Aber jetzt bist du ja hier bei uns in der Klinik, und wir werden die Sache schon in Ordnung bringen. Deine Mutter sagt, du hast heute mit deiner Klasse einen Ausflug gemacht?«

Wieder nickte Jürgen.

»Und ... was ist dabei passiert?«

Die Schwester hatte Jürgen Strümpfe und Schuhe ausgezogen, und Dr. Sydow betrachtete das linke Bein des Jungen, das stark angeschwollen und blau verfärbt war. »Irgendwas hat mich gestochen«, würgte Jürgen hervor.

Dr. Sydow betrachtete aufmerksam den Fuß des Jungen, fand zwischen Knöchel und Ferse in einem Abstand von etwa einem Zentimeter zwei kleine Nadelstiche.

Dr. Sydows Diagnose stand fest: Kreuzotterbiß.

»So, Schwester«, sagte er, »bringen Sie den Kleinen sofort nach oben ins Bett und stellen Sie ihn ruhig. Ich werde indessen von der toxikologischen Abteilung der Städtischen Krankenanstalten Schlangenserum anfordern!«

Als er angerufen hatte, sprach er mit der Mutter, die draußen auf dem Gang wartete. »Von einer Stunde zur anderen werden wir damit nicht fertig. Sie müssen uns schon etwas länger Zeit lassen. Wahrscheinlich wird in den nächsten Tagen nicht nur das ganze Bein, sondern auch noch die linke Bauchseite bis zur Brust hinauf dunkelblau werden. Aber wir kriegen ihn schon durch, nur keine Bange!«

Das Schlangenserum traf wenige Minuten später mit der Funkstreife ein. Dr. Sydow brachte es nach oben.

Die Oberschwester hatte Spritze und Skalpell schon sterilisiert.

Mit einem einzigen Schnitt, der so scharf und so rasch war, daß Jürgen ihn kaum spürte, öffnete Dr. Sydow die Bißstelle, reinigte sie, legte einen Verband an und gab Nebennierenhormone.

Anschließend spritzte er das Serum intravenös, verabreichte Kreislaufmittel, gab Penicillin. Dabei sprach er unaufhörlich mit dem kleinen Jungen, um ihn von seinen Schmerzen abzulenken, erklärte ihm alles und machte ihn sozusagen zum Mitverschworenen.

Jürgen hielt sich sehr tapfer.

Zum Schluß legte der Arzt eine intravenöse Infusion mit Lävuloselösung an. Er ließ die Oberschwester bei dem Patienten, bis eine Wachschwester sie ablöste. Dann trat er auf den Gang hinaus und zündete sich eine Zigarette an.

Plötzlich entdeckte er Cindy, Katja Holms Tochter.

Zuerst dachte Dr. Sydow, daß sie im Park nur spazierenginge. Aber dann fiel ihm auf, wie zielbewußt und energisch sie vorwärtsstrebte. Suchte sie ihre Mutter?

Im Erdgeschoß traf Dr. Sydow auf Schwester Martha.

»Moment mal, Schwester«, sagte er, »ich glaube, wir haben eben Besuch bekommen!«

Schwester Martha blieb stehen. »Stimmt, Herr Oberarzt, die kleine Holm. Ein reizendes Mädchen, zu schade, daß sie ... «

Dr. Sydow fiel ihr ins Wort. »Hat sie ihre Mutter noch getroffen?«

»Nein. Die Frau Doktor ist ja schon lange fort. Außerdem ... sie wollte mit Dr. Curtius sprechen.«

Dr. Sydow fragte: »Mit wem?«

»Mit Dr. Curtius. Aber ich konnte ihr nicht helfen. Der Herr Doktor operiert gerade. Ich habe sie in das Sprechzimmer ihrer Mutter geführt. Sie hat gesagt, sie würde gern warten.«

Einen Augenblick blieb Sydow nachdenklich stehen, dann ging er entschlossen auf das Sprechzimmer zu. Mit einem Ruck öffnete er die Tür.

Cindy hatte in einem Sessel gesessen. Jetzt stand sie auf. Ihre Linke tastete in die Luft, auf den Arzt zu: »Gert ... ?« fragte sie, und dann sicherer: »Gert! Bitte, sei mir nicht böse, daß ich dich hier überfalle, aber ich muß mit dir sprechen ... ich muß dir etwas sagen ... «

Aus einem unerklärlichen Gefühl heraus antwortete Dr. Sydow nicht. Aber er trat dicht vor das Mädchen.

Cindy ahnte nicht, daß Dr. Sydow vor ihr stand. »Gert«, sagte sie mit zitternder Stimme, »ich bekomme ein Kind von dir. Wir müssen heiraten ... «

Oberarzt Dr. Sydow starrte auf das blinde Mädchen. Für Sekunden verschlug es ihm den Atem. Er begriff, daß er dieses böse Spiel nicht weitertreiben durfte, doch Cindys Eröffnung war so ungeheuerlich, daß er einfach keine Worte fand.

Sie umklammerte seinen Arm. »Ich weiß, wie schwierig das alles für dich ist«, sagte sie, »aber du mußt dich scheiden lassen. Es gibt keinen anderen Weg.«

Er räusperte sich, trotzdem klang seine Stimme immer noch heiser, als er antwortete: »Du täuscht dich sicher, Cindy ... «

»Nein«, widersprach sie heftig. »Nein! Ich habe dich erkannt, Gert! Du bist zu mir ins Zimmer gekommen, über das Spalier und ... Bitte, zwinge mich nicht, das alles noch einmal ... « Sie stockte.

Er schüttelte sie bei den Schultern. »Was, Cindy?«

»Daß du zu mir ins Bett gekommen bist und ... und jetzt erwarte ich ein Kind von dir, Gert! Ich bin dir ja nicht mehr böse, aber du mußt etwas tun ... sofort!«

Dr. Sydow legte zärtlich seinen Arm um ihre Schultern. »Du hast dich in mir getäuscht, Cindy ... bitte laß mich jetzt erst einmal ausreden! Ich bin nicht Dr. Curtius, ich bin Onkel Horst!«

»Nein«, rief Cindy erschrocken, »o nein! Warum hast du mir das nicht gleich gesagt?«

»Aber du hast mich doch gar nicht zu Wort kommen lassen.«

»Du hättest es mir trotzdem sagen müssen! Das war einfach gemein von dir!« Sie wollte sich von ihm losreißen, bemühte sich, ihren Stock zu finden. Sie war schrecklich verstört. Es war ihr, als ob plötzlich alle Welt sich gegen sie stellte. Ausgerechnet Dr. Sydow, in dem sie immer nur den guten Onkel gesehen hatte, hatte sie so getäuscht.

»Cindy, ich hatte doch keine Gelegenheit ... «

»O doch!« schrie sie. »Du hast es mit Absicht getan! Du hast mich hereingelegt. Ich will nichts, nichts mehr mit dir zu tun haben!«

Aber er hielt sie fest, mit einer Kraft, die sie nie bei ihm vermutet hatte, drückte sie so eng an sich, daß sie fast keine Luft mehr bekam. Seine Lippen berührten ihre Stirn, ihre Wangen, ihre Augen - ein Schauder jagte über ihren Rücken.

»Cindy«, keuchte er zwischen seinen Küssen, »bitte, Cindy, verzeih mir! Ich meine es doch nur gut mit dir ... ich habe dich doch lieb!«

»Laß mich los«, rief sie atemlos, »oder ich schreie!«

Er gab so plötzlich nach, daß sie fast das Gleichgewicht verloren hätte. »Cindy«, sagte er, »du hast doch nicht etwa Angst vor mir?«

»Nein! Aber du bist mir widerwärtig ... ekelhaft, wenn du mich so an dich drückst!«

Darauf sagte er gar nichts. Er blieb so lange still, daß sie das Gefühl hatte, ihre Worte stünden immer noch in der Luft, und je länger dieses Schweigen dauerte, desto unsicherer wurde sie.

»Entschuldige«, sagte sie endlich gepreßt, »ich wollte dich nicht kränken.«

»Schon gut«, murmelte er enttäuscht.

»Es ist nur .., ich habe es wirklich nicht gern, wenn man ... «

»Bei Dr. Curtius hast du es aber gern gehabt, nicht wahr?« sagte er plötzlich mit ungewohnter Schärfe.

»Nein, o nein, ich habe mich gewehrt ... ich habe das nicht gewollt. Aber er war stärker und ... « Das Gefühl, in eine völlig ausweglose Situation geraten zu sein, wurde übermächtig. Sie konnte nicht weitersprechen, begann bitterlich zu schluchzen.

Dr. Sydow strich ihr sanft über das Haar. »Es ist alles nicht so schlimm, Liebes«, sagte er, »glaube mir! Es wird alles wieder gut werden. Ich bin sehr froh, daß ich es jetzt weiß. Ich werde dir helfen, paß auf!« Er nahm ihr die Brille mit den dunklen Gläsern ab, zog ein Papiertaschentuch aus seinem Kittel und tupfte zart die Tränen aus ihren toten Augen.

»Komm jetzt«, sagte er, »ich bringe dich zu deiner Mutter.«

Dr. Katja Holm war von der Praxis des Augenarztes aus geradewegs nach Hause gefahren. Sie vergrub die Zähne in ihre Unterlippe, versuchte mit äußerster Willensanstrengung, ihre Gedanken zu ordnen und ihrer Gefühle Herr zu werden. Aber alles in ihr war ein einziger Aufruhr.

Es trieb sie zu ihrer Tochter zurück. Wie mußte ihr armes, kleines Mädchen leiden! Wichtiger als alles andere war jetzt, Cindy beizustehen, sie zu trösten, zu beruhigen und zu ermutigen.

Sie parkte ihren Sportwagen vor dem Haus, lief durch den Vorgarten, schloß die Haustür auf, eilte die Treppe hinauf und riß die Tür zu Cindys Zimmer auf.

Das Zimmer war leer.

Völlig verblüfft blieb sie einige Sekunden auf der Schwelle stehen.

Dann drehte sie sich um und rief: »Cindy! Cindy!«

Aber statt ihrer Tochter tauchte die Haushälterin, Fräulein Hertha, auf. Auf ihren Wangenknochen brannten rote, kreisrunde Flecken, aus ihrem grauen, sonst immer sorgfältig frisierten Haar hatte sich eine Strähne gelöst. »Frau Doktor«, stieß sie hervor, »gut, daß Sie da sind! Ich habe schon die ganze Zeit versucht, Sie zu erreichen, aber ich wußte ja nicht ... «

Katja fiel ihr ins Wort. »Wo ist Cindy?«

»Fort! Ich habe sie noch die Treppe heraufkommen hören, vor etwa zwei Stunden, und dann, als die Frau Studienrat kam, war Cindy verschwunden. Die Lehrerin war sehr böse, sie sagte ... «

»Das ist mir jetzt völlig egal. Wir müssen Cindy finden. Wohin kann sie nur gegangen sein?« Katjas Nerven waren so gespannt, daß ihr schon die schrecklichsten Möglichkeiten durch den Kopf gingen.

»Ich weiß es nicht«, sagte Fräulein Hertha verzweifelt, »im Haus ist sie jedenfalls nicht. Ich bin in jedem Zimmer gewesen ... vom Keller bis zum Boden!«

Professor Ellwangen kam aus seinem Schlafzimmer. »Um Gottes willen, regt euch doch nicht so auf. Fräulein Hertha hat mir schon alles erzählt ... jetzt setz dich erst mal, Katja, du siehst ja aus wie der Tod!«

Katja ließ sich auf eine Truhe sinken, »Ich mache mir auch schreckliche Sorgen, Vater!«

»Ach was«, sagte Professor Ellwangen, »dazu gibt es doch gar keinen Grund! Ihr müßt endlich aufhören, in Cindy einen kleinen Engel zu sehen. Sie ist ein Kind wie jedes andere. Wahrscheinlich hat sie heute einfach keine Lust gehabt zu lernen und hat sich deshalb verdrückt.«

Katja sah ihren Vater an - nein, sie konnte ihm nicht die Wahrheit sagen, nicht ausgerechnet in dieser Situation. »Vielleicht hast du recht«, antwortete sie langsam, »aber wo könnte sie sein? Sie war noch nie allein auf der Straße seit ihrer Erblindung.«

»Wahrscheinlich ist sie in den Park gegangen ... hat einen kleinen Spaziergang gemacht.«

Katja warf einen Blick auf ihre Uhr. »Dann müßte sie längst wieder hier sein.«

Darauf wußte auch der Professor nichts mehr zu sagen.

In diesem Augenblick ging die Haustürklingel.

»Das ist sie!« rief Fräulein Hertha und raste die Treppe hinunter.

»Siehst du«, sagte Professor Ellwangen lächelnd zu seiner Tochter, »du hast Gespenster gesehen. Ich sage dir ja schon seit langem, du mußt etwas für deine Nerven tun. Was du brauchst, ist keine Medizin, sondern Abwechslung, Anregung, nette Erlebnisse mit netten Menschen ... «

Aber Katja hörte ihm gar nicht mehr zu, sie war schon die Treppe hinunter und schloß ihre Tochter in die Arme. »Cindy, Cindy, ich bin ja so froh! Wie konntest du nur einfach fortlaufen? Wir haben uns solche Sorgen gemacht.«

Erst dann sah sie Oberarzt Dr. Sydow, der hinter Cindy stand. Er lächelte in einer Mischung aus Stolz und Verlegenheit.

»Ich habe den kleinen Ausreißer zurückgebracht.«

Sie reichte ihm spontan die Hand. »Ich danke dir, Horst! Das war sehr, sehr lieb von dir!«

»Ach, das war doch selbstverständlich.«

Jetzt kam auch Professor Ellwangen herunter. Er sprach ein paar freundliche Worte mit Cindy, neckte Katja noch einmal wegen ihrer ›übertriebenen Angst‹ und sagte dann zu dem Oberarzt: »Machen Sie einen kleinen Spaziergang mit mir, Kollege?«

Dr. Sydow zögerte, bewegte nervös seine fleischigen Finger. »An sich nur zu gern, Herr Professor, aber gerade jetzt ... ich habe noch etwas mit Katja zu besprechen!«

Professor Ellwangen warf einen prüfenden Blick von Dr. Sydow zu Katja, dann sagte er lächelnd: »Na, dann viel Spaß, Kinder!« Er ließ sich von Fräulein Hertha in Mantel und Hut helfen, nahm seinen Spazierstock und ging.

Die Haushälterin führte Cindy nach oben.

Dr. Katja Holm und Oberarzt Dr. Sydow standen sich in der kleinen Diele gegenüber.

»Also ... was hast du mir zu sagen, Horst?« fragte Katja.

»Gibt es hier nicht einen Raum, wo wir ungestört miteinander sprechen können?«

Sie versuchte ihr Unbehagen hinter einem Lächeln zu verbergen. »Wir haben doch keine Geheimnisse miteinander ... «

»Vielleicht doch«, sagte er ruhig.

Sie erschrak. Der drohende Ton in seiner Stimme war nicht zu überhören gewesen. Aber sie zwang sich, keine Schwäche zu zeigen. Wortlos ging sie ihm voraus in das private Arbeitszimmer ihres Vaters.

»Also?« fragte sie.

Er setzte sich ein bißchen umständlich. »Ich weiß alles.«

Katja war stehengeblieben. »Möchtest du dich nicht etwas deutlicher ausdrücken?«

»Ich denke, ich war deutlich genug.« Dr. Sydow verzog die Lippen, der Blick seiner etwas hervorstehenden Augen war unruhig. »Cindy hat mir alles erzählt ... genügt das?«

Katja war sehr blaß, ihre tiefblauen Augen leuchteten wie Achat. »Ich verstehe immer noch nicht, worauf du hinaus willst.«

»Soll das heißen, du weißt gar nicht, daß deine Tochter ein Kind bekommt?«

Eine jähe Röte flog flammend über ihre Stirn, aber ihre Stimme klang klar und bestimmt, als sie sagte: »Wer gibt dir das Recht, dich in unsere intimsten Angelegenheiten zu mischen?«

»Eine Vergewaltigung, Katja, ist keine Privatsache. Ich wundere mich, daß ich dir das erst sagen muß.«

Die Knie gaben unter ihr nach, sie setzte sich auf eine Sessellehne, zwang sich zu einem Lächeln. »Wer sagt dir denn, daß es sich um eine Vergewaltigung handelt?«

»Deine Tochter. Und ich glaube ihr. Ich kenne sie gut genug, um zu wissen, daß sie sich nicht leichtfertig einem Mann hingeben würde.«

Fieberhaft schossen die widerstreitendsten Gedanken durch Katjas Hirn. »Ja«, sagte sie, »du hast recht. Es war eine Vergewaltigung. Du hast Cindy doch immer gern gehabt, Horst, jetzt mußt du ihr helfen. Du könntest ihr ein Attest ausstellen, wonach sie körperlich einfach noch nicht imstande ist ... «

Er fiel ihr ins Wort. »Wen hast du außer mir schon gebeten? Nein, so geht das nicht, Katja. Natürlich muß Cindy das Kind zur Welt bringen. Aber dieser saubere Herr Curtius soll und wird nicht ungestraft davonkommen.«

Katja wurde es schwarz vor den Augen. Sie preßte die Fingernägel in die Handflächen. Der Schmerz hielt sie bei Bewußtsein. »Was hast du vor?« fragte sie tonlos.

»Ich werde Gert Curtius anzeigen. Ich verstehe nicht, wieso du das nicht schon längst getan hast.«

»Nein«, sagte Katja heftig, »nein!« Sie sah noch verschwommen, wie Sydow aufsprang und auf sie zukam, dann sank sie in samtschwarze Nacht.

Als sie wieder zu sich kam, lag sie in einem Sessel. Dr. Sydows rundes Gesicht war dicht vor ihr.

»Katja«, sagte er, »na endlich. Es geht dir schon wieder besser, nicht wahr?« Er hielt ihr ein Glas an die Lippen, stützte ihren Kopf. »Hier, schluck, das wird dir guttun!«

Katja nippte. Ihr Magen füllte sich mit Wärme, die in alle Glieder ausstrahlte.

»Liebst du ihn?« fragte Sydow. »Ah, ich hätte es längst wissen sollen: Du liebst ihn. Diese gezwungene Art, in der ihr miteinander sprecht ... «

Katja atmete tief durch. »Es ist längst aus, Horst.«

»Um so besser. Dann wirst du auch nichts gegen eine Anzeige haben.«

Katja stellte ihre Füße wieder auf den Boden, zog ihren Rock zurecht. »Doch«, sagte sie, »denn Dr. Curtius ist es nicht gewesen. Ich bin ganz sicher, daß Cindy sich getäuscht hat.«

»Wenn es wirklich so wäre«, sagte Dr. Sydow und goß sich auch ein Glas Kognak ein, »dann könnte er ja sicher seine Unschuld beweisen.«

»Rede doch nicht so einen Unsinn! Du weißt genau, daß das nicht so leicht ist. Um zu beweisen, daß er an jenem Wochenende nicht hier war, müßte er preisgeben, daß er mit mir zusammen verreist war ... ja, mit mir! Kannst du das wirklich wünschen? Seine Ehe würde kaputtgehen, mein Ruf wäre lädiert, und wirklich reinwaschen könnte er sich wahrscheinlich erst, wenn das Kind auf der Welt ist und eine Blutgruppenuntersuchung vorgenommen werden kann. Wenn wir Pech haben, spricht sie auch nicht für ihn. Und dann müßte eine erbbiologische Untersuchung angestellt werden. Bis dahin ist sein

Ruf kaputt, Vater wird ihn doch, solange auch nur der Hauch eines solchen Verdachtes auf ihm ruht, nicht in der Klinik dulden. Hast du dir das alles überlegt, Horst? Willst du das wirklich?«

»Mir liegt nur daran, daß das Verbrechen gesühnt wird.«

Sie sprang auf. »Nein, das ist nicht wahr. Du genießt es, daß du uns alle in der Hand hast. Das ist dein wahrer Beweggrund.«

Ein böses Lächeln verzerrte seinen Mund. »Und wenn es wirklich so wäre, wer könnte mir das verübeln? Ihr habt mich schlecht genug behandelt ... «

Sie schlug sich mit der Hand vor die Brust. »Ich etwa? Das kannst du nicht behaupten.«

»Du hast genau gewußt, wie sehr ich dich liebe und wie ernst meine Absichten sind. Und doch hast du mir immer wieder eine Abfuhr erteilt und bist lieber mit diesem Curtius zusammengekommen, obwohl er verheiratet und ein Windhund ist.«

»Liebe«, sagte Katja, »läßt sich nicht erzwingen.«

»Tut mir leid für dich. Dann wirst du mich eben ohne Liebe heiraten müssen.«

»Ich dich heiraten?« Sie richtete sich kerzengerade auf.

»Es wird dir nichts anderes übrigbleiben. Entweder du gibst mir dein Jawort, oder ich zeige deinen Geliebten an. Du kannst wählen, was dir lieber ist.«

Sie sah ihn aus weitaufgerissenen Augen an. »Du Schwein!« stieß sie hervor. »Und ich hatte dich immer ... für einen Ehrenmann gehalten.«

»Das habt ihr alle. Aber es hat mich nicht sehr weit gebracht. Jetzt siehst du, ich kann auch anders sein. Ich habe keine Lust mehr, für euch den Hanswurst zu spielen.«

Sie verlegte sich aufs Bitten. »Horst«, sagte sie, »überlege doch, was würde es dir nützen, mich in eine Ehe zu zwingen?«

Er lächelte, seine Augen glitzerten. »Wir werden gut miteinander auskommen, meine Liebe, du wirst staunen. Du siehst in mir immer nur eine dicke Kröte, aber ich bin ein Mann, Katja ... und ich kann eine Frau glücklich machen!« Er kam auf sie zu, seine Lippen waren feucht.

Sie wich entsetzt vor ihm zurück. »Rühr mich nicht an!«

Er zuckte zusammen, als wenn sie ihn geschlagen hätte. Ein Ausdruck der Ernüchterung trat in seine Augen. »Wir werden sehen, wir werden sehen«, murmelte er, »du wirst dich schon an mich gewöhnen. Man gewöhnt sich an alles. Denk nur an deinen Geliebten. Dem rettest du damit das Leben. Und an deine Kinder. Für die wird es gut sein, wenn sie endlich einen Vater bekommen.«

»Ich werde es mir überlegen«, stammelte sie, »ich verspreche dir, daß ich es mir überlegen werde.«

Er sah sie lange an. »Überlege es dir«, sagte er endlich, aber nicht zu lange, mein Engel. Sonst zwingst du mich, zu handeln. Und das willst du doch nicht oder ... ?« Ohne Abschied verließ er das Zimmer.

Katja schlug die Hände vors Gesicht. Ein trockenes Schluchzen schüttelte ihren schlanken Körper.

Der Junge, der im kalten, schattenlosen Licht vor Dr. Gert Curtius auf dem Operationstisch lag, war neun Jahre alt. Sein Gesicht wirkte fahl. Er atmete flach, die Wirkung der Narkose hatte schon eingesetzt. Eine Schwester wischte ihm den Schweiß von der Stirn.

Der Körper des Jungen war mit sterilen Tüchern abgedeckt, nur ein Teil des Unterleibes lag frei. Der Hodensack war hochrot und geschwollen, links deutlich stärker als rechts.

Hodendrehung, lautete die Diagnose des diensthabenden Arztes. Dr. Curtius hatte zugestimmt.

Er tauschte einen Blick mit dem Anästhesisten, sagte dann: »Skalpell!«

Mit sicheren Schnitten legte er den linken Hoden und den Samenstrang frei. Eine Schwester hielt mit dem elektrischen Sauger das Operationsfeld blutfrei.

Jetzt wurde deutlich sichtbar, daß die Diagnose zutreffend gewesen war: Der eine Hoden hatte sich verdreht, drückte Gefäße und Samenstrang ab. Die Hodenhüllen waren deutlich geschwollen.

Dr. Curtius griff, ohne sich umzusehen, nach dem Gefäß mit der physiologischen Kochsalzlösung, und träufelte die Flüssigkeit auf den Hoden.

Sekunden der Erwartung vergingen. Dann konnte er erleichtert feststellen, daß die Schwellung abklang. Jetzt war es ihm möglich, die Drehung im Gegensinn behutsam wieder zu lösen.

»Blutdruck normal, Pulsschlag festigt sich«, meldete der Anästhesist.

»Danke.« Dr. Curtius verbeugte sich leicht vor seinem Kollegen und vor den Schwestern, bevor er den Operationssaal verließ. Als er den Waschraum betrat, fiel sein Blick auf Dr. Katja Holm.

Sie lehnte an der gekachelten Wand, rauchte mit nervösen Zügen eine Zigarette.

»Du?« fragte Dr. Curtius, und seine Stimme klang mehr erstaunt als erfreut. »Das scheint ja in Verfolgung auszuarten!« Dabei warf er einen raschen Blick über die Schulter zurück, um festzustellen, ob sie allein waren.

»Es tut mir leid«, sagte sie mit spröder Stimme, »daß ich dich schon wieder belästigen muß.«

Er griff sich mit beiden Händen in den Nacken, um den grünen, nach hinten gebundenen Operationskittel zu öffnen. »Red doch keinen Unsinn, so habe ich es nicht gemeint. Also, was gibt es?«

»Es ist etwas ... « Katja suchte nach den richtigen Worten. » ... ganz Unvorhergesehenes, etwas wirklich Entsetzliches passiert. Sydow weiß alles!«

»Was?« Das Gesicht von Dr. Curtius verzerrte sich. »Hast du mit dem etwa auch gesprochen?«

»Nein«, sagte Katja ungeduldig, »natürlich nicht. Cindy hat es ihm gesagt ... wie es dazu gekommen ist, weiß ich nicht. Jedenfalls hat er es verstanden, alles aus ihr herauszulocken. Auch daß sie dich für den Vater hält, denn das tut sie ja nach wie vor.«

Dr. Curtius holte tief Atem. »Das ist wirklich eine verdammte Schweinerei«, stellte er fest, »und ich bin dir dankbar, daß du mich warnst. Du hast ihm doch gesagt, daß Cindy sich irrt. Daß ich mit der Angelegenheit nicht das mindeste zu tun habe.«

»Das glaubt er nicht. Oder er will es nicht glauben. Die Sache ist für ihn ein gefundenes Fressen, verstehst du? Endlich hat er eine Waffe in der Hand, die er gegen mich ansetzen will.«

»Gegen dich?«

»Ja. Er verlangt, daß ich ihn heirate. Andernfalls droht er damit, Anzeige zu erstatten.«

»Er weiß also, daß wir beide ... ?«

»Ja. Er behauptet, es schon lange geahnt zu haben.«

»Verdammt, verdammt! Und wozu hast du dich entschlossen?«

»Gerade darüber wollte ich mit dir sprechen. Es ist schließlich eine Sache, die uns beide angeht.«

»Stimmt«, gab er zu, »du hast völlig recht.« Er begann, in dem kleinen Raum auf und ab zu gehen. »Natürlich erwarte ich nicht von dir, daß du ihn heiratest ... «

Sie stand ganz still und sah ihn nur an. Sie wußte selbst nicht, was für eine Reaktion sie von ihm erwartet hatte, aber sie spürte zutiefst, mit einem geradezu brennenden Schmerz, wie sehr sein Verhalten sie enttäuschte. Sie hatte gehofft, daß der Mann, den sie liebte, mit einem einzigen Entschluß alle Probleme lösen würde. Obwohl auch sie keine Vorstellung davon hatte, wie das möglich sein sollte. Katja war zu ihm gekommen, weil sie Schutz,Trost, Halt und Ermutigung gesucht hatte. Statt dessen ...

»Nein, das wäre keine Lösung«, sagte er, »obwohl Sydow an sich kein übler Bursche ist und ein sehr fähiger Arzt. Aber unter diesen Umständen wäre das für dich natürlich unzumutbar. Ich frage mich nur ... «

»Was?«

»Ob du ihn nicht auf irgendeine andere Art herumkriegen könntest, den Mund zu halten!« Er blieb abrupt vor ihr stehen. »Starr mich nicht so an! Ich verlange ja nicht von dir, daß du mit ihm ins Bett gehst!«

»Was dann?«

Mit beiden Händen griff er sich an den Kopf. »Es ist zum Wahnsinnigwerden! Ich verstehe nicht, was du von mir erwartest. Meine ganze Karriere ist durch die blödsinnigen Fantastereien deiner Tochter gefährdet!«

Dr. Katja Holm hatte ein Gefühl, als ob alles in ihr erstorben wäre. Sie spürte überhaupt nichts mehr, sondern war in diesem Augenblick überzeugt, eine Hölle durchschritten zu haben, die ihr Herz völlig leergebrannt hatte.

»Ich weiß, wie unangenehm das alles für dich ist«, sagte sie mit ausdrucksloser Stimme.

»Unangenehm?« Dr. Curtius raufte sich die Haare. »Du hast Nerven! Mit dem gleichen Recht könntest du einem zum Tode Verurteilten sagen: Ich weiß, daß der elektrische Stuhl kein angenehmer Aufenthaltsort ist.« Er ließ die Hände sinken. »Du hältst mich für einen Egoisten. Gib es ruhig zu, ich sehe es dir ohnehin an. Aber glaube nur nicht, daß ich nicht auch an Cindy und dich denke. Mir ist völlig klar, welche Tragödie das für uns alle ist.« Er verlor die Kontrolle über seine Stimme. »Aber ich sehe nicht ein, warum ich völlig unschuldig mit hineingezerrt werden soll.«

»Gerade das will ich ja verhindern«, erwiderte Katja, »ich bin zu dir gekommen, um zu beraten, wie man eine Lösung finden kann.«

»Und? Was soll ich jetzt tun? Was erwartest du von mir?«

»Das weiß ich leider ebensowenig wie du.«

Sie standen sich in dem kleinen OP-Saal, in dem es vor Sauberkeit und Chrom blitzte, dicht gegenüber.

»Du mußt Cindy überzeugen, daß ich es nicht war«, sagte Dr. Curtius beschwörend, »daß sie aufhören muß, mich zu beschuldigen.«

»Das ist sinnlos. Sie fühlt sich ihrer Sache völlig sicher. Selbst wenn sie uns jetzt versprechen würde, den Mund zu halten - bei einem polizeilichen Verhör würde sie bestimmt wieder ihre ursprüngliche Version erzählen.«

»Es darf eben nicht zu einer Einmischung der Polizei kommen! Das mußt du verhindern, Katja, um jeden Preis!«

Sie holte tief Atem. »Danke, das genügt mir.« Sie wollte an ihm vorbei.

Er hielt sie fest. »Katja«, sagte er gequält, »so können wir uns doch nicht trennen. Herrgott, begreifst du denn nicht? Ich liebe dich ... wahrscheinlich bist du die einzige Frau, die ich je wirklich geliebt habe. Aber ich sehe keinen Ausweg! Die ganze Situation schlägt mir einfach über dem Kopf zusammen.«

»Du brauchst dich nicht zu entschuldigen«, antwortete sie eisig.

»Was erwartest du denn von mir? Daß ich um dich kämpfe? Wie könnte ich denn das? Mir sind die Hände gebunden.«

»Ich habe immer gewußt, daß du verheiratet bist«, sagte sie kalt, »ich mache dir daraus keinen Vorwurf.«,

»Nein, das tust du nicht, das hast du nie getan! Aber du hast von mir erwartet, daß ich mich scheiden lassen würde ... nein, du hast mich nicht dazu gedrängt, dazu bist du zu klug.«

»Laß mich los, Gert, Das alles ist doch so sinnlos. Wir haben uns ausgesprochen. Es gibt nichts mehr zu sagen.«

»Und wenn ich mich jetzt scheiden lassen würde«, sagte er verzweifelt, »was würde es dir nützen? Es wäre doch zu spät. Dr. Sydow würde seine Drohung wahrmachen, und wie könnten wir beide dann je zusammenkommen? Du könntest mich nicht mehr heiraten, nicht wenn ich unter dem Verdacht stehe, deine Tochter vergewaltigt zu haben.«

Endlich gelang es ihr, sich loszureißen. »Du kennst mich schlecht, Gert. Nichts weißt du von mir, gar nichts. Ich hätte zu dir gehalten, was auch immer geschehen wäre. Ich wäre bereit gewesen, mit dir ein neues Leben anzufangen. Du hast versagt, deine Liebe hat nicht ausgereicht.«

»Katja, ich bitte dich ... «

Sie wich zur Tür zurück. »Rühr mich nicht an. Es ist aus. Und ich bin froh darüber. Denn so kann ich mich wenigstens mit ganzem Herzen meiner Tochter widmen. Auf mich kannst du nicht mehr zählen, Gert. Du mußt jetzt selber sehen, wie du fertig wirst.«

Sie ging aus dem Zimmer.

Dr. Curtius wußte, es war höchste Zeit, sich für die nächste Operation vorzubereiten, aber er war im Augenblick einfach nicht dazu imstande. Er zündete sich eine Zigarette an, machte ein paar hastige Züge und überlegte krampfhaft.

Er wußte: In Katjas Augen war er ein Versager. Aber er konnte ihr nicht helfen, konnte nichts für sie tun, gar nichts. Er mußte alle Kraft zusammennehmen, um zu verhindern, daß Baby, seine Frau, in diese Katastrophe mit hineingerissen wurde, und er war gar nicht sicher, daß ihm das gelingen würde.

Ich muß Baby die Wahrheit sagen, dachte er, es wird furchtbar werden, aber ich sehe keine andere Möglichkeit. Heute nachmittag hat sie wieder eine Sitzung beim Psychiater. Wenn ich es irgend schaffe, werde ich sie abholen.

Eine Schwester steckte den Kopf herein.

»Ich komme«, sagte er hastig, warf die angerauchte Zigarette in den Abfallkübel, ließ den Deckel zuklappen und ging in den Waschraum hinüber.

Baby Curtius fühlte sich wohl, wenn sie sich auf der Couch Dr. Löwingers ausstreckte. Sie begriff gar nicht mehr, warum sie sich so lange und so heftig gegen eine psychiatrische Behandlung gesträubt hatte.

Es war nett, sich ohne schlechtes Gewissen mitten am Tag auf einer Couch räkeln zu dürfen, und sie genoß das Gefühl, erzählen zu können und zu wissen, daß ihr jemand zuhörte. Nicht nur irgendein Mensch, sondern der kluge und ernsthafte Dr. Löwinger.

Es war so angenehm, daß er sie nie unterbrach und kaum etwas fragte. Allerdings war sie nicht immer sicher, daß er ihr wirklich zuhörte. Er saß hinter ihr, und sie konnte sein Gesicht nicht sehen.

»Woran denken Sie jetzt?« fragte er. »Sie wissen, es genügt nicht, daß Sie denken. Sie sollen und müssen alles aussprechen, was Ihnen durch den Kopf geht.«

Sie seufzte tief. »Soll ich Ihnen sagen, was mir im Kopf herumgeht? Ich glaube nicht, daß diese Behandlung überhaupt einen Sinn hat. Wozu soll es gut sein, daß ich rede und rede?«

»Versuchen Sie doch einmal, sich diese Frage selber zu beantworten.«

»Ach ja, ich weiß schon. Sie nehmen an, ich hätte etwas verdrängt, was irgendwann einmal geschehen ist. Und daran kann ich mich eben nicht mehr erinnern. Und indem ich rede, soll ich Sie auf die Spur bringen. Eines Tages wird es mir plötzlich wieder einfallen, und dann ... « Sie unterbrach sich. »Wissen Sie, Doktor Löwinger, was ich glaube? Mein Mann hat auch etwas verdrängt. Er liebt mich nicht mehr«, behauptete sie nach kurzer Überlegung, »wahrscheinlich hat er mich nie geliebt. Aber glauben Sie nicht, daß ich mich beklagen will. Ich finde es sogar großartig von ihm, daß er trotzdem zu mir hält, denn wenn er mich liebte, wäre es ja kein Kunststück.«

Sie legte eine Hand in den Nacken.

»Natürlich war er mal verliebt in mich, und wie! Und schon bei unserer ersten Begegnung machte er sehr viel Eindruck auf mich. Meine Mutter mochte ihn auch von Anfang an gut leiden. Sie machte sich allerdings Sorgen um mich, weil ich ... «

»Weil Sie was?« fragte Dr. Löwinger ermutigend.

»Weil ich noch keinen festen Freund gehabt hatte! Sie wußte ja nicht ... sie hatte keine Ahnung, und ich konnte ihr doch auch nicht erzählen ... «

»Was?«

»Wie die Jungens sind.«

»Wie sind sie denn?«

»Darüber will ich gar nicht reden«, erklärte Baby entschieden, »und außerdem wissen Sie das doch selbst am besten, Herr Doktor. Aber meine Mutter verstand das eben nicht. Sie stellte sich wer weiß was vor, weil ich mal mit dem und mal mit jenem ausging. Und dann mußte ich eines schönen Tages mit meiner Mutter zum Frauenarzt, und der sagte ihr, daß ich noch unschuldig sei. Meine Mutter war ganz verrückt vor Freude. Sie hat es sich nicht anmerken lassen, aber ich wußte Bescheid.«

Babys freie Hand spielte, ohne daß sie es selbst merkte, an den goldenen Knöpfen ihres Gabardineanzuges.

»Als Gert dann zu uns nach Hause kam, da hat sie ihm gesagt ... ich war nicht dabei, aber er hat es mir später erzählt: ›Seien Sie nett zu meiner Kleinen‹, hat sie gesagt, ›sie ist noch unschuldig!‹ Das hat natürlich gezogen. Bei den meisten Männern zieht das. Sie wollen ja alle nach Möglichkeit unschuldige Frauen. Nur mit ihnen zusammen sollen sie dann natürlich ganz anders sein, dann ist von Anstand und Unschuld keine Rede mehr.« Baby schluckte schwer. »Aber das kam erst später, nach der Hochzeit. Vorher war Gert nett zu mir. Er wollte nie etwas von mir, aber ich küsse gern. Zärtlichkeiten sind für mich ... «

»Ja«, sagte er, als sie zögerte, weiterzusprechen.

»Nun eben, ich bin gern zärtlich. Nicht nur mit Männern. Auch mit kleinen Kindern, mit Puppen. Aber auch mit Männern. Wenn sie nicht ... wenn sie nicht ... «

Diesmal wartete Dr. Löwinger ab.

»Aber Gert sagte immer: ›Damit warten wir bis zur Hochzeit‹«, erzählte Baby weiter. »Er wollte mich heiraten ... Er bildete sich ein, mich zu lieben, bestimmt hat er das.«

»Und Sie?« fragte Dr. Löwinger.

»Ich bildete es mir auch ein. Ich wollte ihn heiraten, ich wollte ihn gern heiraten. Ja, ich liebte ihn wirklich. Ich liebe ihn immer noch, sonst wäre ich ja nicht hier. Ich wußte ja nicht ... « Ihre Stimme brach.

»Was wußten Sie nicht?« fragte Dr. Löwinger.

Baby richtete sich jäh auf. »Ich war nicht aufgeklärt«, stieß sie heftig hervor, »niemand hatte mit mir über sexuelle Dinge gesprochen. Und ich wagte keine Fragen zu stellen. Ich wußte nichts, verstehen Sie, gar nichts. Das müssen Sie mir glauben, Herr Doktor!«

»Warum sollte ich nicht?« sagte Dr. Löwinger. »Aber ich weiß von Ihrem Mann, daß er sich viel Mühe gegeben hat, Ihnen alles zu erklären. Er hat Ihnen sogar Bücher gegeben ... «

»Die habe ich mir nie angesehen! Nein, ich ... ich will davon nichts wissen. Ich glaube auch nicht, daß das sein muß. Es ist so ... schmutzig, so widerlich. Es ist so ... gemein!« Ihre Stimme überschlug sich, sie verlor die Beherrschung.

Dr. Löwinger wartete eine Weile, dann sagte er: »Jetzt sind Sie erschöpft, Frau Curtius. Das kann ich verstehen. Es war anstrengend für Sie. Aber es war eine gute Sitzung. Ich glaube, wir sind dem Kern schon nähergekommen.«

»Wirklich?« murmelte sie.

»Ja. Für heute sind Sie erlöst.« Er trat zum Fenster, zog den Vorhang auf. Das milde Licht des sonnigen Herbstnachmittags fiel ins Zimmer. »Übrigens«, sagte er, »wenn mich nicht alles täuscht, sehe ich da unten das Auto Ihres Gatten ... «

Mit einem Satz war sie auf den Beinen. »Oh«, rief sie, »da muß ich mich aber beeilen!« Ihre porzellanblauen Kinderaugen leuchteten. Sie raffte ihre Handtasche an sich, schüttelte die blonden Locken zurecht und reichte Dr. Löwinger flüchtig die Hand, bevor sie aus dem Zimmer stürzte.

Dr. Gert Curtius sah seine Frau aus der Tür des Backsteinhauses stürmen, in dem der Psychiater seine Praxis hatte. Sie stürzte auf ihn zu, ein goldener Wirbelwind, und er lächelte ihr entgegen - aber es war ein Lächeln, wie es ein Erwachsener einem Kind schenkt, wenn sein Herz voller Sorgen ist.

Sie merkte es nicht. »Süß von dir, daß du mich abholst!« rief sie, legte die Arme um seinen Nacken und gab ihm einen Kuß.

Er dachte: Wie leicht es ist, ihr eine Freude zu machen. Warum habe ich das nicht öfter getan?

»Wo fahren wir hin?« fragte sie. »Du hast doch Zeit, ja? Im Hotel Eden ist jetzt Tanztee, es gibt dort eine tolle Band ... ach, bitte, bitte!«

Er öffnete die Autotür und schob seine Frau in den Wagen. »Wollen mal sehen«, sagte er zögernd und setzte sich hinter das Steuer.

Sie machte einen Schmollmund.

»Wir waren so lange nicht mehr tanzen!« Curtius steckte den Zündschlüssel ins Schloß. »Ich muß mit dir sprechen, Baby.«

»Dr. Löwinger ist sehr zufrieden«, erklärte sie sofort, »du kannst ihn selber fragen! Gerade heute hat er gesagt, daß wir große Fortschritte machen ... «

Er hatte den Motor angelassen, wandte den Kopf zurück, um die nächste Gelegenheit wahrzunehmen, in den laufenden Verkehr einzuscheren. »Fein«, sagte er, »aber darum geht es gar nicht.«

»Um was denn sonst?«

Er ordnete den Wagen ein. »Es ist ... etwas sehr Unangenehmes passiert.« Bei seinen Worten sah er starr geradeaus, legte aber seine rechte Hand mit einer zärtlichen und gleichzeitig beschwörenden Geste auf ihr Knie.

»Bist du entlassen?« fragte sie spontan.

Mit einem Ruck wandte er den Kopf in ihre Richtung. »Wie kommst du darauf?«

»Nur so«, sagte sie, plötzlich verlegen wie ein Kind, das sich verplappert hat. »Weil du sagtest, etwas sehr Unangenehmes ... «

»Etwas Schlimmeres kannst du dir also nicht denken?«

»Nein. Nicht wenn du gesund neben mir sitzt.« Ihre porzellanblauen Augen weiteten sich plötzlich in jähem Schreck. »Oder ist etwas mit Mutter?«

»Nein. Es geht nur um uns beide.«

»Ach so.« Sie schien schon wieder beruhigt.

»Das mit der Entlassung«, sagte er, »liegt gar nicht so falsch. Ich fürchte, darauf wird es hinauslaufen. Aber das ist noch nicht alles.« Er suchte verzweifelt nach Worten. Es fiel ihm unsagbar schwer, den Verdacht auszusprechen, der auf ihm lastete.

Sie beobachtete ihn schweigend.

»Ich weiß gar nicht, wie ich es dir erklären soll«, sagte er endlich gequält. »Glaub mir, es ist mir furchtbar, dich da hineinziehen zu müssen. Aber du mußt es wissen ... «

»Hast du dich mit Frau Dr. Holm verkracht?«

Dr. Curtius fuhr herum und verlor für den Bruchteil einer Sekunde die Gewalt über das Auto. Es geriet ins Schlingern und streifte die Bordkante. Das alles dauerte nicht länger als ein Gedanke. Dann hatte Curtius sich und den Wagen wieder in der Hand. Er faßte das Lenkrad fester und zwang die Räder in die alte Richtung.

»Du kannst einen ganz schön erschrecken!« Er wischte sich mit dem Handrücken den Schweiß von der Stirn.

»Entschuldige, das habe ich nicht gewollt!« Sie war blaß geworden. »Ich dachte nur ... «

»Was?«

»Daß Professor Ellwangen dich vielleicht entlassen hätte, weil du und seine Tochter ... «

Curtius preßte die Lippen zusammen. Wenige Meter vor ihm war eine Parklücke frei geworden. Er fuhr hinein, trat auf die Bremse. Erst als das Auto stand, sah er seine Frau an. »Du hast davon gewußt?«

»Ja«, antwortete sie, »genauer: Ich hab's mir gedacht. Du sprachst nie von ihr, und wenn, dann bekam deine Stimme einen ganz anderen Klang. Und deine Wochenendausflüge ... immer wenn auch sie frei hatte ... Ich bin nicht so dumm, wie du glaubst.«

Er kämpfte mit seiner Erschütterung. »Und du hast niemals ... niemals ein Wort darüber verloren?«

Sie sah ihn an, ganz kindliche Aufrichtigkeit. »Wie konnte ich denn? Ich wußte ja, daß du unzufrieden mit mir warst. Und ich habe verstanden, daß du dir eben bei der anderen geholt hast, was du von mir nicht bekommen konntest.« Sie senkte den Kopf. »Aber ich war sehr unglücklich, das kannst du mir glauben. Und mir ist es ganz egal, wenn der Professor dich jetzt entlassen hat. Hauptsache, du gehst nicht mehr zu dieser Frau.«

Er legte seinen Arm um ihre Schultern, zog ihren Kopf an seine Brust. »Baby, mein armes Baby, was hast du durchgemacht. Das habe ich nicht gewollt. Verzeih mir!«

Sie schmiegte sich an ihn. »Vielleicht war es ganz gut so«, schluchzte sie, »sonst wäre ich nie zu Dr. Löwinger gegangen. Aber jetzt ... wenn ich erst wieder gesund bin ... dann darfst du nicht mehr ... «

»Nein, Liebling, das verspreche ich dir! Es ist ohnehin aus zwischen mir und Katja. Sie ist eine wundervolle Frau, aber ... «

Sie legte ihm den Finger auf die Lippen. »Sprich nicht mehr darüber, wir wollen es vergessen, ja?«

»Ich danke dir, Baby. Und noch bin ich nicht entlassen.«

Er sah in das strahlende Gesicht seiner jungen Frau und brachte es nicht fertig, ihr zu gestehen, welch verhängnisvoller Verdacht tatsächlich auf ihm lastete.

»Du bist ein Engel, Baby«, sagte er gerührt.

Sie hatte ihr unbekümmertes Lachen wiedergefunden. »Mit kleinen Fehlern!« Sie legte die Fäuste links und rechts an die Stirn, wackelte mit den Zeigefingern, um kleine Hörner anzudeuten. »Tust du mir jetzt einen Gefallen, Gert? Wenn du mich liebst, dann gehst du mit mir zum Tanztee!«

Es gab nichts, wozu er in diesem Moment weniger Lust gehabt hätte. Aber da er keine Möglichkeit sah, ihr das zu erklären, gab er nach.

»Dann los, gib Gas, damit wir nicht noch mehr Zeit verlieren!«

Wenige Tage später wurde ein vierjähriges Mädchen in die Kinderklinik eingeliefert.

Das Kind schlug um sich, konnte sich nicht eine Minute ruhig halten, kratzte und biß. Es war hochrot im Gesicht, die Augen waren durch eine enorme Erweiterung der Pupillen übergroß.

Dr. Katja Holm, die an diesem Tag Dienst hatte, stellte bei der Untersuchung des Kindes fest, daß das Herz wie wild schlug. Die Schleimhäute waren trocken, die Zunge wie Leder.

Sie wandte sich an die Eltern. Die junge Mutter weinte, das Gesicht des jungen Vaters war verzerrt vor Angst und Entsetzen.

»Bitte, erzählen Sie mir, was die Kleine heute getan hat!« bat die Ärztin.

Es stellte sich heraus, daß Mutter und Tochter einen Waldspaziergang gemacht hatten, bei dem das Kind vermutlich giftige Beeren gegessen hatte.

Für Dr. Katja Holm stand die Diagnose fest: Tollkirschen-Vergiftung. Sie beruhigte die Eltern, ließ das Kind ins Behandlungszimmer bringen und alles für eine Magenspülung herrichten.

Drei Personen mußten das wild um sich schlagende Kind halten, damit der dicke Schlauch mit der Sonde in den Magen hinabgelassen werden konnte. Das Entweichen von Schleim und Luft zeigte an, daß das Ziel erreicht war. Katja goß in den gläsernen Trichter am anderen Ende des Schlauches die vorbereitete Spülflüssigkeit: lauwarmes Wasser, in dem Tierkohle aufgelöst war. Sie senkte den Trichter über einen Eimer, und die eingelassene Flüssigkeit entleerte sich zugleich mit dem Mageninhalt. Deutlich waren die unzerkauten, flockigen Stücke der Tollkirsche zu erkennen.

Die Ärztin wiederholte diese Spülung mehrmals, bis die Flüssigkeit klar blieb.

In diesem Augenblick trat Dr. Sydow in das Behandlungszimmer. Katja wußte sofort, daß er nicht wegen der kleinen Patientin, sondern ihretwegen gekommen war. Und sie war froh, daß die fällige Aussprache nun endlich stattfinden würde.

Sie erwiderte seinen kurzen Gruß, während die Schwestern beiseite traten. Das Kind war ruhiger geworden, sein Gesicht hatte eine nahezu normale Färbung angenommen.

Katja erklärte die Situation. »Ich werde jetzt einen Einlauf zur Beruhigung machen«, sagte sie zu Dr. Sydow. »Chloralhydrat und Morphium als Gegengift gegen das Atropin der Tollkirsche.«

Dr. Sydow fühlte den Puls des Kindes. »Ich möchte Sie dann kurz bei mir sprechen, Frau Doktor!«

»Jawohl, Herr Oberarzt!«

Katja überwachte den Einlauf, ordnete an, daß die Kleine in den nächsten vierundzwanzig Stunden abwechselnd von Wachschwestern beobachtet wurde. Sie sprach noch einmal mit den Eltern: »Wenn alles gut geht, wird sie durchschlafen und spätestens morgen abend gesund und munter wieder erwachen!«

Dann erst suchte sie Dr. Sydow in seinem Arbeitszimmer auf.

Er hatte eine Flasche Kognak und zwei Gläser auf den niedrigen Tisch gestellt und bat Katja, Platz zu nehmen.

Aber sie blieb stehen. »Ich weiß, was du von mir wissen willst«, sagte sie, »und du sollst es gleich erfahren. Es ist nicht nötig, daß ich mich dazu setze.«

Sydow stopfte mit betontem Gleichmut seine Pfeife.

»Ich nehme an, du hast eingesehen, daß es das beste für alle Beteiligten ist, wenn du dich entschließt, meine Frau zu werden!« sagte er.

Dr. Katja Holm stand aufrecht an der Tür. Ihr Gesicht wirkte blaß und gespannt, ihre Nasenflügel bebten, aber ihre Stimme klang klar und fest, als sie sagte: »Nein Horst, das werde ich nicht tun.«

Oberarzt Dr. Sydow ließ die Pfeife, die er zu stopfen begonnen hatte, sinken. »Das wäre sehr unklug von dir, Katja.«

Sie trat einen Schritt näher. »Du kannst mich nicht erschrecken, Horst. Ich weiß sehr genau, was ich tue.«

Sydows Finger umkrampften den Pfeifenstiel. »Na, einerseits freut's mich sogar«, behauptete er, ohne sie anzusehen, »dein Entschluß zeigt mir, daß du mit Curtius endgültig gebrochen hast. Jetzt habe ich freie Bahn. Das Schwein hat seine Strafe wahrhaftig verdient.«

»Tu, was du nicht lassen kannst«, antwortete sie kühl, »mir ist es völlig gleichgültig.«

»Auf einmal?«

Sie spürte, daß er sie herausfordern wollte, hütete sich jedoch, darauf einzugehen. »Du weißt also Bescheid«, erklärte sie, »mehr habe ich dir nicht zu sagen.« Sie wandte sich wieder zur Tür.

Er sprang mit unerwarteter Behendigkeit auf, vertrat ihr den Weg. »Du hast doch mit Curtius gesprochen?« behauptete er mißtrauisch. »Oder versuchst du nur, mich zu bluffen?«

Er war einen halben Kopf kleiner als sie, und sie mußte den Blick senken, um ihm direkt in die Augen sehen zu können. »Du hast meine Antwort, alles andere geht dich nichts an.«

»Du glaubst wohl, ich drohe dir nur?« Auf Sydows heller Haut bildete sich eine dünne Schweißschicht. »Ich meine es ernst, Katja. Ich lasse deinen Freund über die Klinge springen.«

Sie zuckte die Achseln und versuchte, an ihm vorbeizukommen.

Aber er breitete die Arme aus, um ihr den Weg zu versperren. »Katja, wenn dir Curtius gleichgültig geworden ist, und es muß ja so sein, denn sonst ... nein, ich kenne dich viel zu gut, Katja, du könntest mir kein solches Theater vormachen ... dann, Katja, besteht doch auch für mich noch Hoffnung! Bitte, Katja, sag es doch, sprich es aus! Wir beide ... eines Tages ... «

Aber sie wollte und konnte ihn nicht länger hinhalten. Ihr war deutlich bewußt, daß sie sich mit dem kleinsten Entgegenkommen wieder in seine Hände gespielt hätte. Und sie spürte, daß sie es nicht ertragen würde, länger unter diesem Druck und mit einer Lüge zu leben.

»Nein«, sagte sie, »nie.«

Er zuckte zusammen, als ob sie ihn geschlagen hätte. Seine Arme sanken herab, die Augen schienen ihm aus dem Kopf zu quellen, seine Lippen bewegten sich lautlos.

Katja wurde von einem Gefühl des Mitleids, gemischt mit Abscheu und Verachtung, überfallen. »Du warst ein Freund meines Mannes, Horst«, sagte sie, »und auch ich habe bisher immer einen Freund in dir gesehen, einen hochanständigen Menschen. Aber du bist weder das eine noch das andere. Sonst hättest du nicht so handeln können. Früher habe ich mir immer wieder einzureden versucht, daß es gut und vernünftig wäre, dich zu heiraten. Jetzt weiß ich, daß ich recht daran getan habe, mich auf meinen Instinkt zu verlassen.«

»Katja, bitte, laß dir doch erklären ... «

»Du darfst niemandem einen Vorwurf deswegen machen«, unterbrach sie, »du hast dir alles ganz allein zuzuschreiben.«

»Und wenn ich dir schwöre ... «

»Nein, es ist zu spät. Ich könnte dir nie mehr vertrauen.« In ihren tiefblauen Augen brannte ein leidenschaftliches Feuer.

Der Blick des Arztes glitt über ihre schlanke Gestalt, die sich unter dem anliegenden kurzen Kittel deutlich abzeichnete. Sie schien ihm begehrenswerter denn je.

»Katja«, stammelte er, »bitte, ich habe doch alles nur getan, weil ich dich liebe ... weil ich das Beste für dich wollte! Es wäre das Beste für dich und auch für deine Kinder, wenn du mich heiraten würdest!« Er wollte sie in seine Arme ziehen.

Aber sie wich vor ihm zurück. »Dich? Einen Erpresser? Niemals!«

Sein Gesicht verzerrte sich vor Wut und Schmerz. »Das wirst du bereuen!«

Cindy lag schon im Bett, als Dr. Katja Holm nach Hause kam. Ihr Zimmer war dunkel, nur die Skala des Radioapparates verbreitete ein schwaches Licht. Cindy hatte - wie immer, wenn sie allein war - Musik eingestellt.

»Guten Abend, Liebling«, sagte Katja.

Sie knipste die Nachttischlampe an, beugte sich zu ihrer Tochter und gab ihr einen zärtlichen Kuß.

»Guten Abend, Mutti!« Cindy schlang ihre Arme um den Nacken der Mutter.

Katja setzte sich auf die Bettkante. Sie stellte die Radiomusik leiser und nahm Cindys schmale, zarte Finger zwischen ihre Hände. »Ich hoffe, du hast einen guten Tag gehabt.«

»Hm, geht so.«

Bei Cindy hatte sich die beginnende Schwangerschaft äußerlich noch nicht bemerkbar gemacht. Sie wirkte wie ein krankes Kind. Die Bräune des Sommers verblaßte langsam. Unter ihren Augen lagen leichte bläuliche Schatten.

»War dir wieder übel?« fragte Katja besorgt.

»Ein bißchen.«

»Cindy«, sagte Katja mit Überwindung, »ich muß dir etwas gestehen ... «

»Ja?« Der plötzliche Schreck in dem blicklosen Gesicht des jungen Mädchens wurde deutlich sichtbar. Sie drückte den Oberkörper tiefer in die Kissen, als ob sie dort Schutz suchte.

»Keine Angst«, sagte Katja hastig, »es ist nichts Schlimmes, Liebling. Du brauchst dich nicht zu fürchten. Es ist einfach ... ich wollte dir sagen, daß ich nahe daran war, einen großen Fehler zu machen.«

Sie wartete auf eine Frage, aber Cindy blieb stumm.

»Als ich erfuhr, daß du ein Baby bekommen würdest«, fuhr Katja vorsichtig fort, »war ich zuerst ganz entsetzt. Ich ... ich hatte mit so etwas einfach nicht gerechnet. Und beinahe hätte ich den Kopf verloren. Ich dachte, du dürftest das Kind nicht bekommen. Du schienst mir einfach noch zu jung. Ich habe mir den Kopf zerbrochen, wie du es ... loswerden könntest.« Sie spürte, wie Cindys Finger zuckten, und setzte rasch hinzu: »Aber jetzt weiß ich, daß es falsch war, ganz falsch. Ein Kind, ein lebendiger kleiner Mensch, ist immer etwas, das man mit offenen Armen aufnehmen sollte. Und es wird ja dein Kind sein, nicht wahr? Und mein erstes Enkelkind. Ich freue mich jetzt so sehr darauf.«

Cindy hatte die Lippen fest zusammengepreßt. Ihre Augen waren geschlossen, aber unter den Lidern rannen Tränen hervor.

»Liebling«, rief Katja, »was ist denn mit dir? Was hast du? Weshalb weinst du?«

»Ich habe solche Angst gehabt«, schluchzte Cindy, »weil ich dachte ... ich merkte, du wolltest nicht, und ich ... «

Katja nahm ihre Tochter in die Arme, bettete den schmalen Kopf an ihre Brust und tupfte die Tränen ab.

»Du sollst dein Kindchen ja bekommen, Cindy, weine doch nicht. Es wird alles gut werden, und wir werden es beide liebhaben ... «

»Ja, und ... und ... Gert Curtius wird sich freuen, nicht wahr? Wenn ich ein Kind von ihm zur Welt bringe, dann wird er doch stolz auf mich sein!«

»Liebling!« sagte Katja erschüttert.

Sie wiegte ihre Tochter zärtlich in den Armen und wartete ab, bis sie sich einigermaßen erholt hatte.

»So, jetzt ist dir besser, Cindy, ja?« fragte sie dann und gab ihrer Stimme ganz bewußt einen sachlichen und energischen Ton. »Fein. Dann paß einmal auf ... wir müssen doch jetzt wie zwei ganz vernünftige erwachsene Frauen miteinander sprechen, verstehst du?«

Cindy schluchzte noch einmal auf. »Ja, Mutti«, antwortete sie tapfer.

»Das ist gut. Du mußt lernen, Cindy, daß du jetzt nicht mehr nur für dich selbst verantwortlich bist, sondern auch für dein Kind!«

»Ja, Mutti.«

»Das geht allen Müttern so«, sprach Katja weiter. »Als ich damals merkte, daß ich ein Kind erwartete – du warst es, Liebling, die sich anmeldete –, da habe ich deinetwegen mein Studium aufgegeben. Ich habe dir das nie erzählt, aber eigentlich hatten dein Vater und ich gar nicht vor, so schnell ein Kind zu bekommen. Vati war noch Assistenzarzt und verdiente kaum etwas, und ich steckte noch mitten im Studium. Aber dann haben wir unser ganzes Leben umgestellt, deinetwegen ... und das war recht so, wir haben es nie bereut.«

»Oh, Mutti ... «, sagte Cindy atemlos. In ihre Wangen war Farbe gekommen. Es tat ihr offensichtlich wohl, daß die Mutter sie ins Vertrauen zog.

»Genauso wollen wir es jetzt auch machen«, sagte Katja, »wir wollen nur noch an das Kind denken, das in dir wächst und gedeiht ... Wir wollen in dieser Zeit alle Aufregungen vermeiden, denn die könnten dem Kind schaden, und wir wollen schon jetzt alle Vorbereitungen treffen für das Leben, das es einmal führen soll.«

Cindy strahlte. »Genauso habe ich mir das auch gedacht, Mutti.«

»Siehst du! Und deshalb wollen wir jetzt alles ausschalten, was uns Kummer und Sorgen machen könnte.« Katja stockte, sie fand das Gespräch schwieriger, als sie es sich vorgestellt hatte. »Wir wollen den Mann nicht verurteilen, der dir das angetan hat«, sagte sie, »nicht bevor wir ihm Gelegenheit gegeben haben, sich zu verteidigen. Wir wissen ja nicht, wie alles gekommen ist ... «

»Ich möchte so gern einmal mit ihm reden«, sagte Cindy leise.

Katja mußte sich überwinden, den einst so geliebten Namen auszusprechen. »Mit Dr. Gert Curtius?«

»Ja«, hauchte Cindy.

Katja atmete tief, dann stellte sie so ruhig wie möglich fest: »Er weiß, daß du ein Kind erwartest. Ich habe es ihm gesagt.«

Cindy klammerte sich an die Mutter. »Und?«

»Reg dich nicht auf, Cindy, du mußt jetzt nur an dein Baby denken«, sagte Katja beschwörend und fügte hinzu: »Er bestreitet, etwas damit zu tun zu haben!«

»Aber das ist nicht wahr, Mutti! Du mußt mir glauben! Er hat mir doch gesagt, wer er ist, er hat seinen Namen genannt!«

»Das glaube ich dir ja, Liebling, jedes Wort. Aber da Gert Curtius erklärt, er ist es nicht gewesen, bleiben doch nur zwei Möglichkeiten: Entweder er lügt, oder aber der andere hat gelogen.« Sie schwieg eine Sekunde, dann fragte sie: »Oder weißt du eine andere Erklärung?«

»Ich habe mich nicht geirrt«, sagte Cindy verbissen, »ganz bestimmt nicht.«

»Trotzdem können wir im Augenblick nichts machen. Wenn wir Dr. Curtius anzeigen ... «

»Nein«, sagte Cindy, »das will ich nicht!«

»Es würde auch zu nichts führen, Cindy.« Katja strich ihrer Tochter zart über das Haar. »Außer zu einem Skandal. Aussage würde gegen Aussage stehen, beweisen können wir im Moment gar nichts.«

»Wenn ich mit ihm sprechen würde ... «

»Nein, Cindy, das hat keinen Zweck.« Katja zog ihre Tochter noch fester in die Arme.

»Ja, Mutti«, sagte Cindy mit einem tiefen Seufzer dicht am Herzen ihrer Mutter, »ich glaube, du hast recht.«

»Und wir werden uns überlegen«, wagte Katja einen letzten Vorstoß, »ob wir es überhaupt darauf anlegen sollen, den Vater des Kindes festzunageln, wenn er sich nicht von selbst meldet, wenn er sein Kind nicht freiwillig anerkennen will, verstehst du? Denn wir beide, du und ich, wir sind doch auch allein in der Lage, das Kleine aufzuziehen.«

Cindy löste sich von der Mutter, wandte ihr Gesicht ab. »Ich bin ja nicht einmal fähig, es zu wickeln. Ich ... bin ja blind.«

»Du wirst nicht blind bleiben«, sagte Katja mit fester Stimme. »Ich habe schon mit Professor Heinzelmann gesprochen. Gleich nach der Geburt, sobald du dich von den Anstrengungen erholt hast, wird er die Hornhautübertragung durchführen. Du wirst nicht nur ein Kind haben, Cindy, du wirst es auch sehen können!«

Vor dem Gespräch mit ihrem Vater hatte Dr. Katja Holm keine Angst.

Professor Ellwangen war ein reifer, gütiger Mann und ein erfahrener Arzt. Ihm war keine Form kreatürlichen Leides und menschlicher Verirrung fremd. Sicher würde es ihn schwer treffen, daß gerade Cindy, sein vom Schicksal ohnehin hartgeprüftes Enkelkind, auch noch diese Last tragen sollte. Aber Katja zweifelte nicht daran, daß er gerade deshalb unbedingt zu ihr und Cindy halten und sie, soweit es in seiner Macht stand, gegen alle Anfeindungen und Unbill schützen würde.

Als sie, eine behutsame Einleitung auf den Lippen, in das große, gemütliche Wohnzimmer im Erdgeschoß des Hauses trat, war ihr Vater nicht allein. Fräulein Hertha, die Haushälterin, saß eifrig strickend neben ihm vor dem Fernsehapparat. Sie sahen sich einen alten amerikanischen Kriminalfilm an.

»Gut, daß du endlich kommst, Katja!« rief der Professor, ohne sich nach ihr umzuwenden. »Du, das ist ein toller Reißer, den muß man gesehen haben! Komm, setz dich. Hoffentlich hast du nicht schon das Beste versäumt!«

Das war kein guter Auftakt für ein ernstes Gespräch.

Katja kannte nur zu gut die naive Begeisterung ihres Vaters für knallharte Krimis, bei denen er die Entspannung fand, die er bei seinem verantwortungsvollen Beruf brauchte. Sie wagte nicht, ihn in diesem Vergnügen zu stören, ließ sich so lautlos wie möglich in einen Sessel hinter ihm nieder.

Aber das Zusehen wurde für sie zur Qual. Es war ihr unmöglich, der Handlung zu folgen.

Endlich wagte sie eine leise Frage: »Wie lange dauert es noch?«

Professor Ellwangen blickte sich nach ihr um: »Wieso? Gefällt es dir nicht?«

»Ich komm' nicht recht mit, weil ich den Anfang verpaßt habe.«

»Bis Viertel nach elf«, sagte Fräulein Hertha.

Katja erhob sich, gab ihrem Vater einen Kuß auf die Stirn. »Dann geh' ich doch lieber schon ins Bett.«

Der Professor zog sie, den Blick schon wieder auf dem Bildschirm, zu sich herab, küßte sie auf die Wange. »Schlaf gut, Mädchen!«

Draußen in der Diele blieb Katja aufatmend stehen,

Pech gehabt, dachte sie, aber was soll's. Auf einen Tag früher oder später kommt es ja wirklich nicht an. Ich muß eine günstige Gelegenheit abwarten.

Sie ahnte nicht, welche Gefahr sie durch ihr Zaudern heraufbeschwor.

Gegen vier Uhr früh wurde ein zweijähriges Kind in die Klinik von Professor Ellwangen eingeliefert.

Der Kleine war noch am Tag zuvor gesund herumgelaufen. In der Nacht war Durchfall eingetreten, begleitet von krampfartigen Bauchschmerzen. Das Kind hatte geschrien, die Beine angezogen, sich gekrümmt. Der von den Eltern alarmierte Hausarzt hatte den Jungen sofort in das Krankenhaus gebracht.

Jetzt lag er sehr blaß, apathisch, mit eingesunkenen Augen auf dem Untersuchungstisch. Auf seiner Stirn stand kalter Schweiß. Schwester Martha rief Dr. Horst Sydow, den diensthabenden Arzt, herbei.

Der Oberarzt dachte zunächst an eine Blinddarmreizung. Aber als er den Bauch abtastete, fand er ihn nicht gespannt, sondern weich und eingefallen. Im rechten Unterbauch glaubte er eine wurstartige Geschwulst zu spüren.

Er ließ sich von Schwester Martha einen Gummihandschuh geben, streifte ihn über und führte den Zeigefinger durch den After des Kindes in den Mastdarm ein. Beim Zurückziehen stellte er frisches Blut am Handschuh fest. Jetzt sah er klar: Ein Darmabschnitt hatte sich in einen anderen eingestülpt. Eine Erkrankung, zu der es kommen kann, wenn das Zusammenspiel der Muskulatur bei der Darmbewegung gestört ist. Diese Entwicklung mußte zum Darmverschluß führen.

»Invagination«, stellte Dr. Sydow fest, »lassen Sie alles zur Operation vorbereiten, Schwester.«

»Jawohl, Herr Oberarzt«, bestätigte Schwester Martha, »sofortige Operation. Ich werde Dr. Curtius rufen.«

Über Dr. Sydows rundes Gesicht lief ein nervöses Zittern, als er den Namen des verhaßten Rivalen hörte. »Nicht Dr. Curtius«, entschied er, »lassen Sie lieber einen anderen Chirurgen kommen ... vielleicht Dr. Köhler.«

Schwester Martha war verblüfft. »Aber Dr. Curtius ist in seiner Wohnung«, entgegnete sie, »er hat mir ausdrücklich gesagt, daß er die ganze Nacht erreichbar ist ... «

Jetzt tat Dr. Sydow etwas, woran Schwester Martha ganz und gar nicht bei dem sonst eher phlegmatischen Oberarzt gewöhnt war: Er brüllte. »Ich brauche von Ihnen keine Belehrungen! Was glauben Sie denn, wer Sie sind? Tun Sie, was ich Ihnen sage.«

»Jawohl, Herr Oberarzt«, sagte Schwester Martha. Aber sie war nicht eingeschüchtert, und der Blick, mit dem sie ihn musterte, sprach Bände. Es hatte sich schon herumgesprochen, daß er am vergangenen Nachmittag mit der Tochter des Chefs herumgeschrien hatte.

Bis zu diesem Augenblick hatte die Schwester das nicht glauben wollen, hatte es für eine der zahlreichen, mehr oder weniger böswilligen Klatschereien gehalten, die in der Klinik - wie in jeder anderen auch - im Umlauf waren. Jetzt aber begann sie sich über den Nervenzustand des Oberarztes ernstlich Gedanken zu machen.

Er wurde ein wenig verlegen unter diesem Blick. »Na, entschuldigen Sie schon«, murmelte er, »es war nicht so gemeint!« Damit verließ er den Untersuchungsraum.

Jede andere Schwester hätte jetzt wahrscheinlich die Anordnung des Oberarztes ausgeführt, auch wenn sie ihr unverständlich bleiben mußte. Nicht so Schwester Martha. Sie war eine energische, erfahrene Person, die den größten Teil ihrer mehr als dreißig Berufsjahre der Kinderklinik und Professor Ellwangen gewidmet hatte. Sie war überzeugt, das Vertrauen des Professors zu besitzen und sich auch hin und wieder einmal eine persönliche Bemerkung oder einen Widerspruch leisten zu können.

Deshalb rief sie Professor Ellwangen an.

Der Telefonapparat stand neben seinem Bett, er meldete sich schon beim zweiten Läuten.

Schwester Martha erzählte ihm, was geschehen war, »Ich halte die Entscheidung des Herrn Oberarztes nicht für richtig«, erklärte sie unumwunden, »wer weiß, wie lange es dauert, bis ich Dr. Köhler oder einen der anderen Chirurgen erreicht habe. Außerdem wohnen ja alle in der Stadt oder sogar am anderen Ende. Dr. Curtius hingegen ist unser Hauschirurg, ich weiß genau, daß er zu Hause ist ... «

Der Professor unterbrach sie. »Schon gut, Schwester, verständigen Sie Dr. Curtius. Ich bin in wenigen Minuten selbst drüben.«

Professor Ellwangen traf fast gleichzeitig mit Dr. Curtius ein, der wenige Schritte vor ihm die Pförtnerloge passierte. Ellwangen war es darauf angekommen, einen möglichen Zusammenstoß zwischen seinem Oberarzt und seinem Chirurgen zu verhindern.

Er rief Curtius an, holte ihn ein. Der junge Arzt wirkte frisch und voller Tatendrang. Nur eine leichte Schwellung um die klugen grauen Augen verriet, daß er mitten aus dem Schlaf gerissen worden war.

Professor Ellwangen erklärte ihm die Situation, ohne allerdings das merkwürdige Verhalten des Oberarztes zu erwähnen. »Dr. Sydow hat eine Invagination diagnostiziert«, sagte er, »aber es wird gut sein, wenn Sie sich den kleinen Patienten vor der Operation noch selbst ansehen.«

»Jawohl, Herr Professor, das hatte ich ohnehin vor.«

»Sehr gut, Herr Kollege. Gehen Sie voraus. Ich komme gleich nach und übernehme die Narkose.«

Professor Ellwangen wußte, daß Dr. Sydow ein absolut zuverlässiger Arzt war. Er zweifelte auch keinen Augenblick an der Richtigkeit der Diagnose. Aber es kam ihm darauf an, Dr. Curtius aus dem Weg zu haben, wenn es zu einer Auseinandersetzung zwischen ihm und dem Oberarzt kommen sollte.

Er fand Dr. Sydow im Waschraum des OP. Der Oberarzt konnte seine Überraschung, Professor Ellwangen so völlig unerwartet und zu dieser ungewohnten Stunde zwischen Nacht und Morgen vor sich zu sehen, nicht verbergen. Sein rundes Gesicht wirkte geradezu einfältig vor Verblüffung.

»Guten Morgen, Herr Kollege«, sagte Professor Ellwangen ruhig, »ich habe mich entschlossen, die Narkose selbst zu machen.«

»Aber ... warum? Woher wissen Sie überhaupt?« stammelte Dr. Sydow.

»Ich wurde benachrichtigt«, erklärte Professor Ellwangen. Er verschwieg, daß Schwester Martha ihn angerufen hatte.

Aber Dr. Sydow wußte sofort Bescheid. »Aha, Schwester Martha«, sagte er böse.

Professor Ellwangen überhörte seine Bemerkung. »Ich nehme an, Sie hatten Ihre Gründe, daß Sie unseren Hauschirurgen nicht hinzuziehen wollten?«

»Jawohl, Herr Professor!« Dr. Sydow wusch sich unentwegt weiter seine Hände unter dem heißen, starken Wasserstrahl, obwohl diese Maßnahme durch das Eintreffen des Professors ganz überflüssig geworden war.

»Fürchten Sie denn, daß er nicht fähig ist, den gebotenen Eingriff durchzuführen?« Professor Ellwangen rückte seine Brille zurecht, deren dicke Gläser ihm etwas von einer klugen, alten Eule gaben.

»Nein, Herr Professor ... «

»Wenn ich Sie recht verstehe, dann zweifeln Sie also an den menschlichen Qualitäten Ihres Kollegen.« Und ohne eine Antwort abzuwarten, fuhr Professor Ellwangen fast im gleichen Atemzug fort: »Dann hätten Sie sich aber mit mir in Verbindung setzen und Ihre Bedenken vorbringen sollen. Das wäre der richtige und der anständige Weg gewesen. Dr. Curtius einfach zu übergehen - und zwar auf Kosten der Klinik - und damit seinen Ruf zu schmälern, stand Ihnen nicht zu.«

»Ich ... es tut mir leid, Herr Professor, ich hatte bisher keine Gelegenheit ... «

»Sie werden Gelegenheit bekommen. Noch heute nacht. Ich erwarte Sie nach der Operation in meinem Zimmer.« Als eine Schwester hereinkam, wechselte Professor Ellwangen den Ton. »Sie können jetzt gehen, Herr Oberarzt, ich werde Sie vertreten.«

Eine Viertelstunde später hatte Professor Ellwangen eine endotracheale Intubationsnarkose durchgeführt. Eine biegsame Plastikröhre verband einen Behälter mit Narkosemitteln direkt mit der Lunge. Auf diesem Wege konnte - wenn es nötig werden sollte - dem kleinen Patienten auch Sauerstoff zugeführt werden.

Aber bisher waren Puls und Kreislauf zufriedenstellend.

Dr. Curtius öffnete den Bauch in der Mitte, durchschnitt Haut, Fettgewebe und Muskeln, zertrennte das Bauchfell, während er zwischendurch immer wieder die blutenden Gefäße versorgte.

Das geschwulstartig aufgetriebene Darmstück wurde sehr rasch sichtbar. Behutsam drückte der Chirurg den eingestülpten Darmteil aus dem aufnehmenden Darmteil. Er sah, wie sich der verfärbte Darm erholte. Dann ging er daran, den Bauch des Kindes Schicht für Schicht wieder zu verschließen.

Der Gesamtzustand des kleinen Patienten war gut. Professor Ellwangen löste den Endotrachealkatheter, legte eine Tropfinfusion mit physiologischer Kochsalzlösung an - die das verlorene Blut ersetzen sollte - und gab vorbeugend Penicillin.

Er blieb am Operationstisch sitzen, bis der Kleine erwachte. Dann beaufsichtigte er noch die Überführung in das Krankenzimmer.

Der Junge fiel, beruhigt und von seinen Schmerzen erlöst, sehr rasch in einen fieberfreien Schlaf.

Professor Ellwangen überprüfte noch einmal den Kreislauf des Kindes und ordnete antibiotische Behandlung und vorsichtige Diät an.

Dr. Sydow erwartete seinen Chef inzwischen mit steigender Nervosität. Zwar war ihm die Gelegenheit, seine Vorwürfe gegen Dr. Curtius anbringen zu können, durchaus willkommen, gleichzeitig aber war er sich auch der Ungeheuerlichkeit dieser Vorwürfe bewußt. Es war ihm zumute wie einem Mann, der eine entsicherte Bombe in der Hand hält, eine gefährliche Waffe, von der er weiß, daß sie auch ihn mitreißen und vernichten kann.

Im Gegensatz zu ihm wirkte Professor Ellwangen heiter.

»Tadellose Operation«, sagte er und rieb sich zufrieden die Hände. »Ihre Diagnose hat bis aufs I-Tüpfelchen gestimmt, Herr Kollege ... « Dann erst, als er Dr. Sydows Gesicht sah, schien ihm einzufallen, warum er seinen Oberarzt zu sich bestellt hatte. »Also, schießen Sie los! Was haben Sie gegen Dr. Curtius vorzubringen? Ich wette, dahinter steckt nichts als irgendeine törichte Rivalität.«

Das Gefühl, nicht ernst genommen zu werden, ließ Dr. Sydow alle Zurückhaltung vergessen. »Ihre Enkeltochter erwartet ein Kind, Herr Professor!« schleuderte er seinem Chef entgegen.

»Ein Kind von Dr. Curtius«, polterte er weiter, »das ist es, was ich gegen diesen feinen Herrn habe! Er hat es getan, er ist der Vater ... er hat Cindy auf dem Gewissen.«

Professor Ellwangen griff sich mit beiden Händen ans Herz. Die Augen traten ihm fast aus den Höhlen.

Für Oberarzt Dr. Sydow - wie für alle Ärzte und Schwestern der Kinderklinik - war Professor Ellwangen stets ein Mann von eiserner Gesundheit und geradezu stählernen Nerven gewesen. Selbst den schwierigsten Situationen hatte er wie ein Fels in der Brandung standgehalten. Deshalb erschreckte der plötzliche Zusammenbruch des Chefs Sydow so sehr, daß er sekundenlang völlig hilflos vor Entsetzen war. Erst als der Professor haltsuchend hinter sich tastete, kam Dr. Sydow ihm zu Hilfe. Er stützte seinen Chef, führte ihn zu einem Sessel und ließ ihn hineingleiten. Dann öffnete er ihm den Hemdkragen. Neben der Tür hing eine Joppe, in der es sich der Professor bei nächtlichen Schreibarbeiten bequem zu machen pflegte. Dr. Sydow riß sie vom Haken, legte sie zusammen, schob sie ihm als Kissen in den Nacken, so daß er den Kopf besser lagern konnte. Dabei sprach er unentwegt auf seinen Chef ein, sprudelte sinnlose Fragen heraus, auf die er gar keine Antwort erwartete.

»Wie geht es Ihnen, Herr Professor? Wie fühlen Sie sich? Ist es schon besser? Haben Sie einen Wunsch? Kann ich etwas für Sie tun?«

Dann stürzte er in das Untersuchungszimmer nebenan, riß den Arzneischrank auf, überlegte, ob er eine Spritze mit einem kreislaufanregenden Medikament spritzen sollte, entschied sich dann aber dagegen, schüttete vier Tabletten aus einem Röhrchen in die Hand, füllte einen Becher mit Wasser, trug beides in das Sprechzimmer zurück und brachte den nahezu Bewußtlosen dazu, die Medizin zu schlucken,

Der Professor öffnete die Augen. In seinem Blick lag mitleidlose Schärfe. Und Sydow erschauerte. Der Becher zitterte in seiner Hand, Wasser schwappte über, durchweichte das Hemd des alten Herrn. »Verzeihen Sie mir«, stammelte der Oberarzt, »ich wollte nicht ... wenn ich gewußt hätte ... «

Professor Ellwangen holte tief Atem. »Schon gut«, sagte er schwer, »Sie brauchen sich nicht zu entschuldigen. Jeder kämpft mit den Mitteln, die er hat.«

Dr. Sydow spürte den Doppelsinn dieser Worte nicht. Er war erleichtert, daß der Professor überhaupt wieder sprach. »Bitte«, bat er, »bleiben Sie sitzen, sprechen Sie nicht! Legen Sie den Kopf zurück, versuchen Sie tief zu atmen ... das Mittel muß gleich wirken.«

Professor Ellwangen ließ die schweren Lider sinken. Er war immer noch aschfahl. Die mächtige Nase ragte erschreckend aus dem eingesunkenen Gesicht. Mit der rechten Hand massierte er mit kreisrunden Strichen die Gegend um sein Herz. »Jetzt wissen Sie es also, Sydow«, sagte er, »die alte Pumpe will nicht mehr so, wie sie soll. Sie sind der einzige, der es weiß. Aber wehe, wenn Sie darüber quatschen. Dann feuere ich Sie ohne Barmherzigkeit.«

»Waren Sie schon einmal ... bei einem Kollegen?«

Professor Ellwangen richtete sich mühsam ein wenig auf. »Glauben Sie, ein Mann mit meiner Erfahrung könnte sich nicht selber die richtige Diagnose stellen? Ich weiß Bescheid, mein Lieber. Ich brauche niemanden, der mir etwas vormacht. Und nun wiederholen Sie mir mal das, was Sie eben gesagt haben. Aber schön der Reihe nach und mit Vernunft.«

Dr. Sydow bewegte nervös seine Finger. »Ich ... ich möchte nicht mehr darüber sprechen, Herr Professor. Es war ganz falsch, daß ich davon angefangen habe.«

»Ja, das mag stimmen«, erklärte Professor Ellwangen ungerührt, »aber nun haben Sie es getan, und jetzt gibt es kein Zurück mehr. Ich will und muß es wissen.«

Dr. Sydow wollte Zeit gewinnen, denn er hatte das Gefühl, daß er sich in eine fatale Situation hineinmanövriert hatte. Oder doch nicht? War jetzt die Gelegenheit gekommen, zum vernichtenden Schlag gegen Dr. Curtius auszuholen? Auf alle Fälle mußte er klug sein und vorsichtig, damit er sich nicht selber ins Unrecht setzte.

»Na, kommen Sie schon, kommen Sie schon«, drängte der Professor ungeduldig, »das Schlimmste haben Sie mir versetzt. Mein Enkelkind Cindy erwartet ein Baby. Das war's doch, was Sie mir vorhin an den Kopf geworfen haben! Und Dr. Curtius soll der Vater sein!«

Sydow gab sich einen inneren Ruck. »Ja«, sagte er.

Professor Ellwangen hatte schon wieder ganz zu sich selbst zurückgefunden. Nur die eingefallenen Wangen, die bläulichen Lippen verrieten, daß er soeben eine schwere Attacke überstanden hatte. »Und woher haben Sie diese Moritat?«

»Von Cindy. Cindy selbst hat es mir erzählt.«

Professor Ellwangen nahm die Brille ab, putzte die Gläser und setzte sie wieder auf. »Ihnen?«

»Ja.«

»Wollen Sie mir bitte erklären, wie sie dazu kam?«

Dr. Sydow überlegte eine Sekunde krampfhaft, entschloß sich dann aber doch, die Wahrheit zu sagen. »Sie verwechselte mich mit Dr. Curtius ... «

»Und Sie ließen sie in diesem Glauben? Auf gut deutsch: Sie haben sich ihre Blindheit und ihre Naivität zunutze gemacht und sie ausgehorcht.«

Der Oberarzt antwortete nicht auf diesen Vorwurf. Es war ihm unangenehm, wie ein gescholtener Schuljunge vor seinem Chef zu stehen, aber er wagte es nicht, sich zu setzen, ohne dazu aufgefordert zu sein.

»Und Katja?« fragte Professor Ellwangen. »Was sagt sie dazu? Ich nehme doch an, daß Sie mit meiner Tochter über den Fall gesprochen haben.«

»Ja. Sie wußte bereits, daß Cindy ein Kind erwartet. Aber sie behauptet, daß Gert Curtius nicht der Vater ist. Er bestreitet es, und Katja verläßt sich auf sein Wort.«

»Hm«, sagte Professor Eüwangen ausdruckslos.

»Aber ich glaube Cindy«, erklärte Dr. Sydow heftig, »sie kann sich das nicht nur ausgedacht haben. Und sie hat den Mann auch bestimmt erkannt, wenn er auch nur ein einziges Mal bei ihr war ... «

Jetzt hakte Professor Ellwangen ein. »Wann und wo?«

»An einem Freitagabend im Juli. Cindy war in ihrem Zimmer. Sie lag schon im Bett. Das Fenster stand offen. Der Mann ist wahrscheinlich über das Spalier gekommen. Es war keine Verführung, sondern eine Vergewaltigung ... so hat es Cindy jedenfalls dargestellt.«

»Eine Frage«, sagte Professor Ellwangen, »wo waren Sie an diesem Abend?«

Ein Zucken lief über Dr. Sydows hellhäutiges Gesicht. Seine runden Augen traten vor. Mit halboffenem Mund starrte er Professor Ellwangen an. »Das ... das ist doch ganz uninteressant«, stotterte er endlich.

»Nein, das finde ich nicht. Sie erwarten doch wohl von mir, daß ich den Kollegen Curtius zur Rede stelle, nicht wahr?«

»Nein«, stieß Dr. Sydow hervor, »ich wollte es Sie nur wissen lassen, damit Sie ... nicht überrascht sind, wenn ich zur Polizei gehe!«

»Zur Polizei?« Professor Ellwangen betrachtete seinen Oberarzt durch die dicken Brillengläser. »Sehr interessant. Und daß Sie vorher zu mir kommen müßten, ist Ihnen wohl erst heute nacht eingefallen? Wenn ich nicht zufällig erschienen wäre, hätten Sie es wohl gar nicht für nötig gehalten, mich zu informieren?«

»Es hat doch keinen Sinn, darüber zu reden, was gewesen wäre, wenn«, entgegnete Dr. Sydow. Er war jetzt gereizt. »Entscheidend ist: Ich habe es Ihnen gesagt. Ich werde tun, was ich für meine Pflicht halte. Versuchen Sie nicht, mich davon abzuhalten, zur Polizei zu gehen!«

»Wäre das nicht eigentlich eher die Aufgabe meiner Tochter?«

»Das habe ich ihr auch gesagt! Aber sie will nicht. Und ich weiß auch, warum. Sie will Curtius schützen.«

»Curtius? Nein, das glaube ich nicht.« Professor Ellwangen schüttelte den Kopf. »Sie will wohl nur ihr Kind davor bewahren, auch noch in den Mittelpunkt eines Skandals gerückt zu werden, peinlichen Verhören ausgesetzt zu sein. Das ist ihr wichtiger, als den Mann zu strafen, der es getan hat ... und das braucht gar nicht Dr. Curtius, das könnten auch Sie gewesen sein!«

»Ich?« Die Augen quollen Dr. Sydow fast aus dem Kopf. »Das ist ungeheuerlich!«

»Ja, das stimmt«, gab Professor Ellwangen ungerührt zu, »genauso ungeheuerlich wie Ihr Verdacht gegen Dr. Curtius. Aber wenn die Dinge so geschehen sind, wie Sie es dargestellt haben, kommt tatsächlich jeder Mann als Täter in Frage, der Cindy kennt und einigermaßen in unserem Haus und über unsere Verhältnisse Bescheid weiß. Und das sind ... lassen Sie mich mal nachdenken ... Sie, ich und Dr. Curtius! Natürlich, ja, auch der Knabe Karl-Heinz, der seinerzeit bei uns zu Besuch war. Das wäre der am stärksten belastete Personenkreis. Die Polizei wird in ihren Nachforschungen wohl noch weitergehen und auch unsere Assistenzärzte unter die Lupe nehmen.«

»Aber ... Cindy weiß doch, sie ist doch ganz sicher ... «

Professor Ellwangen fiel ihm ins Wort. »Cindy ist blind. Ich zweifle sehr daran, ob sich die Polizei, ein Staatsanwalt oder ein Richter auf das Wort einer Blinden verlassen wird. Also ... wo waren Sie an jenem Abend?«

»Hier in der Klinik. Ich hatte Nachtdienst.«

»Das beweist natürlich gar nichts. Sie wissen sehr gut, daß der diensthabende Arzt nachts nicht unentwegt beschäftigt ist. Es kommt vor, daß man nur ein- oder zweimal herausgerufen wird. Aber um zur Villa zu laufen, Cindy zu vergewaltigen und wieder zurückzukommen, hätten Sie nur eine knappe halbe Stunde gebraucht. Sind Sie ganz sicher, daß Sie für jede halbe Stunde der fraglichen Zeit ein Alibi haben?«

Dr. Sydow schwieg.

»Also nein. Das habe ich mir gedacht. Überlegen Sie sich gut, ob Sie es sich leisten können, die Polizei hinzuzuziehen. Wer mit Dreck um sich wirft, dem kann es leicht passieren, daß er selber einen Klacks davon abbekommt.«

Der Oberarzt wischte sich den Schweiß von der Stirn. »Ich habe keine Angst.« Aber seine Stimme klang unsicher.

»Das brauchen Sie auch nicht zu haben, wenn Sie unschuldig sind«, antwortete Professor Ellwangen ruhig. »Trotzdem rate ich Ihnen: Lassen Sie die Finger von einer Anzeige. Durch eine hochnotpeinliche Untersuchung wird bestimmt nichts besser. Wir wollen doch lieber sehen, daß wir ohne Polizei mit der Sache fertig werden.«

»Wenn Sie meinen, Herr Professor«, sagte Dr. Sydow zögernd. Er schwankte zwischen Erleichterung und Bedauern.

»Jawohl, ich meine.« Professor Ellwangen stützte sich auf die Armlehne seines Sessels und erhob sich etwas schwerfällig. »Nur keine Sorge. Ich werde den Kerl ausfindig machen. Früher oder später werde ich ihn erwischen. Und dann ... gnade ihm Gott!«

Nach dem gemeinsamen Frühstück, bei dem Professor Ellwangens Blick immer wieder auf seine Tochter fiel, sagte er: »Ich hätte dich gern ein paar Minuten gesprochen, Katja.«

»Aber gern, Vater. Ich muß nur gleich in die Klinik.«

»Kann ein paar Minuten warten, Kind. Es dauert nicht lange.«

Ohne sich umzusehen durchquerte der Professor das Zimmer. Er hielt Katja die Tür offen und schloß sie hinter ihr.

»Bitte, setz dich«, sagte er und wies auf einen seiner bequemen, schon ein wenig abgewetzten Ledersessel.

Er beobachtete, wie sie Platz nahm. Sie setzte sich ganz vorn auf die Kante und stellte die schlanken Beine brav nebeneinander. Ihre Hände waren unruhig. »Ja, Vater?«

»Ich nehme an, du hast mir etwas zu sagen?«

Katjas Nasenflügel zitterten. »Du weißt es also?«

»Ja.« Professor Ellwangen legte die Hände auf den Rücken, begann vor Katja auf und ab zu gehen. »Du wirst dir vorstellen können, daß es nicht eben angenehm war, diese ... sehr persönliche Angelegenheit aus dem Munde eines Außenstehenden zu hören.«

»Es tut mir leid, Vater.« Sie sah ihn flehend an. »Ich weiß es selbst erst seit kurzem. Und ... und anfangs war ich völlig durcheinander, bis ich ... aber ich wollte es dir sagen, wirklich, ich habe immer nur auf eine Gelegenheit gewartet. Ich wußte, es würde schrecklich für dich sein, und deshalb ... «

Er unterbrach sie. »Schon gut, schon gut. Ich glaube dir ja.« Er blieb bei ihr stehen, strich ihr über das üppige, dunkelblonde Haar.

Sie nahm seine Hand, schmiegte ihre Wange hinein. »Es ist so schrecklich für Cindy, sie ist noch so jung, ihr ganzes Leben ... « Sie stieß einen zitternden Seufzer aus. »Aber sie trägt es bewundernswert tapfer. Wir müssen ihr jetzt zur Seite stehen, ihr helfen.«

»Ja, Katja«, bestätigte Professor Ellwangen, »du hast ganz recht. Es hat keinen Zweck, ihr oder jemand anderem jetzt Vorwürfe zu machen, davon wird es nicht besser.«

Sie blickte zu ihm auf. »Wer hat es dir gesagt?«

»Dr. Sydow.«

Katjas Augen flammten auf. »Das hätte ich mir denken können. Dieser Schuft! Für ihn ist das nur eine Gelegenheit, Dr. Curtius eins auszuwischen. Er haßt ihn schon seit langem. Mir hat er gedroht, zur Polizei zu gehen.«

»Mir auch, Katja, aber damit ist er schlecht bei mir angekommen. Reg dich jetzt nicht auf, mein Mädchen, ich habe ihm schon den Zahn gezogen. Er wird schön den Mund halten, verlaß dich drauf.«

Katja stand auf, warf sich ihrem Vater in die Arme. »Wie gut, daß es dich gibt, Väterchen. Ich wüßte nicht, was ich ohne dich machen sollte. Es wäre für Cindy so schrecklich gewesen, wenn ... «

»Keine Angst, Katja. Der Kleinen wird nichts geschehen. Uns allen nicht.« Professor Ellwangen klopfte seiner Tochter zärtlich auf die Schulter. »Nicht, solange ich lebe.«

Dr. Katja Holm hätte sich nach diesem Gespräch am liebsten sofort noch mit Cindy unterhalten. Aber der Dienst rief. Gerade weil die privaten Spannungen so stark geworden waren, hielt sie es für richtig, sich beruflich so korrekt wie nur irgend möglich zu verhalten.

Als sie am späten Nachmittag nach Hause kam, fand sie einen Brief ihres Neffen Karl-Heinz vor. Sie las ihn, während sie die Treppe zum ersten Stock hinaufstieg.

Cindy saß in hautengen Hosen auf dem Fußboden ihres Zimmers, vor sich den Plattenspieler, und hatte den Kopf zu ihrer Freundin Ruth hin gerichtet, die ausgelassen und keß in einem Minikleid vor ihr herumtanzte. Als sie Katja erblickte, hielt sie mitten in der Bewegung inne.

»Laßt euch nicht stören, Kinder!« rief die Ärztin und wandte sich zu ihrer Tochter. »Fein, daß du Gesellschaft hast!«

Cindy spürte in ihrer Feinfühligkeit, daß die Mutter etwas auf dem Herzen hatte. »Gibt es etwas Besonderes, Mutti?«

Katja zögerte einen Augenblick. Die Anwesenheit von Cindys Freundin gab ihr keine Möglichkeit, sich jetzt näher auszusprechen. »Ach, ich habe mit Großvater gesprochen. Es ist alles in Ordnung.«

Die Spannung wich aus Cindys Zügen. »Das ist gut.« Es klang wie ein Seufzer der Erleichterung.

»Ja«, antwortete Katja, »ich bin auch sehr froh darüber.« Sie reichte Ruth den Brief, den sie noch immer in der Hand hielt. »Eine Nachricht von Karl-Heinz. Vielleicht bist du so nett und liest Cindy vor.«

»Gern, Frau Doktor«, sagte Ruth höflich.

Katja schenkte den Mädchen einen liebevollen Blick. »Na, dann amüsiert euch mal weiter.«

Als die beiden Mädchen allein waren, fragte Ruth sofort: »Du, über was hat deine Mutter mit deinem Großvater gesprochen?«

Cindy strich sich das blonde Haar aus der Stirn. »Och, nichts Besonderes.«

Aber Ruth ließ sich nichts vormachen. Sie setzte sich auch auf den Boden, kreuzte die Beine übereinander, stemmte die Ellbogen auf die Knie, stützte das Kinn in die Hände und starrte Cindy aufmerksam an. »Also, was ist los? Du versuchst doch nicht etwa, mir etwas vorzumachen? Vergiß nicht, daß ich deine beste Freundin bin.«

»Ach, Quatsch«, sagte Cindy, »leg lieber eine neue Platte auf!«

»Das könnte dir so passen«, weigerte sich Ruth, »rück raus mit der Sprache.«

Cindy holte tief Atem - und preßte die Lippen zusammen.

Ruth beobachtete sie aus schmalen Augen. »Du, da stimmt doch etwas nicht. Du verbirgst mir etwas, das habe ich schon vorhin gemerkt ... dieser Ton da zwischen deiner Mutter und dir ... also los, jetzt will ich es wissen, oder ich bin die längste Zeit deine Freundin gewesen!«

»Nur wenn du mir schwörst ... du mußt mir schwören, bei allem, das dir heilig ist, es keiner Menschenseele zu verraten!«

Ruth schob die Platten beiseite, rückte näher an ihre Freundin heran. »Großes, heiliges Ehrenwort, ich werde schweigen wie ein Grab, was hältst du denn von mir?«

Cindy zögerte immer noch, es kostete sie Überwindung zu reden, und doch, gleichzeitig lockte es sie ungeheuer. »Ich bekomme ein Kind«, platzte sie endlich heraus.

»Was?« Ruth fuhr hoch wie von der Tarantel gestochen.

Cindy nickte. »Du hast ganz richtig gehört.«

»Kann ich nicht glauben, du spinnst ja.«

»Meine Mutter weiß es auch schon. Und mein Großvater. Das hat sie gemeint, als sie eben gesagt hat, es wäre alles in Ordnung.«

»Ist es denn die Möglichkeit? Na, also wirklich, du bist mir eine! Das hätte ich dir wahrhaftig nicht zugetraut!« Ruth ließ sich wieder neben Cindy nieder, schlang den Arm um ihre Schultern. »Von wem denn?« fragte sie. »Los, mach es nicht so spannend.«

»Von Gert Curtius.«

»Dr. Curtius? Ich werd' verrückt. Also wirklich, das ist ein toller Hecht! Was sagt er denn jetzt dazu?«

»Er streitet alles ab«, gestand Cindy mit Überwindung.

»Aber das kann er doch nicht!« rief Ruth empört. »Als ob das so einfach wäre. Dem würde ich heimgeigen. Du hast ihm doch hoffentlich deine Meinung gesagt?«

»Ich habe gar nicht mit ihm gesprochen. Nur meine Mutter.«

»Ach, so ist das. Jetzt wird mir alles klar. Entweder hat deine Mutter ihn gleich so angefaucht, daß er nicht gewagt hat ... oder sie hat es ihm überhaupt nicht gesagt, weil er ja verheiratet ist und sie nicht will ... , und außerdem ... « Ruth stockte.

»Was?« fragte Cindy.

»Nichts. Ich weiß selber nicht mehr, was ich eigentlich sagen wollte.«

Aber Cindy war hellhörig geworden. Sie ließ sich nicht so einfach abspeisen. »Lüg mich nicht an«, sagte sie, »ich habe dir auch alles gesagt.«

»Na schön. Aber nur, wenn du mir versprichst, daß du dich nicht aufregst.« Ruth sah ihre Freundin prüfend an. »Also folgendes: Ein Mädchen aus meiner Klasse behauptet steif und fest, sie hätte deine

Mutter und Dr. Curtius mal zusammen gesehen. Nicht hier in der Stadt oder in der Nähe der Klinik, da wäre ja nichts dabei, sondern auswärts an einem Wochenende. Und die beiden wären ... also, es hätte so ausgesehen, als wenn sie sehr verliebt gewesen wären.«

Cindy war sehr blaß geworden. Ihre Lippen preßten sich aufeinander.

»Menschenskind, nimm's doch nicht so tragisch«, bat Ruth.

»Warum ... hast du mir das nicht längst erzählt?«

»Weil es bisher nicht aktuell war. Und weil ich es auch mehr oder weniger für ein dummes Gequatsche gehalten habe. Aber wenn du mir jetzt sagst, daß dich deine Mutter nicht mit ihm sprechen läßt ... « Ruth unterbrach sich. »Hast du ihr das denn überhaupt mal vorgeschlagen?«

»Mehr als einmal. Ich habe sie darum gebeten. Aber sie will es nicht. Sie behauptet, es wäre sinnlos.«

»Na, dann ist mir alles klar.« Ruth stand auf. »Ein Glück, daß du mir das Ganze erzählt hast. Jetzt werde ich mal die Sache in die Hand nehmen. Du, ich gehe zu ihm und spreche mit ihm, ich mache das glatt.«

»Nein, das möchte ich lieber nicht«, sagte Cindy, »gerade wenn er es vielleicht wirklich noch nicht weiß. Ich möchte es ihm schon selber sagen.«

»Verstanden.«

»Es ist nur, ich muß wirklich mit ihm zusammenkommen. Ich habe das schon einmal versucht, aber da ist es schiefgegangen. Das ist alles furchtbar kompliziert, wenn man nicht sehen kann.«

»Ach. mach dir nichts draus«, tröstete Ruth, »wenn ich dir helfe, wird's schon klappen. Also laß uns mal überlegen.«

Nach eifrigem Nachdenken kamen sie überein, Dr. Curtius einen Brief zu schicken. Ruth schrieb den Entwurf ins reine. Cindy unterzeichnete ihn.

»So, das war's«, sagte Ruth befriedigt, »wenn das nicht wirkt, will ich Gustav Knubbel heißen. Jetzt müssen wir uns nur noch entscheiden, wohin wir den Brief schicken. Ich bin für seine Privatadresse. In der Klinik weiß man nicht, ob er nicht deiner Mutter oder deinem Großvater in die Hände fällt.«

»Aber«, gab Cindy zu bedenken, »dann könnte ihn seine Frau erwischen.«

»Macht nichts. Sie wird die Geschichte doch so oder so erfahren, je früher, desto besser.«

»Ich weiß nicht«, sagte Cindy zweifelnd. Plötzlich war sie nicht mehr so sicher, ob das, was sie vorhatten, wirklich richtig war.

»Ich schon«, behauptete Ruth unbekümmert, »wenn man dich ließe, brächtest du glatt dein Baby zur Welt, ohne daß sein Vater von seinem Glück überhaupt was weiß.«

»Bitte«, sagte Cindy und streckte die Hand aus, »gib mir den Brief zurück. Laß mich das Ganze wenigstens noch eine Nacht überschlafen.«

Ruth klebte den Umschlag zu, fuhr mit der Faust darüber. »Kommt nicht in Frage. Wir haben es hundertmal durchgesprochen, und zum Überlegen hattest du Zeit genug. Jetzt wird gehandelt.«

Am Morgen des nächsten Tages fand Baby Curtius den Brief im Kasten. Er war ihr sofort verdächtig, offensichtlich von einer Frau geschrieben, ohne Absender und am selben Ort aufgegeben.

Sie überlegte, ob sie ihn über Wasserdampf öffnen sollte. Aber sie traute sich nicht zu, das fertigzubringen, ohne Spuren zu hinterlassen.

Eines war ihr klar: Sie konnte unmöglich den ganzen Tag mit dieser Ungewißheit verbringen.

Endlich rief sie in der Klinik an, verlangte ihren Mann zu sprechen.

»Was gibt's? Ich habe dir doch schon so oft gesagt, daß es keinen Zweck hat, mich hier anzurufen. Ich habe in fünf Minuten eine Operation.«

»Du kannst also nicht rasch auf einen Sprung nach Hause kommen?«

»Ausgeschlossen.«

»Auch nicht nach der Operation?«

»Nein.«

»Dann sieh doch bitte zu, daß du wenigstens zu Mittag ...«

»Ich werde zusehen, so pünktlich wie möglich am Abend zu Hause zu sein, ja?«

Und ehe Baby noch etwas sagen konnte, hatte er schon aufgelegt.

»Wenn du so bist«, sagte sie vor sich hin, »dann eben nicht.«

Mit entschlossener Bewegung nahm Baby den Brieföffner vom Schreibtisch und schlitzte den Umschlag auf.

Sie zog den Briefbogen aus dem Umschlag. Ihre Hände zitterten ein wenig. Trotzdem empfand sie in diesem Augenblick eine fast genüßliche Neugier.

Äußerlich wirkte der Brief harmlos genug. Er war mit typischer Jungmädchenschrift geschrieben. In der linken oberen Ecke klebte ein buntes Blumenbildchen.

Aber der Inhalt war so explosiv, daß Baby ihn zweimal lesen mußte, ehe sie begriff, daß ihre Augen sie nicht trogen.

Lieber Gert, stand da, *ich muß Dich unbedingt sprechen. Glaub nicht, daß ich Dir böse bin oder Dir irgendwelche Schwierigkeiten machen will. Aber es ist etwas geschehen, was Du einfach wissen mußt. Ich kann das nicht schreiben, ich kann es Dir nur sagen. Deshalb erwarte ich Dich heute nachmittag um sechs Uhr im Pavillon, Du weißt schon, wo. Ich beschwöre Dich bei unserer Liebe - komm!*

Darunter war Cindy gesetzt, in einer anderen Schrift, ein bißchen schief und etwas krakelig.

Baby Curtius las den Brief noch einmal und verstand nach wie vor nichts. Sie begriff nur, daß zwischen Cindy Holm und ihrem Mann etwas bestehen mußte, von dem sie niemals das geringste geahnt hatte.

Wie glücklich war sie gewesen, als Gert ihr seine Beziehungen zu Katja Holm gestanden und ihr gleichzeitig versichert hatte, daß das alles inzwischen aus sei. Sie war so selig gewesen und mit verstärktem Eifer zu ihrem Psychiater gegangen, um endlich auch die letzten Hindernisse in ihrer Ehe beseitigen zu lassen.

Jetzt aber mußte sie glauben, daß sie immer nur betrogen worden war. Ihr Mann hatte sich nur deshalb von der einen getrennt, um sich der anderen zuzuwenden – oder hatte diese Beziehung etwa schon seit langem bestanden? Hatte Gert nicht nur sie mit Katja, sondern auch Katja mit Cindy betrogen? Oder war er etwa mit Einverständnis der Mutter gleichzeitig auch der Liebhaber der Tochter gewesen?

Es taten sich solch ungeheuerliche Aspekte vor Baby Curtius auf, daß sie überhaupt keinen klaren Gedanken mehr fassen konnte.

»Was soll ich jetzt tun?« flüsterte sie. »Was um Himmels willen soll ich tun?«

Sie brauchte lange, bis sie zu einer Entscheidung kommen konnte. Endlich entschloß sie sich, nochmals ihren Mann anzurufen. In diesem Augenblick läutete das Telefon.

Sie nahm den Hörer ab, meldete sich ein wenig atemlos.

»Guten Tag, Frau Doktor«, ertönte die energische Stimme von Schwester Martha, »Herr Dr. Curtius läßt Ihnen bestellen, daß er mit Herrn Professor zu einer Konsultation nach auswärts mußte. Es könne heute abend sehr spät werden.«

»Schwester Martha«, rief Baby Curtius, »ich muß meinen Mann sprechen!«

»Aber, Frau Doktor, ich habe Ihnen doch gerade erklärt, daß ... «

»Wo ist er jetzt? Er kann doch noch nicht fort sein!«

»Moment mal ... «

Baby biß sich auf die Lippen.

Ein Knacken verriet ihr, daß Schwester Martha den Hörer wieder aufgenommen hatte. »Tut mir leid, Frau Doktor ... der Herr Professor und der Herr Dr. Curtius sind gerade abgefahren.«

Baby verlor die Beherrschung, »Das stimmt nicht«, platzte sie heraus, »das kann nicht stimmen! Bitte, Schwester, sagen Sie mir die Wahrheit!«

»Aber, Frau Doktor, Sie glauben doch wohl nicht, daß ich lüge? Nein, beruhigen Sie sich nur. Es hat ihm ja selbst leid getan.«

»Dann hätte er mich doch auch selber anrufen können!«

»Es ging alles so schnell. Er hatte keine Zeit mehr.«

Baby Curtius legte auf, blieb mit zusammengebissenen Zähnen neben dem Telefon stehen.

Wie idiotisch von mir, dachte sie, von Schwester Martha die Wahrheit zu erwarten. Die lügt doch für ihre Doktoren, ohne mit der Wimper zu zucken. Aber ich falle nicht darauf herein. Sicher hat Gert inzwischen erfahren, daß Cindy ihn erwartet. Die Konsultation ist nur eine Ausrede, damit er sich mit ihr treffen kann. Aber diesmal bin ich schlauer als er.

Es regnete den ganzen Tag.

Dr. Katja Holm hatte um fünf Uhr Dienstschluß. Ungeduldig sah sie auf ihre Armbanduhr. Es war längst über die Zeit. Dr. Sydow ließ sie also wieder einmal warten. Das war in letzter Zeit zu oft geschehen, als daß es Zufall sein konnte. Katja war überzeugt, daß er sich auf diese kleinliche Art an ihr rächen und sie schikanieren wollte. Aber sie war sich zu gut, um sich deswegen mit ihm in eine Auseinandersetzung einzulassen oder sich gar bei ihrem Vater zu beschweren.

Sie trat vor den Spiegel, zwang ihrem erschöpften Gesicht ein Lächeln ab und bürstete sich das dichte Haar. Ihre tiefblauen, umschatteten Augen wirkten übergroß.

Das Summzeichen der Hausanlage ertönte.

»Endlich«, sagte sie, überzeugt, daß Dr. Sydow eingetroffen war.

Sie ging rasch zum Schreibtisch, drückte auf die Taste.

»Frau Doktor«, sagte die durch den Lautsprecher ein wenig verzerrte Stimme einer Schwester, »bitte, kommen Sie in die Aufnahme. Wir haben einen Neuzugang, einen kleinen Jungen. Dr. Müller hat ihn gebracht.«

Dr. Katja Holm zögerte eine Sekunde. Wenn sie diesen Fall übernahm, würde das bedeuten, daß sie noch länger in der Klinik bleiben mußte. Und die Kinder zu Hause erwarteten sie zum Kaffee.

»Frau Doktor«, kam die Stimme wieder, »hören Sie mich? Bitte, kommen Sie sofort in die Aufnahme.«

Dr. Katja Holm drückte wieder auf die Taste der Sprechanlage. »Verstanden«, sagte sie, »ich komme.«

Sie zog sich rasch einen frischen Kittel an. Während sie den Gang entlang zum Lift eilte, hoffte sie immer noch, daß Dr. Sydow ihr zuvorkommen würde. Inzwischen hätte er wirklich schon eingetroffen sein müssen.

Aber in der Aufnahme waren nur Dr. Müller - ein praktischer Arzt, Freund ihres Vaters -, die junge Schwester Johanna und das kranke Kind.

Die Ärztin schüttelte dem Kollegen die Hand. Sie wechselten ganz kurz einige private Worte miteinander. Dann wandte sich Katja dem Jungen zu, der leise wimmerte.

»Um elf Uhr wurde ich aus der Praxis gerufen«, berichtete Dr. Müller, »das Kindergartenfräulein holte mich. Sie war außer sich, erzählte mir, daß Karlchen ganz plötzlich und unvermittelt laut geschrien hätte. Er hatte dabei die Hände auf den Leib gepreßt.«

»Und ... weiter?« fragte Katja, die inzwischen den Puls des Jungen fühlte.

»Als ich kam, war er bewußtlos«, berichtete Dr. Müller weiter, »die Schmerzen müssen also sehr heftig gewesen sein. Ich gab dem Kleinen eine Spritze. Als er erwachte, mußte er gleich erbrechen. Ich brachte ihn dann nach Hause. Der Urin war rot. Ich habe ein Fläschchen davon mit ins Labor genommen. Die Untersuchung ergab sehr viel Blut. Und als ich heute nachmittag noch einmal zu ihm kam, ging es ihm immer noch sehr schlecht. Deshalb hielt ich es für besser, ihn in die Klinik zu bringen.«

»Das war das beste«, meinte Katja. »Der Puls ist sehr klein und rasch.«

»Ja, ich weiß. Nach all diesen Anzeichen schließe ich auf eine Nierenkolik.«

Katja beugte sich lächelnd über den Jungen. »Jetzt brauchst du nicht mehr zu weinen«, sagte sie. »Es wird dir bald bessergehen. Ich werde dich jetzt untersuchen, und dann werden wir ein Foto von deinem Bäuchlein machen, damit wir sehen, was es ist, das dich so zwickt und zwackt.«

Der kleine Kerl sah aus schreckgeweiteten Augen zu ihr auf. »Wirst du mir den Bauch aufschneiden?«

»Nein«, sagte Katja, »sicher nicht. Wir werden nur fotografieren, mit einem Apparat, der in den Bauch hineinsehen kann. Einen Röntgenapparat nennt man das.« Sie schob das Hemdchen des Jungen hoch, sagte zu Schwester Johanna: »Bitte, rufen Sie doch bei mir zu Hause an und sagen Sie, daß ich etwas später komme.«

Das anhaltende Regenwetter hatte Cindys und Ruths Plan durcheinander gebracht. Als sie den Brief an Dr. Gert Curtius schrieben, hatten sie gehofft, daß es bis zum vorgeschlagenen Treffen wieder schön werden würde. Dann wäre es gar nicht aufgefallen, wenn sie den halben Nachmittag im Park herumspaziert wären. So aber war das unmöglich.

Ziemlich bedrückt saßen sie im Wohnzimmer und zerbrachen sich den Kopf darüber, wie sie es anstellen sollten, rechtzeitig und unauffällig fortzukommen.

Darum erschien es den beiden Mädchen wie ein Wink des Schicksals, als Schwester Johanna anrief und mitteilte, daß Dr. Katja Holm erst später kommen würde.

Fräulein Hertha war enttäuscht. »Ja, dann müssen wir wohl allein Kaffee trinken«, sagte sie.

Ruth warf Cindy einen raschen Blick zu.

»Bloß nicht«, sagte Cindy, »ohne Mutti macht das doch keinen Spaß.«

»Ach ja, Fräulein Hertha«, schmeichelte Ruth, »trinken Sie doch schon Kaffee. Axel wird Ihnen Gesellschaft leisten, und Cindy und ich gehen Frau Doktor entgegen.«

»Bei dem Wetter? Nein, das erlaube ich nicht!«

»Oh, Fräulein Hertha!« rief Cindy. »Bitte, bitte, ich bin doch nicht von Zucker. Und Mutti sagt auch immer, daß ich möglichst viel Bewegung haben soll.«

»Notfalls könnte ich ja auch allein ... «, begann Ruth.

Aber Cindy fiel ihr ins Wort. »Kommt gar nicht in Frage! Das ist ja schließlich meine Angelegenheit, wollte sagen, meine Mutti.« Sie stand auf, tastete sich zur Tür. »Komm, Ruth, gehen wir!«

Fräulein Hertha schüttelte den Kopf. »Ich weiß nicht, ob das richtig ist ... also wirklich, Cindy, willst du nicht lieber zu Hause warten?«

Aber Cindy ließ sich schon von Ruth in den Mantel helfen.

Seufzend reichte Fräulein Hertha Cindy die hohen Stiefel. »Bitte«, sagte sie, »bleibt nicht zu lange. Wenn Frau Doktor noch nicht fertig ist, dann kommt gleich wieder zurück!«

»Aber natürlich«, rief Cindy übermütig, »glauben Sie etwa, wir würden uns im nassen Park häuslich niederlassen?« Sie rückte die Sonnenbrille zurecht, die ihre blinden Augen verbarg. »Wie sehe ich aus, Ruth?«

»Ganz süß«, sagte Ruth, »aber komm jetzt!« Heuchlerisch fügte sie hinzu: »Wir wollen doch deine Mutti nicht verpassen!«

Arm in Arm und sehr unternehmungslustig zogen die beiden Mädchen ab.

Baby Curtius war als erste am Pavillon. Sie hatte den ganzen Tag nur auf diesen Moment gewartet. Endlich konnte sie etwas unternehmen.

Sie stellte sich mit dem Rücken zur Hinterwand und nutzte dabei den geringen Schutz aus, den das überstehende Schindeldach bot.

Bald hörte Baby Curtius Stimmen, lebhafte, junge Stimmen, die näher und näher kamen. Unwillkürlich preßte sie sich enger gegen die Wand. Dann drang das Geräusch von Schritten und Stimmen aus dem Inneren des Pavillons, deutlich genug, denn gleich neben Babys Kopf war ein vergittertes, aber unverglastes Fensterchen.

»Er kommt nicht mehr«, sagte Cindy mit schleppender Stimme.

»Wart's nur ab.«

»Vielleicht war er schon da und ist wieder gegangen. Wir haben ja den Umweg machen müssen, um meiner Mutter nicht zu begegnen.«

»Wir sind rechtzeitig fortgekommen«, erklärte Ruth.

»Wieviel Uhr ist es denn jetzt?«

Eine kleine Pause entstand.

»Verflixt«, sagte Ruth dann, »ich kann es nicht mehr erkennen.«

»Es ist bestimmt schon über die Zeit«, meinte Cindy.

Baby Curtius biß sich auf die Lippen. Sie erkannte, daß sie jetzt handeln mußte, wenn sie nicht riskieren wollte, daß die beiden Mädchen aufbrachen, ohne daß sie irgend etwas in Erfahrung gebracht hatte.

Sie holte tief Atem, preßte die Fäuste zusammen, stieß sich von der Wand ab, wie ein Schwimmer, der ins tiefe Wasser tauchen will, schritt um den Pavillon herum und trat in die Türöffnung.

Die Mädchen erschraken. Cindy mehr noch als Ruth, denn sie hatte zwar die Schritte gehört, ahnte aber nicht, wer gekommen war.

Ruth hatte sich sehr schnell wieder gefaßt. »Was wollen Sie denn hier?« rief sie.

»Mein Mann ist verhindert«, behauptete Baby Curtius, »er hat mich geschickt, um mit Cindy zu sprechen.«

»Geschickt? Sie? Das glauben Sie doch selbst nicht!« rief Ruth. »Sie wollen spionieren, geben Sie's doch zu!«

Baby Curtius war nicht gewohnt, daß man ihr Respekt entgegenbrachte, deshalb wurde sie durch Ruths frechen Ton auch gar nicht erschüttert.

Wohl aber Cindy. Sie legte die Hand auf den Arm der Freundin und flüsterte beschwörend: »Aber, Ruth ... bitte.«

»Na, wenn's doch wahr ist!« beharrte die Freundin.

»Weshalb wolltest du meinen Mann sprechen?« fragte Baby Curtius.

»Das ist ... eine Privatsache«, antwortete Cindy unsicher.

»Sag es mir trotzdem. Vielleicht kann ich dir helfen.«

Ruth lachte. »Ausgerechnet Sie? Ganz bestimmt nicht. Höchstens, wenn Sie sich scheiden lassen.«

»Ruth, sei still!« rief Cindy.

Baby Curtius war blaß geworden, aber ihre Augen blitzten. »Das ist sehr interessant! Möchtest du dich nicht deutlicher ausdrükken?«

»Bitte, Ruth, halt den Mund!« rief Cindy beschwörend. »Frau Curtius, hören Sie nicht auf meine Freundin! Es ist ... es war ... alles nur ein Scherz. Es ist ... wirklich nichts.« Sie zerrte Ruth am Ärmel. »Laß uns gehen, bitte!«

»Nein«, sagte Baby Curtius, »so kommt ihr mir nicht davon! Erst meinem Mann Briefe schreiben ... o ja, Ruth, du brauchst gar nicht so hämisch zu grinsen, es stimmt, ich habe euren Brief gelesen. Aber das war mein Recht, denn schließlich geht es um meinen Mann!«

»Bitte, Frau Doktor«, sagte Cindy, »bitte, lassen Sie uns gehen. Wir hätten gar nicht kommen dürfen, es war eine blöde Idee ... «

»Nein«, sagte Baby Curtius, »jetzt will ich alles wissen. Was willst du von meinem Mann, Cindy?«

»Nun sag's ihr doch schon«, drängte Ruth, »los, rede!«

Aber Cindy brachte kein Wort heraus, ihre Lippen zitterten.

»Liebst du ihn?« fragte Baby Curtius.

»Hören Sie doch auf, Cindy zu quälen!« Ruth stellte sich vor die Freundin. »Merken Sie denn gar nicht, daß sie nicht reden will?

Sie brauchen ja nur Ihren Mann zu fragen, dann werden Sie schon erfahren, was passiert ist!«

Baby Curtius trat auf Ruth zu und packte sie schroff bei den Schultern. »Was ist passiert? Du sagst es mir! Jetzt. Sofort. Ich will es wissen!«

Ruth wurde es unter dem harten Zugriff unbehaglich zumute. Sie begann sich zu winden, aber Baby Curtius gab sie nicht frei.

»Lassen Sie mich doch los«, maulte Ruth, »ich sag's ja schon!«

»Nicht!« schrie Cindy.

»Aber warum soll sie es denn eigentlich nicht wissen? Es geht sie ja auch an!« rief Ruth und holte tief Atem. »Cindy bekommt ein Kind von ihm.«

Baby Curtius ließ das Mädchen abrupt los. »Von meinem Mann?« fragte sie fassungslos.

»Von Dr. Gert Curtius!«

Baby Curtius stand mit hängenden Armen. »Nein, o nein!« flüsterte sie.

Dann drehte sie sich um und lief in den Regen hinaus.

»Das hättest du nicht sagen dürfen!« Cindy war entsetzt.

»Wieso denn nicht? Sie wollte es ja wissen«, verteidigte sich Ruth. Aber ihre Stimme klang doch etwas kleinlaut.

»Sie ist fort, nicht wahr? Wir müssen ihr nach, Ruth ... wir müssen sie einholen ... ihr erklären ... «

»Wie stellst du dir das vor? Und was sollen wir ihr sagen?«

Cindy streckte ihre Hand nach der Freundin aus. »So hilf mir doch!«

Ruth ergriff Cindys Hand, aber nicht, um sie fortzuziehen, sondern um sie festzuhalten. »Bleib, Cindy, beruhige dich. Es hat wirklich keinen Sinn ... «

Da riß sich Cindy mit überraschender Kraft von Ruth los, stolperte über die Schwelle und stürmte, noch ehe die Freundin sie hindern konnte, blindlings davon.

»Cindy!« rief Ruth entsetzt. »Cindy, so warte doch!«

Aber Cindy rannte weiter. Ruth lief ihr nach. Sie hatte die Freundin schon fast eingeholt, als der Weg eine Biegung machte. Cindy aber rannte geradeaus, schrie plötzlich auf, stürzte und fiel in ein mit Tannenzweigen abgedecktes Rosenbeet.

Sekunden später war Ruth bei ihr, kniete sich neben sie, versuchte, sie aufzurichten. »Cindy, um Himmels willen, hast du dir weh getan? Wie konntest du auch! Bitte, versuch doch ... bitte! Oh, Cindy, oh, verflixt noch mal ... was mache ich denn jetzt bloß?«

Cindy lag unbeweglich und schluchzte hemmungslos. Der Regen wurde stärker und prasselte unbarmherzig auf die beiden Mädchen nieder.

Als Frau Dr. Katja Holm die Kinderklinik verließ, war sie in Gedanken immer noch bei ihrem letzten Patienten.

Sie hielt den Schirm schräg nach vorn, gegen den Regen und gegen den Wind gerichtet. So kam es, daß sie auf Cindys Freundin Ruth erst aufmerksam wurde, als sie das Mädchen rufen hörte.

»Frau Doktor!« schrie Ruth, die sie schon von weitem erkannt hatte. »Frau Doktor!«

Katja hob den Schirm und sah Ruth in ihrem feuerroten Mantel auf sich zurennen. »Ja, Ruth, was machst du denn hier?«

»Frau Doktor, bitte, kommen Sie mit!« sprudelte Ruth atemlos heraus. »Cindy ist ... sie ist gestolpert und ... « Sie hüpfte rückwärts, mit beiden Armen gestikulierend, vor der Ärztin her. »Da hinten liegt sie! Es ist nicht weit! Sie ist in ein Beet gefallen.«

Katja beschleunigte ihren Schritt. »Um Himmels willen, wie konnte denn das passieren? Und was habt ihr beide überhaupt hier gewollt? Ich verstehe gar nicht, wie ihr euch bei diesem Wetter im Park umhertreiben könnt ... «

»Ach, schimpfen Sie doch bitte nicht«, flehte Ruth, »es ist alles so schon schlimm genug! Wenn Cindy bloß nichts Ernsthaftes passiert ist!«

Katja und Ruth rannten nebeneinander her, bis sie Cindy erreicht hatten.

»Oh, Liebling!« rief Katja erschrocken. Das blinde Mädchen hatte sich aufgesetzt. Ihr zartes Gesicht war von den Tannennadeln zerschrammt, die Sonnenbrille war zerbrochen. »Mutti!« rief sie kläglich. »Mutti!« Sie streckte beide Arme in die Richtung, aus der Katjas Stimme gekommen war.

»Schon gut, Cindy, jetzt bin ich ja da«, sagte Katja, sich zur Ruhe zwingend. »Wir werden dir gleich helfen aufzustehen.«

»Es geht nicht«, jammerte Cindy, »mein Fuß tut so weh. Ich glaube, ich habe ihn mir gebrochen.«

Die Ärztin kniete sich neben ihre Tochter. »Welcher ist es denn, Cindy?«

»Der rechte.«

Katja untersuchte so zart und behutsam wie irgend möglich das Fußgelenk, dennoch schrie Cindy auf vor Schmerzen.

»Schon vorbei«, sagte Katja und richtete sich wieder auf, »du hast Glück gehabt. Da ist nichts gebrochen. Es wird wohl nur eine Sehnenzerrung sein ... aber ich weiß, auch so etwas kann wahnsinnig weh tun.«

Katja und Ruth nahmen Cindy unter den Arm, die eine rechts, die andere links, und richteten sie auf.

»Tritt auf den linken Fuß«, sagte Katja, »nur auf den linken!«

Sie hoben Cindy, eine leichte Last, über die Rabatte und auf den Weg zurück.

Wenn nur dem Kind nichts passiert ist, dachte Katja, aber sie wollte es nicht aussprechen, um Cindy nicht zu beunruhigen. »Hast du sonst noch irgendwo Schmerzen?« fragte sie statt dessen vorsichtig.

»Nein, nein ... «

»Auf alle Fälle werde ich dich gleich gründlich untersuchen. Ich verstehe wirklich nicht, wie das passieren konnte ... «

»Ruth ist nicht schuld«, unterbrach Cindy sie hastig, »sie wollte mich schon zurückhalten, aber ich ... ich bin gerannt ... «

»Gerannt?«

»Ja, Mutti, es ist ... ich wollte Frau Curtius einholen! Sie war so außer sich, weil ... weil ... « Cindy stockte.

»Weil ich ihr gesagt habe, daß Cindy ein Kind bekommt«, gestand Ruth. »Ich dachte, sie müßte es wissen. Ich konnte ja nicht ahnen, daß sie wie eine Irrsinnige davonstürzen würde.«

Katja blieb stehen. Plötzlich begriff sie alles, auch das, was Cindy und Ruth ihr verschwiegen. »Oh, Kinder«, sagte sie erschüttert, »was habt ihr da angerichtet!«

Katja sah ihre Tochter an und dachte an die Frau ihres einstigen Geliebten und wußte nicht mehr, was sie tun sollte. Der Druck der Entscheidungen war qualvoll.

Cindy verstand das Zögern ihrer Mutter falsch. »Mutti«, sagte sie, »bitte, sei mir nicht böse! Ich habe furchtbare Angst.«

Plötzlich wußte Dr. Katja Holm, was sie zu tun hatte. Sie mußte Baby Curtius einholen. Sie mußte verhindern, daß Cindys junges Leben auch noch mit einer schweren Schuld belastet wurde.

Sie reichte Ruth den Schirm. »Bleibt hier stehen«, sagte sie, »stütz dich auf Ruth, Cindy! Ich laufe zur Klinik zurück und sehe zu, daß ich eine Trage organisiere ... und dann werde ich versuchen, Frau Curtius zu erreichen.«

Cindys schmales Gesichtchen strahlte auf. »Oh, Mutti, ich bin so froh, daß du ... «

Katja fiel ihr ins Wort. »Schon gut, Liebling.« Sie wandte sich an die Freundin ihrer Tochter. »Ruth, du bist mir dafür verantwortlich, daß Cindy sofort ins Bett kommt. Kein heißes Bad und keine Medikamente, verstanden? Bitte Fräulein Hertha, daß sie ihr kalte Umschläge um den verletzten Fuß macht.«

»Das kann ich doch auch tun, Frau Doktor«, sagte Ruth. Ihre Stimme klang durchaus nicht mehr so selbstsicher wie noch vor einer halben Stunde.

»Nein. Es ist besser, du gehst nach Hause und ziehst dir trockene Sachen an.« Katja gab Cindy einen flüchtigen Kuß, der nach Regen schmeckte. »Sei tapfer, Liebling!«

Dann drehte sie sich um und rannte durch den Park zurück zur Kinderklinik. Sie empfand es fast als Erfrischung, daß der Regen jetzt auf ihren unbedeckten Kopf prasselte.

Sie war völlig außer Atem, als sie die Außentreppe der Kinderklinik hinauflief und die Tür zur Pförtnerloge aufriß. Der Pförtner, der sie sofort erkannte, sprang auf. Aber Katja verlor keine Zeit mit langen Erklärungen, nahm den Hörer vom Haustelefon, wählte die Nummer des Oberarztes. Erleichtert atmete sie auf, als er sich sofort meldete.

»Horst«, sagte sie, »Cindy ist gestürzt und hat sich eine Sehnenzerrung am rechten Fuß zugezogen. Ihre Freundin ist bei ihr. Bitte, veranlasse sofort, daß sie nach Hause gebracht wird ... ja, nach

Hause, es ist nicht nötig, daß du sie untersuchst, ich möchte nur, daß sie auf dem schnellsten Weg heimkommt ... sie ist auf dem Weg zwischen dem Haupteingang und dem Pavillon. Ich verlasse mich ganz auf dich, Horst! Danke.«

Sie hängte ein, noch ehe er fragen konnte, warum sie nicht selbst das Nötige veranlaßte. Und sie hoffte, daß die beiden Mädchen den Mund halten und nicht erzählen würden, was sie angerichtet hatten. Trotz ihrer gespannten Beziehungen zu Dr. Sydow war sie ganz sicher, daß er für Cindy alles tun würde, was in seiner Kraft stand.

Sie verließ die Pförtnerloge, lief die breite Treppe wieder hinunter, wandte sich dann nach rechts zu den ehemaligen Remisen, in denen die Wohnung von Dr. Curtius lag.

Als sie endlich die einstigen Remisen erreichte, sah sie, daß die letzte der drei Garagen, die Curtius gehörte, offen stand. Einen entsetzten Atemzug lang fürchtete sie, daß Baby schon fort war. Aber dann sah sie den roten Sportwagen rückwärts aus der Garage herausschießen.

Die junge Frau des Chirurgen saß am Steuer. Sie machte blitzschnell ein gewagtes Wendemanöver und schoß auf die Einmündung zur Straße zu.

Doch Dr. Katja Holm war schneller. In Gedankenschnelle hatte sie erfaßt, was die junge Frau wollte. Sie sprang vor und stellte sich mit ausgebreiteten Armen mitten in die Ausfahrt.

Der Wagen kam näher, aber Katja wich nicht von der Stelle. Baby Curtius trat im letzten Moment auf die Bremse und brachte das Auto knapp zwanzig Zentimeter vor Katja zum Stehen.

Baby kurbelte das Fenster herunter und schrie durch den Lärm des Motors: »Was fällt Ihnen ein? Gehen Sie beiseite!«

Katja blieb stehen, wo sie war: »Baby, ich muß mit Ihnen sprechen!«

»Nicht nötig. Ich weiß alles!«

»Gar nichts wissen Sie!« Mit wenigen Schritten war Katja Holm am Wagenfenster und steckte ihren Kopf ins Innere. »Sie dürfen jetzt nicht fahren, Baby, Sie sind viel zu aufgeregt.«

»Was geht Sie das an?« Wortlos streckte Katja den Arm vor, faßte den Zündschlüssel, drehte ihn um und zog ihn heraus. Der Motor verstummte.

»Das ist unverschämt!« schrie Baby. »Das ist ... Gewalt!«

»Entschuldigen Sie«, sagte Katja, »aber es blieb mir nichts anderes übrig. Sie haben mich dazu gezwungen.«

»Geben Sie mir sofort den Zündschlüssel zurück!«

»Erst wenn Sie mich angehört haben. Wenn Sie dann immer noch fort wollen, lasse ich Sie fahren.«

Babys Gesicht war vor Erregung gerötet. Ihre porzellanblauen Augen funkelten. »Das ist wirklich reizend von Ihnen.«

»Bitte, rutschen Sie zur Seite, lassen Sie mich hinein«, sagte Katja ruhig.

»Wie käme ich denn dazu?!«

»Ich bin klatschnaß.« Katja öffnete, ohne abzuwarten, die Wagentür.

Baby rutschte widerwillig auf den rechten Sitz hinüber, Katja schob sich hinter das Steuer, ließ den Wagen an, fuhr ihn rückwärts, bis die Ausfahrt frei war, stellte dann den Motor wieder ab und schob den Zündschlüssel in die Manteltasche.

»So«, sagte sie, »jetzt können wir miteinander reden.«

»Hat Gert Sie geschickt?«

Katja rieb sich mit ihrem Taschentuch das triefendnasse Haar ab. »Unsinn! Sie wissen doch, daß er zu einer Konsultation fort mußte.«

»Das glaube ich nicht«, sagte Baby, »das war doch nur ein Vorwand. Er wollte Cindy sprechen.«

»Und warum ist er dann nicht gekommen? Ich habe die beiden Mädchen im Park getroffen. Cindy ist gestürzt, als sie Sie einholen wollte. Aber von Ihrem Mann habe ich nichts gesehen.«

Baby Curtius schwieg, öffnete das Handschuhfach, holte eine Zigarettenpackung heraus, riß sie auf, zog eine Zigarette heraus, steckte sie zwischen die Lippen und ließ ihr Feuerzeug aufspringen.

»Ich weiß, was die Mädchen Ihnen erzählt haben, Baby«, sagte Dr. Katja Holm eindringlich, »und ich kann mir sehr gut vorstellen, wie entsetzt Sie darüber sind. Aber Sie müssen mir glauben: Es ist nicht wahr!«

Baby zog zwei-, dreimal hastig an ihrer Zigarette und sah Katja mit zusammengekniffenen Augen durch den Rauch hindurch an.

»Sie behaupten also, Ihre Tochter sei eine Lügnerin?«

»Sie ist blind«, sagte Katja, »Sie wissen doch, daß Cindy blind ist. Sie hat den Mann gar nicht erkannt, der ... der sie verführt hat.«

»Das ist ja lächerlich.«

»Nein. Ganz und gar nicht. Für Cindy jedenfalls ... und für alle, die Cindy gern haben ... ist es tragisch. Sie war in Ihren Mann verliebt. Leider habe ich das zu spät bemerkt. Weil sie für ihn schwärmte, hat sie den Mann, der zu ihr kam, für Gert gehalten ... und dieser Mann hat ihre Gutgläubigkeit ausgenutzt.«

»Das haben Sie sich fein zurechtgelegt«, meinte Baby Curtius.

»Warum sollte ich? Wenn Gert das Verbrechen an Cindy begangen hätte, würde ich ihn anzeigen. Ich würde ihn zwingen, die Vaterschaft anzuerkennen und für das Kind zu zahlen.«

Baby schnippte die brennende Zigarette in den Regen hinaus, wo sie sofort verzischte. »Würden Sie das wirklich?« fragte sie ironisch. »Ach, machen Sie mir doch nichts vor. Mein Mann hat mir gestanden, daß er ein Verhältnis mit Ihnen hatte. Sie lieben ihn, Sie würden ihn niemals anzeigen.«

Katja wandte ihr das schmale Gesicht zu. »Glauben Sie wirklich, ich könnte auch nur einen Funken Liebe für den Mann empfinden, der meine Tochter verführt hat?«

Baby preßte die vollen Lippen zusammen. Dann antwortete sie zögernd: »Vielleicht wollen Sie es nur nicht wahrhaben!«

»Nein«, sagte Katja nachdrücklich, »ich weiß, daß er es nicht gewesen sein kann.« Und als sie sah, daß Baby noch immer nicht glauben wollte, entschloß sie sich zu einer Lüge: »Er kann es gar nicht gewesen sein, weil er in jenen Stunden mit mir zusammen war.«

Sie sah, wie Babys Züge sich entspannten, und wußte, daß sie die richtigen Worte gefunden hatte. Sie hatte gelogen, aber es belastete sie nicht. Als Ärztin wußte sie, daß es Lügen gibt, die heilsam sind, weil sie Mut, Hoffnung und alle Abwehrkräfte des Körpers und der Seele mobilisieren.

»Ist das ... wirklich wahr?« stieß Baby hervor.

»Ich schwöre es«, erklärte Katja Holm, ohne mit der Wimper zu zucken.

Baby atmete tief. »Die Mädchen haben mich ... furchtbar erschreckt.«

»Aber jetzt glauben Sie mir, nicht wahr?«

»Ja«, sagte Baby, »Sie sind Cindys Mutter, Sie würden Gert bestimmt nicht decken. Wissen Sie, wer es wirklich war?«

»Nein. Und wir wollen auch vorläufig nicht nach ihm forschen. Es ist mir lieber, Cindy klammert sich an ihre Illusion, als daß sie den Vater ihres Kindes haßt. Diese Einstellung könnte sich auf das Baby übertragen. Und es ist doch unschuldig und braucht Liebe, wenn es auch ohne Liebe gezeugt worden ist.«

Baby errötete. Sie kämpfte mit sich, war nahe daran zu sprechen, Katja die eigenen Schwierigkeiten anzuvertrauen. Sie hatte das Gefühl, daß die junge Ärztin auch ihr helfen und raten könnte. Aber sie kam nicht dazu, dieser Eingebung zu folgen.

»Wenn Gert Ihnen alles von ... unseren Beziehungen erzählt hat«, sagte Katja, »dann wissen Sie wohl auch, daß es aus ist?«

»Ja.«

»Ich bin ganz sicher, daß er Sie liebt, Baby«, sagte Katja, »in Wahrheit immer nur Sie geliebt hat.« Sie legte die Hand auf den Türgriff. »Aber jetzt muß ich nach Hause. Ich muß mich um Cindy kümmern.« Ihr fiel ein, daß sie noch den Zündschlüssel hatte, zog ihn aus der Tasche.

Baby nahm ihn nicht. »Nein«, sagte sie, »benutzen Sie ihn ruhig, fahren Sie, das ist besser, als im Regen zu laufen. Ich bringe den Wagen dann zurück.«

»Danke«, sagte Katja ohne Zögern, »das ist sehr nett von Ihnen!« Sie ließ den Motor an, schaltete, gab Gas, fuhr das Auto durch die Ausfahrt und auf die Straße hinaus.

»Aber ich möchte Sie um einen Gegendienst bitten«, sagte Baby Curtius, »verraten Sie meinem Mann nichts von unserem Gespräch und nichts von meinem Zusammenstoß mit Cindy. Ich weiß nicht, ob Sie verstehen, warum, aber ich ... «

»Ich verstehe es durchaus«, sagte Katja, »und ich bin ganz Ihrer Meinung. Da die Sache abgetan ist, ist es besser, darüber zu schweigen.«

Als sie die Villa Professor Ellwangens am anderen Ende des Parkes erreicht hatten und Katja aussteigen wollte, reichte Baby ihr mit festem Druck die Hand. Eine Sekunde lang sahen sich die beiden Frauen in die Augen und empfanden mit Verwunderung, daß sie durch die Ereignisse dieses Tages aus Rivalinnen zu Verschwörerinnen geworden waren.

Es dauerte gute vierzehn Tage, bis Cindy ohne Schmerzen ihren rechten Fuß wieder benutzen konnte.

Dr. Katja Holm hatte vorsichtshalber einige Tage Bettruhe angeordnet. Sie machte ihrer Tochter keine Vorwürfe und redete ihr auch nicht ins Gewissen. Sie war fest davon überzeugt, daß Cindy nicht noch einmal versuchen würde, auf eigene Faust den vermeintlichen Vater ihres Kindes zu stellen.

Katja verbrachte jede freie Minute bei ihrer Tochter. Immer wieder wollte Cindy hören, wie es sein würde, wenn ihr Kind erst auf der Welt wäre und sie selbst wieder sehen konnte. Katja freute sich über ihren Optimismus, wies aber behutsam darauf hin, daß auch die Zukunft nicht problemlos sein würde. Sie wußte, daß zu große Illusionen zwangsläufig mit einer herben Enttäuschung enden.

Trotz allem wurden diese ersten Monate der Schwangerschaft eine schöne und erfüllte Zeit für die ganze Familie, die unwillkürlich enger zusammenrückte, öfter als früher fand auch Professor Ellwangen Zeit, sich um Katja und seine Enkelkinder zu kümmern. Cindy gegenüber legte er eine besondere Herzlichkeit an den Tag, die dem jungen Mädchen wohltat.

Axel war der einzige, der nicht wußte, wie es um seine Schwester stand. Katja scheute noch davor zurück, es ihm zu sagen. Mit seinen dreizehn Jahren würde er es wohl schwer verstehen können. So schob sie die Eröffnung bis zum letzten Moment hinaus.

Am 3. Dezember hatte Dr. Katja Holm Nachmittagsdienst. Sie kam erst gegen zehn Uhr nach Hause. Es war schon sehr kalt, hatte aber in diesem Jahr noch nicht geschneit. Ohne ihren Mantel und die Pelzmütze abzulegen, eilte Katja in das Zimmer ihrer Tochter, um ihr einen Gute-Nacht-Kuß zu geben.

Als sie die Tür öffnete, fiel ihr sofort auf, daß Cindy nicht, wie gewöhnlich, das Radio angestellt hatte. Es war ganz still im Zimmer und ganz dunkel. Sie knipste das Licht an, ging auf Zehenspitzen näher, weil sie glaubte, daß Cindy schon eingeschlafen sei.

Aber Cindy wandte das Gesicht mit den toten Augen der Mutter entgegen. Um ihre kindlichen Lippen spielte ein verklärtes Lächeln. »Mutti«, flüsterte sie, »bitte, komm her ... ganz nahe ... ich kann es fühlen!« Sie nahm Katjas Hand, legte sie auf ihren Leib, und auch die Mutter spürte die kräftigen Bewegungen des Kindes.

»Ist das nicht ... wundervoll?« stammelte Cindy. »Ich hätte nie geglaubt, daß ... «

»Ja, es ist herrlich«, bestätigte Katja, »und wie kräftig es stößt. Es wird ein gesundes, lustiges Baby werden.«

»Oh, Mutti!« Cindy hob die Arme und zog den Kopf der Mutter zu sich herab, bedeckte ihr Gesicht mit kleinen zärtlichen Küssen. »Ich freue mich ja so. Jetzt werde ich nie mehr allein sein!«

»Jetzt hast du schon die Hälfte der Schwangerschaftszeit hinter dir, Cindy«, sagte Katja, »ja, das stimmt! Anfang April wird es soweit sein. Ich glaube, wir können ziemlich genau den Tag ausrechnen ... «

Sie machte sich aus Cindys Umarmung frei, als es klopfte. Fräulein Hertha trat ein.

»Was gibt's?« fragte Katja.

»Gut, daß Sie da sind, Frau Doktor«, sagte die Haushälterin aufgeregt. »Bitte, schaun Sie doch mal nach Axel!«

Katja erhob sich. »Ist er krank?« Sie beugte sich zu Cindy herab, küßte sie auf die Stirn. »Gute Nacht, Liebling, träum was Schönes!« Dann knipste sie das Licht aus und zog die Tür hinter sich ins Schloß.

»Was ist mit Axel?« fragte sie auf dem Flur.

»Ich weiß nicht. Es fiel schon dem Professor beim Abendbrot auf, daß er nicht mehr fernsehen wollte, sondern gleich ins Bett. Deshalb habe ich jetzt noch einmal nach ihm geschaut. Er scheint Fieber zu haben.«

Katja ging entschlossen auf Axels Zimmer zu. »Haben Sie gemessen?« fragte sie.

»Ich habe ihm das Thermometer gegeben«, erklärte Fräulein Hertha. »Aber als ich es herausnehmen wollte, hörte ich Ihre Schritte ... «

Dr. Katja Holm hörte schon nicht mehr zu. Sie war in das Zimmer ihres Sohnes geeilt.

Axel glühte. Er lag mit geschlossenen Augen in seinem zerwühlten Bett, das noch kindlich unbeschriebene Gesicht schmerzverzerrt.

Katja brauchte gar kein Thermometer, um zu wissen, daß er hohes Fieber hatte. Aber als sie im Schein der Nachttischlampe feststellte, daß die Quecksilbersäule auf 40 Grad gestiegen war, erschrak sie doch.

Sie legte das Thermometer auf den Nachttisch, ihre Finger suchten den Puls des Jungen. »Axel, bitte, sag mir, wo es dir weh tut!«

Fräulein Hertha war hinter sie getreten. »Es ist das Bein.«

Das Federbett war zur Seite geschoben, behutsam versuchte Katja, die Schlafanzughose herunterzuziehen, aber sobald sie das Bein berührte, wimmerte der Junge auf.

»Eine Schere, bitte«, sagte sie über die Schulter. Fräulein Hertha huschte hinaus, war Sekunden später mit der Verbandschere aus dem Apothekerschrank wieder da. Katja schnitt das Hosenbein auf. Vom Knie bis zur Hüfte war die Haut stark gerötet, der ganze Oberschenkel angeschwollen.

Katja hatte Mühe, sich ihr Entsetzen nicht anmerken zu lassen. »Seit wann ... ?« fragte sie mühsam.

»Ich weiß nicht, ob es damit zusammenhängt«, erklärte Fräulein Hertha, »aber vor einiger Zeit ... also ungefähr vor zwei Wochen ... ist Axel gestürzt, die Stiege hinunter. Es schien nichts weiter passiert zu sein. Er hatte sich bloß einen Bluterguß zugezogen. Am linken Bein. Aber am Unterschenkel.«

»Warum haben Sie mir nichts davon gesagt?«

»Ich ... wir hielten es nicht für schlimm. Ich habe den Bluterguß mit kalten Umschlägen behandelt. Oder war das etwa falsch? Jedenfalls verschwand er bald. Er wurde erst grün, dann gelb und jetzt ...

es ist nichts mehr zu sehen. Ich kann mir gar nicht vorstellen, daß es mit ... Axels Krankheit zusammenhängt.«

Katja war anderer Meinung. Ihr war der Verdacht gekommen, daß es sich um eine Knochenmarkeiterung des linken Oberschenkelröhrenknochens handeln könnte. Möglicherweise hatte sich der so harmlos wirkende Bluterguß infiziert, und von dort aus waren Keime auf dem Blutweg in die Markhöhle des Oberschenkelknochens verschleppt worden.

Aber sie wollte das alte Fräulein nicht beunruhigen.

»Schon gut«, sagte sie, »machen Sie sich keine Gedanken, Fräulein Hertha. Um was es sich auch immer handelt, Sie haben sich vollkommen richtig verhalten.« Sie wandte sich zur Tür. »Seien Sie so gut und packen Sie jetzt ein paar Sachen für den Jungen zusammen. Schlafhemden, Waschzeug, Morgenrock, Pantoffeln. Ich werde den Professor anrufen und ihn bitten, Axel in die Klinik holen zu lassen. Nur dort ist eine gründliche Untersuchung möglich.«

Dann ging alles sehr schnell.

Wenige Minuten später hielt der Krankenwagen vor dem Haus. Zwei Schwestern hoben Axel vom Bett auf eine Trage, deckten ihn zu und bugsierten ihn sehr geschickt die Treppe hinunter. Katja riß im Vorbeigehen Mantel und Mütze vom Haken. Sie fuhr mit in die Klinik, hielt Axels Hand, sprach beruhigend und tröstend auf ihn ein.

Als Axel in den Behandlungsraum gebracht wurde, stand schon eine Laborantin zur Blutabnahme bereit. Professor Ellwangen persönlich war dabei, als das Blutbild gemacht wurde. Er bestätigte Dr. Katja Holms Verdacht: Die weißen Blutkörperchen waren von sechs- bis achttausend auf 45 000 angestiegen.

Professor Ellwangen sagte es seiner Tochter.

Sie nickte. »Das hatte ich befürchtet. Die Eiterung ist anscheinend schon durch die Knochenrinde gebrochen und hat einen großen Abszeß verursacht, der die Knochenhaut angehoben hat.«

»Mach du die Narkose«, sagte Professor Ellwangen, »ein kleiner Rausch genügt.«

Axel verlor sehr rasch das Bewußtsein.

Katja desinfizierte die empfindlichste und am stärksten geschwollene Stelle. Sie sah zu, wie der Professor eine dicke Kanüle, die an einer Spritze befestigt war, hineinstach und immer tiefer führte, bis er den Knochen erreichte.

Sie war froh, daß der Vater ihr diese Untersuchung abnahm. So abgehärtet sie auch war, bei ihrem eigenen Sohn hätte es sie doch eine große Oberwindung gekostet.

Professor Ellwangen zog den Spritzkolben zurück. Dicker, trüber Eiter quoll nach.

»Du hast recht gehabt«, sagte er, »wir müssen sofort Dr. Curtius verständigen.«

Unter normalen Umständen hätte Katja das notwendige Telefongespräch der Schwester überlassen. Seit Monaten schon gingen der Chirurg und sie sich bewußt aus dem Wege, vermieden es, miteinander allein zu sein, ja sogar, sich direkt anzusprechen, wenn es nicht dienstlich unumgänglich war. Aber diesmal traten alle anderen Gefühle hinter Katjas Sorgen um ihren Jungen zurück.

»Hier spricht Katja Holm«, sagte sie, »bitte, kommen Sie sofort herüber in die Klinik. Wir brauchen Sie für eine Operation. Osteomyelitis.«

Dr. Curtius stellte keine Fragen. »Ich komme sofort«, antwortete er nur.

Seine Stimme, diese sehr männliche und klare Stimme, die sie einst so sehr geliebt hatte, brachte Katja die eigene Einsamkeit - aus der weder ihr Vater noch ihre Kinder sie erlösen konnten - plötzlich sehr stark zum Bewußtsein. »Es geht um Axel«, sagte sie, hängte ganz rasch auf, weil sie fürchtete, sie könnte in Tränen ausbrechen.

Als sie in den Behandlungsraum zurückkam, hatte Professor Ellwangen das Bein in einer Schiene ruhig gelagert und hohe Dosen Antibiotika gespritzt.

»Hast du Curtius benachrichtigt?« fragte er.

»Ja. Er ist schon auf dem Weg.«

»Sehr gut. Dann werde ich dem Jungen gleich eine intravenöse Narkose geben, ehe er wieder aufwacht.«

Eine Schwester reichte dem Professor die Spritze, Katja band den rechten Arm ab, bis die Venen sich deutlich abhoben. Ellwangen stach ein, ließ die Narkoseflüssigkeit langsam, immer mit einem Blick auf seine Armbanduhr, auslaufen.

Es erwies sich, daß er richtig berechnet hatte. Dr. Curtius betrat wenige Sekunden, nachdem die Spritze ihre stärkste Wirkung erreicht hatte, den Behandlungsraum, schon im grünen Operationskittel.

Er zog mit dem Skalpell einen fünf Zentimeter langen Hautschnitt, drang bis zu dem unter der Knochenhaut liegenden Abszeß vor und öffnete ihn. Mit der Kornzange suchte er einen Weg nach der gegenüberliegenden Seite des Oberschenkels, dränierte mit einem Gummirohr, durch das der Eiter abfließen konnte.

Dann gipste er das Bein einschließlich der Hüfte ein.

Mehr war vorerst nicht zu tun. Dennoch wachte Dr. Katja Holm die ganze Nacht am Krankenbett ihres Jungen. Am nächsten Morgen war das Fieber gefallen.

Mitte Dezember traf der Student Karl-Heinz ein, um seine Semesterferien und das Weihnachtsfest bei Tante Katja und ihrer Familie zu verbringen. Axel lag immer noch in der Klinik, Ruth ließ sich nur noch selten sehen, und so ergab es sich, daß Karl-Heinz wesentlich mehr als früher allein mit Cindy war.

Er führte sie jeden Nachmittag durch den Park zur Klinik hinüber, wo sie ein oder zwei Stunden am Bett von Axel verbrachten, um ihm Gesellschaft zu leisten. Jetzt, da das Bein nicht mehr schmerzte, war Axel ein ausgesprochen ungeduldiger Patient geworden. Der Besuch seiner Schwester und seines Vetters war für ihn der einzige Lichtblick, und er ließ sie jedesmal nur ungern wieder gehen.

Als sie eines Abends durch den Park zurückkehrten, war es schon dunkel geworden. Es begann zu schneien.

»Es schneit!« rief Axel. »Schnuppere doch mal, Cindy! Es riecht sogar wie Schnee!«

»Schnee kann ich mir gar nicht mehr vorstellen«, behauptete Cindy wehmütig.

»Da, jetzt setzt sich sogar eine Flocke auf deine Nase! Sei nicht traurig, Cindy, das wirst du eines Tages alles wieder sehen können.«

»Hoffentlich!«

»Ich habe schon jetzt Angst davor«, gestand Karl-Heinz.

»Angst? Wieso?«

»Weil wir dann nicht mehr so zusammen sein können wie jetzt. Weil es dann bestimmt viele, viele junge Männer gibt, die dich umschwärmen.«

»Ach, Unsinn«, sagte sie. Aber sie war geschmeichelt. Karl-Heinz blieb stehen: »Cindy, wenn du mich gern hast, sag, daß du mich heiratest. Ich liebe dich, obwohl du blind bist!«

Cindy vermochte nicht zu antworten. Ihre roten Lippen öffneten sich ein wenig, trotzdem drang über sie kein Ton. Der Ausdruck ihres Gesichts war undeutbar.

»Cindy, bitte, sag doch etwas«, flehte der Student, »ich liebe dich, ich will dich heiraten.«

Als ob sie ihn erst jetzt wirklich verstanden hätte, entzog sich das Mädchen seinem Griff mit jähem Ruck. Sie trat einen Schritt zurück und versuchte, an ihm vorbei allein weiterzukommen. Aber er eilte ihr rasch nach und schob seine Hand behutsam in ihren Arm.

»Cindy, bitte ... «

»Ah ... ich kenne dich doch gar nicht richtig. Ich weiß nicht einmal, wie du aussiehst ... wie du jetzt aussiehst. Als ich dich zuletzt gesehen habe, warst du noch ein Kind.«

»Jetzt bin ich ein Mann, Cindy. Und ich habe dich immer gern gehabt, das weißt du doch ... «

»Nein«, unterbrach sie ihn, »du kennst mich so wenig wie ich dich. Was weißt du denn von mir wirklich? Nichts, gar nichts.« Der Ton ihrer Stimme verriet, daß Cindy nur mühsam die Tränen unterdrücken konnte.

»Ich will dich ja nicht heute heiraten, Cindy. Wir haben Zeit, uns kennenzulernen.«

Cindy antwortete nicht mehr, riß sich erneut los und beschleunigte ihre Schritte, so gut sie es konnte.

Aber Karl-Heinz gab so schnell nicht auf. An der Pforte, die zum Garten der Ellwangenschen Villa führte, hielt er sie wieder auf. »Cindy«, fragte er verzweifelt, »was hast du denn gegen mich?«

Das Mädchen stieß die kleine Tür auf und wandte das erregte Gesicht dem jungen Mann zu. »Nichts habe ich gegen dich. Und auch nichts für dich. Hör endlich auf, mich zu quälen!« Hastig stolperte sie durch den Garten auf die Hintertür des Hauses zu.

Minutenlang blieb Karl-Heinz stehen und sah seiner Kusine nach. Er wußte, daß ihr nichts passieren konnte, denn sie kannte hier jeden Stein und brauchte seine Hilfe nicht mehr. Erst als er die Tür ins Schloß fallen hörte, ging er weiter.

In der Diele lief er seiner Tante Katja in die Arme. Er wollte an ihr vorbei, aber sie verstellte ihm den Weg.

»Was ist los mit euch? Vor ein paar Minuten ist Cindy gekommen, völlig verstört und gleich in ihr Zimmer verschwunden. Erzähle, Karl-Heinz, habt ihr euch verkracht?«

»Nein, Tante Katja!« Karl-Heinz wollte ebenfalls auf sein Zimmer, aber es gelang ihm nicht. In die Enge getrieben, berichtete er stockend und in großer Verlegenheit von der Abfuhr, die Cindy ihm und seinem Antrag erteilt hatte.

Katja Holm hörte aufmerksam und nachdenklich zu. Sie unterbrach ihren Neffen nicht, aber als er seine ›Beichte‹ abgeschlossen hatte, legte sie ihm in herzlicher Bewegung die Hand auf die Schulter. »Hör zu, mein Junge ... Vertrauen gegen Vertrauen. Du kannst Cindy und ihre heftige Weigerung nicht verstehen. Vielleicht mag sie dich sogar sehr gern, aber sie kann eben nicht ... «

»Wenn sie wirklich wollte, warum sollte sie dann nicht können? Ist es, weil sie blind ist? Aber sie wird doch operiert werden. Und selbst wenn der Eingriff zu keinem Erfolg führen würde ... ich nähme sie auf jeden Fall.«

»Du bist hochanständig, Karl-Heinz, aber die Dinge liegen doch wesentlich schwieriger ... Cindy bekommt nämlich ein Kind!«

Der Student starrte seine Tante aus weitaufgerissenen Augen an. »Ein Kind? Von wem?«

Katja Holm überlegte sekundenlang, dann erzählte sie ohne Umschweife, was sich zugetragen hatte. »Verstehst du nun«, fragte sie am Schluß ihres Berichtes, »warum Cindy deinen Antrag abgelehnt hat?«

Karl-Heinz war blaß geworden. Er hatte den Kopf gesenkt, und seine Finger spielten nervös auf der Sessellehne. Endlich erhob er sich. Er zögerte einen Moment, dann stellte er, ohne seine Tante anzusehen, fest: »Es bleibt bei meinem Wort.« Er machte eine etwas unbeholfene Verbeugung und verließ mit steifen Schritten den Raum.

Nach dem Abendessen versuchte Katja Holm, ihren Vater zu einem kurzen Gespräch zu bekommen, bevor sie zum Nachtdienst in die Klinik mußte. Aber gerade in dem Augenblick, da der Professor die Tür zu seinem Arbeitszimmer öffnete, läutete das Telefon. Ellwangen ging in die Diele zurück und nahm den Hörer ab. Zwei Minuten später war er wieder bei Katja.

»Tut mir leid, Mädchen«, sagte er, »aber ich muß sofort zu Rechtsanwalt Scheuringer. Mit dem kleinen Knut scheint etwas nicht in Ordnung zu sein. Ich konnte mir zwar kein klares Bild aus dem machen, was Scheuringer sagte, aber ... na, wir werden ja sehen.«

»Soll ich dich fahren, Vater? Das Wetter ist miserabel, und Scheuringers wohnen am anderen Ende der Stadt. Du hast schon einen schweren Arbeitstag hinter dir. Außerdem ... es ist schon ein bißchen rücksichtslos, dich jetzt noch anzurufen. Schließlich hätte doch erst einmal der Hausarzt ... «

»Scheuringer hat eben zu mir mehr Vertrauen. Und schließlich hat er mir auch schon manchen persönlichen Gefallen getan.«

Katja drückte ihrem Vater einen Kuß auf die Wange. »Du hast natürlich recht. Ich dachte nur an das Wetter. Die Straßen sind glatt. Du mußt vorsichtig fahren. Versprich mir das.«

Professor Ellwangen merkte bald, daß die Warnung seiner Tochter nicht unberechtigt gewesen war. Der feuchte Schnee, der in den letzten Stunden gefallen war, hatte einen schmierigen Film gebildet, auf dem die Reifen keinen festen Halt fanden. Aber obwohl der Professor langsam fuhr, erreichte er das Haus des Rechtsanwaltes in einer knappen halben Stunde.

Dr. Scheuringer begrüßte den Arzt lebhaft, ganz im Gegensatz zu seiner blutjungen Frau, die nervös und ängstlich neben ihm stand.

Ellwangen sah den besorgten Blick der Mutter und sagte in seiner jovialen Art: »Na, wollen wir uns den kleinen Patienten mal ansehen. Wie ist's denn mit dem Fieber?«

»Er hat keins«, sagte der Rechtsanwalt rasch, »das ist doch ein Zeichen dafür, daß es so schlimm gar nicht sein kann. Meine Frau ist ein bißchen überängstlich, aber wenn Knut erst einmal ein Brüderchen oder Schwesterchen hat, legt sich das auch.«

Professor Ellwangen ließ sich ins Kinderzimmer führen. Der kleine Knut, ein fünfjähriger, sehr zarter Knabe, lag im schwachen Licht der Nachttischlampe still in seinem Bett.

Der Arzt ließ die Deckenbeleuchtung einschalten und betrachtete sich das verkrampfte Gesicht des Kleinen. Er hielt den Mund fest geschlossen. Er sah aus, als bisse er die Zähne zusammen.

Professor Ellwangen schlug die Decke zurück und zog dem Kind den Schlafanzug aus. Sofort stellte er fest, daß sich die Muskeln am Hals krampfhaft zusammengezogen hatten. Er drehte den schmalen Körper um: Auch die Rückenmuskeln waren unnatürlich verkrampft.

Aber erst als Ellwangen das Kind wieder auf den Rücken gelegt, ihm die Haare aus der Stirn gestrichen und dabei den kleinen Schorf unterhalb des Haaransatzes entdeckt hatte, wußte er, woran er war. Zu seiner eigenen Sicherheit fragte er, auf die Schorfstelle deutend: »Was ist das?«

»Nichts von Bedeutung«, antwortete Rechtsanwalt Scheuringer spontan, »von einem Hahn gepickt. Als wir das letztemal in unserem Landhäuschen waren.«

»Wann war das?«

»Vor knapp zwei Wochen«, sagte Frau Scheuringer und sah den Professor ängstlich an.

»Hm.« Ellwangen richtete sich auf. »Ziehen Sie dem Jungen wollene Strümpfe, einen warmen Mantel an und wickeln sie dann noch eine dicke Decke herum. Ich muß ihn mit in die Klinik nehmen.«

Frau Scheuringer wurde blaß. »Um Gottes willen!« rief sie, »ist es so schlimm, Herr Professor?«

»Eine Tetanus-Infektion. Kein Grund zur Aufregung. Wir haben heutzutage genügend Mittel ... «

»Aber ... kann ... ich meine: muß ... « die junge Frau brach in Tränen aus.

»Ich verspreche Ihnen, daß ich alles tun werde, was in meiner Macht steht. Aber jetzt tut Eile not. Bitte, packen Sie ihn ein.«

Wenige Minuten später saß Professor Ellwangen wieder hinter dem Steuer. Auf dem Rücksitz lag der kleine Knut. Frau Scheuringer war völlig zusammengebrochen. Ihr Mann konnte sie nicht allein lassen.

Es schneite nicht mehr. Aber die Temperaturen hatten angezogen, der Boden war gefroren.

Ellwangen fuhr langsam, obwohl er wußte, daß keine Zeit zu verlieren war. Plötzlich schoß aus einer Nebenstraße ein Motorradfahrer quer über die Kreuzung. Der Professor trat scharf auf die Bremse, der Wagen rutschte hinten weg und ließ sich auch durch Gegensteuern nicht mehr fangen. Mit dumpfem Knall prallte er frontal gegen den Pfeiler einer Unterführung.

Knut, dachte Professor Ellwangen, Knut ... er ist mir anvertraut ...

Dann verlor er das Bewußtsein.

Dr. Katja Holm wurde aus ihrem Arbeitszimmer in die Aufnahme gerufen. Ein Neuzugang. Sie ging mit kurzem Gruß an den beiden Sanitätern vorbei und beugte sich über das Kind auf dem Untersuchungstisch.

Wundstarrkrampf, war ihr erster Gedanke, als sie die charakteristische Haltung des kleinen Patienten sah: Kopf und Körper waren nach rückwärts gezogen, Glieder und Arme verrenkt.

Im gleichen Augenblick, da sie ihre Diagnose gestellt hatte, zuckte sie zusammen. »Das ist doch Knut Scheuringer«, rief sie aus. »Wie kommt der denn hierher?«

Der eine der Sanitäter trat einen halben Schritt vor. »Ja, Frau Doktor, war ein Unfall ... den alten Herrn am Steuer hat's erwischt. War bewußtlos. Und da es nur die paar hundert Meter bis zur Klinik waren, haben wir den Jungen hergebracht.«

Katja Holm spürte, wie ihr das Blut zum Herzen drang.

»Vater ... «, sagte sie tonlos, »ich muß zu ihm ... sofort!« Sie wandte sich halb zur Tür, hielt aber sogleich wieder in der Bewegung inne. »Schwester Martha, bitte, wir müssen weitermachen ... das Kind.«

Die Schwester komplimentierte die Sanitäter aus dem Zimmer. Katja fand die verschorfte Stelle unter dem Haaransatz, ließ sich eine Spritze geben, um eine örtliche Betäubung durchzuführen. Dann schnitt sie die Wunde auf, desinfizierte und verabreichte endlich hohe Dosen von Tetanusserum, Penicillin und krampfhemmenden Mitteln.

Aber der Zustand des Kindes besserte sich nicht. Die Krämpfe wurden heftiger,

»Schnell, Schwester Martha, benachrichtigen Sie Dr. Curtius und den Anästhesisten.«

Dr. Katja Holm sorgte für die Überführung des Patienten in den kleinen OP. Als sie mit ihren Vorbereitungen fertig war, kam bereits der Narkosearzt. Wenige Minuten nach ihm traf Dr. Curtius ein. Er war sofort im Bilde.

Die Operation nahm fast drei Stunden in Anspruch. Als Katja Holm und Curtius sich anschließend die Hände wuschen, läutete das Telefon. Der Chirurg nahm ab, hörte ein paar Sekunden schweigend zu, dann sagte er leise: »Ich verstehe ... danke.«

Katja wußte instinktiv, was geschehen war, noch ehe der Arzt den Mund auftat. »Er ist tot«, sagte sie, »mein Vater ist tot. Und ich war nicht bei ihm in seiner letzten Stunde ... « Sie schlug die Hände vor das Gesicht und weinte bitterlich.

In den nächsten Wochen kam Dr. Katja Holm kaum noch zu sich selbst. Sie hatte, dem Testament ihres Vaters zufolge, die Leitung der Klinik übernommen. Die Arbeit wuchs ihr über den Kopf. Mit Mühe und Not konnte sie sich am Abend für knappe Minuten Cindy widmen, deren schwere Stunde immer näherrückte.

Eines Nachmittags im Februar ließ sich der Vater eines der kleinen Patienten bei ihr melden. Katja war müde und abgespannt und sagte ihrer Sekretärin: »Bitte, er soll sich an den Oberarzt wenden.«

»Er wünscht aber ausdrücklich mit Ihnen zu sprechen, Frau Doktor, weil Sie seinen Sohn schon früher einmal behandelt hätten ... «

»Wer ist es denn?« unterbrach Katja nervös.

»Ein Herr Peter Marquardt, der Junge heißt Markus.«

Katja schüttelte den Kopf. »Ich erinnere mich nicht, aber gut, schicken Sie ihn herein.«

Ein breitschultriger großer Mann trat ins Zimmer. Über sein männliches Gesicht spielte ein jungenhaftes Lächeln. Er hielt der Ärztin seine kräftige Hand entgegen und stellte sich vor. »Entschuldigen Sie bitte, Frau Doktor, daß ich zu Ihnen vordringe, aber ich mache mir Sorgen um Markus.«

Katja Holm bot ihm Platz an. Dann sagte sie lächelnd: »Jetzt erinnere ich mich: Ihr Sohn lag vor ein paar Jahren mit einer schweren Diphtherie bei uns, und Sie sind Flugkapitän!«

»Gewesen, Frau Doktor, gewesen. Als meine Frau vor zwei Jahren starb, habe ich das Fliegen aufgesteckt und habe in die Flugsicherung übergewechselt.«

Langsam erwachte in Katja ein leises menschliches Interesse an dem sympathischen Mann, der so viel Sicherheit ausströmte. »Was haben Sie für Sorgen, Herr Marquardt?« fragte sie herzlich.

»Ich habe meinen Sohn in Ihre Klinik bringen lassen, weil ich zu Ihnen Vertrauen habe. Aber jetzt ... ich bin überzeugt, daß der Junge falsch behandelt wird.«

Dr. Katja Holm zog befremdet die Augenbrauen hoch.

»Das ist eine kühne Behauptung, Herr Marquardt. Wir haben ausgezeichnete Ärzte im Hause.«

»Mag sein.« Der ehemalige Flugkapitän ließ sich nicht beeindrucken. »Markus soll morgen entlassen werden, obwohl es ihm um keinen Deut besser geht als bei seiner Einweisung. Dr. Sydow hat meine Bedenken einfach weggewischt.«

»Und nun soll ich selbst nach dem Rechten sehen? Deshalb sind Sie doch zu mir gekommen.«

»Genau, Frau Doktor!« Sein Blick glitt wohlgefällig über die schlanke Gestalt der vor ihm sitzenden Frau und blieb sekundenlang an ihren schönen Beinen haften. Dann fing Marquardt sich wieder und sagte: »Nachdem wir uns also verstanden haben, schlage ich vor, daß wir jetzt eine Tasse Kaffee trinken gehen und ich Ihnen die Vorgeschichte eingehend erzähle.«

Katja mußte über das Ungestüm ihres Besuchers lächeln. Es lag klar auf der Hand, daß Marquardt Feuer gefangen hatte. »Wir sind auch hier völlig ungestört«, sagte sie und lächelte zurückhaltend.

Eine halbe Stunde später hatte sie einen ungefähren Überblick über die Situation. Er reichte allerdings noch nicht aus, um eine Diagnose zu stellen. Deshalb ließ Katja, nachdem ihr Besucher gegangen war, die Krankengeschichte des kleinen Markus bringen. Anschließend rief sie Dr. Sydow an.

»Der Fall liegt völlig klar«, erklärte der Oberarzt ein bißchen von oben herab. »Ich kann mir schon denken, daß der Vater bei dir gewesen ist. Der typische Querulant, der alles besser wissen will. Bei dem Kind geht es einfach um psychologische Verhaltensstörungen. Es fehlt ihm an der nötigen Nestwärme. Hier kann nur ein Psychotherapeut helfen ... oder eine harmonische häusliche Atmosphäre.«

»Gut. Für alle Fälle möchte ich mir den Kleinen selbst noch mal ansehen«, sagte Katja Holm, »vier Augen sehen mitunter mehr als zwei.«

»Wie du meinst«, entgegnete Dr. Sydow spitz und legte auf.

Katja ließ sich durch den aggressiven Ton, der sich bei Sydow und auch Curtius eingeschlichen hatte, seit sie die Leitung der Klinik in den Händen hielt, nicht einschüchtern. Sie kannte ihre Pflicht.

Nach der nochmaligen eingehenden Untersuchung des kleinen Markus durch Dr. Katja Holm ergab sich eine völlig neue Situation. Selbst Dr. Sydow ließ sich von der Diagnose seiner ›Chefin‹ überzeugen: Gehirntumor.

Katja rief Peter Marquardt an und ließ sich von ihm zum Essen einladen. Zum erstenmal seit dem Tod ihres Vaters legte sie das schwarze Kleid ab, zog sich ein apartes, dezent dekolletiertes Cocktailkleid an.

Aber auch Peter Marquardt hatte sich für diesen Abend vorbereitet. Der dunkle Anzug machte ihn fast noch männlicher, als er ohnehin schon wirkte, und als er die Speisekarte studierte, wurde es Katja bewußt, daß seine Hände sehr schön und ausdrucksvoll waren. Hände, von denen berührt zu werden wohltuend sein mußte.

Sie errötete über ihre eigenen Gedanken.

»Lassen Sie uns erst einen Aperitif trinken, bevor wir das Essen bestellen«, bat sie plötzlich, »ich möchte doch erst wegen Markus mit Ihnen sprechen.«

Über seine Stirn flog ein leichter Schatten. »Teilen Sie die Ansicht von Dr. Sydow?« fragte er ein bißchen zu schroff.

»O nein, Herr Marquardt, es ist umgekehrt.« Mit knappen, sachlichen Sätzen erläuterte sie den Fall und stellte abschließend fest: »Markus muß operiert werden. Ich weiß auch schon, daß Professor Fürthner den Eingriff durchführen sollte. Er ist eine Kapazität. Es geht nur noch um Ihre Zustimmung ... «

Peter Marquardt griff nach ihrer Hand und küßte sie. Als er den Kopf hob, sah Katja in zwei bewegte Männeraugen.

»Du weißt, daß ich dir vertraue ... und du weißt auch, wie ich für dich empfinde ... oh, Katja, es ist wie ein Wunder.«

Drei Wochen nach der Operation wurde Markus aus der Klinik entlassen. Die Verbindung zwischen seinem Vater und Katja Holm wurde von Tag zu Tag fester. Sie trafen sich, so oft es ihre Zeit erlaubte.

Ende März bat Peter Marquardt Katja auf einem Spaziergang, seine Frau zu werden.

Katja war nicht überrascht darüber. Sie konnte sich ihr Leben ohne Peter ohnehin nicht mehr vorstellen. Sie blieb stehen, einen halben Kopf kleiner als er, sah lächelnd zu ihm auf. »Ich liebe dich, und ich möchte dich um alles in der Welt nicht verlieren, aber ... «

»Nichts da ... «, unterbrach er.

»Doch«, erwiderte sie, »wir sind keine Teenager mehr und müssen uns ganz ruhig überlegen, ob eine Heirat wirklich gut ist. Du mußt erst wissen, was für eine Last du dir damit aufladen würdest.« Und sie erzählte ihm alles: von Cindy, ihrer blinden Tochter, die ein Kind von einem Mann erwartete, dessen Namen sie nicht kannte.

»Und du traust mir nicht zu, daß ich dir bei deinen Schwierigkeiten helfen kann?«

»Verzeih, Liebster ... wenn es nur um mich ginge ... aber ich fühle mich so verantwortlich.«

»Das sind wir beide für unsere Kinder. Darum wird es höchste Zeit, daß sie wieder ein richtiges Familienleben haben. Sie brauchen uns als Vater und Mutter.«

»Du hast recht«, gab Katja zögernd zu, »nur ... wir sollten nichts überstürzen.«

»Wir sind freie Menschen. Es gibt nichts mehr, worauf wir Rücksicht nehmen müßten.«

»Doch, Peter, bitte, schieben wir diesen letzten Schritt noch so lange auf, bis Cindy ihr Kind zur Welt gebracht hat und bis die Operation vorüber ist. Dann können wir eine richtige Hochzeit feiern ... mit den Kindern.«

Er nahm sie in die Arme und küßte sie zärtlich. »Gut, einverstanden«, sagte er glücklich, »wir werden eine richtige Hochzeit machen ... «

Cindy brachte ihr Kind Ende April zur Welt. Sie hatte zu Hause entbunden, und Katja Holm war bei der Geburt zugegen gewesen, hatte ihr, neben der Hebamme, beigestanden. Die Entbindung verlief völlig normal. Cindy verhielt sich tapfer, aber als das Baby endlich versorgt war, stöhnte die junge Mutter: »Wenn ich es schon nicht sehen kann, will ich es wenigstens hören!«

Katja legte ihr das Neugeborene in die Arme. Und Cindy ließ sich ganz genau das Aussehen ihres Kindes beschreiben und war selig.

Vierzehn Tage später traf Karl-Heinz im Haus seiner Tante ein. Er nahm sich gerade nur Zeit, sich ein bißchen frisch zu machen, dann suchte er in stürmischer Freude und Erregung Cindy auf.

In typisch männlicher Verlegenheit betrachtete er das Baby. Aber er wußte nicht, was er sagen sollte.

»Ist es nicht hübsch?« fragte Cindy strahlend. »Wie gefällt dir meine Désirée?«

»Désirée ... die Ersehnte ... ein ausgefallener Name. Ja, sie ist wirklich hübsch«, sagte er endlich langsam. Dann nahm er Cindys Hand und legte einen kleinen goldenen Anhänger hinein.

Cindy fühlte behutsam. »Oh, ein Herzchen! Wie lieb von dir, Karl-Heinz!«

»Cindy ... ich habe dich einmal etwas gefragt. Du kannst es noch nicht vergessen haben. Hast du inzwischen über die Antwort nachgedacht?«

Ober ihr Gesicht huschte dunkle Röte. Sie zögerte ein paar Sekunden, dann antwortete sie: »Ja, das habe ich, aber ich weiß noch immer nicht ... «

»Gib mir dein Jawort, Cindy. Jetzt, ich liebe dich doch.«

»Du bist ein guter Kerl!« Sie tastete nach seinem Kopf und küßte ihn scheu. »Ich werde nie vergessen, daß du in meiner schwersten Zeit zu mir gehalten hast ... «

»Ich verdiene deine Dankbarkeit nicht«, sagte er und entzog sich fast heftig, »ich liebe dich. Kannst du das nicht verstehen?«

»Doch, Karl-Heinz, aber du mußt mir doch noch ein bißchen Zeit lassen. Bis nach meiner Operation. Ich will doch wissen, wie der Mann aussieht, der der Vater meiner Désirée werden will.«

Die heißersehnte Hornhautübertragung durch Prof. Heinzelmann fand wenige Monate nach Cindys Entbindung statt. Das Mädchen war von Tag zu Tag ungeduldiger geworden, und Katja war es schwergefallen, sie zu trösten. Aber als der endgültige Zeitpunkt gekommen war, hatten Mutter und Tochter mit einem Schlag ihre Ruhe gefunden. Beide wußten sie: Wenn es Professor Heinzelmann nicht gelang, Cindy das Augenlicht wiederzugeben, dann konnte es kein Arzt der Welt.

Katja Holm blieb auf den Wunsch ihrer Tochter hin zu Hause, um die kleine Désirée zu hüten. Aber ihre Gedanken weilten ununterbrochen in der Klinik. Und als der erlösende Anruf kam, wären die Nerven fast durchgegangen mit ihr: Die Operation war geglückt. Was menschliches Können vermochte, war geschehen. Alles Weitere unterlag einem höheren Willen.

Und das Schicksal meinte es gut mit Cindy: Als ihr zehn Tage später Verband und Bindehautschürze von beiden Augen genommen wurden, konnte sie wieder sehen.

Die Vorhänge in ihrem Zimmer waren zugezogen, und es herrschte mattes Dämmerlicht, dennoch erkannte Cindy deutlich das Gesicht von Professor Heinzelmann. Die Tür öffnete sich. Katja Holm trat leise ein, die Mutter, genauso, wie sie sie in Erinnerung gehabt hatte.

»Ich bin ja so glücklich, Liebling«, sagte Katja, »bitte, weine nicht. Es ist kein Grund zum Weinen ... und deinen Augen wird es auch nicht guttun.« Aber sie mußte sich schnell abwenden, um ihre eigenen Tränen zu verbergen.

»Oh, Mutti ... «, stammelte Cindy und streckte ihr die Arme entgegen. Aber Katja, die sich schon wieder gefaßt hatte, winkte zärtlich ab und wandte sich zur Tür.

»Ich habe dir noch jemanden mitgebracht!«

Axel kam herein. Ein sehr großer Junge, der sehr behutsam die kleine Désirée vor sich her trug, ein winziges Menschlein in einem Traum von Batist und Tüll.

»Désirée!« rief Cindy überglücklich. »Mein Engelskind! Komm zu deiner Mutti. Ich habe mich so nach dir gesehnt. Wie hübsch du bist ... ein richtiger Goldschatz!«

Während sie das Kind an sich drückte, sagte Professor Heinzelmann leise zu Katja Holm: »Cindys Sehkraft ist zu fünfzig Prozent wiederhergestellt. Auf beiden Augen. Ein stolzes Ergebnis. Natürlich wird sie eine Brille tragen müssen.«

Cindy hatte seine Worte gehört. »Das macht mir nichts aus«, sagte sie rasch, »die Hauptsache ist, ich kann wieder sehen.«

Professor Heinzelmann verabschiedete sich von Katja und winkte Cindy und Axel einen Gruß zu. »Ich muß noch nach meinen anderen Patienten sehen. Bitte, nicht zu lange bleiben und keine Aufregungen ... «

Als er das Zimmer verlassen hatte, drückte Katja ihren Sohn auf einen Stuhl und setzte sich auf die Bettkante zu Cindy. »Weil wir gerade allein sind ... hm, das ist vielleicht ein bißchen schwierig für euch ... aber, nun gut: Ich werde wieder heiraten!« Sie sah ein wenig verlegen von Axel zu Cindy, von Cindy zu Axel.

Ihr Sohn grinste. »Ach so, du willst es auch noch mal mit dem Babykriegen versuchen?«

»Frechdachs!« Katja gab ihm einen zärtlichen Kuß. »Ich bin jedenfalls überzeugt, daß ihr beiden euch glänzend mit Peter Marquardt und auch mit Markus verstehen werdet ... «

»Ich freue mich sehr für dich, Mutti«, sagte Cindy herzlich, »du hast dich jetzt wirklich lange genug für uns aufgeopfert und mußt endlich auch an dein eigenes Glück denken ... «

Mitte Juli fand die Trauung von Dr. Katja Holm und Peter Marquardt statt. Obwohl Katja versucht hatte, die Feierlichkeit im engsten Rahmen zu halten, war sie doch nicht umhingekommen, auch die Mitarbeiter aus der Klinik einzuladen.

Oberarzt Dr. Sydow gratulierte mit einem etwas schiefen Lächeln. »Du weißt ja, daß du mit diesem Schritt auch mein Schicksal besiegelt hast. Ich werde nun der ewige Junggeselle bleiben.«

Baby Curtius küßte die einstige Rivalin spontan. »Ich wünsche Ihnen alles Glück, Katja. Sie haben es bestimmt verdient.«

Die Glückwünsche ihres Mannes kamen nicht so sehr aus ehrlichem Herzen. Mehr denn je wurde ihm klar, was er an Katja verloren hatte. Er wandte sich rasch zu Cindy, die neben der Mutter stand. »Du siehst zauberhaft aus ... ah, entschuldige, ich muß jetzt doch wohl ›Sie‹ sagen ... «

Cindy zögerte. Sie war unsicher. Katja bemerkte es und sagte rasch: »Liebling, erkennst du Dr. Curtius nicht mehr?«

Das Mädchen errötete über und über. »Das ... das habe ich wirklich nicht gewußt, daß du es bist, Onkel Gert!«

Noch ehe die Herumstehenden ihre Verlegenheit richtig bemerkten, kam Karl-Heinz auf sie zu, nahm sie bei der Hand und führte sie in eine Fensternische.

»Du«, fragte er ein bißchen eifersüchtig, »schwärmst du etwa noch immer für diesen Curtius?«

»Überhaupt nicht mehr«, antwortete Cindy ehrlich, »stell dir vor, beinahe hätte ich gesagt: Du siehst aber viel älter aus, als ich dich in Erinnerung hatte. Ich bin richtig rot geworden vor Schreck.«

»Das hab' ich beobachtet. Aber ... jetzt wollen wir auch miteinander anstoßen.«

Er reichte ihr ein Glas und hob ihr das seine entgegen. Einen Augenblick lang schwang ein feiner Ton zwischen ihnen hin und her.

Als Cindy ausgetrunken hatte, zögerte sie einen Augenblick, dann sah sie Karl-Heinz mit zärtlichem Blick an.

Er spürte diesen Blick und fragte ein wenig unsicher: »Willst du mir etwas sagen, Cindy?«

»Ich schulde dir noch eine Antwort auf deine Frage ... «

»Nein«, unterbrach er sie hastig, »jetzt nicht mehr. Jetzt kannst du wieder sehen ... du brauchst mich nicht mehr.«

Das Lächeln über ihren feinen Zügen blieb. »So ein Unsinn! Du scheinst mich für sehr oberflächlich zu halten ... aber ich, ich habe dich lieb, Karl-Heinz, weil du in der ganzen Zeit einen fabelhaften Charakter gezeigt hast.«

»Das ist nicht wahr, Cindy!«

»Natürlich ist es wahr. Mutti sagt auch ... «

»Deine Mutter weiß nichts, ihr alle wißt ja nicht ... « Er unterbrach sich selbst.

»Was ist? Wovon wissen wir nichts?« Cindy war ernsthaft erschrocken. Und als Karl-Heinz mit zusammengebissenen Zähnen weiter schwieg, legte sie ihm ihre Hand auf die Schulter und fragte eindringlich: »Hast du etwas angestellt, Karl-Heinz? Sag es mir. Ich habe doch auch meine Fehler. Oder ... stört dich meine Désirée so sehr? Kannst du das nicht verwinden?«

»Ich war es«, antwortete er heiser, »ich war es. Verstehst du mich jetzt?«

»Nein! Was warst du? Du sprichst in Rätseln.«

»Ich war damals bei dir im Zimmer, in der Nacht«, brach es jetzt aus dem jungen Mann heraus, »ich habe ... ich wollte ja nur ... ich war so verliebt in dich. Aber du und Ruth, ihr habt immer nur über mich gelacht. Und deshalb wollte ich ... nur ein einziges Mal mit dir allein sein, einen Kuß von dir haben. Als ich dann aber merkte, daß du glaubtest, Curtius sei bei dir ... da kam es einfach über mich. Und du warst so schön. Ich hatte noch nie eine Frau im Arm gehabt ... ich konnte nicht mehr an mich halten. Bitte, Cindy, sieh mich nicht so an, ich weiß, daß du mir nicht verzeihen kannst. Ich kann es ja selbst nicht.«

Cindy war sehr blaß geworden. Sie stand reglos da, als könnte sie nicht fassen, was Karl-Heinz ihr offenbart hatte.

»Leb wohl, Cindy«, sagte er zerknirscht, »und bitte - denk nicht zu schlecht von mir. Ich wollte ja alles wiedergutmachen, erinnere dich ... ich wollte dich doch damals gleich heiraten, als ich erfuhr, daß du ein Kind erwartest.«

»Nur deshalb, nur wegen des Kindes wolltest du mich heiraten?«

Er schüttelte schweigend den Kopf.

»Weshalb denn sonst? Sag es, ich will es hören!«

»Weil ich dich liebe!«

»Oh, du ... ich dich doch auch!« rief sie aus. »Hast du wirklich geglaubt, ich würde aufgeben? Wir gehören doch zusammen: du und ich und Désirée. Es hat zwar schlecht angefangen mit uns, aber das heißt doch noch lange nicht, daß wir es nicht besser machen können. Wollen wir es versuchen, Liebster?«

»Ja, Cindy, das wollen wir!«

Und dann nahm er sie in die Arme. Sie küßten sich und wußten nur noch eins: daß sie jung waren und sich lieb hatten und daß die Zukunft ihnen gehören würde.